# 데어 데어

**THERE THERE**
**by Tommy Orange**

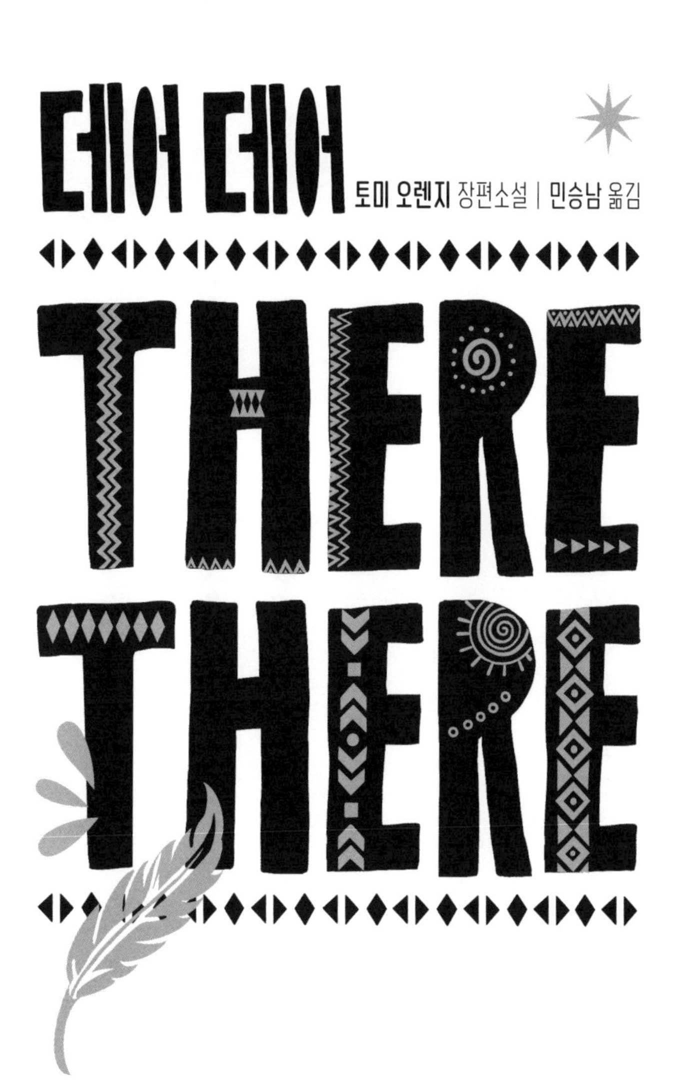


문학동네

일러두기

1. 주석은 모두 옮긴이주이다.
2. 본문 중 고딕체는 원서에서 이탤릭체나 대문자로 강조한 부분이다.
3. 인명 표기는 원칙적으로 국립국어원 외래어표기법을 따랐으나, 이름의 의미가 중요한 경우에는 그 어원이 드러나도록 표기했다.

카테리와 펠릭스를 위하여

## 차례

# 프롤로그

암흑의 시대에도
노래가 있을까?
그래, 있으리라.
암흑의 시대에 대한 노래가.

—베르톨트 브레히트

## 인디언 머리

인디언 머리, 한 인디언의 머리, 1939년에 어느 무명 화가가 그린, 긴 머리에 머리장식을 쓴 인디언의 머리 그림이 1970년대 후반까지 미국 전역의 TV에서 방송이 모두 끝난 후 화면에 나왔다. 사람들은 그걸 인디언 머리 테스트패턴이라고 불렀다. TV를 계속 켜두면 440헤르츠—악기 조율에 쓰이던 주파수—의 신호음과 함께 라이플총 망원 조준기를 통해 보는 것처럼 원으로 둘러싸인 그 인디언이 등장했다. 화면 중앙에는 과녁처럼 생긴 도형과 좌표 같은 숫자들이 있었다. 인디언 머리는 과녁의 중심 바로 위에 있어서, 동의의 표시로 고개를 살짝 쳐들기만 하면 그 표적을 겨냥할 수 있을 것 같았다. 그건 그저 테스트일 뿐이었다.

1621년, 식민지 개척자들은 토지 거래 후에 잔치를 열어 왐파노아그족 추장 매서소이트를 초대했다. 매서소이트는 부하 구십 명을 데리고 갔다. 바로 그 식사로 인해 우리는 아직도 11월에 함께 모여서 식사를 한다.* 그날을 국가적으로 기념하게 된 것이다. 하지만 그건 감사의 식사가 아니었다. 토지 거래 식사였다. 이 년 후 영원한 우정을 상징하는 유사한 자리가 마련되었다. 그날 밤 인디언 이백 명이 알 수 없는 독에 의해 급사했다.

매서소이트의 아들 메타코멧이 추장이 되었을 때쯤엔 인디언과 필그림**이 함께 식사하는 일은 없었다. 필립왕으로도 알려진 메타코멧은 인디언이 소유한 총을 모두 포기하는 평화협정에 서명할 수밖에 없었다. 그의 부하 셋이 교수형을 당했다. 그의 형 왐수타는 플리머스 법원에 소환되었다가 구속됐는데, 아마 그후 독살당했을 가능성이 크다. 그 모든 것이 공식적인 첫 인디언 전쟁으로 이어졌다. 인디언과의 첫 전쟁. 필립왕 전쟁. 삼 년 후 전쟁이 끝나고 메타코멧은 도망자 신세가 되었다. 그는 미국 최초의 레인저부대를 이끌던 벤저민 처치, 그리고 존 앨더먼이라는 이름의 인디언에게 붙잡혔다. 메타코멧은 참수형을 당한 후 사지가 잘렸다. 네 토막이 났다. 그들은 그 네 토막의 시신을 근처 나무에 묶어놓고 새들이 쪼아먹게 했다. 메타코멧의 잘린 손을 받은 앨더먼은 그걸 럼주 병에 넣어 수년간 갖고 다녔다—사람들에게 돈을 받고 보여

---

* 미국에서 11월 넷째 주 목요일에 기념하는 추수감사절을 가리킨다.

** 1620년에 메이플라워호를 타고 처음으로 미국 뉴잉글랜드에 건너간 영국 청교도인들을 일컫는 말.

줬다. 메타코멧의 머리는 플리머스 식민지가 삼십 실링에 샀다—그게 당시 인디언 머리의 시세였다. 그 머리는 장대에 꽂힌 채 플리머스의 거리를 돌다가 플리머스 항구에 이십오 년간 전시되었다.

1637년, 사백 명에서 칠백 명 사이의 피쿼족이 매년 열리는 옥수수춤[*] 행사에 모여들었다. 식민지 개척자들이 그들의 마을을 포위하고 불을 질렀으며, 도망치는 피쿼족에게 총을 쏘았다. 다음날 매사추세츠만灣 식민지에서는 축하 잔치가 열렸고 총독은 그날을 감사의 날로 선포했다. 이른바 '성공적인 학살'이 벌어질 때마다 곳곳에서 이런 감사의 잔치가 열렸다. 맨해튼의 한 행사에서는 사람들이 길거리에서 피쿼족의 머리를 축구공처럼 차면서 축하를 벌였다고 한다.

원주민의 첫 소설이자 캘리포니아 최초의 소설은 1854년에 쓰였는데, 존 롤린 리지라는 체로키 인디언의 작품이었다. 제목은 '호아킨 무리에타의 삶과 모험'으로, 캘리포니아에서 활동했던 멕시코인 노상강도의 실화를 바탕으로 한 것이었다. 무리에타는 1853년에 텍사스 레인저부대에게 목숨을 잃었다. 부대원들은 무리에타를 죽인 걸 증명하고 그의 목에 걸린 현상금 오천 달러를 받기 위해 머리를 잘랐다. 그리고 그걸 위스키병에 보관했다. 그들은 또한 무

* Green Corn Dance. 북미 인디언들이 춤을 추며 옥수수 수확을 기념하는 의식.

리에타의 동료 강도인 '세 손가락 잭'의 손도 잘랐다. 그들은 무리에타의 머리와 잭의 손을 가지고 캘리포니아 전역을 돌면서 사람들에게 일 달러씩 받고 보여줬다.

병 속의 인디언 머리, 장대 위의 인디언 머리는 높이 건 깃발처럼 널리 보이고 알리기 위한 것이었다. 그와 마찬가지로 인디언 머리 테스트패턴은 잠든 미국인들에게 널리 전송되었고, 우리는 그렇게 거실에서 출발해 바다처럼 청록빛으로 반짝이는 전파를 타고 해안을 향해, 신세계의 화면들을 향해 나아갔다.

## 구르는 머리

샤이엔족에게는 구르는 머리에 대한 옛이야기가 전해 내려온다. 남편, 아내, 딸, 아들로 이루어진 한 가족이 마을을 떠나 호숫가에 살게 되었다고 한다. 남편은 아침에 춤을 춘 다음, 아내의 머리를 빗겨주고 얼굴에 붉은 칠을 해준 뒤 사냥을 나가곤 했다. 그가 집에 돌아와서 보면 아내 얼굴은 깨끗해져 있었다. 그런 일이 몇 번 되풀이되자 남편은 자신이 사냥을 떠난 사이에 아내가 무얼 하는지 몰래 뒤쫓아가 지켜보기로 결심했다. 그는 아내가 호수 속에서 뱀처럼 생긴 괴물과 함께 있는 광경을 목격했는데, 괴물이 아내 몸을 포옹하듯 친친 감고 있었다. 남편은 괴물을 난도질하고 아내를 죽였다. 그리고 그 고기를 아들과 딸이 있는 집으로 가져갔다. 아이들은 고기맛이 다르다는 걸 알아차렸다. 아직 엄마젖을 먹고 있던 아들은, 딱 우리 엄마 맛이야, 라고 말했다. 누나는 동생에게 이건 그냥 사슴고기라고 말했다. 그들이 고기를 먹고 있는 중에 머리 하나가 굴러 들어왔다. 그들이 달아나자 머리가 따라왔다. 누나는 가시나무가 무성한 곳에서 놀았던 기억을 떠올리고, 자신들의 뒤에서 가시나무가 자라나도록 주문을 외웠다. 하지만 그 머리는 가시나무를 헤치고 계속 쫓아왔다. 누나는 큰 돌들이 높이 쌓여 있던 곳이 기억났다. 그녀가 주문으로 그 돌무더기를 불러냈지만 그것도 머리를 막지 못했다. 누나는 땅에 또렷한 선을 하나 그었고, 그러자 머리가 건널 수 없는 깊은 균열이 생겼다. 하지만 한참 동안 폭우가 쏟아진 후 그 균열에 물이 찼다. 머리는 그 물을 건넌 다음, 반대편에 도착하자 돌아서서 물을 다 마셔버렸다. 구르는 머리는 정신이 혼미해지고 취해버렸다. 구르는 머리는 더 많은 걸 원하게 되었다. 그 무엇이라도. 전부 다. 그래서 계속 굴러다녔다.

우리가 앞으로 나아가면서 명심해야 할 점 한 가지는, 신전 계단 아래로 머리를 굴린 사람은 아무도 없다는 것이다. 멜 깁슨은 그 이야기를 지어냈다.* 하지만 그 영화를 본 우리는 1500년대 멕시코—스페인이 오기 전, 멕시코가 되기 전의 멕시코—의 실제 인디언 세계를 본떠 만들었다는 영화 속 세계에서 신전 계단 아래로

* 멜 깁슨이 감독한 영화 〈아포칼립토〉는 16세기 마야문명을 배경으로 하고 있으며, 인신 공양을 위해 사람의 머리를 잘라 피라미드 계단 아래로 굴리는 장면이 등장한다.

굴러떨어지던 머리를 마음에 담아두고 있다.

우리는 수많은 타인들에 의해 규정되어왔고, 하나의 민족으로서 우리의 역사와 현재의 상태에 관한 진실을 인터넷으로 쉽게 찾아볼 수 있음에도 여전히 중상모략의 대상이 되고 있다. 우리 머릿속에는 슬프고 패배한 인디언의 실루엣이, 신전 계단에서 굴러떨어지는 머리들이 담겨 있다. 영화에서는 케빈 코스트너가 우리를 구하고, 존 웨인의 6연발 권총이 우리를 살해하며, 강철 눈 코디Iron Eyes Cody라는 이름의 이탈리아인이 우리 역할을 한다. 광고에는 잔해 속에서 슬퍼하는 눈물 젖은 인디언이 등장하고(역시 강철 눈 코디가 연기한다), 소설에는 『뻐꾸기 둥지 위로 날아간 새』의 화자처럼 세면대를 던지는 미친 인디언이 등장한다. 우리에겐 온갖 로고와 마스코트가 있다. 교과서 속 인디언의 이미지를 베낀 것을 또 베낀 것. 캐나다 꼭대기, 알래스카 꼭대기부터 남아메리카 맨 밑바닥까지 인디언들은 제거되었고, 깃털 장식을 한 이미지로 축소되었다. 우리의 머리는 깃발에, 운동복에, 동전에 들어 있다. 처음에 우리의 머리는 인디언 센트라고 불린 페니 동전에 들어갔다가 그다음엔 버펄로 니켈*에 들어갔는데, 둘 다 우리가 투표권을 얻기도 전의 일이었다—그 동전들은 전 세계의 역사적 진실이 그러하고 모든 학살의 피가 그러하듯 이제 더이상 유통되지 않는다.

* 미국에서 1913년부터 1938년까지 유통되었던 오 센트짜리 동전.

## 프롤로그가 된 학살

우리 가운데 일부는 학살에 관한 이야기를 들으며 자랐다. 그리 오래되지 않은 과거에 우리 민족에게 일어난 일에 관한 이야기들. 그리고 우리가 거기서 어떻게 벗어났는지. 샌드크리크에서는 그들이 곡사포로 우리를 살육했다고 한다. 존 치빙턴 대령이 이끄는 자원 민병대가 우리를 죽이러 왔다—우리 대부분이 여자, 어린이, 노인이었다. 남자들은 사냥하러 나가고 없었다. 그들은 우리에게 미국 깃발을 내걸라고 했다. 우리는 그렇게 했고 백기도 내걸었다. 항복의 백기가 휘날렸다. 그들이 왔을 때 우리는 그 두 개의 깃발 아래 서 있었다. 그들은 우리를 죽이는 데서 그치지 않았다. 우리를 갈기갈기 찢었다. 난도질했다. 반지를 가져가려고 손가락을 분지르고, 은 귀걸이를 가져가려고 귀를 자르고, 머리칼을 가져가려고 머리 가죽을 벗겼다. 우리는 속이 빈 나무 안에, 강둑 근처 모래 속에 몸을 숨겼다. 그 모래가 피로 붉게 물들어 흘러내렸다. 그들은 태어나지도 않은 뱃속의 아기들을 떼어냈다. 아이가 되기 전의 아이들을, 아기가 되기 전의 아기들을 우리의 배에서 떼어냈고 우리의 가능성을 빼앗아갔다. 그들은 연약한 아기 머리를 나무에 던져 깨뜨렸다. 우리 신체 부위들을 전리품으로 가져가 덴버 시내의 무대 위에 전시했다. 치빙턴 대령은 술에 취해 우리의 훼손된 신체 부위를, 여자들의 음모를 손에 들고 춤을 췄고, 설상가상으로 사람들이 그의 앞에 모여들어 환호하며 그와 함께 웃었다. 그건 축하 행사였다.

## 단단하고, 빠른

우리를 도시로 데려가는 건 오백 년의 종족 학살 작전을 마무리하는 동화同化, 흡수, 말살의 필수적인 최후 단계였다. 하지만 도시는 우리를 새롭게 만들었고, 우리는 도시를 우리 것으로 만들었다. 무질서하게 뻗어나간 높은 빌딩들, 익명의 인파, 끊임없는 자동차 소음 속에서 길을 잃지 않았다. 우리는 서로를 발견하고, 인디언 센터를 만들고, 우리의 가족들과 파우와우*와 춤과 노래, 구슬 공예를 선보였다. 집을 사거나 세를 들고, 길거리나 고속도로 아래에서 잤다. 학교에 들어가고, 군에 입대하고, 오클랜드의 프루트베일과 샌프란시스코의 미션 지구에 있는 인디언 술집들을 채웠다. 리치먼드의 유개화차 마을들에서 살았다. 공예품을 만들고 아기를 만들었으며, 우리 민족이 인디언 보호구역과 도시를 오갈 수 있는 길을 만들었다. 우리는 죽기 위해 도시로 이주한 게 아니었다. 보도와 도로, 콘크리트가 우리의 무게를 흡수했다. 유리, 금속, 고무, 전선, 속도, 돌진하는 군중—도시가 우리를 거둬들였다. 당시에 우리는 '도시 인디언'이 아니었다. 인디언의 도시 이주는 인디언 이주 지원법에 따른 것이었고, 그 법은 인디언 말살 정책의 일환이었으며, 그 정책은 그때나 지금이나 정확히 명칭 그대로다. 인디언을 그들처럼 보이고 행동하게 만든다. 그들이 되게 한다. 그리하여 사라지게 한다. 하지만 그렇게 되진 않았다. 우리 다수가 자진해

* 북미 인디언들의 축제로, 춤과 노래 경연 등 각종 문화 행사가 개최된다.

서, 새 출발을 위해, 돈을 벌기 위해, 혹은 새로운 체험을 위해 도시에 왔다. 일부는 인디언 보호구역을 탈출하기 위해 왔다. 우리는 2차대전에 나가 싸운 후에도 도시에 남았다. 베트남전쟁 후에도. 우리가 남은 이유는 도시에서 전쟁의 소리가 났고, 전쟁이란 건 일단 한번 발을 들이면 거리를 둘 수는 있어도 완전히 벗어날 수는 없기 때문이었다—거리를 두기 위해서는 그 빠른 금속을, 주변에서 끊임없이 이어지는 발포를, 총알처럼 도로와 고속도로를 내달리는 차들을 가까이에서 보고 들을 수 있는 편이 낫다. 인디언 보호구역이나 고속도로변의 소도시나 시골 마을의 조용함, 그런 정적은 머릿속의 소리가 훨씬 더 또렷해지도록 불을 붙일 뿐이다.

이제 우리 다수가 도시인이다. 도시에 살아서가 아니라면, 인터넷상에서 살기 때문일 것이다. 높이 솟은 브라우저 창들 속에 말이다. 사람들은 한때 우리를 보도의 인디언이라고 불렀다. 도시화된, 피상적인, 진짜가 아닌, 문화가 없는 난민이라고, 사과라고 불렀다. 사과는 겉은 붉고 안은 희다. 하지만 지금의 우리는 조상들이 만든 것이다. 그들의 생존 방식이 만든 것이다. 우리는 우리가 기억하지 못하는 기억들이다. 그 기억들은 우리 안에 살고, 우리가 느끼는 것이며, 우리가 지금처럼 노래하고 춤추고 기도하게 만든다. 우리 머리칼이나 머리를 차지하기 위해, 혹은 현상금을 노리고, 혹은 그저 우리를 제거하기 위해 뒤에서 쏜 총이 남긴 상처에서 피가 흘러나와 담요 위로 번지듯, 기억에서 흘러나온 감정들은 우리의 삶 속에서 예기치 않게 불길처럼 타오르고 꽃을 피운다.

그들이 처음 총알을 들고 우리를 잡으러 왔을 때, 총알이 우리의 비명보다 갑절은 빨라도, 총알의 열기와 속도가 우리의 살갗을 뚫고 뼈와 두개골을 박살내고 심장까지 파고들어도, 우리는 걸음을 멈추지 않았다. 총알에 우리 몸이 깃발처럼—우리가 이 땅에 존재할 것이라 믿었던 그 모든 것을 대신해 세워진 수많은 깃발과 건물들처럼—공중에 휘날리는 걸 보면서도 우리는 계속 움직였다. 총알은 전조였다. 단단하고 빠른 미래의 꿈에서 온 망령이었다. 총알은 우리를 관통한 후에도 계속 나아가 앞으로 다가올 것, 속도와 살육, 경계와 건물의 단단하고 빠른 선線들에 대한 약속이 되었다. 그들은 모든 걸 빼앗아 화약처럼 고운 먼지가 될 때까지 갈아버렸다. 그들은 허공에 대고 승리의 총을 쏘았고, 그 유탄들은 잘못 쓰인 역사, 결국 잊히게 될 역사의 공허함 속으로 날아갔다. 유탄과 그 결과들은 지금도 우리의 무방비한 몸 위로 떨어지고 있다.

## 도시성

도시 인디언은 도시에서 태어난 세대였다. 우리는 오랫동안 이동해왔지만, 땅은 기억처럼 우리와 함께 움직인다. 도시 인디언은 도시에 속하고, 도시는 땅에 속한다. 모든 것이 땅에서 생겨나는 다른 모든 생물, 무생물과의 관계 속에서 형성된다. 우리의 모든 관계들. 어떤 것이 특정한 처리 과정—화학적이건, 인공적이건,

기술적이건, 다른 것이건—을 거쳐 현재의 형태가 되었다고 해서, 살아 있는 땅의 산물이 아닌 것은 아니다. 건물, 고속도로, 자동차—이것들은 이 땅의 산물이 아닌가? 화성이나 달에서 들여온 것인가? 그것들이 처리 과정을 거치고, 제조되고, 우리 손에 다뤄지기 때문에? 우리가 그렇게 다른가? 우리도 한때 호모사피엔스와는 완전히 다른 것, 단세포생물, 우주먼지, 정체를 알 수 없는 빅뱅 이전의 양자론적 존재가 아니었던가? 도시는 은하계와 같은 방식으로 형성된다. 도시 인디언은 도심 건물의 그림자 속을 걷는 걸 집처럼 편안하게 느낀다. 우리는 오클랜드 도심의 스카이라인을 그 어떤 신성한 산맥보다 잘 알게 되었고, 오클랜드 언덕의 레드우드를 그 어떤 깊은 야생의 숲보다 잘 알게 되었다. 우리는 고속도로의 소리를 강물의 소리보다 잘 알고, 멀리서 들려오는 기차 소리를 늑대의 울부짖음보다 잘 안다. 가스 냄새와 젖은 콘크리트 냄새, 고무 탄내를 삼나무나 세이지의 향, 심지어 프라이 브레드* 냄새보다 잘 안다. 인디언 보호구역이 전통적이지 않은 것처럼 프라이 브레드 또한 전통적이지 않다. 하지만 결국 본래의 것은 없고, 모든 것은 전에 생겨났던 것으로부터 생겨나며, 전에 생겨났던 것은 무無에서 나온 것이다. 모든 건 새롭고 언젠가는 사라진다. 우리는 버스, 기차, 승용차를 타고 콘크리트 평원을 가로지르고 그 위와 아래로 달린다. 인디언이라고 해서 땅으로 돌아가라는 법은 없다. 땅은 모든 곳이거나 아무 곳도 아니다.

* 19세기 중반 땅을 빼앗긴 미국 인디언이 정부에서 배급받은 밀가루, 설탕 등으로 만들어 먹은 빵.

1부

# 남다

내가 오늘 어찌 내일의 네 얼굴을 모를 수 있으랴?

네가 나에게 보이는 얼굴 아래, 혹은 네가 쓰고 있는 가면 아래에

이미 있거나 만들어지고 있는 얼굴,

내가 가장 예기치 못한 때 네가 보여줄 그 얼굴을.

—하비에르 마리아스

# 토니 론맨

증후군은 내가 여섯 살 때 처음 거울 속에서 나에게 왔다. 그날 낮에 모래 운동장의 정글짐에 매달려 있는데 내 친구 마리오가 이렇게 물었다. "넌 얼굴이 왜 그렇게 생겼어?"

그때 내가 무슨 짓을 했는지는 기억이 안 난다. 아직도 모른다. 쇠에 핏자국이 묻어 있었던 것과 입에서 쇠의 맛이 났던 건 기억난다. 나의 할머니 맥신이 교장실 밖 복도에서 내 어깨를 잡고 흔든 것, 내 눈이 감겨 있었던 것, 평소에 내가 하지 말아야 할 변명을 하려고 할 때마다 할머니가 내던 쉬이이잇 소리를 들은 것도 기억난다. 할머니가 그 어느 때보다 세게 내 팔을 잡아당긴 것, 그리고 차를 타고 조용히 집으로 돌아온 것도 기억난다.

집에 돌아온 나는 TV 앞에서, 전원을 켜기 전에, 거기 비친 검은 그림자 속의 내 얼굴을 보았다. 그때 나는 처음으로 보았다. 다른 모든 사람들이 보는 대로의 내 얼굴을. 맥신에게 묻자 그녀는 엄마가 나를 임신했을 때 술을 마셨다고, 내가 태아알코올증후군을 가지고 있다고 아주 천천히 말해주었다. 내가 알아들은 건 '증후군'뿐이었고, 나는 다시 꺼진 TV 앞으로 가서 들여다보았다. 화면 속에 옆으로 퍼진 내 얼굴이 보였다. 증후군. 나는 거기서 발견한 얼굴을 다시 내 얼굴로 만들려고 해봤지만 그럴 수가 없었다.

대부분의 사람들은 나처럼 자기 얼굴의 의미에 대해 생각해볼 필요가 없다. 거울 속에서 반사되는 자신의 얼굴, 대부분의 사람들은 그게 어떻게 보이는지조차 더이상 알지 못한다. 머리의 앞면에 있는 그것, 당신은 그걸 영영 볼 일이 없을 것이다. 자신의 눈알로 자신의 눈알을 볼 일이 없고, 자신의 냄새를 맡을 일이 없는 것처럼. 하지만 나는 내 얼굴이 어떻게 생겼는지 안다. 그것의 의미를 안다. 내 눈은 맛이 간 것처럼, 잔뜩 취한 것처럼 축 처졌고 입은 노상 헤 벌어져 있다. 얼굴 각 부분들의 간격이 너무 넓다—술꾼이 한잔 더 마시려고 손을 뻗다가 철썩 때리기라도 한 것처럼 눈, 코, 입이 퍼져 있다. 사람들은 나를 쳐다보다가 그들이 나를 보는 걸 내가 보는 걸 보고 시선을 피한다. 그것도 증후군이다. 나의 힘이자 저주다. 증후군은 우리 엄마이고, 그녀가 술을 마신 이유이며, 역사가 하나의 얼굴에 내려앉은 방식이고, TV 속에서 악당 새끼처럼 나를 마주보고 있는 그것을 발견한 날 이후로, 그게 어떤 식으로 나를 엿 먹이든 간에, 내가 지금까지 버티며 살아낸 모든 방식이다.

이제 나는 스물한 살이고, 그건 내가 원한다면 술을 마실 수 있다는 뜻이다. 하지만 나는 마시지 않는다. 엄마 뱃속에서 충분히 마신 모양이다. 엄마 뱃속에서 취해가는 염병할 아기 술꾼, 아니 아직 아기도 아닌, 탯줄로 연결되어 뱃속에서 떠다니는 염병할 작은 올챙이.

사람들은 내가 멍청하다고 했다. 아니, 사람들이 그런 말을 한 건 아니지만, 나는 지능검사에서 낙제점을 받았다. 최하 백분위. 밑바닥 등급. 내 친구 캐런은 지능에는 다양한 종류가 있다고 말했다. 캐런은 내가 아직도 일주일에 한 번씩 찾아가는 인디언 센터의 상담사다—유치원에서 마리오와의 사건이 터진 후 의무적으로 상담을 받게 된 게 시작이었다. 캐런은 지능 점수를 가지고 사람들이 하는 얘기에 대해서는 걱정할 필요가 없다고 했다. 태아알코올증후군을 가진 사람들은 하나의 스펙트럼을 이루고 있고, 지능이 다양하며, 지능검사는 편향되어 있다고, 나의 경우 직관력이 뛰어나고 세상 물정에 밝으니 가장 중요한 부분에서 똑똑한 거라고 했다. 그건 나도 이미 알고 있었지만, 그 말을 들으니 기분이 좋았다. 그녀가 말해주기 전에는 진짜로 알지 못했던 것처럼.

나는 똑똑하다, 사람들의 마음을 안다는 점에서. 사람들이 마음에 없는 소리를 할 때 그들의 속마음을 안다. 증후군 덕에 나는 사람들이 보여주는 겉모습을 넘어 바로 그 뒤에 있는 다른 모습을 보는 법을 배웠다. 그저 보통 때보다 조금만 더 기다리면 된다. 그러면 사람들이 마음속에 숨겨둔 걸 볼 수 있다. 누가 나한테 수작을 부리면 나는 안다. 나는 오클랜드를 안다. 사람들이 나한테 접근하려고 할 때, 혹은 나를 피해 가려고 길을 건너거나 땅바닥만 보며 걸어가려고 할 때도 나는 안다. 겁쟁이들을 알아보는 법도 안다. 그건 쉽다. 그들은 '와서 날 잡아가'라고 적힌 팻말이라도 든 것처럼 겁을 뻔히 드러낸다. 그들은 내가 이미 나쁜 짓이라도 한 것처럼 나를 쳐다보기 때문에, 차라리 그런 시선을 받을 만한 짓을 하는 게 낫다.

맥신 할머니는 내가 주술사라고 말했다. 나 같은 사람들은 희귀하다고. 그래서 우리가 세상에 나타나면, 우리의 생김새가 남다른 건 실제로 남다르기 때문이라는 걸 다들 알아야 한다고 말했다. 우리를 존중해야 한다고. 하지만 나는 맥신을 제외하고는 그 누구에게도 존중이란 걸 받아본 적이 없다. 맥신은 우리가 샤이엔족이라고 말한다. 이 땅에서 오랫동안 살아온 그 인디언이라고. 이 모든 게 과거엔 우리 것이었다고. 이 모든 게. 젠장. 그때 인디언들은 세상 물정에 밝지 못했었나보다. 백인들이 들어와서 그런 식으로 땅을 빼앗게 내버려뒀으니까. 슬픈 건 그 인디언들도 아마 다 알면서 손놓고 당할 수밖에 없었으리란 사실이다. 그들에겐 총이 없었으니까. 게다가 질병까지 퍼졌고. 그건 맥신이 해준 이야기다. 백인들은 그들의 더러움과 질병으로 우리를 죽이고, 우리 땅에서 우리를 몰아내 똥도 키우지 못할 똥 같은 땅으로 이주시켰다. 내가 오클랜드에서 쫓겨나야 한다면 진짜 싫을 것이다. 웨스트에서 이스트를 지나 딥이스트에서 다시 집까지 자전거, 버스, 지하철을 타고 돌아다녀서 오클랜드를 너무 잘 알기 때문이다. 오클랜드는 나의 유일한 집이다. 다른 곳에는 집을 만들 생각이 없다.

가끔 나는 자전거를 타고 오클랜드 전체를 도는데, 그저 오클랜드를, 이곳 사람들과 모든 동네들을 보기 위해서다. 헤드폰을 쓰고 MF 둠을 들으면 종일이라도 달릴 수 있다. MF는 메탈 페이스Metal Face의 약자다. 그는 내가 제일 좋아하는 래퍼다. 둠은 철로 된 가면을 쓰고 자기를 악당이라고 부른다. 둠을 만나기 전에 나는 라디오에 나오는 음악밖에 몰랐다. 어느 날 버스에서 누가 내 앞좌석에 아이팟을 두고 내렸다. 둠은 거기 들어 있던 유일한 음악이었다. 나는 "구멍난 양말보다 영혼이 많아"라는 구절을 듣고 그가 좋아졌다. 그 구절의 모든 의미를 곧바로, 즉시 이해할 수 있어서 좋았다. 그건 영혼에 대한 얘기였다. 구멍이 났다는 것은 그 양말에 성격을 부여한다. 그게 닳아빠졌다는 걸 의미하고, 거기에 영혼을 부여한다. 그리고 양말에 구멍이 나면 발바닥*이 드러난다. 그 구절을 이해한 건 사소한 일이었지만 내가 멍청이가 아니라는 느낌을 주었다. 둔하지 않고, 밑바닥 등급이 아닌 것 같았다. 그리고 나에게 영혼을 부여한 건 증후군이고, 증후군은 닳아빠진 얼굴이라는 점에서도 도움이 되었다.

* 발바닥을 뜻하는 단어 'sole'은 영혼을 의미하는 'soul'과 발음이 같다.

우리 엄마는 감옥에 있다. 우리는 가끔 전화로 얘기하는데, 엄마는 항상 엿같은 소리를 해서 통화한 걸 후회하게 만든다. 엄마는 내 아버지가 뉴멕시코에 있다고 했다. 내가 존재하는 것도 모른단다.

"그럼 그 씹새끼한테 내가 존재한다고 말해." 내가 말했다.

"토니, 그게 그렇게 단순한 일이 아냐." 엄마가 말했다.

"나한테 단순하다고 하지 마. 씨발 단순하다고 하지 말라고. 엄마가 씨발 이렇게 만든 거잖아."

가끔 나는 돌아버린다. 그게 가끔 내 지능에 일어나는 일이다. 맥신이 아무리 많이 전학을 시켜줘도 그때마다 싸움에 휘말려서 정학을 당했다. 항상 똑같았다. 일단 돌아버리면 아무 생각도 안 난다. 얼굴이 뜨겁게 달아오르면서 쇠로 만들어진 것처럼 단단해지고 정신이 나간다. 나는 몸집이 크다. 그리고 힘이 세다. 힘이 너무 세다고, 맥신은 말한다. 내가 보기엔 얼굴이 엉망이라 덩치라도 크게 태어난 것 같다. 괴물 같은 생김새가 내게는 다행히 그런 조합으로 주어진 것이다. 증후군이 말이다. 내가 일어서면, 일어나서 덩치가 존나 큰 걸 보여주면 아무도 나한테 못 까분다. 다들 유령이라도 본 것처럼 달아난다. 어쩌면 나는 유령인지도 모른다. 어쩌면 맥신은 내가 누군지 전혀 모르는 것일 수도 있다. 어쩌면 나는 주술사의 정반대인지도 모른다. 어쩌면 언젠가 내가 무언가를 하면 다들 나에 대해 알게 될지도 모른다. 어쩌면 그때 나는 생명을 얻게 될지도 모른다. 어쩌면 사람들은 그때가 되어서야 마침내 나를 볼 수 있게 될지도 모른다. 그때는 나를 봐야만 할 테니까.

다들 돈이 문제라고 생각할 것이다. 하지만 씨발 돈 싫은 사람이 어디 있나? 문제는 왜 돈을 원하고, 어떻게 벌고, 그다음에 그걸로 뭘 하느냐다. 돈은 아무한테도 더러운 짓 안 한다. 사람들이 문제다. 나는 열세 살 때부터 대마초를 팔았다. 맨날 밖에 있다보니 동네 불량배들 몇을 알게 되었다. 그들은 내가 허구한 날 길모퉁이 같은 데서 얼쩡거리는 걸 보고 이미 대마초를 팔고 있다고 생각했는지도 모른다. 아마 그건 아닐 것이다. 내가 대마초를 팔고 있다고 생각했다면 두들겨패려고 했을 테니까. 그들은 나를 불쌍하게 보았을 것이다. 구린 옷에 구린 얼굴. 나는 대마초 팔아서 버는 돈을 거의 다 맥신에게 준다. 맥신은 웨스트오클랜드 14번가 끄트머리에 있는 집에서 나를 데리고 살기 때문에 나는 어떻게든 그녀를 도우려고 애쓴다. 그 집은 맥신이 옛날에 샌프란시스코에서 간호사로 일할 때 산 것이다. 이제는 그녀가 간호사를 써야 할 처지인데, 맥신 앞으로 연금이 나오긴 해도 간호사를 쓸 여유는 안 된다. 그래서 내가 온갖 엿같은 일들을 다 해준다. 가게 심부름. 버스 타고 약 받으러 함께 가기. 이젠 계단 내려갈 때 부축까지 한다. 뼈가 너무 늙으면 몸안에서 유리처럼 박살이 날 수 있다는 게 도무지 믿기지 않는다. 맥신의 엉덩이뼈가 부러진 후 나는 할일이 더 많아졌다.

맥신은 잠들기 전에 책을 읽어달라고 한다. 나는 읽는 속도가 느리기 때문에 그 일은 하기가 싫다. 가끔은 글자들이 벌레처럼 기어다닌다. 자기들 마음대로 자리를 바꾼다. 하지만 그러다 가끔 움직이지 않을 때가 있다. 글자들이 그렇게 가만히 있으면, 나는 그것들이 정말 움직일 생각이 없는지 확인하기 위해 기다려야 하고, 그러다보면 뒤죽박죽 섞인 글자들을 다시 짜맞춰 읽을 때보다도 시간이 더 걸린다. 맥신은 그녀가 갖고 있는 인디언 책들을 읽어달라고 하는데 나는 그 내용을 항상 이해하지는 못한다. 그래도 그 책들이 좋다. 이해가 될 때면 마음속 아주 깊은 곳이 아프지만 그걸 느낀다는 것 자체로 기분이 좋아지기 때문이다. 그건 책을 읽기 전에는 느낄 수 없었던 감정이고, 나를 덜 외롭게 만들어주고, 더이상 예전만큼 마음이 아프지 않을 것 같은 느낌을 준다. 언젠가 맥신은 그녀가 제일 좋아하는 작가 루이스 어드리크의 책 한 구절을 듣고 통렬하다는 단어를 썼다. 삶이 우리를 망가뜨릴 거라는 내용이었다. 우리는 망가지기 위해 사는 거고, 그런 때가 오면 사과나무 옆에 가서 앉아, 사과가 그 달콤함을 허비하며 우리 주위에 떨어져 쌓이는 소리를 들으라는 것이었다. 당시에 나는 그게 무슨 뜻인지 몰랐고, 맥신은 내가 모른다는 걸 알았다. 그런데도 설명해주지 않았다. 하지만 다음에 그 구절을, 아니 그 책 전체를 다시 읽게 되었을 때 나는 그 뜻을 이해하게 되었다.

맥신은 늘 나를 잘 알았고 내 마음을 그 누구보다도, 심지어 나 자신보다도 잘 읽어냈다. 아무래도 나는 내가 세상에 어떤 모습을 보여주고 있는지도 알지 못하고, 내게 주어진 현실을 읽는 속도도 느린 것 같은데, 그건 세상일들이 내 주변에서 위치를 뒤바꾸는 방식, 사람들이 나를 보는 시선과 나를 대하는 태도 때문이고, 내가 그 모든 것을 다시 짜맞춰야 하는지 파악하는 데 시간이 오래 걸리기 때문이다.

내가 이런 엿같은 일에 말려들게 된 건 오클랜드 언덕 동네*에 사는 백인 남자애들이 웨스트오클랜드에 있는 주류 판매점 주차장에서 내가 겁나지 않는다는 듯 나한테 똑바로 걸어왔기 때문이다. 계속 주위를 두리번거리는 꼬락서니로 보아, 그 동네에 있는 게 두려운 듯했지만 나를 겁내진 않았다. 내 생김새를 보고 나쁜 짓은 안 할 거라고 생각한 모양이었다. 내가 나쁜 짓을 하기엔 너무 멍청할 거라고.

"눈snow 가진 거 있어?" 키가 나만큼 크고 캉골 모자를 쓴 애가 물었다. 나는 웃음이 났다. 그애는 코카인을 눈이라고 부르기엔 피부가 너무 하얬다.

"구할 수 있지." 나는 확신은 없었지만 그렇게 대답했다. "일주일 후에 여기로 와. 같은 시간." 칼로스에게 물어볼 작정이었다.

칼로스는 약속을 존나 안 지킨다. 그걸 구해주기로 한 밤에 나한테 전화해서 자기는 못 구했으니 옥타비오한테 직접 가서 구하라고 말했다.

나는 콜리시엄 지하철역에서부터 자전거를 타고 갔다. 옥타비오의 집은 오클랜드 딥이스트 73번가 근처, 원래 이스트몬트 쇼핑몰이 차지하고 있다가 그 동네 상황이 안 좋아지면서 경찰서가 들어선 자리 건너편에 있었다.

내가 도착했을 때, 싸움이라도 났던 것처럼 그 집에서 사람들이

---

* 오클랜드 동쪽의 부촌.

우르르 몰려나왔다. 나는 한 블록 떨어진 곳에서 잠시 자전거에 앉아, 가로등 불빛 아래 움직이는 취객들을 바라보았다. 다들 불빛에 취한 나방처럼 멍청해 보였다.

옥타비오를 만나보니 그는 취해서 존나 맛이 간 상태였다. 그런 사람을 보면 늘 엄마가 생각난다. 나를 임신했을 때 엄마가 어떤 식으로 취해 있었을지 궁금했다. 엄마는 그런 상태를 좋아했을까? 나도?

옥타비오는 혀는 완전히 꼬였어도 의외로 머리는 꽤 맑았다. 그는 내 어깨에 팔을 두르고 나를 뒷마당으로 데려갔는데, 나무 밑에 벤치프레스가 놓여 있었다. 나는 그가 중량 원판을 끼우지 않은 봉으로 운동하는 걸 지켜보았다. 중량 원판을 끼우지 않은 걸 모르는 것 같았다. 나는 옥타비오가 언제쯤 내 얼굴에 대한 질문을 할지 기다렸다. 하지만 그는 질문을 하지 않았다. 나는 그가 자기 할머니 이야기를 하는 걸 들어주었다. 가족들이 세상을 떠난 후 할머니가 그의 목숨을 구해줬다고 했다. 할머니는 오소리 털로 그의 저주를 풀어줬고, 멕시코인이나 인디언이 아닌 사람은 다 가추핀*이라고 부른다고 했다. 그게 스페인 사람들이 들어오면서 원주민들에게 옮긴 병이라고—스페인 사람들 자체가 그들이 들여온 병이라고—할머니가 말하곤 했다는 것이었다. 옥타비오는 이렇게 될 생각은 결코 없었는데 이렇게 되고 말았다고 했고, 나는 그게 무얼 뜻하는지, 술꾼인지, 마약상인지, 둘 다인지, 아니면 다른 것인지 알 수 없었다.

---

* gachupin. 미국에서 스페인 이민자를 부르는 경멸적 호칭.

"난 할머니를 위해서라면 심장의 피도 내줄 수 있어." 옥타비오가 말했다. 심장의 피. 나도 맥신에게 그런 마음이었다. 그는 감상적인 소리를 지껄여댈 생각은 없었다고, 하지만 아무도 자기 말을 진심으로 들어주지 않는다고 하소연했다. 나는 그가 취해서 그런다는 걸 알았다. 나중에는 아무것도 기억하지 못하리라는 것도. 하지만 그후로 나는 뭘 구하든 옥타비오를 직접 찾아가게 되었다.

알고 보니 언덕 동네에서 온 어벙한 백인 애들에겐 친구들이 있었다. 우리는 여름 한철 쏠쏠하게 수입을 올렸다. 그러던 어느 날, 약을 가지러 갔더니 옥타비오가 들어와서 앉으라고 했다.

"너 원주민이지, 맞지?" 그가 말했다.

"맞아." 나는 그가 어떻게 알았는지 궁금해하며 대답했다. "샤이엔족."

"파우와우가 뭔지 말해봐." 그가 말했다.

"왜?"

"그냥 말해봐."

맥신은 내가 어렸을 때부터 샌프란시스코베이 지역 파우와우에 나를 데리고 다녔다. 이제는 안 하지만, 예전에는 거기서 춤도 추곤 했다.

"인디언 복장으로 차려입어. 깃털이랑 구슬 장식 같은 것도 달고. 그리고 춤춰. 노래도 부르고 큰북도 치고 하면서 장신구, 옷, 공예품 같은 인디언 물건들을 사고팔아." 내가 말했다.

"그래, 그런데 뭘 위해서 그걸 하는 거지?" 옥타비오가 물었다.

"돈이지." 내가 대답했다.

"아니, 그걸 하는 진짜 이유가 뭐냐고."

"모르겠어."

"모르겠다는 게 뭔 소리야?"

"돈을 벌려는 거지, 씨발놈아." 내가 말했다.

옥타비오가 고개를 비스듬히 기울이고 나를 쳐다봤다. 네가 지금 누구랑 얘기하고 있는지 잊지 마, 라는 뜻인 듯했다.

"그래서 우리도 파우와우에 간다." 옥타비오가 말했다.

"콜리시엄에서 하는 그거?"

"그래."

"돈 벌려고?"

옥타비오는 고개를 끄덕이더니 돌아서서 무언가를 집어들었는데, 처음에 나는 그게 총이라는 걸 알아보지 못했다. 그건 작고 새하얀 색이었다.

"씨발 그게 뭐야?" 내가 물었다.

"플라스틱." 옥타비오가 대답했다.

"진짜 쏠 수 있는 거야?"

"3D 프린터로 찍어낸 거야. 볼래?" 그가 말했다.

"보다니?" 내가 말했다.

나는 뒷마당으로 나가 두 손으로 총을 든 채 혀를 내밀고 한쪽 눈을 감고서, 줄에 매달린 펩시 캔을 겨눴다.

"너 총 쏴본 적 있어?" 그가 물었다.

"아니." 내가 말했다.

"귀가 존나 먹먹해질걸."

"쏴도 돼?" 나는 그렇게 물었고, 대답을 듣기도 전에 손가락이 방아쇠를 당기는 게 느껴지더니 탕 소리가 내 몸을 관통했다. 한순간 나는 무슨 일이 일어나고 있는지도 몰랐다. 방아쇠를 당기자 탕 소리가 났고 내 몸 전체가 붕 떴다가 떨어졌다. 나는 무의식적으로 몸을 홱 숙였다. 몸 안팎에서 소리가 울렸다. 하나의 음이 서서히 멀어져가는 것도 같고 몸속 깊이 파고드는 것도 같았다. 고개를 들어 옥타비오를 보니 그가 뭐라고 말하고 있었다. 나는 뭐라고, 하고 물었지만 내 목소리도 들리지 않았다.

"우린 이걸로 그 파우와우를 털 거야." 마침내 그의 말이 들렸다.

나는 콜리시엄 입구에 금속 탐지기가 있다는 걸 기억하고 있었다. 맥신이 엉덩이뼈가 부러진 후 사용하던 보행기가 탐지기에 걸렸었다. 나와 맥신은 어느 수요일 밤—핫도그 일 달러의 밤—에 오클랜드 애슬레틱스와 텍사스 레인저스 경기를 보러 갔다. 맥신은 오클라호마에서 자랄 때 텍사스 레인저스를 응원했는데 오클라호마에는 야구팀이 없기 때문이었다.

나오는 길에 옥타비오가 춤 종목별 상금이 소개된 파우와우 전단지를 건넸다. 오천 달러 상금이 네 종목. 만 달러 상금이 세 종목.

"상금이 센데." 내가 말했다.

"원래 이런 짓 안 하는데 신세 갚을 사람이 있어서." 옥타비오가 말했다.

"누구?"

"네 일이나 신경써." 옥타비오가 말했다.

"우리 사이는 괜찮은 거지?" 내가 물었다.

"집에 가." 옥타비오가 말했다.

파우와우 전날 밤, 옥타비오가 전화해서 내가 총알을 숨겨야 한다고 말했다.

"덤불에, 진짜로?" 내가 말했다.

"그래."

"내가 입구에서 총알을 덤불에 던져야 한다고?"

"양말에 넣어서."

"총알을 양말에 넣어서 덤불에 던지라고?"

"무슨 말이 듣고 싶은 거야?"

"그냥 그게 좀……"

"뭐?"

"아냐."

"알아들었지?"

"총알은 어디서 구해? 종류는?"

"월마트. 22구경 단탄."

"총알도 프린터로 찍어내면 안 돼?"

"아직 그건 못해."

"알겠어."

"한 가지 더." 옥타비오가 말했다.

"응?"

"너 아직 인디언 물건 걸칠 거 있어?"

"인디언 물건 뭐 말하는 건데?"

"몰라, 인디언들이 걸치는 거. 깃털 같은 거."

"있어."

"그거 걸쳐."

"거의 맞지도 않을걸."

"어쨌든 입을 수는 있는 거 아냐?"

"그래."

"파우와우 때 걸치고 와."

"응." 나는 그렇게 대답하고 전화를 끊었다. 그러고는 인디언 전통 의상을 꺼내 입고 거실로 나가서 TV 앞에 섰다. 우리집에서 내 몸 전체를 볼 수 있는 곳은 거기뿐이었다. 나는 몸을 흔들고 한 발을 들었다. TV 화면으로 깃털이 펄럭이는 걸 보았다. 나는 양팔을 벌리고 어깨를 낮춘 다음 TV를 향해 다가갔다. 턱끈을 단단히 조였다. 내 얼굴을 들여다보았다. 증후군. 그건 안 보였다. 인디언이 보였다. 춤꾼이 보였다.

# 딘 옥센딘

딘 옥센딘은 프루트베일역에서 고장난 에스컬레이터를 한 번에 두 단씩 올라간다. 승강장에 도착하니 놓친 줄 알았던 열차가 건너편에 와서 선다. 땀 한 방울이 비니에서 옆얼굴을 따라 흘러내린다. 딘은 손가락으로 땀을 닦고는, 땀이 머리가 아니라 비니에서 나오기라도 한 것처럼 비니를 벗어 맹렬하게 턴다. 그는 선로를 내려다보며 숨을 내쉰다. 입김이 위로 올라가다가 사라지는 걸 지켜본다. 담배 냄새가 나자 한 대 피우고 싶어지지만, 담배를 피우면 기가 빠진다. 그는 활기를 주는 담배를 원한다. 효과가 있는 마약을 원한다. 술은 거부한다. 대마초는 너무 많이 피운다. 아무것도 효과가 없다.

딘은 건너편 승강장 아래쪽에 있는 좁은 공간의 벽면에 휘갈겨진 그라피티를 바라본다. 여러 해 동안 오클랜드 전역에서 저런 걸 봐왔다. 그도 중학교 때 렌즈라는 그라피티 이름을 생각해냈지만 그 이름으로 뭘 정말 해본 적은 없었다.

딘이 서명을 남기는 사람을 처음 본 건 버스 안에서였다. 비가 내리는 날이었다. 그 아이는 뒤에 있었다. 딘은 그애가 자신을 뒤돌아보는 딘을 보는 걸 보았다. 딘이 오클랜드에서 처음 버스를 타고 다니기 시작하면서 배우게 된 것 중 하나는 남을 쳐다보지 않으면서, 흘긋거리지도 않으면서, 아주 안 보지는 않는 요령이었다. 존중의 뜻으로 알은체는 한다. 보면서 보지 않는 것이다. 뭘 봐?, 라는 질문을 피하기 위해 최선을 다해야 한다. 이 질문에 바른 대답이란 없다. 이 질문을 받는다는 건 이미 망했다는 뜻이다. 딘은 때를 기다렸다가 그애가 김 서린 버스 창문에 emt라고 쓰는 걸 보았다. 그 세 글자가 'empty'*를 뜻한다는 걸 즉시 알 수 있었다. 딘은 그애가 그걸 김이 서린 창문에, 물방울 사이의 빈 공간에 쓰는 게 좋았고 그것이 다른 낙서나 그라피티처럼 오래 남지 않고 금세 사라지리란 것도 좋았다.

열차 머리가, 그다음엔 몸통이 나타난다. 곡선 선로를 돌아 역으로 들어온다. 가끔 자기혐오가 휘몰아칠 때가 있다. 순간적으로 그는 자신이 선로로 뛰어내려, 저 빠르고 무거운 것이 달려와 자신을 없애버리기를 기다리게 될지도 모른다고 생각한다. 어쩌면 너무 늦게 뛰어내리는 바람에 기차 옆구리에 부딪혔다가 튕겨나와 얼굴만 작살날지도 모른다.

열차 안에서 무시무시한 심사위원단 생각을 한다. 20피트 위에서 자신을 내려다보는 그들의 모습이 자꾸만 머리에 그려진다. 랠

* '텅 빈, 공허한'이라는 뜻.

프 스테드먼* 스타일의 길고 거친 얼굴을 가진, 코가 얼굴을 다 차지하는 로브 차림의 나이든 백인 남자들. 그들은 딘에 대해 다 알 것이다. 그리고 그의 인생에 대해 그들이 알 수 있는 온갖 정보를 근거로 마음속 깊이 그를 증오할 것이다. 그가 얼마나 부적격자인지 금세 알아볼 것이다. 그들은 딘이 백인이라—그건 반토막짜리 진실이다—문화 예술 보조금을 받을 자격이 없다고 생각할 것이다. 겉보기에 딘은 원주민 같지 않다. 그는 모호한 비非백인이다. 그는 여러 해 동안 멕시코인으로 간주된 적이 많았고, 중국인이나 한국인, 일본인이냐는 질문을 받았으며, 엘살바도르인이냐는 질문도 한 번 받아봤지만, 대체로는 이런 질문을 받았다. 너는 뭐야?

열차 안의 사람들이 모두 휴대전화를 보고 있다. 들여다보고 있다. 지린내가 풍겨오자 딘은 자기한테서 나는 냄새가 아닐까 먼저 생각한다. 그는 자기한테서 오줌냄새, 똥냄새가 나는데 아무도 차마 말을 못해서 평생 모르고 살다가 나중에 알게 될까봐 늘 두려웠다. 그의 5학년 때 친구 케빈 팔리는 고등학교 2학년 여름에 그걸 알고 결국 자살해버렸다. 왼쪽으로 고개를 돌리자 좌석에 늘어져 있는 노인이 보인다. 노인은 정신을 차리고 똑바로 앉더니, 마치 자기 소지품이 그대로 있는지 확인이라도 하듯 두 팔을 이리저리 움직인다. 하지만 주위엔 아무것도 없다. 딘은 옆 칸으로 간다. 문가에 서서 창밖을 내다본다. 열차는 고속도로 위를 달리는 자동차들과 나란히 나아간다. 속도는 저마다 다르다. 자동차들은 짧고, 불연속적이며, 산발적으로 달린다. 딘과 열차는 하나의 움직임

* 풍자적 캐리커처로 유명한 영국 삽화가.

과 속도로 선로를 따라 미끄러지듯 나아간다. 그 다양한 속도에는 영화적인 면이 있다. 설명할 수 없는 이유로 무언가를 느끼게 되는 영화 속의 한순간 같다. 느끼기엔 너무 거대하고, 아래에, 내부에 있으며, 인식하기엔 너무 익숙한, 늘 우리 코앞에 있는 무언가. 딘은 헤드폰을 쓰고 휴대전화에서 셔플 기능으로 음악을 재생하며 몇 곡 건너뛴 다음 라디오헤드의 〈There There〉를 선택한다. 그의 마음을 끄는 가사는 '느껴진다고 해서 그게 꼭 거기 있는 건 아니지'이다. 프루트베일역과 레이크메릿역 사이에서 열차가 지하로 들어가기 전에, 딘은 다시 그 단어, 렌즈라는 이름을 본다. 지하로 들어가기 직전의 벽 위에서.

그는 루카스 삼촌이 방문한 날 집으로 돌아가는 버스에서 렌즈라는 이름을 떠올리게 되었다. 거의 목적지에 이르렀을 때, 창밖에서 플래시 불빛이 보였다. 누군가가 그를, 혹은 버스를 찍은 것이었고 그 플래시 불빛, 푸른색과 녹색과 자주색과 분홍색의 잔광에서 그 이름이 떠올랐다. 딘은 정류장에 도착하기 직전에 버스 좌석 뒷면에 샤피 펜으로 렌즈라고 썼다. 버스 뒷문으로 내리면서 보니 버스 기사가 앞에 달린 넓은 거울 속에서 눈을 가늘게 뜨고 있었다.

집에 들어가니 딘의 엄마인 노마가 로스앤젤레스에서 루카스 삼촌이 오고 있다면서, 집 치우고 음식 차리는 걸 도와달라고 했다. 딘이 삼촌에 대해 갖고 있는 기억은 그가 자신을 공중으로 던져 올렸다가 바닥에 떨어지기 직전에 잡아주던 것뿐이었다. 딘은 그게 특별히 좋지도, 싫지도 않았다. 하지만 그걸 본능적으로 기억하고 있었다. 공포와 재미가 뒤섞인, 뱃속이 간질거리는 그 느낌. 공중에서 저도 모르게 터져나오는 그 웃음.

"루카스는 그동안 어디 있었어요?" 식탁을 차리면서 딘이 엄마에게 물었다. 노마는 대답하지 않았다. 나중에 식사 자리에서 딘이 삼촌에게 그동안 어디 있었는지 묻자 노마가 대신 대답했다.

"영화 만드느라 바빴지." 그녀는 그렇게 말한 다음 눈썹을 치켜세운 채 딘을 바라보며 덧붙였다. "분명 그랬을 거야."

"내가 영화 만드느라 바빴던 게 분명한지는 모르겠다만, 네 엄마가 지금까지 내가 거짓말을 해왔다고 생각하는 건 분명한 것 같구나." 루카스가 말했다.

"미안하다, 딘. 엄마가 삼촌에 대해 정직하지 못한 인전*이라는 인상을 심어줬다면 말이야." 노마가 말했다.

"딘, 내가 작업중인 영화 얘기 듣고 싶니?" 루카스가 말했다.

"참고로 말해주는데, 딘, 삼촌이 작업중이라는 건 머릿속으로 하고 있다는 얘기야, 영화를 구상중이라는 뜻이라고." 노마가 말했다.

"듣고 싶어요." 딘이 삼촌을 보며 말했다.

"배경은 가까운 미래야. 외계 기술이 미국을 식민지로 만들어. 그런데 우린 그걸 스스로 이뤄냈다고 생각하는 거지. 그 기술이 우리 거라고. 시간이 흐르면서 우린 그 기술에 통합이 돼. 안드로이드 같은 존재가 되는 거지. 그리고 서로를 알아보는 능력을 잃어버려. 그동안 우리가 보던 방식을. 우리의 옛 방식들을. 우린 그게 우

---

* Injun. 아메리칸인디언을 비하하는 호칭.

리 기술이라고 생각하기 때문에, 스스로를 혼혈이라고, 반半외계인이라고 인식하지도 못해. 그때 혼혈 주인공이 나타나서 남아 있는 인간들이 자연으로 돌아가도록 이끄는 거지. 기술에서 벗어나 옛 삶의 방식을 되찾는 거야. 예전처럼 다시 인간이 되는 거지. 이 영화는 큐브릭 감독의 〈2001 스페이스 오디세이〉에 등장하는, 인간이 뼈를 도구로 사용하는 시퀀스*가 슬로모션으로 역재생되면서 끝날 거야. 너 〈2001 스페이스 오디세이〉 봤니?"

"아뇨." 딘이 말했다.

"〈풀 메탈 재킷〉은?"

"아뇨."

"다음에 올 때 내가 소장한 큐브릭 작품들을 다 갖다주마."

"그래서 끝이 어떻게 되는 건데요?"

"뭐, 영화에서? 물론 외계인 지배자들이 승리하지. 우린 자연으로, 석기시대로 돌아감으로써 우리가 승리했다고 생각하는 것일 뿐이고. 어쨌든, '영화 구상'은 그만뒀다." 루카스는 그가 영화 이야기를 시작했을 때 부엌으로 가버린 노마 쪽을 바라보며 허공에 대고 따옴표를 그려 보였다.

"그런데 진짜로 영화를 만든 적이 있어요?" 딘이 물었다.

"나는 구상을 통해서 영화를 만드는 거야, 가끔 글로 쓰기도 하고. 그게 아니면 영화가 어디서 나오겠니? 하지만 난 영화를 만들지 않는단다, 조카야. 아마 영영 못 만들 거야. 내가 하는 일은, TV쇼

---

* 스탠리 큐브릭 감독의 영화 〈2001 스페이스 오디세이〉에는 유인원이 도구로 사용하던 뼈를 던져 올리자 그 뼈가 인공위성으로 변화하며 인류의 발전을 함축해 보여주는 장면이 등장한다.

나 영화를 만들 때 작은 도움을 주는 거란다. 세트 위에서 붐마이크를 오랫동안 흔들림 없이 잡고 있지. 이 팔뚝 좀 봐라." 루카스는 팔을 들어 손목을 구부리고 자신의 팔뚝을 바라보았다. "난 일할 때 어떤 세트에 들어가야 하는지 기억을 못해. 기억력이 안 좋아. 술을 너무 많이 마시거든. 엄마가 그 말 해줬니?"

딘은 아무 대꾸 없이 접시에 남은 음식을 먹다가, 삼촌이 다른 말을 이어가도록 다시 그를 보았다.

"사실 지금은 돈이 거의 안 드는 작업을 하고 있단다. 작년 여름에 여기 와서 인터뷰를 좀 했지. 그중 일부는 편집 작업을 마쳤고, 인터뷰를 몇 개 더 하려고 다시 여기에 온 거란다. 오클랜드로 이주하는 인디언들에 대한 거야. 오클랜드에 사는 인디언들. 인디언들을 많이 아는 친구를 통해 만난 사람들에게 질문을 했지. 그 친구는 인디언식으로 따지면 네 아주머니뻘이란다. 네가 만난 적이 있는지는 모르겠다만. 오팔 베어실드 아니?"

"어쩌면요." 딘이 말했다.

"어쨌든, 난 오클랜드에서 오래 살았거나 여기 온 지 얼마 되지 않은 인디언들에게 각기 다른 질문을 했단다. 사실 질문이라고 할 수는 없고 그들이 이야기를 하도록 유도한 거지. 어떻게 오클랜드에 오게 되었는지 이야기해달라고 부탁했어. 여기서 태어난 사람들에겐 오클랜드에 사는 게 어떤지 물었고. 난 그들에게 이야기 형식으로 대답해달라고, 무슨 이야기든 괜찮다고 말한 다음 방에서 나왔단다. 그들이 스스로에게, 혹은 렌즈 뒤의 누구에게든 이야기할 수 있도록 고백 형식을 택한 거지. 내가 방해가 되고 싶진 않거든. 편집은 전부 내가 직접 할 수 있어. 경비는 내 인건비만 있으면 되니까, 사실상 전혀 안 든다고 볼 수 있지."

루카스는 그 말을 한 뒤 숨을 크게 들이쉬고 기침 같은 걸 한 다음 목청을 가다듬더니, 재킷 안주머니에서 휴대용 술병을 꺼내 마셨다. 그는 시선을 돌려 거실 창문 밖 길 건너편을, 어쩌면 더 멀리, 해가 진 곳을, 어쩌면 그 너머 자신의 삶을 돌아보았고, 그러자 그의 눈에 어떤 감정이, 딘이 엄마 눈에서 본 적 있는 추억과 두려움이 섞인 감정이 어렸다. 루카스는 일어나서 담배를 피우러 앞쪽 포치로 나가며 딘에게 말했다. "조카, 넌 숙제를 하러 가는 게 좋겠다. 나는 네 엄마와 할 얘기가 있으니까."

딘은 역과 역 사이 지하에 열차가 십 분간 정차한 후에야 자신이 역과 역 사이 지하에 십 분간 갇혀 있었음을 깨닫는다. 지각하거나 심사위원단을 만나지 못할 수도 있다는 생각을 하자 이마 꼭대기에서 진땀이 난다. 그는 작업물 견본을 제출하지 않았다. 그래서 그에게 주어진 얼마 안 되는 시간을 그 이유를 설명하는 데 허비해야 한다. 사실 그건 원래 삼촌의 아이디어였다고, 삼촌의 프로젝트라고, 그가 제안하는 많은 것들이 삼촌과 함께 보낸 짧은 기간 동안 삼촌이 말해준 것이라고. 그리고 가장 기이한 부분, 그도 완전히 이해하지는 못해서 심사위원단에게 공개할 수 없는 부분은, 삼촌이 진행한 각각의 인터뷰 영상에 대본이 있다는 점이었다. 인터뷰 녹취록이 아닌 대본. 그럼 대본대로 연기하도록 삼촌이 그걸 쓴 것일까? 아니면 실제 인터뷰를 기록한 다음 대본의 형태로 바꾼 것일까? 아니면 누군가를 인터뷰한 다음 그 인터뷰를 토대로 재작업할 대본을 쓰고, 다른 사람이 그 재작업한 대본에 따라 연기하도록 한 것일까? 진실을 알 방법은 없었다. 열차가 출발하고 잠시 움직이더니 다시 멈춘다. 위에서 잡음 섞인 목소리가 알아들을 수 없는 말을 웅얼거린다.

학교에서 딘은 렌즈라는 글자를 여기저기 써놓았다. 그 낙서가 있는 장소는 그가 사람들을 내다볼 수 있는 곳, 그의 낙서를 보고 있는 사람들을 상상할 수 있는 곳이라고 할 수 있었다. 딘은 사람들이 로커 위, 화장실 칸막이 문 안쪽, 책상 위의 낙서를 보는 모습을 볼 수 있었다. 딘은 화장실 칸막이 안에서 문에 낙서하며 그의 것이 아닌 이름, 어느 누구를 향해서 쓴 것이 아닌, 동시에 모두에게 쓴 것이기도 한 그 이름을 모두가 보기를 원하는 게, 사람들이 그걸 카메라 렌즈를 보듯 들여다보는 모습을 상상하는 게 얼마나 슬픈 일인지에 대해 생각했다. 그가 중학교에 들어와서 아직 친구를 한 명도 사귀지 못한 건 놀라운 일이 아니었다.

집에 돌아가보니 삼촌은 없었다. 엄마는 부엌에 있었다.

"루카스는 어디 있어요?" 딘이 물었다.

"거기 밤새 있어야 한대."

"어디에 밤새 있어요?"

"병원."

"왜요?"

"네 삼촌 죽어가고 있어."

"뭐라고요?"

"미안하구나, 아가. 너한테 말해주려고 했는데. 일이 이렇게 될 줄은 몰랐어. 이번 방문은 잘 지나가고 돌아갔다가……"

"왜 죽어가는데요?"

"너무 오랫동안 술을 너무 많이 마셨어. 그래서 몸이, 간이 완전히 가고 있어."

"간다고요? 하지만 여기 온 지 얼마 되지도 않았잖아요." 딘이 말했고, 그 말이 엄마를 울게 만들었지만 잠깐이었다.

그녀는 팔등으로 눈물을 훔치고 말했다. "이 시점에서는 우리가 할 수 있는 게 없단다, 얘야."

"그럼 할 수 있는 게 있을 때 왜 아무것도 안 한 거죠?"

"우리가 어쩌지 못하는 일들도 있는 거야. 우리가 도와줄 수 없는 사람들도 있어."

"엄마 동생이잖아요."

"딘, 내가 뭘 어떻게 했어야 됐니? 내가 할 수 있는 일은 없었어. 루카스는 거의 평생을 그렇게 살아왔어."

"왜요?"

"모르겠다."

"뭘요?"

"몰라. 빌어먹을 난 모른다고. 제발." 노마가 말했다. 그녀는 물기를 닦고 있던 접시를 떨어뜨렸다. 그들은 둘 사이의 바닥에 흩어진 접시 조각들을 바라보았다.

12번가역에서 딘은 계단을 뛰어올라가지만 휴대전화를 보고 약속 시간에 늦지 않았음을 깨닫는다. 지상으로 올라간 뒤엔 뛰지 않고 걷는다. 시선을 들어 트리뷴 타워를 본다. 마치 원래는 빨간색이어야 하는데 세월과 함께 생기를 잃은 것처럼 빛바랜 분홍색이다. 웨스트오클랜드로 들어가는 길에 있는 I-980 주간고속도로 바로 앞에 위치한 소박하고, 보통 높이에, 체크무늬 외벽의 쌍둥이 건물 로널드 V. 델럼스 연방 청사를 제외하면 오클랜드의 스카이라인은 개성이 없고 불규칙적으로 흩어져 있어서, 신문사가 19번가로 자리를 옮긴 후에도, 심지어 그 신문사가 더이상 존재하지 않는 지금도 트리뷴 간판을 밝혀놓았다.

딘은 길을 건너 시청 쪽으로 간다. 그는 14번가와 브로드웨이 교차로의 버스 정류장 뒤에 모여 있는 남자들이 피우는 대마초 연기를 헤치고 지나간다. 자신이 피울 때를 제외하곤 그 냄새가 좋았던 적이 없다. 어젯밤에 대마초를 피우지 말았어야 했다. 대마초를 안 피우면 더 예리해진다. 문제는 대마초가 옆에 있으면 피우게 된다는 것이다. 그리고 복도 건너편 집에 사는 남자에게 계속 대마초를 사들인다. 그런 상황이다.

다음날 학교에서 돌아온 딘은 삼촌이 다시 소파에 앉아 있는 것을 보았다. 딘은 옆자리에 앉아 무릎에 양 팔꿈치를 괴고 몸을 앞으로 기울인 채 바닥을 바라보며 삼촌이 무슨 말이라도 하기를 기다렸다.

“넌 여기 이 소파에서 좀비로 변해가면서 술로 스스로를 죽이고 있는 내가 아주 한심해 보이겠구나. 엄마가 그렇게 말하던?” 루카스가 말했다.

“엄마는 거의 아무 말도 안 해줬어요. 왜 아픈지는 알아요.”

“난 아픈 게 아냐. 죽어가는 거지.”

“네, 그렇지만 아프잖아요.”

“나는 죽느라 아픈 거야.”

“시간이 얼마나……”

“조카, 우린 시간을 갖고 있지 않아. 시간이 우리를 갖고 있지. 시간은 들쥐를 입에 문 올빼미처럼 우리를 물고 있어. 우리는 떨고 있고. 벗어나려고 안간힘을 쓰지만, 시간은 자양분을 얻기 위해 우리 눈과 내장을 쪼아먹고, 우린 들쥐처럼 죽는 거야.”

딘은 침을 꼴깍 삼켰고, 논쟁적인 어조나 분위기는 없었는데도 논쟁을 벌이고 있는 것처럼 심장이 빠르게 뛰었다.

“맙소사, 삼촌.” 딘이 말했다.

그가 삼촌을 ‘삼촌’이라고 부른 건 그때가 처음이었다. 마음먹고 부른 게 아니라 그냥 말이 튀어나왔다. 루카스는 반응을 보이지 않았다.

“언제부터 알았어요?” 딘이 물었다.

루카스가 두 사람 사이에 있는 램프를 켰고, 삼촌의 눈 흰자위가 노랗게 변한 걸 본 딘은 뱃속이 울렁거리며 슬픔이 일었다. 그리고 삼촌이 휴대용 술병을 꺼내 술을 마시는 걸 보자 또다시 고통이 밀려들었다.

“조카, 이런 꼴 보여서 미안하구나. 내가 나아질 방법은 이것뿐이거든. 난 오랫동안 술을 마셔왔어. 도움이 돼. 어떤 사람들은 나으려고 약을 먹지. 하지만 약도 시간을 두고 사람을 죽인단다. 어떤 약은 독이야.”

“그런 것 같아요.” 딘은 그렇게 말하면서 삼촌이 그를 공중으로 던져 올렸을 때처럼 뱃속이 간질거리는 기분을 느꼈다.

“그래도 당분간은 떠나지 않을 거야. 걱정 마라. 이런 건 죽는 데 몇 년 걸리니까. 자, 난 이제 좀 자야겠다. 대신 내일 학교 끝나고 와서 나와 함께 영화 만드는 일에 대해 이야기하자. 난 총 같은 손잡이가 달린 카메라를 갖고 있단다.” 루카스는 손으로 총 모양을 만들어 딘에게 겨눴다. “단순한 콘셉트를 구상해보자. 며칠 내로 뚝딱 만들어낼 수 있는.”

“좋아요, 그런데 내일까지 몸이 괜찮아지겠어요? 엄마가 그러는데……”

“괜찮아질 거야.” 루카스는 그렇게 말하고 한 손바닥을 펼쳐 가슴 앞에서 호를 그리듯 쓸어내렸다.

건물 안으로 들어선 딘은 휴대전화로 스케줄을 확인하고 십 분이 남았음을 깨닫는다. 심사위원단 앞에 가기 전에 그는 겉옷을 입은 채로 속셔츠를 벗은 다음, 그걸 수건처럼 사용해 땀을 닦는다. 그가 들어가기로 되어 있는 방의 문밖에 한 남자가 서 있다. 딘은 그 남자가 자신이 싫어하는 유형의 사람이라고 생각한다. 그렇다고 확신한다. 남자는 매일 머리를 면도해야 하는 그런 대머리다. 자신이 머리칼에 대한 지배력을 갖고 있는 것처럼, 그러니까 대머리가 자신의 선택인 것처럼 보이고 싶어하지만, 옆머리에 희미하게나마 남은 머리칼의 흔적이 정수리에는 전혀 없다. 그는 꽤 넓으면서도 깔끔한 연갈색 턱수염을 기르고 있는데, 그건 머리털의 결핍에 대한 보상임이 분명하고 요즘 유행하는 스타일이기도 하다. 크고 무성한 턱수염과 굵직한 검정 테 안경으로 얼굴을 다 가리다시피 하고서도 당당하게 보이고 싶어하는 백인 힙스터들을 어딜 가나 볼 수 있다. 딘은 보조금을 받으려면 반드시 유색인이어야 하는지 궁금해진다. 그 남자는 분명 아이들을 데리고 쓰레기-예술 프로젝트 같은 걸 하고 있을 것이다. 딘은 대화를 피하려고 휴대전화를 꺼낸다.

"보조금 받으러 왔어요?" 남자가 딘에게 말한다.

딘은 고개를 끄덕이고 악수를 하려고 손을 내민다. "딘이에요." 그가 말한다.

"롭이에요." 남자가 말한다.

"어디서 왔어요?" 딘이 묻는다.

"사실 지금은 거처가 없어요. 하지만 다음달에 친구들 몇 명하고 웨스트오클랜드에 거처를 마련할 거예요. 그 동네는 똥값이더라고요." 롭이 말한다.

딘은 이를 악물고 천천히 눈을 깜빡인다. 똥값.

"여기서 자랐어요?" 딘이 묻는다.

"사실 진짜 여기 출신은 아무도 없잖아요, 그렇죠?" 롭이 말한다.

"뭐라고요?"

"내 말 무슨 뜻인지 알잖아요."

"무슨 뜻인지 알아요." 딘이 말한다.

"거트루드 스타인이 오클랜드에 대해 뭐라고 했는지 알아요?" 롭이 말한다.

딘은 고개를 젓지만 사실 알고 있다. 프로젝트를 위해 조사를 하면서 오클랜드에 관한 인용문들을 구글로 검색해봤던 것이다. 그는 남자가 무슨 말을 하려고 하는지 정확하게 안다.

"거기엔 그곳이 없다." 롭이 속삭이듯 말하며 입을 벌리고 어벙한 미소를 짓는다. 딘은 그 얼굴에 주먹을 한 방 날리고 싶어진다. 딘은 그에게 자신도 그 인용문을 원본에서, 거트루드 스타인의 『모두의 자서전Everybody's Autobiography』에서 찾아봤다고, 그녀가 자란 오클랜드의 동네가 너무 많이 변해서, 너무 많은 개발이 이루어져서, 어린 시절의 그곳이, 거기에서 그곳이 사라졌다는, 거기에는 그곳이 더이상 없다는 이야기를 한 거라고 말하고 싶다. 딘은 원주민들에게도 그런 일이 일어났다고 말하고 싶다. 당신과 나는 똑같지 않다고, 나는 원주민이라고, 오클랜드에서 나고 자랐다고, 오클랜드 출신이라고 설명하고 싶다. 롭은 그 인용문에서 자신이 원하는 걸 얻었기에 더 자세히 조사해보지 않았을 것이다. 그는 저녁식사 모임에서 자기 같은 사람들을 상대로 그 인용문을 써먹으며, 십년 전에는 차를 몰고 지나갈 용기조차 내지 못했던 그 지역을 자신들이 점령했다는 사실에 뿌듯함을 느끼도록 만들었을 것이다.

그 인용문은 딘에게 중요하다. 거기 그곳there there, 이라는 그 말. 그는 그 인용문 말고는 거트루드 스타인의 글을 읽어본 적이 없다. 하지만 이 나라의 원주민들 입장에서 보면 아메리카 대륙 전체가 개발되어 조상의 땅이 묻혔고, 유리와 콘크리트와 전선과 철강이 돌이킬 수 없게 기억을 덮어버렸다. 거기엔 그곳이 없다.

남자가 자기 차례라며 안으로 들어간다. 딘은 속셔츠로 머리를 한번 더 닦은 후 그걸 백팩에 넣는다.

심사위원단은 네모꼴로 배치된 테이블 네 개에 앉아 있다. 딘은 자리에 앉으며 그들이 자신의 프로젝트에 대해 이야기하는 중임을 깨닫는다. 그는 자신이 신청서에 무엇을 할 거라고 썼는지 기억이 나지 않는다. 그의 머릿속은 불발된 계획들로 뒤죽박죽이다. 심사위원단이 작업물 견본이 없는 것에 대해 언급한다. 아무도 그를 보지 않는다. 그를 보는 게 금지되어 있는 걸까? 심사위원단 구성이 중구난방이다. 나이든 백인 여자 하나. 중년의 흑인 남자 둘, 중년의 백인 여자 둘. 젊은 편에 속하는 히스패닉계 남자 하나. 스물다섯일 수도, 서른다섯일 수도, 마흔다섯일 수도 있는 인도 여자와 머리칼이 길고 양쪽 귀에 청록색과 은색이 섞인 깃털 귀걸이를 한, 원주민이 분명한 노인. 그들이 딘을 향해 고개를 돌린다. 신청서에는 담겨 있지 않지만 심사위원단이 꼭 알아주었으면 하는 내용을 이야기할 수 있는 시간이 삼 분 주어진다. 그의 프로젝트가 보조금을 받을 가치가 있음을 그들에게 확신시킬 마지막 기회다.

"안녕하십니까. 제 이름은 딘 옥센딘입니다. 저는 오클라호마 샤이엔족과 어래퍼호족으로 등록되어 있습니다. 좋은 아침입니다. 저에게 시간을 내어주시고 관심 가져주셔서 감사합니다. 제 이야기가 두서가 없다면 미리 사과드립니다. 이런 기회를 갖게 된 것을 감사히 생각합니다. 시간이 제한되어 있으니, 괜찮으시다면 본론으로 들어가겠습니다. 이 모든 일은 제가 열세 살 때 시작되었습니다. 저의 삼촌이 세상을 떠났고, 저는 삼촌이 시작한 일을 물려받았다고 할 수 있습니다. 삼촌이 했었고 제가 하고 싶은 일은 오클랜드에 사는 인디언의 이야기를 기록하는 것입니다. 저는 그들 앞에 카메라를 놓고 녹화와 녹음을 하고 싶습니다. 그들이 원한다면 이야기하는 동안 제가 그 내용을 받아 적을 수도 있고, 그들이 직접 글로 쓸 수도 있을 겁니다. 저는 가능한 모든 종류의 이야기를 수집할 것이고, 그들이 다른 누구도 없는 자리에서, 어떠한 연출이나 조작, 의도 없이 자신의 이야기를 할 수 있는 기회를 제공할 것입니다. 저는 그들이 하고 싶은 말을 할 수 있기를 바랍니다. 그 내용을 통해 비전을 제시하고자 합니다. 아주 많은 이야기들이 있을 것입니다. 따라서 많은 편집이 필요하고, 많이 보고 많이 들어야 하겠지만, 우리 공동체가 얼마나 오랫동안 무시되고 보이지 않는 존재로 살아왔는지를 고려한다면 그것이야말로 우리에게 꼭 필요한 일입니다. 저는 인디언 센터에 방을 하나 마련할 생각입니다. 그리고 이야기하는 사람들에게 대가를 지불하고 싶습니다. 이야기는 값을 매길 수 없는 귀중한 것이지만 감사의 표시를 하려는 것이죠. 그리고 이 일은 단순히 질적인 자료를 수집하는 작업이 아닙니다. 저는 원주민의 체험을 스크린을 통해 보여줌으로써 그에 대한 시각을 새롭게 바꾸고 싶습니다. 우리는 그동안 도시 인디언의 이야기를 보지 못했습니다. 지금까지 우리가 본 건 정형화된 이야기들뿐이었고, 그래서 아무도 원주민의 이야기에 흥미를 갖지 못했습니다. 그 이야기들은 너무 슬픕니다. 너무 슬퍼서 어떠한 재미도 느낄 수 없을 정도입니다. 하지만 더 중요한 건, 이야기가 그려지는 방식 때문에 그들이 애처로워 보인다는 것입니다. 우리는 그걸 영구화시킵니다. 아니, 그건 정말 엿같은 짓입니다. 무례한 표현을 써서 죄송합니다. 너무 화가 나서요. 하지만 전체적인 그림을 놓고 보면 그들은 애처롭지 않고, 여러분이 일상에서 마주하는 개인들과 그들의 이야기 역시 애처롭거나 약하지도, 동정이 필요하지도 않습니다. 그들에겐 진짜 열정이, 열망이 있고 그게 제가 이 프로젝트에 담으려는 것의 일부입니다. 저도 그걸 느끼니까요. 저는 바로 그 에너지를 담을 것입니다. 이 프로젝트가 승인을 받고 다 잘된다면 말입니다. 저는 기금을 더 모을 수 있고, 사실 그리 많은 돈이 들지도 않을 겁니다. 어쩌면 이 보조금만으로도 대부분의 작업을 할 수 있을 겁니다. 시간이 초과되었다면 죄송합니다. 감사합니다."

딘은 숨을 깊이 들이쉰 후 그대로 숨을 참는다. 심사위원들은 아무도 시선을 들지 않는다. 그는 자신이 한 모든 말을 후회하며 숨을 내쉰다. 심사위원들은 각자 노트북을 내려다보며 속기사처럼 타이핑을 한다. 지금은 질문 시간이다. 딘에게 질문하는 시간은 아니다. 심사위원들이 서로에게 질문하는 시간이다. 프로젝트의 실행 가능성에 대해 논의하는 시간. 젠장. 그는 자신이 방금 뭐라고 말했는지도 모르겠다. 원주민 남자가 딘의 신청서 뭉치를 손가락으로 톡톡 두드리며 목청을 가다듬는다.

"흥미로운 아이디어예요. 하지만 저는 지원자의 의도가 정확히 무엇인지 알기가 어렵네요. 제가 궁금한 건, 혹시 제가 놓친 게 있다면 바로잡아주세요, 저는 이 프로젝트에 진짜 비전이 있는지, 아니면 그냥 작업을 진행하면서 비전을 만들어내려는 건 아닌지 하는 점입니다. 지금 지원자는 작업물 견본조차 갖고 있지 않으니까요." 원주민 남자가 말한다.

딘은 원주민 남자가 그렇게 나오리라는 걸 알고 있었다. 남자는 아마 딘이 원주민이라고 생각하지도 않을 것이다. 젠장. 작업물 견본. 딘은 아무 말도 할 수 없다. 그는 벽에 붙은 파리처럼 이 상황을 관조해야 한다. 하지만 저 남자가 방금 그를 찰싹 때렸다. 누군가가 무슨 말을 한다. 누군가가 또다른 말을 한다. 흑인 남자 두 명 중 나이가 더 많고 옷도 더 잘 입었으며 흰 턱수염을 기르고 안경을 낀 사람이 말한다. "전 흥미롭다고 생각합니다. 지원자가 자신이 말한 계획을 실행에 옮긴다면, 그건 근본적으로 기록의 권위를 내려놓는 일입니다. 말하자면 자리를 비켜주는 것이지요. 그 일을 제대로 해낸다면 카메라 뒤에 연출자가 있다는 느낌이 들지 않을 것이고, 아예 카메라맨이 없는 것처럼 느껴질 것입니다. 제가 하고 싶은 중요한 질문은, 사람들이 지원자에게 와서 자신의 이야기를 하고 그걸 믿고 맡기도록 만들 수 있느냐는 것입니다. 만일 그렇게 할 수 있다면, 지원자가 비전을 가지고 자신만의 가시적인 성과물을 만들어낼 수 있느냐 없느냐에 관계없이 이 프로젝트는 중요할 수 있다고 생각합니다. 때로 우리는 이야기에 연출자의 비전을 지나치게 많이 담는 모험을 합니다. 저는 내용을 통해 비전을 제시하겠다는 방식이 마음에 듭니다. 어떤 식으로 진행되건, 기록으로 남길 만한 중요한 이야기라 판단됩니다. 이상입니다."

딘은 원주민 남자가 불편한 듯 자세를 바꾸며 딘의 신청서 뭉치를 테이블에 대고 톡톡 쳐서 가지런하게 모은 후 더 큰 종이 뭉치 뒤에 놓는 걸 본다. 틸다 스윈턴처럼 생긴, 나이가 많은 백인 여자가 말한다. "만일 지원자가 기금을 모을 수 있고 새로운 이야기를 하는 영화를 만들어낸다면 그건 멋진 일이고, 저로선 그것에 대해 할말이 더 있는지 모르겠습니다. 우린 심사해야 할 지원자들이 스무 명가량 더 있고, 분명 그중에 철저한 검토와 논의를 요하는 경우가 최소한 몇 건은 있을 겁니다."

집으로 돌아가는 지하철 안에서 딘은 열차 창문에 검게 비친 자신의 얼굴을 바라본다. 환한 미소를 짓고 있다. 그걸 보고 그는 얼굴에서 미소를 지운다. 그는 해냈다. 보조금을 받을 게 거의 확실하다. 오천 달러. 평생 한 번도 가져본 적 없는 액수다. 삼촌 생각을 하니 눈물이 차오른다. 그는 눈을 꾹 감고 머리를 뒤로 기댄 채 아무 생각 없이 그저 자신을 집으로 데려다주는 열차에 몸을 맡긴다.

딘이 빈집에 돌아왔을 때 소파 앞 커피 테이블에 낡은 카메라가 놓여 있었다. 그는 카메라를 집어들고 소파에 앉았다. 삼촌이 말한 총 모양 카메라였다. 권총 손잡이가 달린. 그는 카메라를 무릎에 놓고 앉아서 엄마가 소식을 들고 홀로 돌아오기를 기다렸다.

엄마가 들어왔을 때, 그녀의 얼굴 표정이 모든 걸 말해줬다. 굳이 입으로 말할 필요가 없었다. 딘은 그걸 예상하지 못했던 것처럼 카메라를 들고 벌떡 일어나, 엄마를 지나쳐 현관문 밖으로 달려 나갔다. 그는 계속 달려서 언덕을 내려가 다이먼드 파크까지 갔다. 공원 아래쪽으로 뚫린 터널이 있었다. 터널의 높이는 약 10피트, 길이는 200야드쯤이었고, 50야드가량 되는 중간 지대에 들어서면 아무것도 보이지 않았다. 엄마 말로는 거기에 만灣까지 이어진 지하 수로가 있다고 했다. 딘은 자신이 거기 왜 왔으며 카메라는 왜 들고 왔는지 알지 못했다. 그는 카메라를 사용하는 법조차 몰랐다. 터널 안에서 바람이 울부짖었다. 그를 향해. 마치 숨을 쉬는 듯했다. 터널은 하나의 입이자 목구멍이었다. 그는 카메라를 켜려고 했지만 실패했다. 그래도 터널에 카메라를 들이댔다. 딘은 자신도 결국 삼촌처럼 되는 건 아닐까 생각했다. 그다음엔 집에 있는 엄마 생각을 했다. 엄마는 아무 잘못이 없었다. 화를 낼 대상이 아무도 없었다. 터널 안에서 다가오는 발소리가 들리는 것 같았다. 그는 개천 둑으로 기어올라가 언덕 위로, 집으로 달려가려고 했지만 무언가가 그를 붙잡았다. 그는 카메라 측면의 볼렉스 파야르라는 글자 옆에 있는 스위치를 발견했다. 그는 길 위쪽의 가로등을 향해 카메라를 겨눴다. 터널 입구로 걸어가서 그곳을 겨눴다. 집으로 돌아오는 내내 카메라를 켜두었다. 그는 카메라가 돌아가는 동안에는 삼촌이 자신의 곁에서 카메라를 통해 보고 있다고 믿고 싶었다. 집에 가까워지자 문간에서 그를 기다리고 있는 엄마가 보였다. 엄마는 울고 있었다. 딘은 전신주 뒤로 움직였다. 엄마에게 동생을 잃는 것이 어떤 의미였을지에 대해 생각해보았다. 삼촌의 죽음이 그 혼자만의 상실인 것처럼 그렇게 뛰쳐나간 것은 얼마나 잘못된 일이었나. 노마는 쭈그려앉아 두 손에 얼굴을 묻었다. 카메라는 계속 돌아가고 있었다. 딘은 권총 손잡이가 달린 카메라를 들어 그녀를 겨누고 시선을 돌렸다.

# 오팔 비올라 빅토리아 베어실드

우리가 앨커트래즈섬으로 이사한다는 소식을 듣고 엄마가 집에 돌아왔을 때, 재키 언니와 나는 거실에서 TV를 틀어놓고 숙제를 하고 있었다.

"짐 싸. 우린 거기로 갈 거야. 오늘." 엄마가 말했다. 우리는 그 말이 무슨 뜻인지 알았다. 추수감사절을 기념하지 않는 걸 기념하러 거기 간 적이 있었던 것이다.

그때 우리는 이스트오클랜드에 있는 노란 집에 살고 있었다. 그 동네에서 제일 밝았지만 제일 작기도 한 집이었다. 방 두 칸에 식탁도 안 들어갈 정도로 작은 부엌. 나는 그 집을 좋아하지 않았다. 카펫은 너무 얇고 먼지와 연기 냄새가 났다. 처음엔 소파도 없고 TV도 없었다. 하지만 그전에 살던 집보다는 훨씬 나았다.

어느 날 아침 엄마가 급히 우리를 깨웠는데, 두들겨맞은 얼굴이었다. 엄마는 사이즈가 너무 큰 갈색 가죽 재킷을 어깨에 걸치고 있었다. 윗입술과 아랫입술이 다 부어올라 있었다. 그 커다란 입술을 보자 내 기분은 엉망이 되었다. 엄마는 말도 똑바로 할 수 없었다. 그때도 엄마는 우리에게 짐을 싸라고 했다.

재키 언니의 성은 레드페더*고, 내 성은 베어실드**다. 언니네 아빠도, 우리 아빠도 엄마 곁을 떠났다. 엄마가 두들겨맞고 온 그날 아침에 우리는 새집, 노란 집으로 가는 버스를 탔다. 엄마가 어떻게 집을 구했는지는 모르겠다. 버스에서 나는 엄마에게 붙어앉아서 엄마 재킷 주머니에 손을 넣었다.

"우리 이름은 왜 이래?" 내가 물었다.

"옛날 인디언 이름이야. 백인들이 와서 자기 아빠들을 이용해 권력을 유지하기 위해 그 아빠들 이름을 퍼뜨리기 전에는 우리도 우리식 이름이 있었지."

나는 아빠들에 대한 그 설명을 이해할 수 없었다. 그리고 베어실드가 곰이 자기를 보호하기 위해 쓰는 방패를 말하는지, 아니면 사람이 곰을 막기 위해 쓰는 방패를 말하는지, 그것도 아니면 곰으로 만든 방패를 말하는 건지 알 수 없었다. 어떤 것이건 학교에서 내 성이 왜 베어실드인지 설명하기는 굉장히 어려웠고, 심지어 최악은 그게 아니었다. 최악은 내 성이 아니라 이름이었다. 나는 이름이 두 개다. 오팔 비올라. 그래서 내 이름은 오팔 비올라 빅토리아 베어실드다. 빅토리아는 엄마 이름이고—사실 엄마는 그냥 비키로 통했지만—오팔 비올라는 우리가 만난 적도 없는 할머니에게

* Red Feather. '붉은 깃털'이라는 뜻.

** Bear Shield. '곰 방패'라는 뜻.

서 따온 이름이다. 엄마는 할머니가 주술사에다 영혼의 노래를 부르는 유명한 노래꾼이었다며, 그 위대한 옛 이름을 명예롭게 지니고 다녀야 한다고 했다. 좋은 점이라면, 아이들이 나를 놀리기 위해 내 이름에 다른 말을 덧붙여 라임을 맞추거나 변형을 가할 필요가 없다는 것이었다. 아이들은 그냥 내 이름 전체를 불렀고 그것만으로도 우스꽝스러웠다.

1970년 1월 말의 쌀쌀한 잿빛 아침에 우리는 버스에 올랐다. 재키와 나는 똑같이 생긴 낡아빠진 빨간색 더플백이 하나씩 있었는데, 그 더플백엔 물건이 많이 들어가지 않았지만 어차피 우린 짐이 별로 없었다. 나는 옷 두 벌을 더플백에 넣고 곰인형 '두 신발Two Shoes'을 옆구리에 꼈다. '두 신발'이라는 이름은 언니가 지어준 건데, 언니의 어린 시절 곰인형은 원래부터 신발이 하나밖에 없었기 때문이었다. 언니 곰인형의 이름은 '한 신발'이 아니었지만, 어쩌면 나는 신발이 하나가 아니라 두 개인 곰인형을 갖고 있는 걸 행운으로 여겨야 했는지도 모른다. 하지만 곰은 원래 신발을 신지 않으니 어쩌면 나도 행운아가 아닌 다른 것이었는지도 모른다.

보도로 나온 후 엄마가 집을 돌아보았다. "집에 작별인사해, 얘들아."

나는 현관문을 지켜보는 버릇이 들었다. 그동안 문에 붙은 퇴거 통지서를 몇 번이나 보았다. 그리고 물론, 이번에도 역시 통지서가 붙어 있었다. 엄마는 그걸 못 봤다고 주장하면서 시간을 벌기 위해, 항상 통지서에 손을 대지 않았다.

재키와 나는 집을 올려다보았다. 그 노란 집은 그만하면 괜찮았었다. 양쪽 아빠 둘 다 없이 살았던 첫 집이어서 조용했고, 그 집에서 보낸 첫날밤 엄마가 만들어준 바나나 크림 파이처럼 달콤하기까지 했다. 그날 가스는 나와도 전기가 아직 안 들어와서 우리는 부엌에 서서 촛불을 켜놓고 파이를 먹었다.

우리가 무슨 말을 해야 할지 생각하고 있는데 엄마가 "버스다!" 하고 외쳤고, 우리는 똑같은 빨간색 더플백을 끌고 허둥지둥 엄마를 뒤따라 달려야 했다.

한낮이라 버스에는 사람이 거의 없었다. 재키는 우리와 모르는 사이인 것처럼, 혼자 탄 것처럼 몇 좌석 뒤에 앉았다. 나는 엄마에게 그 섬에 대해 물어보고 싶었지만, 엄마가 버스에서 이야기하는 걸 좋아하지 않는다는 것을 알았다. 엄마도 언니처럼 고개를 돌렸다. 우리 모두 모르는 사이인 것 같았다.

"알지도 못하는 사람들 있는 데서 왜 우리 이야기를 해?" 엄마는 늘 그렇게 말했다.

잠시 후 나는 더이상 참지 못하고 물었다. "엄마, 우리 뭐하러 가는 거예요?"

"친척들과 함께 지낼 거야. 모든 부족의 인디언들과 함께. 우린 미국인들이 지은 감옥으로 갈 거야. 감방 안에서 새로 시작할 거야. 사실 우리 인디언들은 이미 감방 안에 있지. 그들이 우릴 거기 집어넣었어. 겉보기에는 안 그런 척 꾸며놓았지만. 우린 숟가락 하나로 그 안에서 빠져나올 방법을 찾을 거야. 자, 이걸 봐라."

엄마가 핸드백에서 트럼프 카드 크기의 코팅된 종이를 꺼내 건넸다. 종이 위에는 어디에서나 볼 수 있는 그 그림, 말을 탄 슬픈 인디언의 실루엣이 있었고, 뒷면에 미친 말*의 예언이라고 쓰여 있었다. 나는 그 내용을 읽었다.

> 고난을 넘어선 고난을 겪은 뒤, 붉은 나라는 다시 일어나 병든 세상에 축복이 될 것이다. 깨진 약속들과 이기심과 분리로 가득한 세상. 다시 빛을 갈구하는 세상. 나는 모든 색깔의 인종들이 신성한 '생명의 나무' 아래 모이고 온 세상이 다시금 하나가 될 일곱 세대 후의 시간을 본다.

나는 엄마가 그 카드만한 종이나 숟가락을 갖고 무슨 말을 하려는 건지 알 수 없었다. 하지만 엄마는 늘 그런 식이었다. 자신만의 사적인 언어로 말했다. 나는 엄마에게 거기 원숭이들이 있는지 물었다. 무슨 이유에선지 나는 모든 섬에 원숭이가 있다고 생각했다. 엄마는 내 질문에 대답하지 않고 그저 미소만 지으며 버스 차창 옆으로 흐르는 기다란 잿빛의 오클랜드 거리를 바라보았다. 마치 그 풍경이 그녀가 좋아하는, 그러나 너무 많이 봐서 더이상 눈여겨보지 않는 옛날 영화라도 되는 것처럼.

---

* Crazy Horse. 북미 인디언 라코타족의 족장으로 19세기에 미국 정부와 맞서 전쟁을 이끌었다.

우리는 쾌속정을 타고 섬으로 갔다. 나는 배에서 계속 엄마 무릎을 베고 있었다. 우리를 데려다준 남자들은 군복 차림이었다. 나는 우리가 어떤 곳으로 들어가고 있는지 알 수 없었다.

우리는 젊은 남자들 몇이 목재 팰릿 덩어리들로 꽤 크고 뜨겁게 피워놓은 모닥불 근처에서 스티로폼 용기에 든 멀건 비프스튜를 먹었다. 엄마는 불에서 더 멀리 떨어진 곳에서, 웃음소리가 요란한 거구의 늙은 인디언 여자 두 명과 함께 담배를 피웠다. 테이블에는 스튜 냄비들과 함께 원더 브레드*가 몇 무더기 쌓여 있고 버터도 있었다. 불이 너무 뜨거워지자 우리는 뒤로 물러나 앉았다.

"언니는 어떤지 모르겠지만, 난 계속 이렇게 살 수 있어." 나는 입안 가득 버터 바른 빵을 물고 재키에게 말했다.

우리는 웃음을 터뜨렸고 재키가 내게 몸을 기댔다. 그러다 실수로 서로 머리를 부딪쳤고 우리는 그것 때문에 더 웃었다. 시간이 흘러, 엄마가 다시 우리에게 왔을 때 나는 졸고 있었다.

"다들 감방에서 잔단다. 거기가 더 따뜻해." 엄마가 우리에게 말했다. 언니와 나는 엄마의 건너편 감방에서 잤다. 엄마는 늘 정신없이 살았지만, 직장을 다니다 말다 하고, 우리를 끌고 오클랜드 전역으로 이사를 다니고, 우리 아빠들의 삶을 들락거리고, 이 학교

* 미국의 공장형 제빵 브랜드.

저 학교로 전학시키고, 이 보호소 저 보호소를 전전했지만, 이번엔 달랐다. 전에는 그래도 한집이나 한방, 적어도 한 침대를 썼다. 재키와 나는 엄마의 감방 건너편에 있는 그 오래된 감방에서 인디언 담요를 깔고 둘이 꼭 붙어서 잤다.

그 감방에서는 모든 소리가 백 번씩 메아리쳤다. 엄마가 우리를 재울 때 부르던 샤이엔족 자장가를 불렀다. 나는 그 노래를 너무 오래전에 들어서 거의 잊었고 또 노랫소리가 사방의 벽에 미친듯이 메아리쳤지만, 그래도 그건 우리 엄마 목소리의 메아리였다. 우리는 금세 잠이 들었고 단잠을 잤다.

재키가 그곳에서 나보다 훨씬 잘 지냈다. 언니는 섬 전체를 누비고 다니는 십대 무리와 어울렸다. 어른들은 너무 바빠서 그들이 어디서 뭘 하고 다니는지 일일이 파악하지 못했다. 나는 엄마 옆에 붙어 있었다. 우리는 돌아다니며 사람들과 이야기하고 공식적인 회의에 참석했다. 회의에서는 다들 무엇을 하고 무엇을 요청할지에 대해, 우리의 요구 사항에 대해 합의하려 애썼다. 더 중요한 위치에 있는 듯 보이는 인디언들이 더 쉽게 흥분하는 경향이 있었다. 그들은 남자들이었다. 여자들 말은 우리 엄마가 만족할 만큼 귀기울여 들어주지 않았다. 처음 며칠이 몇 주처럼 지나갔다. 우리는 거기에 학교와 의료 시설, 문화센터를 지어달라고 연방 정부에 요구하며, 영원히 그곳에서 살게 될 것 같았다.

그러다 어느 시점에, 엄마가 나한테 밖에 나가 재키 언니가 뭘 하고 있는지 보라고 했다. 나는 혼자 나가고 싶지 않았다. 하지만 결국 지루함을 견디다못해 밖을 둘러보러 나갔다. '두 신발'을 가지고 갔다. 내가 곰인형을 갖고 놀 나이는 지났다는 걸 알았다. 열두 살이 다 되었으니까. 그래도 가져갔다. 나는 등대 반대편으로 내려갔는데, 거긴 왠지 가서는 안 될 것 같은 느낌을 주는 곳이었다.

나는 골든게이트해협과 가장 가까운 해변에서 그들을 발견했다. 그들은 해변의 바위 위에 여기저기 흩어져서 십대 특유의 거칠고 잔인한 태도로 깔깔대며 서로 손가락질을 해대고 있었다. 나는 '두 신발'에게 여기 오는 게 그리 좋은 생각은 아니었던 것 같으니 그냥 돌아가야겠다고 말했다.

"누이, 걱정할 것 없어. 여기 있는 사람들은 전부, 저 젊은이들까지도, 다 우리 친척이야. 그러니까 겁내지 마. 그리고 만일 누가 누이를 쫓아오면 내가 달려들어서 발목을 콱 물 거야. 그런 공격은 전혀 예상 못할걸. 나의 신성한 곰 약을 써서 잠들게 할 거야. 즉시 겨울잠에 빠져들게 하는 기지. 누이, 내가 그렇게 할 거니까 걱정하지 마. 조물주가 누이를 지키라고 나를 강하게 만들었어." '두 신발'이 말했다.

나는 '두 신발'에게 인디언처럼 말하지 말라고 했다.

"인디언처럼 말하다니 그게 무슨 뜻인지 모르겠네." 그가 말했다.

"넌 인디언이 아냐, TS*. 넌 곰인형이라고."

"있잖아, 우린 그리 다르지 않아. 우리 둘 다 돼지 대가리가 이름을 지어줬거든."

"돼지 대가리?"

---

* 두 신발(Two Shoes)의 머리글자.

"머리가 돼지 수준인 사람."

"아. 어째서?"

"인디언은 콜럼버스가 붙인 이름이고, 곰인형에 테디 베어라는 이름이 붙은 건 테디 루스벨트의 책임이니까."

"어째서?"

"어느 날 루스벨트가 곰 사냥을 갔다가 털이 덥수룩한 늙고 허기진 진짜 곰을 만났는데, 그는 곰을 쏘지 않았지. 그러자 신문에 루스벨트 대통령을 자비롭고 진짜 자연을 사랑하는 사람처럼 묘사한 그 사냥 이야기가 만화로 실렸어. 그후에 사람들은 봉제 곰인형을 만들어 테디의 곰이라는 이름을 붙였지. 테디의 곰은 테디 베어가 된 거고. 하지만 사람들은 루스벨트가 그 늙은 곰의 목을 베었다는 사실은 밝히지 않았지. 그건 그들이 세상에 알리고 싶어하지 않는 그런 자비니까.*"

"네가 그런 걸 어떻게 알아?"

"자기 사람들의 역사는 알고 있어야지. 누이가 어떻게 여기까지 왔는지는, 누이가 여기까지 올 수 있도록 사람들이 무엇을 했는지에 기반을 두고 있어. 우리 곰들이나 누이네 인디언들이나 많은 일을 겪어왔어. 적들이 우리를 죽이려 했지. 하지만 그자들이 역사에 대해 하는 이야기를 들어보면, 마치 빈 숲에서 펼쳐지는 하나의 거창하고 영웅적인 모험담 같아. 숲에는 곰과 인디언이 가득했어. 누이, 그들은 우리 목을 모조리 베었지."

"그런데 왜 엄마한테 이미 들은 이야기처럼 느껴지지?" 내가 말

---

* 루스벨트는 붙잡힌 곰을 고통에서 해방시키기 위해 죽이라고 지시했다고 한다.

했다.

“루스벨트는 이렇게 말했지. ‘나는 좋은 인디언은 오로지 죽은 인디언뿐이라고 생각하지는 않지만 십중팔구는 그렇다고 믿으며, 그렇지 않은 한두 가지 경우에 대해 그렇게 자세히 조사해보고 싶지는 않다.’”

“젠장, TS. 그건 정말 너무했다. 난 큰 막대기에 대한 얘기밖에 못 들었는데.”

“그 큰 막대기는 자비에 관한 거짓말이지. 말은 부드럽게 하되 큰 막대기를 들고 다녀라, 그가 외교정책에 대해 한 말이야. 그들이 우리한테, 곰과 인디언한테 써먹은 전략이지. 우리 땅에서 외국인 취급을 당하는 우리들. 그들은 그 큰 막대기로 우리를 서부 끝자락까지, 우리가 거의 사라질 때까지 몰아냈지.”

그러더니 ‘두 신발’은 조용해졌다. 그는 늘 그런 식이었다. 할말이 있으면 말을 하고 아니면 침묵했다. 나는 검은 눈망울의 반짝임을 보고 그가 할말이 있는지 없는지 알 수 있었다. 나는 ‘두 신발’을 돌 뒤에 두고 언니에게 내려갔다.

그들은 물에 젖은 작은 모래 해변에 모두 모여 있었다. 해변에는 돌이 가득했는데, 수위가 높은 곳에서는 물에 덮이기도 하고 듬성듬성 드러나기도 했다. 그들에게 가까워질수록 재키가 이상하게 행동하고 있다는 게 더 확실히 보였다—너무 야단스럽고 비뚤어져 보였다. 재키는 내게 살갑게 굴었다. 지나칠 정도로. 언니는 나를 부르더니 너무 세게 껴안으며, 너무 큰 목소리로 나를 동생이라고 소개했다. 나는 열두 살이라고 거짓말을 했지만 그들은 내 말은 듣는 것 같지도 않았다. 그들은 술병을 돌리고 있었다. 술병이 재키에게 왔다. 언니는 오래 꿀꺽꿀꺽 마셨다.

"이쪽은 하비야." 재키는 술병을 그의 팔에 거칠게 안겨주며 내게 말했다. 하비가 술병을 잡았는데, 그는 재키가 방금 말을 했다는 것도 모르는 듯했다. 나는 그들 곁을 떠나 걸어가다가, 다른 사람들과 떨어져 혼자 서 있는 소년을 발견했는데, 거기서 나와 나이가 가장 비슷해 보였다. 그애는 돌을 던지고 있었다. 나는 그애에게 뭐하는 거냐고 물었다.

"뭐하는 것 같은데?" 그애가 물었다.

"돌을 하나씩 던져서 섬을 없애려고 하는 것 같아." 내가 말했다.

"이 멍청한 섬을 바다에 던져버릴 수 있으면 좋겠다."

"이미 바다에 있잖아."

"밑바닥으로 던져버리고 싶다고." 그애가 말했다.

"왜?" 내가 물었다.

"왜냐하면 아빠 땜에 형이랑 내가 여기 왔으니까. 학교에서 끌려나와서. TV도 없고, 좋은 음식도 없고, 다들 바쁘게 돌아다니면서 술을 마셔대고 모든 게 달라질 거라 떠들고 있지. 달라진 건 사실이지. 집에 있을 때가 나았어."

"우리가 무언가를 위해 일어서는 게 좋다고 생각하지 않아? 그들이 들어와서 수백 년 동안 우리에게 한 짓을 바로잡으려고 하는 게?"

"그래, 그래, 우리 아빠가 늘 하는 얘기지. 그들이 우리에게 한 짓. 미국 정부. 난 그런 거 아무것도 몰라. 그냥 집에나 갔으면 좋겠어."

"우린 이제 집도 없을걸."

"아무도 살고 싶어하지 않는 곳, 처음 만들어졌을 때부터 사람들이 탈출하고 싶어했던 거지같은 곳을 넘겨받는 게 뭐가 그리 좋다고."

"모르겠어. 도움이 될 수도 있지. 모르는 일이잖아."

"그래." 그는 큰 애들이 있는 곳 근처로 꽤 커다란 돌을 던졌다. 물이 튀자 그들이 우리에게 알아들을 수 없는 욕을 해댔다.

"이름이 뭐야?" 내가 물었다.

"로키." 그애가 대답했다.

"그럼 로키Rocky가 돌rock을 던지고 있는 거네?" 내가 말했다.

"닥쳐. 넌 이름이 뭐야?"

나는 이름 이야기를 꺼낸 걸 후회하며 다른 질문이나 말을 생각해내려고 애썼지만, 아무것도 떠오르지 않았다.

"오팔 비올라 빅토리아 베어실드." 나는 최대한 빠르게 말했다.

로키는 그저 말없이 돌을 또 던졌다. 내 대답을 안 들은 건지, 다른 아이들처럼 내 이름이 재미있다고 생각하지 않는 건지 알 수가 없었다. 바로 그때 난데없이 작은 배 한 척이 웅웅거리며 나타나는 바람에 나는 어느 쪽이 맞는지 알아낼 수 없었다. 큰 애들 몇 명이 섬 어딘가에서 훔쳐온 배였다. 다들 다가오는 배를 향해 걸어갔다. 나와 로키도 따라갔다.

"너 갈 거야?" 내가 로키에게 물었다.

"응, 아마 그럴 거야." 그가 대답했다.

나는 재키에게 다가가 언니도 갈 거냐고 물었다.

"씨이이발 그럼!" 언니가 완전히 취한 채로 그렇게 대답했고, 그때 나도 가야 한다는 걸 알았다.

·

금세 파도가 거칠어졌다. 로키가 내 손을 잡아도 되는지 물었다. 그러잖아도 평생 배를 몰아본 적이 없었을 애들과 함께 배를 타고 너무 빨리 질주하고 있어서 심장이 쿵쿵거렸는데, 그 말을 듣자 심장이 더 빨리 뛰었다. 배가 물마루 높이 올라갔을 때 나는 로키의 손을 움켜쥐었고 우리는 계속 그러고 있다가 어느 시점에 다른 배가 다가오는 게 보이자 얼른 손을 놓았다. 마치 그 배가 다가오는 이유가 우리가 손을 잡고 있는 걸 보아서인 것처럼. 처음에 나는 그 배에 탄 사람들이 경찰인 줄 알았지만, 배를 몰고 섬과 육지를 오가며 보급품을 실어나르는 성인 남자 두 명이라는 걸 금세 알 수 있었다. 그들이 우리를 향해 뭐라고 외쳤다. 그리고 우리 배를 섬 앞쪽으로 몰고 갔다.

부두에 배를 댄 후에야 나는 남자들이 뭐라고 고함을 치는지 알아들을 수 있었다. 우리를 혼내는 것이었다. 큰 애들은 모두 심하게 취한 상태였다. 재키와 하비가 도망치기 시작하자 모두 똑같이 따라 뛰었다. 로키와 나는 배에 남아 그들이 넘어지고, 뛰고, 아무것도 아닌 일로 술 취한 사람들 특유의 멍청한 웃음을 웃어대는 걸 지켜보았다. 두 남자는 아이들을 잡을 수도 없고 아이들이 말을 듣지도 않으리란 걸 깨닫고, 포기한 건지 아니면 도움을 청하러 가는 건지 그곳을 떠났다. 해가 지고 있었고 찬바람이 불어왔다. 로키가 배에서 내려 말뚝에 배를 묶었다. 그런 걸 어디서 배웠을까 궁금했다. 나도 배에서 내렸고, 내릴 때 배가 흔들리는 게 느껴졌다. 낮게 깔린 안개가 기어오르듯 천천히 우리의 무릎 위까지 차올랐다. 나는 몇 분간 안개를 지켜보다가 로키 등뒤로 다가가 그애의 손을 잡았다. 로키는 나를 향해 돌아서진 않았지만 손은 그대로 잡고 있게 두었다.

"난 아직도 어둠이 무서워." 로키가 말했다. 나에게 무언가 다른 이야기를 하려는 것처럼. 하지만 그애가 무슨 말을 하려는 건지 파악할 새도 없이 비명이 들려왔다. 재키였다. 나는 로키의 손을 놓고 비명이 들리는 곳을 향해 갔다. 씨발 새끼, 라는 말이 들리자 나는 걸음을 멈추고 로키를 돌아보며 뭘 망설이고 있어?라고 묻는 듯한 시선을 보냈다. 로키는 돌아서서 배를 향해 걸어갔다.

내가 그들을 발견했을 때, 재키는 하비에게서 물러나며 몇 걸음 걸을 때마다 돌을 집어서 그에게 던지고 있었다. 하비는 땅바닥에 앉아 무릎에 술병을 올려놓은 채 고개를 못 가누고 있었다—완전히 취한 상태였다. 그제야 나는 하비와 로키가 닮았다는 걸 알아차렸다. 진즉 알아보지 못한 게 이해가 되지 않았다. 하비는 로키의 형이었다.

"이리 와." 재키가 나에게 말했다. "더러운 새끼." 그녀는 하비를 향해 땅바닥에 침을 뱉으며 말했다. 우리는 감옥 입구 계단으로 이어진 오르막길을 올라갔다.

"무슨 일이야?" 내가 물었다.

"아무것도 아냐."

"하비가 무슨 짓을 했는데?"

"내가 걔한테 하지 말라고 그랬거든. 그런데 했어. 난 그만하라고 했어." 재키가 한쪽 눈을 세게 문질렀다. "상관없어. 가자." 언니는 그렇게 말하고 더 빨리 걷기 시작했다.

나는 언니를 앞세워 걸었다. 그러다 걸음을 멈추고 등대 옆 계단 꼭대기의 난간을 잡았다. 고개를 돌려 로키를 찾아보려 했지만 언니가 빨리 오라고 소리쳤다.

우리 수감동으로 가보니 엄마가 거기서 자고 있었다. 엄마가 누운 모습이 왠지 불길하게 느껴졌다. 엄마는 늘 배를 깔고 엎드려 자는데, 그때는 등을 바닥에 대고 누워 있었다. 잠이 너무 깊이 든 것 같았다. 자려고 한 게 아닌데 잠이 들어버린 듯한 자세였다. 그리고 코를 골고 있었다. 재키는 건너편 감방으로 자러 가고 나는 엄마 담요 속으로 쏙 들어갔다.

밖에서 바람이 아우성쳤다. 방금 일어난 모든 일이 두렵고 불안하게 느껴졌다. 우리는 섬에서 도대체 뭘 하고 있는 걸까? 하지만 나는 눈을 감자마자 잠들어버렸다.

잠에서 깨보니 재키가 바로 옆에 있었다. 언제부턴가 언니가 엄마를 대신하게 되었다. 햇빛이 들어와서 우리 몸에 줄무늬 그림자를 만들었다.

그후로 우리는 날마다 식사가 언제 나오고 메뉴는 무엇인지 확인하는 것 말고는 아무 일도 하지 않았다. 우리는 달리 선택의 여지가 없어서 섬에 머물렀다. 돌아갈 집이나 삶도 없었고, 우리가 요구하는 걸 얻게 될 거라는, 정부가 우리에게 자비를 베풀어 음식과 이곳을 새단장할 전기 기사, 건축업자, 도급업자를 실은 배를 보내 우리를 구제해줄 거라는 희망도 없었다. 하루하루가 아무 일 없이 그냥 흘러갔다. 배들이 실어나르는 보급품은 점점 줄어들었다. 어느 날 불이 났고, 나는 사람들이 건물 벽에서 구리철사를 뜯어내 배로 옮기는 걸 보았다. 남자들은 더 지쳐 보이고 더 자주 술에 취했으며, 여자들과 아이들의 수는 점점 줄어들었다.

"우린 여기서 나갈 거야. 너희 둘은 걱정 안 해도 돼." 어느 날 밤 엄마가 건너편 감방에서 우리에게 말했다. 하지만 나는 이제 엄마를 믿지 않았다. 엄마가 누구 편side인지, 아니, 아직 편이라는 게 남아 있는지도 확신할 수 없었다. 편이라곤 섬 가장자리에 있는 바위의 측면* 같은 것밖에 없는지도 몰랐다.

섬에서의 마지막 날들 중 어느 하루, 나는 엄마와 등대에 올라갔다. 엄마가 도시를 보고 싶다고 했다. 나에게 해줄 말도 있다고 했다. 그 마지막 날들에 사람들은 세상이 끝나가는 것처럼 분주히 돌아다녔지만, 엄마와 나는 아무 일도 없는 듯 그곳 풀 위에 앉아 있었다.

"오팔 비올라, 아가." 엄마가 그러면서 내 머리칼을 귀 뒤로 넘겨주었다. 엄마는 단 한 번도 나를 아가라고 부른 적이 없었다.

"너도 여기서 무슨 일이 일어나고 있는지 알아야지. 이제 너도 그걸 알아도 될 만큼 컸는데 진즉 말해주지 못해서 미안하구나. 오팔, 절대 우리에 대해 이야기하기를 망설이면 안 된다는 걸 알아야 해. 우리 이야기를 듣기에 너무 어린 나이 같은 건 없다는 것도. 우리 모두는 거짓말 때문에 여기 있는 거야. 그들은 이 땅에 들어온

* 'side'에는 '편(便)'이라는 뜻과 물체의 '면(面)'이라는 뜻이 있다.

이후로 줄곧 우리에게 거짓말을 해왔어. 지금도 우리에게 거짓말을 하고 있고!"

나는 "지금도 우리에게 거짓말을 하고 있고"라는 엄마의 말에 겁이 났다. 그 말엔 두 가지 의미가 있는데 난 두 가지 다 모르고 있는 것 같았다. 나는 엄마에게 그 거짓말이 뭐냐고 물었지만 엄마는 얼굴 전체를 찡그리며 눈을 가늘게 뜨고 해만 바라보았다. 나는 거기 앉아서 엄마가 무슨 말을 할지 기다리는 것 말고는 무엇을 해야 할지 몰랐다. 찬바람이 우리 얼굴을 세차게 때려서 눈이 감겼다. 나는 눈을 감고서 엄마에게 우린 이제 어떻게 할 거냐고 물었다. 엄마는 그저 우리가 할 수 있는 일을 할 수 있을 뿐이라고, 정부라는 괴물이자 기계는 속도를 늦추고 충분히 시간을 들여 진정으로 과거를 돌아보고 잘못을 바로잡을 의사가 없다고 말했다. 그래서 우리가 할 수 있는 일은 우리가 어디에서 왔고 우리 민족에게 무슨 일이 일어났는지 이해하는 것, 바르게 살고 우리의 이야기를 함으로써 우리 민족을 영예롭게 하는 거라고 했다. 엄마는 세상은 이야기로 이루어져 있다고, 다른 건 없고 오직 이야기들뿐이라고, 그리고 이야기들에 대한 이야기들뿐이라고 말했다. 그러더니 그 모든 말들이 다음에 할 말을 위한 것이기라도 하듯 한참 뜸을 들이다가 시선을 돌려 도시 쪽을 보며 자신이 암에 걸렸다고 했다. 그러자 섬 전체가 사라졌다. 모든 것이. 나는 벌떡 일어나 어디로 가야 할지도 모르면서 걷기 시작했다. 오래전에 '두 신발'을 돌 근처에 두고 온 게 생각났다.

'두 신발'에게 가보니 그는 모로 누워 있었고 꼴이 말이 아닌 것이, 무언가에 물어뜯겼거나 바람과 소금기에 서서히 형체를 잃은 듯했다. 나는 '두 신발'을 집어들고 얼굴을 보았다. 그의 눈은 더이상 반짝거리지 않았다. 나는 그를 원래 있던 대로 내려놓았다. 거기 그렇게 내버려두었다.

섬으로 떠난 후 몇 개월이 지난 어느 화창한 날, 육지로 돌아온 우리는 버스를 타고 노란 집으로 이사가기 전에 살았던 곳 근처로 갔다. 오클랜드 도심에서 약간 벗어난, 텔레그래프 애비뉴에 있는 집이었다. 우리는 엄마의 양동생 로널드와 함께 지냈는데, 언니와 나는 그의 집에서 살기 위해 그곳에 간 날 그를 처음 만났다. 우리는 로널드를 전혀 좋아하지 않았다. 하지만 엄마는 그가 진국이라고 했다. 그는 주술사였다. 엄마는 의사들이 권하는 걸 하고 싶어하지 않았다. 한동안 우리는 날마다 로널드가 땀 의식*을 치르는 북부로 올라갔다. 움막 안은 나한테는 너무 더웠지만, 재키는 엄마와 함께 들어갔다. 언니와 나는 엄마에게 의사들이 시키는 것도 해야 한다고 말했다. 엄마는 그럴 수 없다고, 자신은 그냥 해오던 대로 할 수밖에 없다고 했다. 그리고 그렇게 했다. 엄마는 신성하고 아름다우며 영원히 소멸하는 모든 것이 그러하듯 서서히 과거 속으로 사라져갔다. 어느 날부터 엄마는 로널드의 거실 소파를 떠나지 않았다. 그리고 점점 작아졌다.

---

* 아메리칸인디언들이 작은 움막에서 '신성한 불'을 피워놓고 땀을 내어 몸과 마음을 정화하는 의식.

앨커트래즈섬 이후, 엄마의 죽음 이후, 나는 항상 고개를 숙이고 다녔다. 그리고 학교생활에 집중했다. 엄마는 늘 우리가 할 수 있는 가장 중요한 일은 교육을 받는 거라고, 그러지 않으면 사람들이 우리 이야기를 들어주지 않을 거라고 말했다. 우린 결국 로널드의 집에서 그리 오래 살지 못했다. 상황이 정말 빠르게, 정말 심각하게 나빠졌다. 하지만 그 이야기는 다음에 하겠다. 엄마가 그 집에 있는 동안, 그리고 심지어 엄마가 죽은 후에도 한동안 로널드는 우리 둘을 방치했다. 재키와 나는 학교 밖에서는 항상 붙어 있었다. 우리는 되도록 자주 엄마 무덤에 갔다. 어느 날 공동묘지에서 집으로 돌아오는 길에 재키가 걸음을 멈추더니 나를 돌아봤다.

"우리 뭐하고 있는 거지?" 언니가 물었다.

"집에 가지." 내가 대답했다.

"무슨 집?" 언니가 물었다.

"몰라." 내가 대답했다.

"우리 이제 어쩌지?"

"몰라."

"넌 항상 똑똑한 답을 갖고 있잖아."

"그냥 이렇게 살아야겠지, 아마도……"

"나 임신했어." 언니가 말했다.

"뭐?"

"더러운 씨발 새끼 하비, 기억나?"

"뭐?"

"상관없어. 없애버리면 되니까."

"아니. 그냥 그렇게 없앨 수는……"

"아는 사람이 있어. 내 친구 에이드리아나의 오빠가 웨스트오클랜드에 아는 사람이 있어."

"재키, 그럴 순 없어……"

"그럼 어쩌라고? 우리 둘이 키울까? 로널드랑? 아니." 재키는 그렇게 말한 뒤 울기 시작했다. 장례식에서도 그렇게 울지 않던 언니였다. 그녀는 울음을 그치고 주차 요금 징수기 위에 손을 올리더니 내게서 시선을 돌렸다. 그녀는 팔로 얼굴을 한 번 거칠게 문질러 닦고는 다시 걸음을 옮겼다. 우리는 한동안 그렇게 걸었다. 해를 등지고 있어서 우리 그림자가 우리 앞에 비스듬히 뻗어 있었다.

"거기 있을 때 엄마가 나한테 마지막으로 해준 말 중 하나가, 절대 우리에 대해 이야기하기를 망설이면 안 된다는 거였어." 내가 말했다.

"그게 도대체 무슨 뜻이야?"

"아기 가진 거 말이야."

"이건 이야기가 아냐, 오팔. 현실이라고."

"둘 다일 수도 있어."

"현실은 이야기처럼 돌아가지 않아. 엄마는 죽었고 돌아올 수 없어. 우리 둘만 남았고, 삼촌이라고 부르긴 하지만 실은 누군지도 모르는 남자와 살고 있어. 그게 무슨 좆같은 이야기야?"

"그래, 엄마는 죽었어. 나도 알아. 우리 둘만 남았어. 하지만 우린 죽지 않았어. 끝나지 않았다고. 이대로 포기할 순 없잖아, 재키. 안 그래?"

재키는 처음엔 대답하지 않았다. 우리는 피드몬트 거리의 수많은 상점들을 지나 계속 걸었다. 지나가는 차들의 끊임없는 소음이 마치 불확실한 우리 미래의 해안에서 파도가 바위에 부딪치는 소리처럼 들렸다. 오클랜드에서 우리의 삶은 엄마가 거친 바람을 타고 홀연히 떠나기 전의 과거와 결코 같지 않을 터였다.

우리는 빨간불 앞에 섰다. 신호등이 파란불로 바뀌자 재키가 내 손을 잡았다. 그리고 길을 건넌 뒤에도 언니는 내 손을 놓지 않았다.

# 에드윈 블랙

나는 변기에 앉아 있다. 하지만 아무 일도 일어나지 않는다. 나는 여기 있다. 노력해야 한다. 마음을 먹어야 하고, 스스로에게 말만 할 게 아니라 실제로 믿음을 갖고 앉아 있어야 한다. 벌써 엿새째 변을 보지 못하고 있다. 웹MD*에 말머리 기호로 표시된 주요 증상들 중에 이런 것이 있다. 다 나오지 않은 느낌. 아직 말로 정확히 설명할 수는 없지만, 내 삶이 그렇다. 언젠가 결국 모든 문제가 풀렸을 때, 내가 쓸 단편집 제목 같기도 하다.

믿음의 문제점은 믿음이 효력을 발휘할 것임을 믿어야만 한다는 것이다. 믿음에 대한 믿음이 있어야 한다. 인터넷이 내 안에 들어와 나를 그것의 일부로 만들어버린 이후, 나의 마음은 열린 창문이 되었고, 나는 그 열린 창가에 둔 작은 믿음의 그릇을 닥닥 긁고 있

---

* WebMD. 미국 의학 정보 웹 사이트.

다. 농담이 아니다. 금단현상에 시달리는 기분이다. 나는 펜실베이니아의 입주형 인터넷 중독 치료 시설들에 대해 읽어봤다. 애리조나에는 디지털 해독 요양소와 사막 지하 수용 시설이 있다. 내 문제는 인터넷 게임만이 아니다. 인터넷 도박만도 아니다. 계속 스크롤을 내리고 소셜 미디어 페이지를 새로 고침 하는 것만도 아니다. 새로 나온 좋은 음악을 찾기 위해 끊임없이 검색하는 것만도 아니다. 그 모든 것이다. 나는 한동안 '세컨드 라이프'*에 푹 빠져 지냈다. 이 년 내내 거기 접속해서 살았던 듯하다. 그리고 현실의 내 몸이 커지고 뚱뚱해지는 동안 그곳의 에드윈 블랙은 날씬해졌다. 현실의 내가 하는 일이 줄어가는 동안 그곳의 그는 하는 일이 많아졌다. 그곳의 에드윈 블랙은 직업이 있고 여자친구도 있으며, 그의 엄마는 출산중에 비극적인 죽음을 맞이했다. 그 에드윈 블랙은 보호구역에서 아버지 손에 컸다. '세컨드 라이프'의 에드윈 블랙은 긍지가 있었다. 희망이 있었다.

이 에드윈 블랙, 여기 변기에 앉아 있는 나는 그곳으로, 인터넷으로 갈 수가 없다. 어제 전화기를 변기에 빠뜨린데다 같은 날에 빌어먹을 컴퓨터까지 맛이 가버렸다. 컴퓨터가 갑자기 멈추더니 마우스 커서가 안 움직이고 회전하는 로딩 아이콘도 안 보였다. 플러그를 뽑았다가 다시 꽂아도 리부팅이 안 되고, 그냥 화면이 갑자기 꺼져버렸다—그 검은 화면에 내 얼굴이 비쳤는데, 처음엔 죽어가는 컴퓨터를 겁에 질려 바라보았고, 그다음엔 죽어가는 컴퓨터에 반응하는 내 얼굴에 반응했다. 그때 나의 작은 일부가 죽었다.

* 아바타를 기반으로 다른 사용자들과 상호작용하는 가상현실 게임.

내 얼굴을 보면서 이 지긋지긋한 중독에 대해 생각했다. 그동안 나는 거의 아무것도 하지 않고 살았다. 사 년간 방에 앉아 컴퓨터를 들여다보며 인터넷 속에서 지냈다. 잠자는 시간을 제외하면 삼 년이 된다. 꿈꾸는 시간을 제외하면 말이다. 하지만 나는 꿈에서도 인터넷을 한다. 꿈속에서는 내가 입력하는 키워드 검색어들이 완벽하게 말이 되고, 꿈을 이해하는 열쇠가 된다. 하지만 아침이 되면 내가 꾼 모든 꿈이 그랬듯 말이 되지 않는다.

나는 한때 작가가 되기를 꿈꾼 적이 있었다. 다시 말해 나는 아메리카 원주민 문학을 중심으로 한 비교문학 석사학위를 받았다. 그때 나는 분명 무언가를 향해 나아가는 것처럼 보였을 것이다. 페이스북에 마지막으로 올린 사진 속에서 나는 학위증을 손에 들고 있었다. 가운을 입고 석사모를 쓴, 지금보다 45킬로그램은 가벼운 나, 그리고 나를 바라보며 지나칠 정도로 활짝 웃고 있는 엄마. 엄마는 아마 그 구속 없는 경애의 시선을 남자친구 빌에게도 보냈을 것이다. 나는 그날 엄마에게 빌을 데려오지 말라고 했지만, 그는 따라와서 내가 사양하는데도 한사코 우리 사진을 찍어주겠다고 고집했다. 하지만 나는 결국 그 사진을 좋아하게 되었다. 내 사진 중 그 어떤 사진보다 자주 들여다보았다. 나는 그 사진을 계속 프로필 사진으로 쓰다가 최근에 내렸다. 몇 개월, 아니 일 년까지는 그래도 괜찮았고 비정상적으로 보이지 않았지만, 사 년이 지나자 사회적으로 용인될 수 없는 슬픈 일로 여겨졌기 때문이다.

내가 다시 엄마 집으로 들어갔을 때, 과거에 쓰던 내 방의 문, 과

거의 삶으로 통하는 그 문이 입처럼 열리며 나를 집어삼켰다.

이제 나는 꿈을 꾸지 않으며, 설령 꿈을 꾼다 해도 검은 기하학적 형체들이 분홍색과 검은색, 자주색의 화소로 이루어진 컬러스케이프 위를 소리 없이 떠다니는 꿈을 꾼다. 스크린세이버 꿈.

포기해야 한다. 아무것도 나오지 않는다. 나는 변기에서 일어나 바지를 끌어올리고 패배한 채로 화장실에서 나간다. 배가 볼링공 같다. 처음에 나는 믿지 않는다. 놀라서 다시 본다. 컴퓨터 말이다. 컴퓨터가 살아나는 걸 보고 나는 펄쩍 뛸 뻔한다. 박수를 칠 뻔한다. 그런 흥분이 부끄럽다. 나는 컴퓨터가 바이러스에 걸린 게 분명하다고 생각했다. 〈론 레인저〉를 다운로드하려고 링크를 클릭한 적이 있었던 것이다. 그 영화는 여러 면에서 아주 형편없다는 게 모두의 평이다. 하지만 나는 그걸 보면서 신이 났다. 조니 뎁이 그렇게 심하게 망하는 걸 보는 게 나에겐 힘이 되었다.

나는 앉아서 컴퓨터가 마침내 켜지기를 기다린다. 나도 모르게 두 손을 비벼대고 있음을 깨닫고, 그러지 않으려고 손을 무릎에 올려놓는다. 나는 벽에 테이프로 붙여놓은 그림을 올려다본다. 호머 심슨이 전자레인지 앞에서 '예수님은 전자레인지로 부리토를 그 자신도 먹을 수 없을 만큼 뜨겁게 데울 수 있을까?'* 하고 궁금해하

---

* 전능의 역설을 나타내는 '하느님은 그 자신도 들 수 없을 만큼 무거운 돌을 만들

고 있다. 나는 불가항력의 역설에 대해 생각한다. 어째서 불가항력과 부동의 물체가 동시에 존재할 수 없는 걸까? 그리고 나의 꽉 막힌, 똬리를 튼, 아마도 꼬여 있을 내장에는 무슨 일이 일어나고 있는 걸까? 그것이 오래된 역설의 작용일 수 있을까? 만일 똥 싸는 게 불가사의하게 중단된다면 보는 것, 듣는 것, 숨쉬는 것도 차례로 중단될까? 아니다. 이건 다 쓰레기 같은 음식 때문이다. 원래 역설이란 성립하지 않는다. 상쇄된다. 내 생각이 지나쳤다. 너무 간절히 원하기 때문이다.

때로 인터넷은 우리와 함께 생각할 수 있고, 심지어 우리를 대신해서 생각해주기까지 하며, 신비한 방식을 통해 우리에게 필요하지만 결코 독자적으로 생각해내거나 조사하지 못했을 정보로 인도해준다. 내가 위석胃石에 대해 알아낸 것도 그런 식이다. 위석은 위장계에 뭉쳐 있는 덩어리이지만, 위석을 검색하면 『피카트릭스』가 나온다. 『피카트릭스』는 12세기에 출간된 마법과 점성술에 대한 책으로 원래는 아랍어로 쓰였고, '가야트 알 하킴', 즉 '현자의 목표'라는 제목이 붙어 있었다. 『피카트릭스』에서 위석은 온갖 용도로 사용되는데, 그중 하나가 특정 마술을 돕는 부적을 만드는 것이다. 나는 영어로 번역된 『피카트릭스』의 PDF 문서를 찾을 수 있었다. 문서로 들어가서 스크롤을 내리다보니 하제下劑라는 단어가

수 있는가?'라는 물음의 패러디로, 미국 애니메이션 〈심슨 가족〉의 주인공 호머 심슨의 극중 대사다.

눈길을 끌어서 그 구절을 읽었다. "인디언들은 달이 이 위치에 오면 여행을 하고 하제를 쓴다. 따라서 여행자의 안전을 위한 부적을 만들 때 이것을 하나의 원리로 삼을 수 있다. 또한, 달이 이 위치에 있을 때 배우자들 간에 불화와 적대감을 일으키는 부적을 만들 수 있다." 만일 내가 마법이란 걸(나를 이 구절로 이끈 마법 말고) 손톱만큼이라도 믿었다면, 그리고 수술을 통해 위석을 제거할 수 있었다면, 그걸로 부적을 만들어—물론 달이 해당 위치에 있다는 전제하에—변비도 해결하고, 아마 엄마와 빌의 관계 역시 끝장냈을 것이다.

빌은 개자식이 아니다. 오히려 나에게 잘해주려고, 나와 대화를 나누려고 무척이나 애쓴다. 문제는 강제성이다. 나도 그에게 잘할지 말지 결정해야만 한다는 것이다. 그는 생판 남인데. 엄마와 빌은 오클랜드 도심의 한 술집에서 만났다. 엄마는 그를 집에 데려왔고, 또 찾아오게 내버려두었으며, 지난 이 년간 계속 드나들게 했다. 그래서 나는 그를 좋아해야 할지 말아야 할지, 그와 친해져야 할지 아니면 제거하려 애써야 할지 고민해야 했다. 하지만 한편으로는 빌을 거부하는 마음과 씨름하기도 했는데, 엄마를 독차지하기 위해 엄마 남자친구를 질투하는 몸만 어른이지 마음은 어린애인 혐오스러운 인간이 되고 싶지 않았기 때문이다. 빌은 라코타족으로 오클랜드에서 자랐다. 그는 거의 매일 밤 우리집에 온다. 그가 오면 나는 내 방에 틀어박힌다. 그리고 나는 똥을 눌 수 없고 누지 않을 수도 없다. 그래서 음식을 비축해놓고 방에 틀어박혀 새 국면으로 접어들었을 가능성이 있는 변비를 어떻게 할 것인지에 대해 읽는다. 방금 변비 포럼 게시판에서 확인한 정보에 따르면 나는 심각한, 혹은 완전한 변비인 된변비일지도 모른다. 말기 변비.

데퍼케이트DefeKate 모스라는 포럼 회원은 변을 못 보면 죽을 수도 있다며 자기는 코에 튜브를 꽂아 뽑아낸 적도 있다고 했다. 그러면서 속이 메스껍고 복통이 시작되면 응급실로 가야 한다고 했다. 튜브를 통해 코로 똥을 눈다고 생각하니 속이 메스껍다.

나는 '뇌와 변비'라고 입력하고 엔터키를 누른다. 링크 몇 개를 클릭해서 몇 페이지를 스크롤한다. 많은 걸 읽지만 얻은 건 없다. 시간이 쏜살같이 흐른다. 링크는 다른 링크로 연결되고 그렇게 해서 12세기까지 거슬러올라갈 수도 있는 것이다. 그러다보면 갑자기 아침 여섯시가 되어 엄마가 인디언 센터로 출근하기 전에 내 방문을 두드린다. 엄마는 나에게 인디언 센터에 구직 신청을 하라고 성화다.

"아직 안 자는 거 안다. 거기서 마우스 딸깍거리는 소리 다 들려." 엄마가 말한다.

요즘 나는 뇌에 좀 집착하게 되었다. 뇌와 그 부위들에 관련된 설명이라면 다 찾아보려고 한다. 정보가 너무 많다. 인터넷은 뇌에 대해 알아내려는 뇌 같다. 나는 이제 기억을 인터넷에 의존한다. 인터넷에 찾아보면 다 있기 때문에 기억을 할 이유가 없다. 예전에는 다들 전화번호를 외웠지만 이젠 심지어 자기 번호도 기억하지 못하는 것처럼 말이다. 기억 자체가 구식이 되어가고 있다.

해마는 뇌에서 기억과 관련된 부위이지만, 그 정확한 의미는 기억나지 않는다. 기억이 거기 저장되는 걸까, 아니면 실제로 기억은 다른 뇌 부위의 작은 마디나 주름, 혹은 주머니 속에 저장되어 있고 해마가 기억의 가지들처럼 그 부위로 뻗어 있는 걸까? 그리고 그 부위에 항상 닿지는 않는 걸까? 요구하지 않아도 기억들을, 과거를 불러오는 걸까? 나는 그래야겠다는 생각을 하기도 전에 검색창에 글자를 입력한다. 생각하기도 전에 그것으로 생각을 하는 것이다.

나는 행복이나 안녕과 관련된 신경전달물질이 위장계와도 관계가 있는 것으로 추정된다는 사실을 발견한다. 나의 세로토닌 수치에 문제가 있는 것이다. 나는 항우울제인 선택적 세로토닌 재흡수 억제제에 대해 읽는다. 항우울제를 먹어야 하는 걸까? 아니면 그걸 재흡수해야 하는 걸까?

나는 자리에서 일어나 컴퓨터에서 멀찌감치 물러난 뒤 고개를 뒤로 최대한 젖혀 목 운동을 한다. 컴퓨터를 얼마나 오래 했는지 계산하다가 이틀 묵은 피자 한 조각을 입에 넣자, 먹는 동안 뇌 안에서 무슨 일이 일어나는지에 대한 궁금증으로 생각이 옮겨간다. 나는 피자를 씹으며 다른 링크를 클릭한다. 뇌간은 의식의 기반이며 혀는 뇌관과 거의 직접적인 상관관계가 있으므로, 먹는 행위는 살아 있다는 느낌을 주는 가장 직접적인 경로라는 내용을 읽는다. 그 느낌인지 생각인지는 곧 펩시에 대한 갈망으로 중단된다.

나는 펩시를 병째로 곧장 입에 들이부으며, 엄마가 냉장고 앞에 걸어놓은 거울에 비친 나 자신을 본다. 엄마는 내가 냉장고를 뒤지기 전에 내 모습을 보도록 이렇게 해놓은 것일까? 거울을 여기 걸며 이렇게 말했을까? "너 자신을 봐라, 에드, 네가 어떻게 됐는지 보라고. 넌 괴물이야." 그건 사실이다. 나는 몸이 불었다. 코가 큰 사람들이 늘 자기 코를 보듯 나는 항상 내 뺨을 본다.

나는 뒤에 있는 싱크대에 펩시를 뱉는다. 두 손으로 양쪽 뺨을 만진다. 두 손으로 거울에 비친 뺨을 만지며 13킬로그램을 빼면 어떤 모습일지 미리 보려고 뺨을 안으로 빨아들여 깨문다.

나는 뚱뚱하게 성장하지 않았다. 과체중이 아니었다. 비만도 아니고 플러스 사이즈도 아니었으며, 정치적으로 부적절하거나 무신경하거나 비과학적으로 들리지 않도록 요즘 사람들이 사용하는 용어가 무엇이든 그것에 해당되지 않았다. 그런데도 늘 스스로 뚱뚱하다고 느꼈다. 그건 내가 언젠가 뚱뚱해질 운명임을 나타냈던 것일까? 아니면 뚱뚱하지 않은데도 뚱뚱하다는 생각에 사로잡혀 살았기 때문에 결국 뚱뚱해진 걸까? 가장 피하고 싶은 것이 우리를 쫓아오는 건, 우리가 그것에 대해 걱정하며 신경을 너무 많이 쓰기 때문일까?

컴퓨터에서 페이스북 알림음이 들려서 방으로 돌아간다. 나는 그게 어떤 의미인지 안다. 나는 아직 엄마의 페이스북 계정에 로그인되어 있다.

엄마가 나의 아버지에 대해 기억하는 건 이름이 하비였고, 피닉스에 살았으며, 아메리카 원주민계 인디언이었다는 사실뿐이었다.

나는 엄마가 '아메리카 원주민계 인디언'이라고 말하는 게 늘 듣기 싫었다. 정치적 올바름을 지향하는 이 괴상하고 포괄적인 표현은 진짜 원주민을 만난 적이 없는 백인들이나 쓸 법한 말이다. 이 말을 들으면 엄마 때문에 내가 뿌리에서 얼마나 멀어졌는지를 상기하게 된다. 엄마가 백인이라 나도 반은 백인이기 때문만이 아니라, 엄마가 나를 아버지와 연결시켜주려고 전혀 노력하지 않았기 때문이다.

나는 원주민이라는 명칭을 쓰는데, 페이스북의 다른 원주민들도 그렇게 한다. 나는 친구가 660명이다. 내 피드에는 원주민 친구들이 아주 많다. 하지만 그들 대부분은 모르는 사람들로, 나의 요청에 기꺼이 친구가 되어주었다.

나는 엄마에게 허락을 받은 후, '명백히' 원주민으로 보이고 피닉스에 사는 열 명의 하비에게 쪽지를 보냈다. 쪽지 내용은 이랬다. "당신은 나를 기억하지 못할지도 몰라요. 우린 오래전에 특별한 밤을 함께했죠. 난 그 기억을 떨쳐낼 수가 없어요. 그 이전에도, 이후에도 당신 같은 사람은 없었어요. 난 지금 캘리포니아 오클랜드에 있어요. 당신은 아직 피닉스에 있나요? 우리 얘기 좀 할 수 있을까요? 언제 한번 직접 만나는 건 어떤가요? 여기로 와줄 수 있어요? 내가 당신에게 갈 수도 있고요." 엄마 행세를 하며 내 아버지일 수도 있는 사람에게 유혹적인 편지를 쓰는 동안 느꼈던 감정에서 나는 결코 완전히 벗어날 수 없을 것이다.

하지만 그게 왔다. 내 아버지일 수도 있는 사람의 쪽지.

안녕, 캐런, 나도 그 광란의 밤을 기억해요. 나는 그 광란의 밤에 대한 자세한 내용이 없기를 바라며 공포에 휩싸인 채 계속 읽는다. 두

달 뒤쯤 오클랜드에 가요. 빅 오클랜드 파우와우 때문에. 난 파우와우 진행자거든요. 쪽지 내용이다.

나는 심장이 달음박질치고 속이 메슥거리면서 추락하는 느낌이 드는 가운데 답장을 쓴다. 이런 행동을 해서 정말 죄송합니다. 이런 방법을 써서요. 저는 당신의 아들인 것 같습니다.

나는 기다린다. 발로 바닥을 탁탁 치면서 컴퓨터 화면을 들여다보며 괜히 목청을 가다듬는다. 나는 지금 그가 어떤 기분일지 상상한다. 옛날에 재미 본 여자와 다시 즐겨보려다 난데없이 아들을 갖게 된 것이다. 이런 방식을 택하지 말았어야 했다. 엄마더러 그를 만나라고 했어야 했다. 엄마에게 그의 사진을 찍어 오라고 할 수도 있었다.

뭐라고요? 채팅창에 그렇게 뜬다.

저는 캐런이 아닙니다.

무슨 말인지 모르겠네요.

저는 캐런의 아들입니다.

아.

그래요.

그러니까 나한테 아들이 있고 그게 당신이라는 건가요?

예.

확실해요?

엄마가 그럴 확률이 아주 높다고 했어요. 구십구 퍼센트 정도.

그 기간에 다른 남자가 없었다는 건가요?

모르겠어요.

미안해요. 엄마 거기 있어요?

아뇨.

당신 인디언처럼 생겼어요?

피부색이 갈색에 가까워요.

돈 문제예요?

아뇨.

프로필 사진이 없네요.

그쪽도요.

나는 JPEG 파일이 첨부된 페이퍼클립 아이콘을 본다. 그걸 더블클릭한다. 그는 마이크를 들고 서 있고 파우와우 춤꾼들이 배경에 있다. 나는 남자의 얼굴에서 나를 본다. 그는 나보다 키도 크고 덩치도 좋고 장발에 야구 모자를 썼지만, 틀림없다. 내 아버지다.

닮았어요, 라고 나는 자판을 친다.

사진 보내봐요.

사진 없는데요.

그럼 찍어요.

좋아요. 잠깐만요. 나는 그렇게 답한 다음 컴퓨터 카메라로 셀카를 찍어서 그에게 보낸다.

이런 젠장, 하고 하비가 써 보낸다.

이런 젠장, 나는 생각한다.

당신은/우리는 무슨 부족인가요? 내가 쓴다.

샤이엔. 남쪽. 오클라호마 출신. 오클라호마 샤이엔족과 어래퍼호족으로 등록되어 있지. 우린 어래퍼호는 아냐.

감사해요! 나는 그렇게 쓴 다음 덧붙인다, 이만 가봐야겠어요! 정말 그래야 하는 것처럼. 갑자기 이 모든 게 너무나 버겁다.

나는 페이스북에서 로그아웃한 뒤, TV를 보며 엄마를 기다리려고 거실로 간다. 하지만 TV 켜는 걸 잊는다. 텅 빈 검은 평면 화면을 바라보며 우리의 대화에 대해 생각한다.

나는 얼마나 오랫동안 나의 나머지 절반에 대해 알아내려고 기를 써왔던가? 그동안 사람들이 물을 때마다 얼마나 많은 부족의 이름을 꾸며댔던가? 나는 아메리카 원주민학 전공자로 사 년을 보냈다. 부족들의 역사를 해부하며 어떠한 표지를, 나와 닮은 것, 친근하게 느껴지는 것을 찾으려 했다. 대학원에서는 이 년간 아메리카 원주민 문학을 중심으로 한 비교문학을 공부했다. 나는 원주민 혈통량 정책*이 현대 원주민의 정체성에 미친 필연적인 영향에 대해, 그리고 원주민 문화의 정체성에 영향을 준 혼혈 원주민 작가들의 문학작품에 대해 논문을 썼다. 내가 무슨 부족인지도 모르면서 말이다. 나는 늘 스스로를 방어했다. 내가 충분히 원주민이 아니라는 듯이. 오바마가 흑인인 것만큼 나는 원주민이다. 하지만 다르다. 원주민에겐. 그건 나도 안다. 그런데 어떻게 원주민이 되어야 할지를 모르겠다. 원주민의 정체성을 드러내기 위해 내가 생각해내는 방법은 모두 잘못된 것 같다.

"에드, 여기 나와서 뭐하고 있니?" 엄마가 현관문으로 들어서며 말한다. "지금쯤 기계랑 합쳐졌을 줄 알았는데." 엄마는 "기계랑

* 원주민 혈통의 정도를 수치화하여 부족 구성원의 자격과 권리를 제한하는 정부 정책.

합쳐졌을 줄"이라고 말할 때 조롱하듯 두 손을 들고 손가락을 빙빙 돌린다.

최근에 나는 엄마에게 기술적 특이점*에 대해 이야기하는 실수를 저질렀다. 결국 인간은 궁극적으로 인공지능과 합쳐질 수밖에 없는 운명임을 설명한 것이다. 인공지능이 우리보다 우월하다는 걸 알게 되면, 인공지능이 스스로의 우월성을 입증하면, 우리는 그것이 우리를 삼켜버리거나 장악하지 못하도록 그것에 적응하고 융합되어야 한다.

"그래, 하루 스물네 시간을 컴퓨터 앞에 붙어서 키스라도 할 것처럼 들여다보고 있는 사람에겐 꽤 편리한 이론이구나." 엄마는 그렇게 말했다.

엄마는 테이블 위에 열쇠를 던지고, 현관문을 열어둔 채 담뱃불을 붙인 다음, 입과 연기를 밖으로 향하게 하고 문간에 서서 담배를 피운다.

"잠깐 이리 좀 와라. 할말이 있으니까."

"엄마." 나는 내가 징징거리고 있다는 걸 의식하며 말한다.

"에드윈." 엄마가 징징거리는 내 말투를 흉내낸다. "이 얘기는 전에도 이미 했잖니. 업데이트 좀 하자. 업데이트해주기로 했잖아. 안 그럼 또 사 년이 지나갈 거고, 난 빌에게 네 방 벽을 허물어달라고 부탁해야 할 테니까."

* 인공지능이 비약적으로 발전해 모든 인간의 지능을 넘어서는 기점.

"염병할 빌. 엄마한테 몸무게 이야기는 더이상 듣고 싶지 않다고 했잖아요. 나도 다 알고 있어요. 내가 모를 거라 생각해요? 내 몸이 얼마나 비대한지 인식하고 있다고요. 난 그 몸을 이끌고 돌아다니고, 그 몸으로 물건들을 쓰러뜨려요. 옷도 거의 맞는 게 없어요. 그나마 맞는 옷도 우스꽝스러워 보이고요." 그럴 의도는 아니었는데, 나는 이제 더는 맞지 않는 셔츠를 입으려고 애쓰는 사람처럼 두 팔을 들어 허우적거린다. 나는 팔을 내리고 두 손을 주머니에 넣는다. "엿새 동안 똥을 못 눴어요. 그러잖아도 비대한 사람한테 그게 어떤 기분인지 알아요? 비대한 사람은 늘 그것에 대해 생각해요. 늘 그걸 느껴요. 그 오랜 세월 항상 다이어트를 하면서 살았는데, 그것 때문에 내가 엉망이 됐다는 생각 안 들어요? 우리 모두 늘 몸무게 생각을 해요. 내가 뚱뚱한가? 그야 내 상태를 보면 쉽게 답을 얻을 수 있고, 냉장고 앞에 있는 거울을 보면 더 확실해지죠. 그건 그렇고 그 거울 말이에요, 엄마가 나를 위해서 거기 둔 거 알아요. 있잖아요, 엄마가 그걸 농담거리로 삼으려 할 때마다 난 더 뚱뚱해져서 터져버리고 싶어요. 어딘가에 끼어서 죽어버릴 때까지, 죽은 거대한 덩어리가 될 때까지 계속 먹어대고 싶어요. 그럼 크레인을 동원해서 나를 들어내야 할 거고, 다들 엄마한테 '어떻게 된 거예요?' 혹은 '가엾기도 하지' 혹은 '어떻게 이 지경이 되도록 내버려뒀어요?'라고 말할 거고, 엄마는 말문이 막힌 채 절망적으로 담배만 피울 거고, 빌이 엄마 뒤에서 어깨를 문질러줄 거고, 엄마는 나를 놀렸던 모든 순간들을 떠올릴 거고, 크레인이 몸부림치며 기를 쓰고 있는 가운데 공포에 찬 눈으로 내 거대한 몸뚱이를 바라보고 있을 이웃들에게 무슨 말을 해야 할지 모를 거예요.” 나는 엄마를 위해 몸부림치는 크레인을 손으로 흉내낸다.

“세상에, 에드. 그만해라. 이리 와서 잠깐 이야기 좀 하자.”

나는 과일바구니에서 초록색 사과 한 알을 집어들고 물을 한 잔 따른다.

“보여요?” 나는 사과를 쳐들어 엄마에게 보이며 소리치다시피 말한다. “나도 노력하고 있어요. 엄마한테 생생한 업데이트를 해줄게요. 지금 생중계를 하고 있다고요. 보세요, 이렇게 좋은 걸 먹으려고 노력하고 있어요. 방금 싱크대에 펩시를 뱉었어요. 이건 물이에요.”

“흥분 좀 가라앉혔으면 좋겠구나.” 엄마가 말한다. “그러다 심장 발작 일으키겠어. 진정해. 엄마 대접 좀 해줘. 너에게 마음을 쓰고 너를 사랑하는 엄마 대접 좀 해달라고. 난 너를 낳기 위해 스물여섯 시간이나 진통을 견뎠어. 스물여섯 시간을 견딘 후에 제왕절개술까지 받았지. 에드, 예정일이 이 주나 지났는데도 네가 나오려 하지 않아서 배를 갈랐어. 내가 그 얘기 했었니? 배부른 느낌에 대해 어디 한번 이야기해볼까?”

“나를 낳으려고 얼마나 오래 진통을 견뎠는지, 그런 이야기는 그만 좀 들먹이세요. 난 낳아달라고 부탁한 적 없으니까.”

“들먹여? 들먹인다고? 은혜도 모르는 이런……”

엄마가 나에게 달려와 목덜미를 간질인다. 경악스럽게도, 나는 웃지 않을 수가 없다. “그만. 알았어요. 알았어. 엄마나 진정하세요. 무슨 말을 듣고 싶은 건데요?” 나는 그러면서 셔츠를 배 아래로 끌어내린다. “업데이트할 것도 없어요. 비교문학 석사에, 사실상 일을 해본 경험이 없는 저 같은 사람한테는 일자리가 별로 없어요. 찾아보긴 해요. 샅샅이 뒤져본다고요. 그러다 좌절하고, 사실 다른 데 정신이 팔리기도 해요. 찾아볼 게 너무 많고, 그러다 뭔가 새로운 걸 생각해내면, 새로운 걸 발견해내면, 마치 다른 정신을 통해 사고하고 있는 느낌이 들어요. 더 거대한 집단 두뇌에 접속한 것처럼요. 우리 앞엔 무언가가 임박해 있어요." 나는 그 말이 엄마에게 어떻게 들릴지 안다.

"확실히 네게는 무언가가 임박한 것 같구나. 집단 두뇌? 샅샅이 뒤져? 마치 링크를 클릭해서 읽는 것 외에 훨씬 더 많은 일을 하고 있는 것처럼 말하는구나. 그래 좋아, 도대체 무슨 직업을 찾고 있는 건데? 그러니까, 어떤 종류를 찾아보고 있는 거냐고?"

"글쓰는 일을 찾아보는데, 거의 다 무보수라도 하겠다거나 대회 입상을 기대하는 순진하고 열망에 찬 작가들을 노리는 사기예요. 예술 단체 관련된 일을 알아보고 있어요. 그러다 비영리의 늪에서 길을 잃었죠. 보조금 신청서 작성 업무인데, 그게, 대부분 경력자를 원하고……"

"보조금 신청서 작성? 너 그거 할 수 있잖아, 안 그래?"

"보조금 신청서에 대해서는 아무것도 몰라요."

"배우면 되지. 인터넷에 찾아봐. 유튜브 강좌 같은 게 있을 거야, 그렇지?"

"여기까지가 내 업데이트예요." 나는 몸통에서 팔이나 다리 한 짝이 빠진 것 같은 뻐근함을 느낀다. 말을 하는 동안 내 안의 무언가가 과거로 돌아가 한때 꿈꾸었던 것들을 전부 가져다가 지금의 내 처지에 대한 느낌 옆에 나란히 둔다. "제가 이렇게 엉망진창이 돼서 죄송해요." 내가 말한다. 그러고 싶진 않지만 진심으로 한 말이다.

"그런 말 하지 마. 넌 패배자가 아냐, 에드."

"내가 패배자란 말은 안 했어요. 그건 빌이 하는 말이죠. 빌이 나한테 하는 말." 내가 느꼈던 진정한 슬픔은 어느새 사라졌다. 나는 방으로 들어가려고 돌아선다.

"잠깐…… 기다려. 방에 들어가지 마. 제발. 잠깐만 기다려. 앉아봐. 우리 대화 좀 하자. 이건 대화가 아냐."

"난 온종일 앉아 있었어요."

"그게 내 잘못이니?" 엄마가 말한다. 나는 내 방을 향해 걸음을 뗀다.

"좋아, 서 있어, 가지는 말고. 빌 이야긴 할 필요 없어. 얘야, 그럼 네 이야기들은 어떻게 되어가고 있니?"

"내 이야기들이요? 제발 그만해요, 엄마."

"뭘?"

"내 글에 대해 얘기할 때마다, 내가 글을 쓴다는 사실에 어떻게든 자부심을 갖게 하려고 엄마가 애쓰는 것처럼 느껴진다고요."

"에드, 격려는 누구에게나 필요한 거야. 우리 모두에게."

"그건 맞아요, 맞는 말이에요, 엄마도 격려가 좀 필요하실 것 같네요. 하지만 내가 엄마한테 담배랑 술 좀 줄이라고, 매일 밤 TV 앞에서 기절하지 말고 건강한 생활 습관을 찾으라고, 엄마 직업을 고려하면 특히 더 그렇다고, 심지어 직책이 약물 남용 상담사 아니냐고 잔소리한 적 있어요? 아뇨. 난 잔소리 안 해요. 도움이 안 되니까. 이제 가봐도 돼요?"

"넌 말이다, 아직도 열네 살짜리처럼 굴고 있어. 비디오게임의 세계로 다시 들어가고 싶어서 안달이 난 것 같다고. 엄마가 영원히 네 곁에 있을 순 없어, 에드. 어느 날 네가 주위를 둘러보았을 때 난 떠났을 거고, 넌 우리가 함께했던 시간의 소중함을 몰랐던 걸 후회하게 될 거야."

"맙소사."

"말이 그렇다는 거야. 인터넷은 많은 걸 제공하지만 엄마를 대신할 웹 사이트는 절대 만들지 못할 거야."

"이제 가도 돼요?"

"하나 더 있다."

"뭔데요?"

"자리가 하나 났대."

"인디언 센터에 말인가요."

"그래."

"좋아요, 어떤 자린데요?"

"유급 인턴. 기본적으로 파우와우 관련 일을 돕게 될 거야."

"인턴이라고요?"

"유급."

"자세한 내용 보내줘요."

"정말?"

"이제 가도 돼요?"

"가."

나는 엄마 뒤로 다가가 뺨에 키스한다.

방으로 돌아온 나는 이어폰을 꽂는다. '어 트라이브 콜드 레드 A Tribe Called Red'의 음악을 튼다. 오타와 출신의 퍼스트 네이션스* DJ와 프로듀서로 이루어진 그룹이다. 그들은 파우와우 북 연주를 샘플로 사용해 전자음악을 만든다. 내가 들어본 음악 중 가장 모던한, 아니 가장 포스트모던한 형태의 토착 음악으로 전통적이면서도 새롭다. 일반적으로 토착 예술의 문제는 과거에 갇혀 있다는 것이다. 그 모든 것의 애로점 혹은 딜레마는 이것이다. 전통에서 끌어오지 않는다면 어떻게 토착 예술이 될 수 있는가? 그리고 전통에, 과거에 갇혀 있다면 현재 살아 있는 다른 토착민들과 어떻게 연관될 수 있고, 어떻게 현대적일 수 있는가? 따라서 전통에 근접하면서도 충분히 거리를 두어 원주민적인 동시에 모던한 음악을 만든 건, 이 세 명의 캐나다 원주민 프로듀서들이 이루어낸 작은 기적이다. 그것도 믹스테이프 시대의 정신에 맞추어 온라인으로 무료 배포한, 특별히 접근성 높은 셀프 타이틀 앨범**을 통해서.

나는 바닥에 엎드려 어정쩡하게 팔굽혀펴기를 몇 번 시도한다. 그러다 몸을 굴려 윗몸일으키기를 시도한다. 상체가 꿈쩍도 하지 않는다. 대학 시절에 대해 생각한다. 그게 얼마나 오래전이고 그땐 얼마나 희망에 차 있었는지에 대해. 그땐 이런 삶을 살게 되리라곤 꿈에도 생각지 못했다.

내 몸은 무리하게 무언가를 하는 것에 익숙하지 않다. 내가 스스로에게 저질러온 짓을 만회하기엔 너무 늦어버렸는지도 모른다.

---

* First Nations. 북극 아래 지역에 사는 캐나다 원주민을 이르는 말.

** 제목이 그룹 이름과 같은 앨범.

아니. 도로 컴퓨터 앞에 앉아야 끝난 것이다. 나는 끝나지 않았다. 나는 샤이엔 인디언이다. 전사다. 아니. 유치하기 짝이 없다. 젠장. 나는 그 생각에, 내가 그런 생각까지 했다는 것에 화가 치민다. 그 분노의 힘으로 윗몸일으키기에 성공한다. 전력을 다해 윗몸을 끝까지 일으킨다. 하지만 첫 윗몸일으키기를 완료한 흥분과 함께 폭발이 일어나며 운동복 바지 엉덩이에 축축하고 냄새나는 변덩어리가 떨어진다. 나는 내 똥을 깔고 앉아 숨을 헐떡거리며 땀을 흘린다. 도로 벌렁 드러누워 손바닥을 위로 펼치고 두 팔을 쭉 뻗는다. 나는 누구에게랄 것도 없이 "고마워" 하고 소리 내어 말한다. 희망이 아닌 것 같지는 않은 무언가를 발견한다.

2부

# 되찾다

깃털이 다듬어진다. 빛과 벌레와 기둥에 의해 다듬어지고,

약간의 기울어짐과 온갖 종류의 기마 예비군들과

요란한 소리에 의해 다듬어진다.

깃털은 확실히 응집력이 있다.

—거트루드 스타인

# 빌 데이비스

빌 데이비스는 한 직업에 너무 오래 종사한 사람에게서 볼 수 있는 느리고 철저한 움직임으로 외야석을 돈다. 그는 무거운 걸음으로 터벅터벅 걷지만 긍지가 없진 않다. 그는 일에 몰두한다. 뭔가 할일이 있고 자신이 쓸모 있는 존재로 느껴지는 게 좋다. 비록 현재는 그 일, 그 직업이 경기장 유지 관리이지만 말이다. 그는 경기 후 작업조가 빠뜨린 쓰레기를 줍고 있다. 그곳에서 너무 오래 근무해서 차마 해고할 수 없는 늙은이를 위한 일이다. 그도 안다. 하지만 자신이 그곳에서 그 이상의 가치가 있다는 것도 안다. 그들은 대체 근무자가 필요할 때 그에게 의존하지 않는가? 그는 어느 요일, 어느 자리에든 들어갈 수 있지 않은가? 콜리시엄 구석구석을 그보다 더 잘 아는 사람은 없지 않은가? 그곳에 근무하는 동안 거의 안 해본 일이 없지 않은가? 처음 맡은 경비 일부터 땅콩 판매까지—그 일은 딱 한 번 했고 싫어했다. 그는 자신이 그 이상의 가치가 있다고 스스로에게 말한다. 스스로에게 그렇게 말하고 그걸 믿을 수 있다고 스스로에게 말한다. 하지만 그건 사실이 아니다. 여기엔 이제 빌 같은 늙은이들이 비집고 들어갈 자리가 없다. 여기뿐 아니라 어디에도.

빌은 손을 모자챙처럼 오므려 이마에 대고 햇빛을 가린다. 그는 연푸른색 라텍스 장갑을 꼈고 한 손에는 쓰레기 집게를, 다른 손에는 투명에 가까운 회색 쓰레기봉투를 들고 있다.

그는 하던 일을 멈춘다. 무언가가 스타디움 꼭대기 테두리를 넘어 날아오는 걸 본 것 같아서다. 작은 것이다. 부자연스러운 움직임. 갈매기는 분명 아니다.

빌은 고개를 젓고 바닥에 침을 뱉은 다음, 그 침을 밟고 빙그르 돌아서서 하늘에 있는 게 뭔지 보려고 눈을 가늘게 뜬다. 주머니 속 휴대전화가 진동한다. 꺼내서 확인해보니 여자친구 캐런이다. 나이만 먹었지 어린애나 다름없는 아들 에드윈 때문에 전화한 게 분명하다. 최근에 그녀는 노상 아들 문제로 전화한다. 대개는 직장에 출퇴근할 때 태워다 줘야 한다는 얘기다. 빌은 그녀가 아들을 아기 다루듯 하는 걸 견딜 수 없다. 그 서른 살 넘은 아기를 견딜 수가 없다. 요새 젊은 애들 꼴을 견딜 수가 없다. 죄다 배짱이라곤 찾아볼 수가 없고 강인함도 전혀 남아 있지 않은 응석받이 아기들이다. 그들에겐 뭔가 문제가 있다. 늘 휴대전화 불빛이 비치는 얼굴, 휴대전화를 너무 빨리 두드리는 손, 성별 구분이 없는 패션, 사교적 예의나 옛날식 매너, 정중함이 결여된, 지나치게 몸을 사리는 온순한 존재 방식. 에드윈도 그런 식이다. 물론 기계에는 능숙하지만 화면 너머의, 화면이 없는 바깥의 냉정하고 가혹하며 껄끄러운 현실세계에서는 아기가 되어버리는 것이다.

그렇다, 요즘은 세상 돌아가는 꼴이 한심하다. 다들 나아지고 있는 것처럼 말하지만 그런 말은 그러잖아도 심각한 상황을 더 나쁘게만 만들 뿐이다. 빌의 삶도 마찬가지다. 캐런은 그에게 긍정적인 태도를 잃지 말라고 한다. 하지만 긍정적인 태도를 잃지 않으려면 우선 그걸 가져야 한다. 그래도 빌은 그녀를 사랑한다. 진심으로. 그리고 괜찮다고 생각하려 애도 쓴다, 정말로 애쓴다. 아무튼 세상은 젊은 사람들에게 넘어간 듯하다. 책임 있는 자리에 있는 늙은이들조차도 어린애처럼 행동한다. 더이상 시야도, 비전도, 깊이도 없다. 모두가 지금 당장 원하고 새것을 원한다. 이 세상은 스테로이드제를 복용하고 과하게 흥분한 상태의 어린 투수가 던지는 비열한 커브볼이다. 그 투수는 자기가 던지는 야구공을 손으로 공들여 꿰맨 코스타리카인들에 대해 무관심한 것처럼 경기의 진정성에 대해서도 더이상 신경쓰지 않는다.

그 경기장은 야구를 위해 만들어졌다. 잔디는 너무 짧아서 움직이지 않는다. 야구공의 중심을 이루는 참나무 코르크 같은 부동성. 잔디에 파울과 페어를 나누는 곧은 선들이 초크로 그어져 있고, 그 선들은 관중석까지 뻗어나갔다가 내야로 되돌아온다. 선수들이 경기를 하는 곳, 공을 던지고 방망이를 휘두르고 도루를 하고 태그를 하는 곳, 신호를 보내고 공을 치고 스트라이크나 볼이 나오고 득점을 하는 곳, 모든 이닝이 끝날 때까지 그늘진 더그아웃에서 껌을 씹고 침을 뱉고 땀을 흘리며 기다리는 곳으로. 빌의 휴대전화가 또 울린다. 이번엔 전화를 받는다.

"캐런, 무슨 일이야, 나 근무중이야."

"자기, 근무중에 성가시게 해서 정말 미안한데, 이따가 에드윈을 태워 와야 해서. 걘 못해. 알잖아. 그때 버스에서 그 일을 당한 후로……"

"당신도 내 생각이 어떤지 알면서……"

"빌, 제발, 이번에만 해줘. 나중에 내가 걔랑 얘기할게. 더이상 당신한테 기대면 안 된다는 걸 알려줄게." 캐런이 말한다. 더이상 당신한테 기대면. 빌은 그녀가 그런 식의 몇 마디 교묘한 표현으로 자신을 공격하는 게 싫다.

"그렇게 말하지 마. 걔한테 책임을 지워야지. 이제 제 앞가림은 할 수 있어야지, 걔는……"

"그래도 이제 직업은 있잖아. 일하잖아. 매일. 그것도 대단한 거야. 걔한테는. 제발. 그애 의욕을 꺾고 싶지 않아. 그앨 독립시키는 게 목표야, 잊지 마. 그렇게 되면 드디어 당신이 우리집으로 들어와서 사는 문제에 대해 얘기할 수 있을 거야." 이제 캐런의 목소리는 달콤하다.

"알았어."

"진짜? 고마워, 자기. 집에 오는 길에 프랜지아 와인 핑크로 한 상자 사올 수 있을까, 다 떨어졌어."

"당신 나한테 오늘밤을 빚진 거야." 빌은 그렇게 말하고 캐런이 뭐라고 대꾸할 새도 없이 전화를 끊는다.

빌은 텅 빈 스타디움을 둘러보며 그 고요를 즐긴다. 그에겐 이런 고요함—움직임이 없는 고요함—이 필요하다. 그는 버스 사건에 대해 생각한다. 에드윈. 빌은 아직도 그 생각만 하면 웃음이 난다. 그는 억누를 수 없는 미소를 흘린다. 에드윈은 첫 출근하는 날

버스에서 상이용사와 싸움이 붙었다. 싸움이 어떻게 시작되었는지는 빌도 모르지만, 아무튼 결국 버스 기사가 두 사람을 버스에서 내쫓았다. 상이용사는 휠체어를 탄 채 인터내셔널 불러바드까지 에드윈을 쫓아왔다. 다행히 그가 쫓아온 방향이 에드윈의 직장 쪽이어서 에드윈은 버스에서 쫓겨났는데도 제시간에 출근할 수 있었다—아마 쫓겼기에 가능했을 것이다. 빌은 에드윈이 걸음아 날 살려라 하고 인터내셔널 불러바드를 달려갔을 생각을 하며 웃음을 터뜨린다. 에드윈은 땀범벅이 되어 제시간에 출근한다. 음, 사실 그 부분은 우습지 않다. 그 부분은 이 사건을 슬프게 만든다.

빌은 벽면에 금속을 덧댄 동쪽 담장을 따라 걷는다. 거기 비친 자신을 본다. 어깨를 똑바로 펴고 턱을 들어, 움푹 들어간 금속판에 비친 자신의 불안정하고 왜곡된 상을 바로잡는다. 검은색 바람막이 점퍼를 입은 남자, 벗어져가는 머리는 완전히 백발이 되었고, 배는 해마다 조금씩 더 나오고, 너무 오래 걷거나 서 있으면 발과 무릎이 아프지만, 괜찮다, 잘해내고 있다. 그는 잘해내지 못할 때가 많았다. 거의 항상 잘해내지 못하며 살아왔다.

한때 빌에게 이 콜리시엄과 오클랜드 애슬레틱스 팀은 세상에서 가장 중요한 것이었다. 애슬레틱스가 월드시리즈에서 삼 년 내리 우승했던, 오클랜드에 마법의 시간이었던 1972년부터 1974년까지. 이제 더이상 그런 일은 일어나지 않는다. 야구는 이제 너무 사업화되어 절대로 그런 걸 허용하지 않는다. 빌에게 그때는 이상한 시기였다. 나쁘고 끔찍한 시기였다. 그는 1971년에 탈영한 후 불명예제대로 베트남에서 돌아왔다. 그는 이 나라가 싫었고 이 나라도 그를 싫어했다. 당시 그의 몸엔 약물이 너무 많이 흐르고 있어서 아직 그때 기억이 남아 있다는 게 믿기 어려울 정도다. 무엇보다도 당시 경기들에 대한 기억은 선명하다. 그때 그에겐 경기가 전부였다. 그에겐 자신의 팀들*이 있었고, 그 팀이 삼 년을 내리 우승하고 있었다. 그에게 그것이 꼭 필요할 때, 평생 패배만 하면서 살아온 것 같은 기분을 느끼고 있을 때. 그 삼 년은 비다 블루와 캣피시 헌터, 레지 잭슨, 그리고 개자식 찰리 핀리의 해였다.** 그리고 1976년 레이더스가 우승하면서, 샌프란시스코 팀들이 그전까지 이루지 못한 두 개의 챔피언십을 거머쥐었을 때는, 오클랜드 사람으로서 그 승리의 일부가 되는 게 정말로 좋았다.

빌은 프루트베일의 기찻길 옆에 있는 바이커 바*** 밖에서 사람을 찌른 죄로 샌퀜틴 교도소에서 오 년간 복역한 후 1989년에 콜리시엄에 채용되었다. 사실 칼도 그의 것이 아니었다. 상대를 찌른 건 우연이었고 정당방위였다. 그는 칼이 어떻게 자기 손에 들어왔는지도 알지 못했다. 가끔 우리는 상황이 시키는 대로 행동하거나 반응하게 된다. 문제는 그가 자신의 입장을 똑바로 이야기할 수 없었다는 것이었다. 상대는 그보다 덜 취한 상태였다. 이야기가 더 조리 있었다. 그래서 빌이 죄를 뒤집어썼다. 어쩌다보니 칼도 그의 것이 되었다. 게다가 그는 폭력 전과도 있었다. 미친 탈영병 출신 베트남전 참전 군인.

하지만 교도소는 빌에게 좋은 곳이었다. 그는 거기 있는 동안 거

* 오클랜드 야구팀 애슬레틱스와 풋볼팀 레이더스.

** 비다 블루, 캣피시 헌터, 레지 잭슨은 당시 애슬레틱스 우승의 주역이 된 선수들이고, 찰리 핀리는 구단주다.

*** 오토바이를 타는 사람들이 주로 이용하는 술집.

의 항상 책을 읽었다. 헌터 S. 톰프슨의 작품들은 구할 수 있는 건 다 읽었다. 헌터의 변호사였던 오스카 제타 어코스타의 책들도 읽었다. 그는 『갈색 버펄로의 자서전』과 『바퀴벌레 인간들의 반란』이 좋았다. 피츠제럴드와 헤밍웨이, 카버, 포크너도 읽었다. 그들 모두 술꾼이었다. 켄 키지도 읽었다. 『뻐꾸기 둥지 위로 날아간 새』가 좋았다. 그 작품이 영화로 만들어졌을 때, 책 전체의 화자인 원주민이 마지막에 창밖으로 세면대를 던지는 조용하고 금욕적인 미친 인디언 역할을 하는 걸 보고 화가 났다. 그는 리처드 브라우티건을 읽었다. 잭 런던도 읽었다. 역사책, 전기, 교도소 시스템에 관한 책도 읽었다. 야구와 풋볼에 관한 책도 읽었다. 캘리포니아 원주민 역사도 읽었다. 스티븐 킹과 엘모어 레너드도 읽었다. 그는 책을 읽으며 조용히 고개를 숙이고 살았다. 사람이 현실이 아닌 내면의 다른 곳, 책 속이나 꿈속에 있을 때 혹은 궁지에 몰렸을 때 그러듯, 세월은 흐릿하게 흘러갔다.

빌이 힘들었던 시기에 찾아온 또 한번의 멋진 해는 애슬레틱스가 샌프란시스코 자이언츠에 압승을 거둔 1989년이었다. 월드시리즈 도중, 3차전이 시작되기 직전에 땅이 어긋났다. 무너졌다. 지진이 일어났다. 그 로마프리에타 지진은 예순세 명의 목숨을 앗아갔다, 혹은 그 지진 때문에 예순세 명이 죽었다. 사이프러스 고속도로가 붕괴되었고, 어떤 이는 차를 몰고 베이 브리지를 지나다 중간 지점이 무너지면서 그대로 다리에서 떨어졌다. 그날 야구가 오클랜드와 베이 지역의 많은 인명을 구했다. 만약 사람들이 집에 앉아 TV로 야구 중계를 보고 있지 않았더라면, 지진으로 무너지고 갈라지는 고속도로 위에, 바깥세상에 더 많은 사람들이 있었을 테니까.

빌은 외야를 돌아본다. 그때 그의 바로 앞에서, 그가 있는 외야석에서, 작은 비행 물체가 둥둥 뜬 채 그의 눈높이로 내려온다. 그가 전에도 이걸 본 적이 있지 않았던가? 그렇다, 드론이다. 중동의 테러리스트 은신처나 동굴에 날려보내는 그런 드론. 빌은 쓰레기 집게로 드론을 때린다. 드론은 뒤로 가더니 빙그르 돌아서 그의 눈에 보이지 않는 곳으로 내려간다. "야!" 그가 드론을 향해 소리친다. 그러고는 돌아서서 계단을 오른다. 경기장으로 내려가는 계단으로 이어지는 통로로 올라간다.

그는 일층 계단 꼭대기까지 올라가 플라자 내야석에서 쌍안경을 꺼내 경기장을 훑어보고 드론을 발견한다. 계단을 내려가며 드론을 시야에 두려 애쓰지만, 걷느라 쌍안경이 흔들리고 드론도 계속 움직이고 있어서 쉽지 않다. 빌은 그것이 홈플레이트로 향하고 있다는 걸 알아차린다. 그는 계단을 껑충껑충 뛰어내려간다. 수년간 이렇게 빨리 움직여본 적이 없다. 어쩌면 수십 년간.

빌은 이제 육안으로 드론을 볼 수 있다. 그는 쓰레기 집게를 들고 달린다. 드론을 부술 작정이다. 빌에게는 아직 투지와 기개가 있고 뜨거운 피가 흐른다—아직 움직일 수 있다. 그는 적갈색 흙에 내려선다. 드론은 홈베이스에 있다가, 그쪽으로 달려가는 빌을 향해 방향을 튼다. 빌은 쓰레기 집게를 위로 치켜든 채 내려칠 준비를 한다. 하지만 사정거리 안으로 들어가는 순간 드론이 그를 본다. 뒤로 날아간다. 빌은 드론을 쳐서 잠시 기우뚱거리게 만든다.

다시 집게를 치켜들어 힘껏 내려치지만 완전히 빗나간다. 드론은 빠르게, 몇 초 만에 10피트, 20피트, 50피트 위로 똑바로 날아오른다. 빌은 다시 쌍안경을 꺼내, 드론이 경기장 테두리 너머로 날아가는 걸 지켜본다.

## 캘빈 존슨

퇴근해서 집에 돌아오니 서니와 매기가 식탁에 저녁을 차려놓고 기다리고 있었다. 매기는 나의 누나다. 나는 돈을 모을 때까지만 이곳에서 살기로 했다. 하지만 누나, 그리고 누나의 딸과 함께 지내는 게 좋다. 어릴 적 집으로 돌아온 기분이다. 이제 우리가 가질 수 없게 된 집. 아버지가 떠나면서 우리에게 집은 사라졌다. 사실 아버지는 거기 쭉 살지도 않았지만 말이다. 그런데도 엄마는 아버지가 쭉 거기 살았던 것처럼 행동했다. 아버지가 떠나면서 모든 게 끝난 것처럼. 사실 문제는 아버지나 우리가 아니었다. 엄마는 너무 오랫동안 진단을 받지 않았다. 매기의 말로는 그랬다.

조울증을 앓는 건 결국 빠져나갈 수 없음을 깨닫게 될 춥고 어두운 숲에서, 몸을 덥힐 땔나무를 쪼개는 데 필요한 도끼에 불만을 품는 것과 같다. 이게 매기의 설명이다. 누나는 형과 나와는 달리 조울증을 앓았다. 하지만 약물 치료를 받았다. 용케 견뎌냈다. 매기는 우리 삶의 역사에 이르는 열쇠와도 같다. 나와 형 찰스는, 가까운 사람이 조울증에 걸리면 으레 그렇게 되듯이, 매기에게 애증을 품고 있다.

매기는 미트로프와 으깬 감자, 브로콜리를 준비했다—늘 먹는 것들이다. 우리는 한동안 말없이 먹기만 했고, 서니가 식탁 밑에서 내 정강이를 세게 차더니 아무 일 없었던 것처럼 시치미를 떼고 계속 먹었다. 나도 시치미를 떼고 모른 척했다.

"맛있네, 누나, 엄마가 해주던 맛이야. 서니, 맛있지 않니?" 나는 그러면서 서니에게 미소를 보냈다. 서니는 마주 웃어주지 않았다. 나는 음식을 한 스푼 뜬 채로 접시 위에 고개를 숙이고 서니의 정강이를 툭 찼다.

서니는 미소를 지었고 그 미소는 웃음으로 번졌다. 그녀는 다시 나를 찼다.

"이제 그만, 서니." 매기가 말했다. "가서 우리 냅킨 좀 갖다줄래? 네가 좋아하는 레모네이드 있어." 이건 나한테 한 말이었다.

"고마워. 그런데 난 맥주 마실래. 아직 좀 남았지, 그렇지?" 내가 말했다.

나는 일어나서 냉장고를 열었지만 맥주에 대한 생각을 고쳐먹고 레모네이드를 꺼냈다. 매기는 내가 맥주를 꺼내지 않은 걸 보지 못했다.

"그래도 내가 준비한 레모네이드를 먹지." 그녀가 말했다.

"지금 나한테 이래라저래라 하는 거야?" 내가 말했다—그리고 그런 말을 한 걸 곧바로 후회했다. 서니가 일어나 부엌에서 뛰쳐나갔다. 이어 방충문이 열렸다 닫히는 소리가 들렸다. 나는 서니가 현관문 밖으로 나갔을지도 모른다고 생각하며 매기와 함께 거실로 갔다.

그런데 거기에, 바로 그 거실에 우리 형이 단짝 칼로스—형의 그림자, 쌍둥이—와 함께 있었다. 매기는 그들을 보자마자 돌아서서 서니 방으로 가버렸다. 그때 나도 누나를 따라갔어야 했다.

두 사람 모두 손에 40온스들이 술병을 들고 있었다. 그들은 받을 빚이 있는 사람 특유의 침착하고 잔인한 무심함을 드러내며 거실에 앉아 있었다. 나는 형이 결국 나타나리란 걸 알고 있었다. 몇 주 전에 형에게 전화해서 빚진 돈을 갚겠다고, 하지만 시간이 더 필요하다고 말했던 것이다. 매기는 내가 찰스 형을 가까이하지 않는 조건으로 자기 집에서 지내게 해줬다. 하지만 형이 여기 와 있었다.

찰스는 키가 193센티미터에 몸무게는 100킬로그램이 넘고, 어깨는 딱 벌어지고 손은 엄청나게 컸으며 비열한 인상을 주었다. 찰스의 컨버스화가 커피 테이블로 올라갔다. 칼로스도 발을 올리고 TV를 틀었다.

"앉아라, 캘빈." 찰스가 내게 말했다.

"난 괜찮아." 내가 말했다.

"정말 그래?" 칼로스가 TV 채널을 휙휙 돌리며 물었다.

"오랜만이다." 찰스가 말했다. "존나 오랜만이라고 해야겠지. 어디 갔었냐? 휴가? 아주 좋았겠어. 이렇게 숨어서. 집에서 만든 음식에, 어린애가 뛰어다니고. 소꿉장난하듯이. 씨발, 누나랑. 이게 뭐하는 짓거리야? 그런데 말이야, 여기서 공짜로 사는데 저축한 돈은 다 어디로 가는 거냐? 난 그게 궁금하지 않을 수가 없네. 그렇지?"

"너 여기서 방세 안 내잖아." 칼로스가 거들었다.

"그런데 직업은 있고." 찰스가 말했다. "넌 돈을 벌고 있어. 그 돈은 씨발 어제 내 주머니에 들어왔어야 했어. 옥타비오 주머니에. 니가 내 동생인 걸 다행으로 여겨라, 알겠어? 네가 어디로 토꼈는지 아무한테도 말 안 했으니 운좋은 줄 알라고. 하지만 나도 참는데 한계가 있어."

"내가 돈 마련해준다고 했잖아. 왜 예고도 없이 찾아오고 난리야. 그리고 계속 그렇게 형이 파우와우에서 일어난 그 일과 아무 관련이 없는 것처럼 행세할 모양인가본데." 나는 파우와우 행사장으로 들어가기도 전에 주차장에서 강도를 당했다. 애초에 그 염병할 걸 갖고 가지 말았어야 했다. 그때 가지고 있던 대마초 1파운드. 하지만 당시에 난 내가 그걸 갖고 갔는지도 몰랐다. 아니면 찰스가 내 차 글러브박스에 넣은 건가? 그때 난 대마초를 너무 많이 피웠다. 그때 내 기억력은 무엇이든 한번 미끄러져 내려가면 다시는 올라올 수 없는 염병할 미끄럼틀 같았다.

"좋아. 내가 졌어. 형이 존나 맞는 말을 했어. 난 떠나지 말았어야 했어. 형 말이 맞아. 내가 옥타비오 패거리한테 도둑맞은 걸 얼른 옥타비오한테 갚아야지. 그래, 고마워. 형은 진짜 나한테 큰 도움을 주고 있어." 내가 말했다. "그런데 형이 왜 나한테 레이니 칼리지에서 열린 그 파우와우를 꼭 봐야 한다고 말했는지, 난 그게 궁금하지 않을 수가 없네. 우리의 원주민 전통을 접해봐야 한다는

니 그딴 소리를 했잖아. 엄마도 우리가 거기 가기를 바랐을 거라고. 형이랑 거기서 만나자고 했잖아. 그런데 내가 그 주차장에서 당할 일을 형이 과연 몰랐을지 궁금하지 않을 수가 없다고. 내가 이해할 수 없는 건 왜냐는 거야. 형이 원하는 게 뭐야? 나를 옆에 붙잡아두는 거야? 내가 그 짓 그만둘 거라고 얘기해서? 아니면 형이 멍청하게 가진 거 다 피워버려서 모자란 양을 내 걸로 메꾸려는 거야?"

찰스는 일어나 내게로 한 걸음 다가오더니 멈춰 서서 두 주먹을 쥐었다. 나는 두 손을 펼치고 들어올려 진정하라는 몸짓을 한 다음 두 걸음 뒤로 물러났다. 찰스가 나한테 한 걸음 더 오더니 칼로스를 돌아봤다. "드라이브하러 가자." 그가 칼로스에게 말했고, 칼로스는 일어나서 TV를 껐다. 나는 그들이 내 앞에서 걸어나가는 걸 지켜봤다. 그리고 복도 아래쪽 서니의 방을 봤다. 나도 모르게 오른쪽 눈이 움찔 경련을 일으켰다. "가자니까." 찰스가 현관 밖에서 말하는 소리가 들렸다.

찰스는 주문 제작한, 문이 네 개 달린 암청색 쉐보레 엘 카미노를 몰았다. 차는 그날 오후에 세차한 것처럼 깨끗했는데, 아마 실제로 그랬을 것이다. 찰스 같은 남자들은 늘 세차를 하고 신발과 모자를 새것처럼 깨끗이 유지한다.

찰스는 시동을 켜기 전에 마리화나에 불을 붙여 칼로스에게 줬고, 칼로스는 두 번 빨고 나한테 넘겼다. 나는 길게 한 모금 빨고 다시 돌렸다. 우리는 샌리앤드로 불러바드를 달려 딥이스트 오클랜드로 들어갔다. 나는 주로 뒷좌석 아래 서브우퍼 스피커에서 흘러나오는 저음의 느린 리듬이 무슨 곡인지 알 수 없었다. 찰스와 칼로스가 음악에 맞추어 고개를 보일 듯 말 듯 까딱거리는 게 보였다. 둘 다 절대로 자신이 춤을 추고 있다고, 그런 식으로 고개를 까딱거리고 있다고 시인하진 않겠지만, 그들은 일종의 춤을 추고 있었다. 최소한의 동작으로 추는 춤이었지만 춤은 춤이었다. 나는 그게 존나 웃긴다고 생각했고, 거의 웃음이 터질 뻔했지만, 몇 분 후 나도 그들과 똑같이 하고 있었고, 그건 웃기지 않았고, 내가 약에 취했다는 걸 깨달았다. 그들이 피우는 건 그냥 마리화나가 아니었다. KJ*라고 불리는, 천사의 가루**가 뿌려진 물건일 수도 있었다. 젠장, 바로 그것 때문에 내가 자꾸 머리를 까딱거리고 신호등 불빛이 존나 밝게, 그리고 불쾌하게 느껴지고 너무 빨갛게 보이는 거였다. 한 모금만 빤 게 다행이었다.

우리는 어느 집 부엌에 있었다. 벽이 온통 밝은 노란색이었다. 뒷마당에 틀어놓은 마리아치 음악이 약해진 소리로 부엌에 쿵쿵 울려퍼졌다. 찰스가 식당 칸막이 좌석처럼 생긴 테이블에 앉으라는 몸짓을 해서 나는 의자 안쪽으로 엉덩이를 들이밀었고, 내 왼쪽에서는 칼로스가 자기 머릿속에서만 들리는 다른 음악에 맞추어 손가락을 탁탁 치고 있었다. 찰스가 맞은편에 앉아 나를 똑바로 쳐

* Killer Joint. 살인 마리화나.

** 환각제 펜사이클리딘의 속어.

다봤다.

"우리가 어디 있는지 알지?"

"어딘지는 몰라도 옥타비오가 나타날 곳에 있겠지. 그렇지만 형이 왜 그딴 걸 좋은 아이디어랍시고 떠올렸는지 도통 모르겠어."

찰스가 거짓 웃음을 터트렸다. "우리가 다이먼드 파크에 갔던 때 생각나? 거기 있는 긴 하수관을 통과했던 거? 하수관 속을 뛰어가는데 어느 지점에 갔더니 빛이 하나도 없고 세찬 물소리만 들렸잖아. 우린 씨발 그 물이 어디에서 와서 어디로 가는지도 몰랐고 그걸 건너뛰어야 했지. 그때 무슨 목소리가 들렸고, 넌 누가 네 다리를 잡았다고 생각하고 돼지 새끼처럼 존나 꽥꽥거렸잖아. 그때 물에 빠질 뻔한 너를 내가 뒤에서 잡아당겼지. 그다음에 물을 건너뛰어서 거기서 함께 도망쳐 나왔고, 기억해?" 찰스가 앞에 있는 테킬라 병을 밀었다 당겼다 하면서 말했다. "나는 너를 붙잡을 수 있는 위치에 두려는 거야." 찰스는 그러면서 병을 밀고 당기던 동작을 멈췄다. 병을 잡고 움직이지 않게 했다. "옥타비오가 네 얼굴을 보면 그때 같은 상황이 될 거고, 그러면 나는 너를 뒤로 잡아당겨서 그 긴 하수관에서 어딘지도 모를 곳으로 떠내려가지 않게 구해줄 거야. 너 혼자서는 여기서 못 빠져나가, 알아들어?"

칼로스가 내 어깨에 팔을 둘렀고 나는 어깨를 으쓱해 그 팔을 떨쳐내려고 했다. 찰스는 뒤로 기대며 커다란 두 팔을 아래로 늘어뜨렸다.

때맞춰 옥타비오가 부엌으로 들어왔다. 그의 두 눈이 총알로 변했다—그는 그 총알을 이리저리 갈겨댔다. "씨발, 이게 뭐하자는 거야, 찰로스?"

늘 붙어다니는데다 생긴 것도 닮은 찰스와 칼로스를 옥타비오는 그렇게 불렀다. 그건 그들이 분수를 알도록, 둘 다 똑같이 자기 아래라는 걸 인지하도록 확실히 해두는 방법이었다. 옥타비오, 키가 2미터 가까이 되고, 늘 검은색 트리플 엑스 라지 티셔츠를 입고 다니는데도 그 아래로 다 드러나는 떡 벌어진 가슴과 근육질 팔을 가진 그보다 아래라는 걸.

"옥타비오." 찰스가 말했다. "진정해. 얘한테 뭐가 뭔지 알려주려는 거야. 걱정 마. 얘가 다 갚을 거야. 캘빈은 내 동생이잖아, 옥타비오, 시비 거는 거 아냐. 그냥 알려주려는 거야."

"뭘 알려줘? 시비 거는 게 아니라고? 알려주려는 게 뭔데, 찰로스? 너조차도 모르고 있는 것 같은데?"

옥타비오는 찰스를 보며 허리띠 앞쪽에서 새하얀 매그넘 권총을 뽑아 내 얼굴에 겨눴다.

"너 여기서 우리가 하는 일이 씨발 어떤 식으로 돌아간다고 생각해?" 옥타비오는 찰스를 보면서 말은 나에게 했다. "네가 물건을 받으면 나한테 빚을 지는 거야. 넌 물건값을 안 냈고, 그걸 잃어버렸어. 네가 그걸 어떻게 잃어버렸는지는 좆도 관심 없어. 물건은 사라졌고, 너도 사라졌다가 씨발 우리 삼촌네 부엌에 나타났어. 너희는 돌았어, 찰로스. 나는 여기 즐기러 왔어. 그런데 네가 내 물건을 도둑맞아서, 네 형이 자기 걸 몽땅 피워버려서, 너희 둘 다 나한테 빚을 졌고, 나는 물건 대주는 사람하고 골치 아픈 문제가 생겼고, 이제 내가 빚을 졌고, 당장 돈을 마련하지 못하면 우린 전부 골로 가게 생겼다고."

옥타비오는 계속 나한테 총을 겨누고 있었다. 형이 자기 걸 몽땅 피워버렸다고? 씨발, 뭐야? 나는 총신을 내려다보았다. 그 안으로 들어갔다. 그 터널 속으로 곧장 들어갔다. 눈앞에 앞으로 무슨 일이 벌어질지가 다 보였다. 옥타비오는 술병을 잡으려고 뒤에 있는 조리대로 몸을 돌릴 것이고, 그러면 찰스가 잽싸게 일어나 뒤에서 옥타비오의 목을 조를 것이다. 몸싸움 도중에 총이 바닥에 떨어질 것이고, 찰스는 옥타비오를 붙잡은 채 자신과 옥타비오의 몸을 함께 돌려세우며 갑자기 착한 형 노릇을 한답시고 나에게 외칠 것이다. "씨발, 얼른 여기서 나가!" 하지만 나는 떠나지 않을 것이다. 나는 어떻게 해야 하는지 알 것이다. 바닥의 총을 집는다. 총을 들어 옥타비오의 머리에 겨누고 찰스를 본다.

"총 이리 내놔, 캘빈. 여기서 나가." 찰스가 말할 것이다.

"난 안 나가." 내가 그에게 말할 것이다.

"그럼 놈을 쏴." 찰스가 말할 것이다.

나는 옥타비오와 눈이 마주칠 것이다. 옥타비오의 눈동자가 녹색이라는 걸 처음으로 알게 될 것이다. 내가 그 눈동자를 너무 오래 들여다봐서 옥타비오는 잔뜩 열이 받을 것이고, 찰스를 찬장에 메다꽂을 것이다. 그러면 나는 그들에게 말할 것이다. 옥타비오한테 술을 진탕 먹여서 일어나지 못하게 만들라고. 술을 진탕 먹이면 아무것도 기억 못할 거라고. 필름이 완전히 끊겨서 시간이 앞으로 갔다 뒤로 갔다 하면서 오늘밤을 통째로 삼켜버릴 거라고.

나는 눈을 감고 있었다. 잠시 동안 내가 아직 차 안에 있고 뒷좌석에 앉아 그 장면을 꿈꾸고 있는 건 아닐까 생각했다. 이전에 경험했던 수많은 밤들과 같은 밤일 수도 있다고. 어쩌면 곧 자동차 뒷좌석에서 잠이 깨고, 우리는 집으로 돌아갈지도, 나는 이런 지랄

같은 일들에서 벗어나려고 애쓰고 있는 삶으로 돌아가게 될지도 몰랐다.

나는 눈을 떴다. 옥타비오는 여전히 총을 들고 있었지만 웃고 있었다. 찰스도 웃기 시작했다. 옥타비오가 식탁에 총을 내려놨고 두 사람은, 찰스와 옥티비오는 포옹을 했다. 그다음엔 칼로스가 일어나 옥타비오와 악수했다.

"이게 네가 만든 것들 중 하나야?" 찰스가 흰색 총을 집어들며 옥타비오에게 말했다.

"아니, 이건 특별한 거야. 데이비드 기억나? 매니 동생. 걔가 자기 집 지하실에서 만들었지. 나머진 나인*이랑 똑같이 생겼어. 자, 이제 얘한테 말해줘." 옥타비오가 나를 쳐다보며 찰스에게 말했다.

"내가 레이니 파우와우에 대해 얘기했을 때, 네가 거기 가보고 싶다고, 곧 오클랜드 콜리시엄에서도 큰 파우와우가 열릴 건데 네가 그 위원회 일을 하고 있다고 했잖아. 기억나?" 찰스가 말했다.

"응." 내가 대답했다.

"그리고 또 나한테 뭐라고 말했는지 기억나?"

"아니." 내가 말했다.

"돈 얘기." 찰스가 말했다.

"돈?"

"그날 현금 오만 달러가 상금으로 나갈 거라고 했어. 훔치기 쉬울 거라고." 찰스가 말했다.

"그야 씨발 농담이지, 형. 내가 같이 일하는 사람들 돈을 훔치고

---

* 9밀리미터 반자동 권총을 의미하는 속어.

무사히 빠져나갈 수 있을 거라고 생각해? 그건 씨발 농담으로 한 소리라고."

"웃기네." 옥타비오가 말했다.

찰스는 뭐가? 하고 묻듯 옥타비오를 향해 고개를 치켜들었다.

"같이 일하는 사람들 돈을 훔치고 무사히 빠져나갈 수 있을 거라 생각하는 사람이 있겠냐는 말. 그게 웃긴다고." 옥타비오가 말했다.

"지금 그걸 해결하려 하고 있잖아." 찰스가 말했다. "너도 한몫 챙기게 될 거고 그럼 우린 다 괜찮을 거야. 그렇지, 옥타비오?"

옥타비오가 고개를 끄덕였다. 그러고는 테킬라 병을 집어들었다. "마시자." 그가 말했다.

그래서 우리는 마셨다. 연거푸 잔을 비우다보니 반병을 마셨다. 마지막 잔을 비우기 전에 잠시 흐름이 끊겼고, 옥타비오가 나를 쳐다보며 나를 향해 잔을 들더니 일어나라는 몸짓을 했다. 그와 나 둘만 잔을 비웠고, 그다음에 그가 나를 껴안았는데 나는 그를 마주 껴안는 걸 잊었다. 옥타비오가 나를 껴안고 있는 동안, 찰스가 칼로스에게 지금 돌아가는 상황이 마음에 들지 않는다는 시선을 보냈다. 옥타비오는 나를 놓아준 후 돌아서서 찬장 위에서 테킬라 한 병을 더 꺼내더니 무엇 때문인지 실실 웃으면서 비틀비틀 부엌에서 걸어나갔다.

찰스가 가자, 라고 말하듯 나를 향해 고개를 치켜들었다. 차로 걸어가는 길에 보니 멀리서 자전거 탄 아이 하나가 우리 모두를 지켜보고 있었다. 나는 찰스가 그애한테 무어라고 말하기 직전까지 갔다가 그만두었다는 걸 알 수 있었다. 칼로스는 그애를 때릴 것 같은 동작으로 겁을 주려고 했다. 그애는 꿈적도 안 했다. 그냥 계속 집을 바라보고 있었다. 눈이 축 처져 있었지만 약이나 술에 취한 것 같진 않았다. 나는 〈구니스〉*에 나오는 슬로스가 생각났다. 그다음엔 다섯 살인가 여섯 살 때 어느 토요일 아침에 본 영화가 떠올랐다. 어느 날 잠에서 깨보니 앞을 볼 수 없게 된 아이에 대한 이야기였다. 나는 잠에서 깨어 끔찍한 일이 일어났다는 걸, 내가 알고 있던 삶이 좆같이 변했다는 걸 깨닫게 될 수도 있다는 생각은 한 번도 해본 적이 없었다. 그런데 그때 바로 그런 기분이 들었다. 술을 마신 것. 옥타비오의 포옹. 실패로 끝날 계획에 동의한 것. 나는 자전거를 탄 그 아이한테 무슨 말인가를 하고 싶었다. 왜 그랬는지는 모르겠다. 할말도 없었는데. 우리는 차를 타고 침묵 속에서 집으로 돌아갔다. 낮은 엔진음과 도로가 우리를 영영 돌아오지 못할 엿같은 곳으로 인도했다.

* 1985년에 개봉한 미국의 코미디 모험 영화. 극중에서 슬로스는 얼굴에 기형이 있는 인물로 묘사된다.

# 재키 레드페더

재키 레드페더는 컨퍼런스가 시작되기 전날 저녁 앨버커키에서 비행기를 타고 피닉스로 출발해, 초록색과 분홍색이 그러데이션을 이룬 스모그 가득한 하늘을 한 시간 비행한 뒤 착륙했다. 비행기가 속도를 낮추고 활주로를 굴러가자 그녀는 창문 가리개를 닫고 앞좌석 뒷면을 바라보았다. '그들이 해를 입지 않도록.' 그것이 올해 컨퍼런스 주제였다. 그녀는 '해'라는 게 자해를 의미하리라고 생각했다. 하지만 정말로 자살 그 자체가 문제일까? 그녀는 최근에 원주민 공동체의 자살자 수가 충격적인 수준이라는 기사를 읽었다. 연방 정부가 지원하는 프로그램들이 얼마나 오랫동안 광고판과 핫라인을 통해 자살을 방지해보려 노력했던가? 상황이 악화되는 건 놀랄 일이 아니었다. 인생이 살 만하지 않은데 살 만하다고 떠들어봐야 그게 먹히겠는가. 이번 행사는 그녀가 약물 남용 상담사로서 또다시 의무적으로 참석해야 하는 '약물 남용 및 정신 건강청' 주재 컨퍼런스 중 하나였다.

호텔 체크인을 담당하는 여자의 명찰에 플로렌시아라고 적혀 있었다. 그녀에게서 맥주와 담배, 향수 냄새가 풍겼다. 재키는 그녀가 근무중에 술을 마시고 있었거나 술에 취해 출근했으리라는 점 때문에 그녀가 마음에 들었다. 재키는 열흘째 술을 마시지 않았다. 플로렌시아가 재키의 머리를 칭찬했다. 최근에 그녀는 흰머리를 감추려고 검게 염색하고 단발로 잘랐다. 재키는 늘 칭찬을 들으면 어쩔 줄을 몰랐다.

"정말 붉네요." 재키가 플로렌시아 뒤에 놓인 포인세티아를 보고 말했다. 사실 재키는 생화도 가짜처럼 보이는 포인세티아를 좋아하지 않았다.

"우린 이 꽃을 플로레스 데 노체 부에나, 성스러운 밤의 꽃이라고 부르죠. 크리스마스경에 피어서요."

"지금은 3월인데요." 재키가 말했다.

"저는 꽃 중에 포인세티아가 가장 아름답다고 생각해요." 플로렌시아가 말했다.

재키가 가장 최근에 겪은 중독증 재발은 그녀의 삶에 불탄 구멍 같은 건 남기지 않았다. 그녀는 직장을 잃지도 않았고, 차를 망가뜨리지도 않았다. 그녀는 다시 술을 끊었고, 늘 술의 유혹에 시달리는 사람에게 열흘은 일 년과도 같다.

플로렌시아가 눈에 보이게 땀을 흘리고 있는 재키에게 수영장은 열시까지 연다고 말했다. 해가 졌는데도 여전히 기온이 섭씨 30도가 넘었다. 재키는 객실로 가는 길에 수영장에 사람이 아무도 없는 걸 보았다.

재키는 엄마와 오팔과 셋이서 오클랜드공항 근처의 한 호텔에 묵은 적이 있었다. 엄마가 재키의 아버지를 영원히 떠난 후 오랜 시간이 흘렀을 때로, 오팔의 아버지와는 헤어짐과 만남을 되풀이하고 있었고, 재키는 여섯 살, 오팔은 아직 아기였다. 엄마는 딸들에게 영원히 떠나자는 이야기를 했다. 고향 오클라호마로 돌아가겠다는 것이었다. 하지만 재키와 동생에게 고향은 빈 주차장의 잠긴 스테이션왜건이었다. 긴 버스 여행이 고향이었다. 어디든 셋이 안전하게 밤을 보낼 수 있는 곳이 고향이었다. 그리고 여행을 떠날 가능성이 있었던, 엄마가 딸들을 뒤에 매달고 내리막길로 치닫던 삶에서 벗어날 수도 있었던 호텔에서의 그 밤은 재키의 인생에서 최고의 밤 중 하나였다. 엄마는 잠이 들었다. 재키는 그날 일찍 객실로 오는 길에 수영장—밝은 푸른빛으로 반짝이는 직사각형—을 보았었다. 바깥은 추웠지만 온수풀이라는 표지판이 있었다. 재키는 TV를 보며 엄마가 오팔과 함께 잠들기를 기다렸다가 몰래 수영장으로 갔다. 그곳엔 아무도 없었다. 재키는 신발과 양말을 벗고 발가락 하나를 물에 담그고는 그들의 객실 문을 돌아보았다. 수영장에 면한 모든 객실의 문과 창문을 보았다. 밤공기는 차가웠지만 미동 없이 고요했다. 그녀는 신발과 양말만 벗고 수영장 계단을 내려갔다. 수영장에 들어가보는 건 처음이었다. 그녀는 수영을 할 줄 몰랐다. 그저 물속에 있고 싶었다. 물속으로 들어가 눈을 뜨고 자신의 손을, 그 푸르디푸른 빛 속에서 올라가는 공기 방울들을 바라보고 싶었다.

객실로 들어간 그녀는 가방을 내팽개치고 신발을 벗은 뒤 침대에 누웠다. TV를 켠 다음 음소거로 해놓고, 몸을 굴려 침대에 등을 대고 누운 채 잠시 천장을 올려다보며 비어 있는 하얀 방의 시원함을 즐겼다. 오팔 생각이 났다. 아이들도. 그들은 뭘 하고 있을까. 수년간의 침묵 후, 그들은 몇 달 전부터 문자를 주고받기 시작했다. 오팔은 재키의 손자 셋을 돌보고 있었다—재키가 만나본 적도 없는 손자들을.

뭐해? 재키는 오팔에게 문자를 보냈다. 그녀는 휴대전화를 침대에 내려놓고 수영복을 꺼내러 여행가방으로 갔다. 검은색과 흰색 줄무늬 원피스 수영복이었다. 그녀는 거울 앞에서 수영복을 입었다. 흉터와 문신이 목과 배, 팔, 발목을 휘감거나 가로지르고 있었다. 양쪽 팔뚝에는 깃털 문신이 있었는데 하나는 엄마, 하나는 동생을 위한 것이었다. 손등에는 별들이 있었다—그건 그냥 별이었다. 발등에 거미줄 문신을 할 때가 제일 아팠다.

재키는 수영장이 여전히 비어 있는지 보려고 창가로 걸어갔다. 침대 위 휴대전화가 진동했다.

오빌이 자기 다리에서 거미 다리들을 발견했어, 문자 내용이었다.

뭐야!? 재키가 답장했다. 이해할 수 없는 생뚱맞은 말이었다. 그게 대체 무슨 뜻이란 말인가? 그녀는 나중에 휴대전화로 '다리에서 발견한 거미 다리들'을 검색해보지만 아무것도 찾지 못한다.

몰라. 애들은 그게 뭔가 ndn과 관련이 있다고 생각해.

재키는 미소를 지었다. 인디언을 ndn이라고 줄여 쓰는 건 처음 보았다.

스파이더맨 같은 초능력이 생길지도, 재키가 문자로 말했다.

언니한테 그런 일이 일어난 적 있어?

뭐? 아니. 나 수영하러 간다.

재키는 미니 냉장고 앞에 무릎을 꿇고 앉았다. 머릿속에서 엄마 목소리가 들렸다. "거미줄은 집이면서 덫이다." 그녀는 엄마가 정말 무슨 뜻으로 한 얘기인지도 모르면서 여러 해 동안 그걸 말이 되게 만들려고 애썼다. 어쩌면 엄마가 의도했던 것보다 더 많은 의미를 부여하면서. 이번에는 재키가 거미, 미니 냉장고가 거미줄이었다. 그녀에게 집은 마시는 것이었다. 마시는 건 덫이었다. 뭐, 그런 식이었다. 요점은 냉장고를 열지 말라였다. 그녀는 열지 않았다.

재키는 수영장 가장자리에 서서 물에 비친 빛이 흔들리며 아른거리는 걸 바라보았다. 배 위에서 엇갈린 그녀의 두 팔은 녹색이었고, 금이 가 있는 것처럼 보였다. 그녀는 계단을 조금씩 내려간 다음, 가볍게 물살을 헤치며 잠영을 하여 건너편까지 갔다가 돌아왔다. 숨을 쉬려고 물위로 올라와 수면의 움직임을 잠시 보고 있다가 다시 물속으로 들어간 뒤, 공기 방울들이 생겨나고 위로 떠오르며 사라지는 걸 지켜보았다.

수영장 가장자리에서 담배를 피우던 그녀는 공항에서 택시를 타고 오는 길에 호텔에서 겨우 한 블록 떨어진 곳에서 본 주류 판매점을 떠올렸다. 거기까지 걸어갈 수도 있었다. 그녀가 진짜로 원하는 건 맥주 여섯 병을 마신 후 담배를 피우는 거였다. 그녀는 술을 마셨을 때처럼 쉽게 잠들고 싶었다. 객실로 돌아가는 길에 자판기에서 펩시와 트레일 믹스*를 샀다. 그녀는 침대에서 TV 채널을 휙휙 돌리며 이것저것 보다가, 광고가 나올 때마다 채널을 바꾸면서 트레일 믹스와 펩시를 걸신들린 듯 먹었고, 트레일 믹스로 식욕이 살아나면서 그제야 저녁을 먹지 않았다는 걸 깨달았다. 그녀는 눈을 감고 침대에 누워 한 시간을 잠들지 못하다가, 베개를 얼굴에 얹은 채 잠이 들었다. 새벽 네시에 잠이 깼을 때, 그녀는 얼굴 위에 있는 게 무엇인지 알지 못했다. 그녀는 베개를 방 저쪽으로 던지고, 일어나서 오줌을 눈 다음 자신이 잠들었다고, 혹은 실제로는 자고 있는데 잠을 이루지 못하는 꿈을 꾸는 거라고 믿으려 애쓰며 두 시간을 보냈다.

재키는 대연회장 뒤쪽 자리에 앉았다. 야구 모자를 쓴 늙은 인디언 남자 하나가 한 손은 기도하듯 올리고 다른 손으로는 물병에 든 물을 사람들에게 튀기고 있었다. 그녀는 처음 보는 광경이었다.

재키의 시선이 대연회장을 배회했다. 그녀는 원주민 장식을 자세히 보았다. 그 방은 컸고, 높은 천장에 육중한 샹들리에가 여럿 달려 있었으며, 각각의 샹들리에는 골이 진 금속 띠를 두른 불꽃 모양 전구 여덟 개로 이루어져 있었는데, 금속 띠에는 인디언 문양으로 뚫린 구멍이 있어서 벽에 인디언 문양 그림자가 졌다—다양한 코코펠리**, 지그재그 모양의 선, 소용돌이 모양 들이 마른 피처럼 갈색이 도는 붉은색 벽 꺽대기에 비쳤다. 카펫은 구불구불한 선

* 견과류, 초콜릿, 건과일 등이 섞인 스낵.

** 고대 북미 인디언들이 섬기던 풍요의 신으로, 주로 등이 굽은 피리 부는 사람의 형상으로 묘사된다.

들과 다양한 기하학적 형상으로 가득했다—카지노나 영화관 카펫처럼.

재키는 사람들을 둘러보았다. 이백 명가량 되었고, 모두 과일과 대니시 페이스트리가 담긴 작은 종이 접시와 물잔이 놓인 원형 테이블에 앉아 있었다. 재키는 그들이 컨퍼런스 타입임을 알아보았다. 대부분 늙은 인디언 여자들이었다. 그다음은 늙은 백인 여자들. 그다음은 늙은 인디언 남자들. 젊은 사람들은 보이지 않았다. 눈에 보이는 모든 사람들이 지나치게 진지하거나 충분히 진지하지 못한 것 같았다. 그들은 인디언 가족들을 도와야 할 필요성보다는 자신의 직업을 유지하는 것, 기금 제공자들과 기금 지급 요건에 더 관심이 많은 직업인들이었다. 재키도 다르지 않았다. 그녀는 그걸 알았고 그 사실이 싫었다.

컨퍼런스보다는 길모퉁이가 더 편안할 듯 보이는 첫 연사가 연단으로 다가갔다. 그런 남자가 무대에 서 있는 건 흔히 볼 수 있는 광경은 아니었다. 그는 조던 운동화와 아디다스 운동복 차림이었다. 무슨 모양인지 알아볼 수 없을 정도로 희미해진 문신이 왼쪽 귀 위에서 대머리 정수리까지 이어져 있었다—균열이나 거미줄, 혹은 반쪽짜리 가시면류관일 수도 있었다. 그는 몇 초마다 한 번씩 입을 타원형으로 벌리고 엄지와 검지로 입술 주위를 닦았는데, 거기 침이 묻었거나 아니면 그렇게 닦으면서 자신이 침을 뱉어 부주의한 인상을 주는 일은 없을 거라고 스스로를 안심시키는 듯했다.

그는 마이크로 다가갔다. 그리고 청중을 둘러보며 길고 불편한 일 분을 보냈다. "여기 인디언들이 많이 보이네요. 그래서 기분이 좋습니다. 이십 년 전쯤 이런 컨퍼런스에 갔었는데, 거긴 백인 얼굴 천지였어요. 그땐 청소년 신분이었죠. 비행기도 그때 처음 타봤고 며칠 동안 피닉스를 벗어난 것도 처음이었어요. 소년원에 들어가지 않는 조건으로 양형 거래를 하면서 억지로 프로그램에 참여하게 된 거였죠. 그 프로그램은 워싱턴 DC에서 열린 컨퍼런스에서 소개되어 전국적인 주목을 받았고요. 저를 포함한 몇 명의 청소년들이 선택된 건 리더십이나 대의를 위한 헌신, 혹은 참여 정신 때문이 아니라 우리가 가장 위험한 상태였기 때문이었습니다. 물론 우리가 할 일은 무대에 앉아 청소년들의 성공 스토리와 청소년 서비스 담당자가 우리 프로그램이 얼마나 위대한지에 대해 하는 이야기를 듣는 게 다였죠. 하지만 제가 여행을 떠난 사이에 동생 해럴드가 제 옷장에 있던 총을 찾아냈습니다. 그리고 그 총으로 자신의 미간을 쏘았습니다. 열네 살이었죠." 남자는 그렇게 말하고 마이크를 피해 기침을 했다. 재키는 의자에서 몸을 뒤척였다.

"제가 이 자리에서 하고 싶은 말은 우리의 전체적인 접근법이 애초부터 이런 식이었다는 것입니다. 아이들이 불타는 건물 창문에서 뛰어내려 죽고 있습니다. 그런데 우리는 그들이 뛰어내리는 게 문제라고 생각하죠. 우리가 그동안 해온 일은 이런 것이었습니다. 그들이 뛰어내리는 걸 막을 방법을 찾으려 노력하는 것. 아이들은 불이 너무 뜨거워서 더이상 견딜 수가 없는데, 그들에게 그곳을 떠나는 것보다는 산 채로 불에 타는 게 낫다고 설득하는 거죠. 우리는 창문을 판자로 막고, 뛰어내리는 아이들을 받을 더 나은 그물을 만들고, 뛰어내리지 말라고 그들을 설득할 더 그럴듯한 말들을 찾아냈습니다. 아이들은 이곳에서의 삶, 우리가 만들어주고 물려준 삶에 머무는 것보다 죽어서 떠나버리는 게 낫다는 결정을 내리고 있습니다. 그리고 우리는 제 동생의 죽음에 제가 그랬던 것처럼 그들 각각의 죽음에 관여하거나 연루되어 있습니다. 혹은 부재할 수도 있죠. 하지만 침묵이 그냥 침묵이 아니라 말하지 않는 것이듯, 부재 역시 관여입니다. 저는 지금 자살 예방 관련 일을 합니다. 제가 지금까지 살아오는 동안 친척 열다섯 명이 자살했습니다. 제 동생을 제외하고요. 최근 제가 맡았던 사우스다코타의 한 공동체 사람들은 슬퍼하는 것도 지쳤다고 말합니다. 그들은 팔 개월 동안 열일곱 건의 자살을 겪어야 했습니다. 과연 우리는 어떻게 아이들에게 삶에 대한 의지를 심어줄 수 있을까요? 이런 컨퍼런스에서. 사무실에서. 이메일과 공동체 행사를 통해서 말입니다. 우리가 하는 일에는 절박함이, 어떤 대가를 치르더라도 무엇이든 하겠다는 정신이 있어야 합니다. 아니면 프로그램이고 뭐고 다 빌어먹을 헛것이에요. 그럴 거면 차라리 가족들에게 직접 돈을 주는 게 나을 수도 있어요. 그들에겐 돈이 필요하고 그 돈을 갖고 무엇을 해야 할지도 아니까요. 사실 그 돈이 봉급과 이런 컨퍼런스에 쓰인다는 걸 우리 모두 알고 있습니다. 미안합니다. 저도 그 돈을 받고 있고, 사실, 젠장, 미안하지 않습니다. 이건 고상함이나 격식을 따질 문제가 아닙니다. 우리는 승진과 지원금 목표, 하루하루의 고된 일과 속에서 길을 잃어선 안 됩니다. 누가 시킨 일을 억지로 하는 것처럼 행동하지 말자는 겁니다. 우리는 무엇을 할지 스스로 선택하고, 그 선택에는 공동체가 얽혀 있습니다. 우리는 그들을 대신해 선택하는 겁니다. 언제나. 아이들은 그렇게 느끼고 있습니다. 그들은 통제권이 없습니다. 그들에게 무슨 통제권이 있겠습니까? 우리는 우리가 추구하고 있다고 늘 말하는 그걸 해야 합니다. 만일 그럴 수 없다면, 사실은 우리 자신에 대해서만 신경쓰고 있다면, 옆으로 물러나 공동체 내에서 진심으로 아이들 문제에 관심을 갖고 진짜로 무언가를 할 사람들, 그 사람들이 나서서 도와주게 해야 합니다. 나머지는 다 헛짓거리예요."

재키는 청중이 주저하며 의무적인 박수를 보내기 시작하기도 전에 그곳에서 나왔다. 그녀가 달리는 동안 목에 건 명찰이 달그락거리며 날카롭게 턱을 스쳤다. 객실에 들어간 그녀는 등뒤로 문을 닫고 무너지듯 주저앉아 흐느끼기 시작했다. 무릎에 눈을 대고 누르자 자주색, 검은색, 녹색, 분홍색 반점들이 거기서, 눈꺼풀 안쪽에서 꽃처럼 피어났고, 그것들은 천천히 이미지로 형상화되었다가 기억으로 변했다. 먼저 큰 구멍이 보였다. 그다음엔 딸의 야윈 몸. 양쪽 팔에 위아래로 작은 붉은색과 분홍색 구멍들이 있었다. 딸의 피부는 흰색과 푸른색, 노란색이었고 정맥은 녹색이었다. 재키는 시신의 신원을 확인하러 간 것이었다. 그 시신은 그녀의 딸이었다. 그녀가 뱃속에 육 개월밖에 품지 못해 작게 태어났던 그 몸이었다. 딸이 갓 태어났을 때 재키는 의사들이 인큐베이터에 있는 딸의 팔에 주삿바늘을 꽂는 걸 지켜보며 아기가 살아나기만을 간절하게 바랐었다. 평생 무언가를 그토록 간절하게 바랐던 적이 없었다. 검시관이 펜과 클립보드를 손에 든 재키를 바라보았다. 재키는 한참이나 시신과 클립보드 사이의 한 지점을 응시하며 비명을 지르지 않으려고, 시선을 들어 딸의 얼굴을 보지 않으려고 애쓰고 있었다. 큰 구멍. 미간의 총알 자국. 세번째 눈, 아니 비어 있는 세번째 눈구멍 같은. 엄마가 그녀와 오팔에게 들려주던 이야기 속의 사기꾼 거미 비호, 그 거미는 더 잘 보기 위해 늘 눈을 훔쳤다. 비호는 이 땅에 들어와 자신의 눈을 통해 보라고 구세계에 요구한 백인이었다. 봐. 이제부터 이렇게 될 거야. 우선, 너희는 나에게 너희 땅을 다 내줄 거고, 그다음엔 나에게 시선을 빼앗기게 될 거야. 보는 법 자체를 잊을 때까지. 너희 눈이 완전히 지쳐서 뒤를 돌아볼 수 없고, 너희 앞엔 아무것도 존재하지 않을 때까지. 눈에 보이는 것들 중 의미가 있는 건 주삿바늘, 술병, 담뱃대밖에 남지 않을 때까지. 차에 탄 재키는 두 주먹으로 운전대를 내리치기 시작했고 더는 내리칠 수 없을 때까지 멈추지 않았다. 새끼손가락이 부러졌다.

그게 팔 년 전이었다. 당시 그녀는 금주 육 개월째였다. 술을 마시기 시작한 후로 가장 긴 금주 기간이었다. 하지만 그 일이 있은 후 재키는 차를 몰고 주류 판매점으로 달려갔고, 육 년 동안 하룻밤에 한 병씩 위스키를 마셨다. 버스 기사였던 그녀는 AC 트랜싯 57번 버스를 몰고 일주일에 육 일씩 오클랜드 안팎을 드나들었다. 그러면서 매일 밤 술을 매개로 통제 가능한 망각에 빠졌다. 날마다 일어나서 일하러 나갔다. 그러던 어느 날 운전중 잠이 들어 전신주를 들이받았다. 요양 시설에 들어가서 한 달을 지낸 후 오클랜드를 떠났다. 어떻게 앨버커키에 가게 되었는지는 아직도 모른다. 기억이 나지 않는다. 어느 시점에 인디언 보건청의 지원을 받는 인디언 진료소 접수원으로 취직하게 되었고, 결국엔 제대로 술을 끊지 못한 상태에서, 직장에서 비용을 대주는 온라인 교육과정을 통해 자격증을 취득해 정식 약물 남용 상담사가 되었다.

재키는 호텔방에서 문을 등지고 앉아 지난 몇 년간 오팔이 이메일로 보내준 손자들 사진을 떠올렸다. 그녀는 그 사진들을 열어보지 않았다. 그녀는 일어나서 책상 위에 둔 노트북을 향해 갔다. 지메일 계정에서 오팔의 이름을 검색했다. 그리고 페이퍼클립 아이콘이 있는 이메일을 하나씩 열었다. 수년간 쌓인 이메일들을 따라갔다. 생일, 처음 자전거를 탄 날, 아이들이 그린 그림들. 부엌에서 싸우는 모습, 한방에 놓인 이층 침대에서 자는 모습이 담긴 짧은 영상들. 셋이 컴퓨터 앞에 모여 있고 얼굴에 화면의 불빛이 비치는 모습. 그리고 재키의 가슴을 아프게 하는 사진이 한 장 있었다. 셋이 오팔 앞에 나란히 줄지어 서 있는 사진이었다. 오팔의 정적이고 차분하고 금욕적인 시선. 그녀는 그 모든 세월과 그들이 겪어온 모든 것 너머로 재키를 보고 있었다. 와서 아이들을 데려가, 언니 손자들이잖아, 오팔의 얼굴은 그렇게 말하고 있었다. 막내는 어정쩡한 미소를 짓고 있는 게, 방금 형들 중 하나가 주먹으로 팔을 때렸는데 오팔이 사진을 찍어야 하니 모두 웃으라고 말한 것 같았다. 둘째 아이는 가짜로 만들어낸 건지 진짜인지는 몰라도 손가락으로 갱단 수신호 같은 걸 만들어 가슴에 대고서 활짝 웃고 있었다. 재키의 딸 제이미와 가장 많이 닮은 아이였다. 맏이는 웃지 않고 있었다. 그애는 오팔을 닮았다. 재키와 오팔의 엄마 비키를 닮았다.

재키는 그들에게 가고 싶었다. 한잔하고 싶었다. 술을 마시고 싶었다. 모임이 필요했다. 그녀는 매일 밤 일곱시 반에 이층에서 컨퍼런스 참가자를 위한 AA 모임*이 열린다는 걸 알고 있었다. 정신건강과 약물 남용 예방을 기반으로 하는 이런 컨퍼런스에는 그녀처럼 자신이 직접 겪어봤기에 다른 사람들이 같은 실수를 저지르지 않도록 돕는 일에서 의미를 찾고자 하는 이들이 가득했고, 그래

* Alcoholics Anonymous. 알코올중독자 자조 모임.

서 늘 그런 모임이 있었다. 그녀는 옷소매로 얼굴의 땀을 닦다가 에어컨이 꺼져 있음을 깨달았다. 에어컨으로 가서 찬바람을 강하게 틀었다. 방이 시원해지기를 기다리다가 잠이 들었다.

재키는 늦었다는 생각을 하며 급히 안으로 걸어들어갔다. 접이식 의자 여덟 개가 작은 원을 이루며 놓여 있었고, 남자 셋이 앉아 있었다. 그들 뒤로 아직 아무도 손대지 않은 간식이 있었다. 실내는 형광등 웅웅거리는 소리로 어수선했다. 그곳은 작은 컨퍼런스룸으로, 앞쪽 벽에 화이트보드가 걸려 있었고 미색 조명이 그 단조로움으로 모든 걸 에워쌌다—그래서 모든 게 십 년 전 TV에서 일어나고 있는 일처럼 느껴졌다.

재키는 뒤쪽 테이블로 가서 차려진 음식들을 보았다—무척 오래되어 보이는 자동 커피메이커에 커피 한 주전자가 있었고, 치즈, 크래커, 고기, 그리고 여러 종류의 소스를 둘러싸고 둥그렇게 펼쳐진 작은 셀러리 줄기들도 보였다. 재키는 셀러리 하나를 집어들고 커피 한 잔을 따른 후 사람들에게로 갔다.

모두 나이 지긋한 원주민 남자들로 머리가 길었다—둘은 야구모자를 썼고, 모임을 이끄는 사람인 듯한 남자는 카우보이모자를 쓰고 있었다. 카우보이모자를 쓴 남자가 자신을 하비라고 소개했다. 재키는 남자에게서 고개를 돌렸지만, 둥근 지방덩어리에 박힌 얼굴, 그 눈과 코와 입은 분명 그의 것이었다. 재키는 하비가 잠시 화장실에 다녀오겠다고 말하고 자리를 뜨는 걸 보고, 혹시 그가 자신을 알아본 건 아닐까 생각했다.

재키는 오팔에게 문자를 보냈다. 내가 지금 여기 누구랑 있는지 알아?

바로 답장이 왔다. 누군데?

앨커트래즈의 하비.

누구?

하비, 내가 포기한 딸의 아빠.

설마.

맞아.

확실해?

응.

어쩔 건데?

몰라.

몰라?

나갔다 지금 다시 들어옴.

오팔이 아이들 사진을 보냈다. 아이들은 자신들의 방에서 똑같은 자세로 누워, 헤드폰을 쓴 채 천장을 올려다보고 있었다. 재키가 아이들 사진은 문자로 보내지 말라고, 자신의 하루를 망칠 수 있으니 이메일로만 보내라고 말한 이후 처음 문자로 보낸 사진이었다. 재키는 사진을 확대했다 축소했다 하면서 아이들 얼굴을 하나씩 보고 또 보았다.

모임 끝나고 얘기해볼게. 재키는 그렇게 문자를 보내고 휴대전화를 무음으로 바꾼 뒤 집어넣었다.

하비가 재키에게 시선을 주지 않고 자리에 앉았다. 그가 손바닥을 위로 향한 채 들어올리는 단순한 몸짓으로 그녀를 가리켰다. 재키는 그가 자신을 보지 않는 것, 그리고 방금 화장실에 다녀온 것이 그녀를 알아보았다는 뜻인지 확신할 수 없었다. 어쨌거나 재키가 자신의 사연이나 기분을 말할 차례였고, 그녀가 이름을 말하면 그도 즉시 알 터였다. 재키는 양쪽 팔꿈치를 무릎에 올리고 사람들을 향해 몸을 숙였다.

"제 이름은 재키 레드페더입니다. 저는 알코올중독자입니다, 라는 말 같은 건 하지 않겠습니다. 대신 이렇게 말하겠습니다. 저는 이제 술을 마시지 않아요. 전에는 마셨지만 이젠 아니죠. 현재 십일일째 금주중입니다. 제가 이 자리에 있게 된 것에 감사하고, 시간을 내주신 여러분께도 감사합니다. 제 이야기를 들어주셔서 감사합니다. 여기 와주신 모든 분께 감사합니다." 재키는 갑자기 목이 컬컬해져서 기침을 했다. 그녀는 목캔디를 입에 넣었는데 그 동작이 너무 자연스러워서 그녀가 목캔디를 자주 먹고, 담배를 많이 피우며, 기침을 달고 다니고, 그래도 목캔디를 빨 때는 기침이 진정되기 때문에 노상 목캔디를 먹는다는 걸 알 수 있었다. "제 음주 문제의 원인이 된 그 문제는 음주가 관련되기 훨씬 전에 시작되었습니다. 처음 술을 마시기 시작한 것도 그때이긴 하지만요. 그렇다고 제가 과거를 탓하거나 받아들이지 않는 건 아닙니다. 저는 1970년 앨커트래즈 점거 때 가족과 함께 그곳에 있었습니다. 그곳에서 모든 게 시작되었죠. 그 개쓰레기 자식." 재키는 그렇게 말한 후 하비를 똑바로 쳐다봤다. 그는 의자에서 몸을 약간 뒤척였으나 잠자코 바닥을 내려다보며 듣는 자세를 유지했다. "어쩌면 그는 자신이 무슨 짓을 하고 있는지 몰랐을 수도 있고, 어쩌면 계속 여자들을 건드리고 다녔을지도 모르죠. 완력을 써서 싫다는 사람을 억지로 응하게 만들면서요. 그런 멍청한 놈들은 흔해빠졌다는 걸 저도 이제는 압니다. 그 섬에서 그와 짧게 만난 경험으로 짐작건대, 그는 계속해서 그런 짓을 했을 겁니다. 엄마가 돌아가신 후 우리는 모르는 사람과 함께 살았습니다. 먼 친척이었죠. 그건 감사하게 생각합니다. 배를 곯지 않았고, 거처할 집도 있었으니까요. 하지만 그때 전 딸을 포기하고 입양을 보냈습니다. 그 섬에서 생겨서 낳은 딸. 그곳에서 일어난 그 일 때문에 생긴 딸. 딸을 포기했을 때 전 열일곱 살이었습니다. 어리석었죠. 이제는 찾고 싶어도 어떻게 찾아야 할지 모릅니다. 비밀 입양이었으니까요. 그후로 다시 딸을 갖게 되었습니다. 하지만 중독 때문에 그 딸도 지키지 못했죠. 십 달러 이하면 무슨 술이든 가리지 않고 하룻밤에 한 병씩 마셨으니까요. 상태가 너무 심각해져서 직장을 잃고 싶지 않으면 술을 끊어야 한다는 이야기를 들었습니다. 하지만 전 술을 계속 마실 수 있도록 직장을 그만뒀어요. 그때쯤 제 딸 제이미는 집을 떠났고, 그래서 완전히 무너져버리기가 더 쉬웠죠. 이때 끔찍한 음주 경험담이 끝없이 이어집니다. 오늘 저는 되돌아가려 애쓰고 있습니다. 제 딸은 죽었고, 손자 셋을 남기고 떠났습니다. 하지만 저 역시 그 아이들을 등지고 떠났습니다. 전 돌아가려 애쓰고 있습니다. 하지만 아까도 말씀드렸듯이 겨우 십일 일째입니다. 그건 마치, 일단 수렁에 빠지면 이내 더 깊이, 점점 더 깊이 빠져들게 되는 것과 같습니다." 재키는 기침을 한 다음 목청을 가다듬고 침묵을 지켰다. 그녀는 시선을 들어 하비를, 모임의 다른 참가자들을 보았지만 그들 모두 고개를 숙이고 있었다. 그런 분위기에서 이야기를 끝내고 싶진 않았지만 그렇다고 계속 이야기하고 싶지도 않았다. "모르겠어요. 제 이야기는

다 한 것 같네요." 그녀가 말했다.

사람들은 조용했다. 하비가 목청을 가다듬었다.

"고맙습니다." 하비가 말했다. 그는 다음 남자에게 이야기를 시작하라는 몸짓을 했다.

그는 노인이었고, 나바호족일 거라고 재키는 짐작했다. 일부 인디언들이 기도할 때 그러듯 노인이 모자를 벗었다.

"한 모임에서 내 모든 게 바뀌었어요." 그가 말했다. "이런 모임은 아닙니다. 그후로 이런 모임들이 중요한 역할을 해줬고요. 나는 성인이 되고 나서 대부분의 기간 동안 술과 마약을 했습니다. 끊었다 다시 시작했다를 반복했죠. 몇 번 가정을 가졌지만, 중독 때문에 다 실패했지요. 그러다가 한 형제가 나를 위해 모임을 주선해주었어요. 아메리카 원주민 교회에서."

재키는 더이상 듣지 않았다. 그녀는 하비 앞에서 그에 대해 말하는 게 자신에게 도움이 되리라 생각했었다. 하지만 사람들 이야기를 듣는 그의 모습을 보고 있노라니, 그동안 그도 힘든 삶을 살았으리란 생각이 들었다. 재키는 그가 섬에서 자신의 아버지에 대해 한 말이 기억났다. 섬에 온 후로 아버지를 본 적도 없다고 했다. 섬 생각을 하다보니 그곳을 떠나던 날 하비를 본 일이 떠올랐다. 그녀는 배에 탄 직후 물속에 있는 그를 보았다. 그 물에 들어가는 사람은 아무도 없었다. 얼음장처럼 차가웠으니까. 게다가 상어가 우글거렸다—다들 그렇게 확신했다. 다음 순간 하비의 동생 로키가 형의 이름을 소리쳐 부르며 언덕을 달려 내려오는 게 보였다. 배가 시동을 걸었다. 모두 자리에 앉았지만 재키는 서 있었다. 엄마가 그녀의 어깨에 손을 얹었다. 엄마는 재키가 슬퍼하고 있다고 생각했는지 몇 분 더 그대로 서 있게 내버려두었다. 하비는 헤엄치고 있지 않았다. 물속에 숨어 있는 것 같았다. 그러다 그가 동생에게 소리를 질렀다. 로키가 그 소리를 듣고 옷을 다 입은 채로 물에 뛰어들었다. 배가 움직이기 시작했다.

"좋아, 출발한다, 이제 앉아라, 재키." 비키가 말했다.

재키는 자리에 앉았지만 그애들을 계속 지켜봤다. 하비네 아버지가 비틀거리며 언덕을 내려오는 게 보였다. 손에 막대기인지 방망이인지를 들고 있었다. 배가 천천히 만을 가로질러 나아가자 모든 게 점점 작아졌다.

"우리는 우리를 무너뜨리거나 아니면 너무 단단하게 만들어서 무너짐이 가장 절실할 때조차 무너지지 못하게 하는 세상에서 이해할 수 없는 일들을 많이 겪어왔습니다." 하비가 말하고 있었다.

재키는 자신이 그동안 듣고 있지 않았음을 깨달았다.

"이제는 완전히 망가지는 일밖에 남지 않은 듯 보이기도 합니다." 하비가 이야기를 이어갔다. "문제는 알코올이 아닙니다. 인디언과 알코올 사이엔 특별한 관계가 없어요. 단지 알코올이 싸고, 쉽게 구할 수 있고, 합법적이기 때문에 수단이 되는 거죠. 다른 게 아무것도 남지 않은 것처럼 느껴질 때 알코올에 의지하기 때문에 문제가 되는 거죠. 저도 그랬습니다. 오랫동안. 하지만 저는 과거에 스스로 되뇌어온 이야기를, 내가 너무 힘들게 살아왔고 지금도 너무 힘들기 때문에 음주만이 유일한 길이라는 이야기를 더이상 하지 않게 되었습니다. 음주가 내 삶, 내 기구한 팔자, 역사라는 질병에 대한 자가 치료라는 이야기 말입니다. 우리는 이야기가 우리 삶의 방식이라는 걸 알게 되어야만 비로소 바뀌기 시작할 수 있습니다. 하루하루 조금씩. 우리는 우리 같은 사람들을 도우려고 애쓰고 있습니다. 우리 주위의 세상을 조금이라도 더 나아지게 만들려고 애쓰고 있지요. 거기서부터 이야기는 시작됩니다. 저는 이 자리에서 과거의 저 자신에 대해 유감을 표하고 싶습니다." 하비가 재키를 보았고 재키는 그의 시선을 외면했다. "저는 수치심도 갖고 있습니다. 앞으로 남은 삶보다 더 긴, 지나간 세월이 남긴 수치심. 에라 모르겠다 하고 술이라는 수단에 다시 의지하고 싶게 만드는 그런 수치심. 제가 너무 엉망으로 망가져서 자신이 무슨 짓을 하고 있는지도 모르던 때에 상처를 준 모든 분들께 죄송합니다. 변명의 여지가 없습니다. 하지만 사죄보다는…… 그때 제가 잘못을 저질렀고, 사람들에게 상처를 줬고, 다시는 그러고 싶지 않다는 걸 인정하는 게 더 의미가 있겠죠. 타인에게뿐 아니라 자신에게도요. 가끔은 그게 가장 힘든 부분입니다. 그럼 늘 그랬듯이 오늘밤 모임도 이렇게 마칩니다. 우리 모두 기도에 귀기울이고 진심을 다해 기도합시다. 하느님, 제게 평온함을 주시어……"

모두 입을 모아 기도했다. 재키는 처음엔 하지 않으려 했지만 자신도 모르게 그들과 함께 기도하고 있었다. "그 차이를 구별하는 지혜를 주소서." 그렇게 기도를 마쳤다.

방이 비워졌다. 그들 둘, 재키와 하비만 남았다.

재키는 무릎 위에 두 손을 포개고 앉아 있었다. 움직일 수가 없었다.

"오랜만이야." 하비가 말했다.

"응."

"있잖아, 나 이번 여름에 오클랜드에 갈 거야. 두 달 후에, 사실,

파우와우 때문인데, 하지만 그뿐 아니고……"

"우리가 지금 옛친구처럼, 정상적이고 좋은 관계인 것처럼 굴어야 하는 건가?"

"나랑 얘기하려고 남은 거 아냐?"

"내가 왜 남은 건지 아직 모르겠어."

"당신이 이야기한 게 우리가, 아니 내가 앨커트래즈에서 한 짓이라는 거 알아. 그 아이를 입양 보냈다고 했지. 전부 다 미안해. 난 알 수가 없었어. 나한테 아들이 있다는 것도 얼마 전에 알았어. 페이스북으로 연락했더군. 그애 사는 데가……"

"지금 무슨 얘길 하는 거야?" 재키는 그렇게 말하며 나가려고 일어섰다.

"우리 다시 시작할 수 있을까?"

"난 당신 아들에게도, 당신 삶에도 아무 관심 없어."

"찾을 방법이 있을까?"

"뭘 찾아?"

"우리 딸."

"그렇게 부르지 마."

"그 아이가 알고 싶어할지도 모르잖아."

"모르는 게 모두를 위해 나아."

"당신 손자들은 어때?"

"하지 마."

"우리 계속 이럴 필요는 없잖아." 하비는 그렇게 말하고 모자를 벗었다. 정수리가 대머리였다. 그는 일어나서 의자에 모자를 놓았다.

"아들한테 뭐라고 말할 건데?" 재키가 물었다.

"뭐에 대해?"

"그동안 어디 있었는지에 대해."

"난 몰랐어. 이봐, 재키, 나와 함께 돌아가는 것에 대해 한번 생각해봐. 오클랜드로."

"우린 서로에 대해 알지도 못해."

"공짜로 태워주는 거야. 종일 운전하고 밤새 가면 도착할 거야."

"당신이 모든 답을 갖고 있기라도 하다는 거야?"

"도움이 될 만한 일을 하고 싶어. 내가 당신에게 한 짓을 되돌릴 방법은 없지. 하지만 노력은 해야지."

"술 끊은 지 얼마나 됐어?" 재키가 물었다.

"1982년부터."

"젠장."

"그 아이들에겐 할머니가 필요해."

"모르겠어. 그리고 당신은 내 인생에 대해 쥐뿔도 아는 게 없어."

"우리 어쩌면 딸을 찾을 수 있을지도 몰라."

"아니."

"방법이……"

"맙소사, 제발 좀 닥쳐. 나에 대해 아는 것처럼 굴지 마. 우리가 서로에게 할말이 있고, 서로를 찾고 싶기라도 했던 것처럼 굴지 말라고. 우린 그냥……" 재키는 말을 끊고 일어나서 밖으로 나갔다.

하비가 엘리베이터로 따라 나왔다.

"재키, 미안해, 제발." 그가 말했다.

"제발 뭐? 나 이제 갈 거야." 그녀가 이미 불이 들어와 있는 엘리베이터 버튼을 눌렀다.

"나중에 이 일에 대해 후회하고 싶지 않잖아. 지금까지 살아온 방식대로 계속 그렇게 살고 싶진 않잖아." 하비가 말했다.

"설마 당신이 결국 나를 위해 모든 걸 바꿔놓을 사람이 될 거라고 생각하는 건 아니겠지. 결국 당신 도움을 받게 된다면 난 차라리 죽어버릴 거야. 무슨 말인지 알겠어?" 재키는 도착한 엘리베이터에 탔다.

"이 모든 것에는 이유가 있을 거야. 우리가 이렇게 만난 것에는." 하비가 엘리베이터 문이 닫히지 않도록 팔로 잡고서 말했다.

"우리 둘 다 실패자고 인디언 사회가 좁은 게 이유겠지."

"그럼 나랑 같이 가지 마, 그건 괜찮아. 내 말 안 들어도 돼. 하지만 아까 당신이 모임에서 말했잖아. 당신은 자신이 원하는 게 뭔지 알아. 아까 말했잖아. 당신은 돌아가길 원해."

"좋아." 재키가 말했다.

"좋아." 하비가 말했다. "좋아, 돌아갈 거지?"

"생각해볼게." 그녀가 말했다.

하비는 엘리베이터 문이 닫히도록 놓아주었다.

방으로 돌아온 재키는 침대에 누웠다. 베개를 얼굴 위에 올려놓았다. 그러고는 아무 생각 없이 일어나서 미니 냉장고로 갔다. 냉장고를 열었다. 위스키, 맥주, 작은 병에 든 와인이 가득했다. 그걸 보자 처음엔 행복했다. 처음 몇 병, 처음 여섯 병이 줄 수 있는 모든 것, 기분좋고 편안하고 안전한 감각을 떠올렸다. 하지만 그러다가 결국 열두 병, 열여섯 병으로 이어질 것이다. 일단 시작하면, 일단 거미줄에 걸리면 어딜 가든 거미줄이 달라붙으니까. 재키는 냉장고를 닫고 냉장고 뒤로 손을 뻗어 플러그를 뺐다. TV 밑에서 냉장고를 끌어낸 다음 온 힘을 다해 문으로 들고 갔다. 술병들이 항의하듯 쩔렁거렸다. 그녀는 천천히, 대각선으로 나아갔다. 미니 냉장고를 복도에 내놓고 들어와 프런트에 전화해서 가져가라고 말했다. 그녀는 땀을 흘리고 있었다. 여전히 술을 마시고 싶었다. 직원이 올라와서 냉장고를 가져가기 전에 아직 시간이 있었다. 그녀는 떠나야만 했다. 수영복을 입었다.

재키는 냉장고 주위를 빙 둘러 지나서 복도를 걸어내려가다가 담배를 두고 온 걸 깨닫고 돌아서서 방으로 돌아갔다. 다시 방에서 나오는데 냉장고가 정강이에 걸렸다.

“빌어먹을.” 그녀는 냉장고를 내려다보며 말했다. “이 빌어먹을 것.” 그녀는 누가 오나 살펴본 다음 냉장고를 열어 술병을 하나 꺼냈다. 그리고 또하나. 여섯 병을 수건에 말았다. 그다음에 열 병을. 엘리베이터에서 그녀는 술병을 두 팔에 가득 안고 있었다.

비어 있는 수영장으로 가서 풀장 안으로 잠수해 들어가 통증이 느껴질 때까지 물속에 머물렀다. 물위로 올라올 때마다 수건에 싼 술 보따리를 확인했다. 숨을 쉬지 않다보면 통증이 느껴진다. 물위로 올라가 숨을 쉬면 통증이 가신다. 술을 마시지 않겠다고 다짐한 후에 술을 마시는 것도 마찬가지였다. 둘 다 어느 지점에서 무너졌다. 둘 다 무언가 주고받는 게 있었다. 재키는 물속으로 들어가 필요할 때마다 호흡을 하면서 왔다갔다 헤엄쳤다. 손자들 생각을 했다. 오팔과 함께 있는 그들의 사진, 오팔의 얼굴, 와서 아이들을 데려가, 하고 말하는 시선.

재키는 물에서 나와 수건을 향해 갔다. 그녀는 술 보따리를 들어 허공으로 높이, 물속에 떨어지도록 던졌다. 그리고 흰 수건이 천천히 수면에 내려앉아 펼쳐지는 걸 지켜보았다. 술병들이 바닥으로 가라앉는 걸 지켜보았다. 그녀는 돌아서서 출입구를 나가 방으로 올라갔다.

그녀가 오팔에게 보낸 문자는 이랬다. 나 오클랜드에 가면 거기서 지낼 수 있니?

## 오빌 레드페더

오빌은 인디언 전통 의상을 엉망으로 입고 오팔의 침실 거울 앞에 선다. 거꾸로 입은 건 아니고, 사실 뭐가 잘못된 건지도 모르겠지만, 하여튼 이상하게 입었다. 거울 앞에서 몸을 움직이자 깃털들이 떨린다. 그는 거울 속 자신의 눈에서 망설임을, 걱정을 포착한다. 문득 오팔이 들어올까봐 걱정된다. 그가 이런 짓을 하는 중에…… 무슨 짓? 설명할 게 너무 많을 것이다. 그녀가 보면 어떤 반응을 보일지 궁금하다. 오빌과 형제들을 돌보게 된 이후, 오팔은 그들이 뭐든 인디언처럼 행동하는 걸 대놓고 싫어했다. 그녀는 그 모든 걸 그들이 나이가 차면 스스로 결정할 수 있는 일로 취급했다. 음주나 운전이나 흡연이나 투표처럼. 인디언이 되는 것도.

"너무 위험해. 특히 파우와우 주변은. 너희 같은 남자애들? 안 돼." 그녀는 그렇게 말했다.

오빌은 위험하다는 오팔의 말이 무슨 뜻인지 헤아릴 수가 없었다.

그는 여러 해 전에 크리스마스 선물을 찾으려고 오팔의 옷장을 뒤지다가 우연히 그 전통 의상을 발견했다. 그때 그는 오팔에게 어째서 인디언이 되는 것에 대해 아무것도 가르쳐주지 않는지 물었다.

"샤이엔의 방식이야. 우린 아이들이 스스로 배우게 하지. 그러다 아이들이 준비가 되면 그때 가르쳐주고."

"그건 말이 안 돼요. 우리가 스스로 배운다면 가르침을 받을 필요가 없죠. 진짜 이유는 할머니가 항상 일을 하기 때문이에요." 오빌이 말했다.

오빌은 할머니가 냄비를 들여다보며 음식을 젓다가 고개를 돌리는 걸 보았다. 그는 재빨리 의자를 끌어당겨 앉았다.

"내 입에서 그 말이 나오게 만들지 마라, 오빌. 나도 내가 그 말을 하는 걸 듣는 게 지긋지긋해. 너도 알잖니, 내가 일을 얼마나 많이 하는지. 집에 얼마나 늦게 들어오는지. 나에겐 책임져야 할 배달 구역이 있고 우편물은 쉬지 않고 온단다. 청구서랑 마찬가지야. 너희들 전화 요금, 인터넷 요금, 전기세, 식비. 거기다 집세, 옷값, 버스랑 지하철 요금도 있지. 아가, 잘 들어라, 네가 알고 싶어하는 건 기쁜 일이다만, 자신의 전통에 대해 배우는 건 하나의 특권이다. 우리는 갖지 못한 특권. 그리고 나를 통해 전통에 대해 듣는다고 해서 너희가 더 인디언다워지거나 덜 인디언다워지는 게 아냐. 진짜 인디언인지 여부가 그런 식으로 결정되는 게 아니라고. 인디언이 되는 것의 의미에 대해 그 누가 이러쿵저러쿵 말하든 귀기울이지 마라. 우리들 소수가 지금 여기, 이 부엌 안에 남아 있기 위해 너무나 많은 인디언들이 죽었어. 너, 나, 살아남은 우리 민족 모두가 소중하단다. 너는 인디언이기 때문에 인디언이고 그렇기 때문에 인디언이다." 오팔은 그렇게 말하고 음식을 젓기 위해 돌아서는 것으로 대화를 끝냈다.

"그럼 우리가 돈이 더 많다면, 할머니가 그렇게 일을 많이 할 필요가 없다면, 상황이 달라질까요?" 오빌이 물었다.

"너 내가 한 말 한마디도 안 들었구나, 그렇지." 그녀가 말했다.

오팔 비올라 빅토리아 베어실드. 거구의 늙은 여자의 거창한 옛날식 이름. 엄밀히 말하면 오팔은 그들의 할머니가 아니다. 인디언식으로는 그들의 할머니다. 그녀는 자신의 성은 베어실드인데 오빌과 형제들은 레드페더인 이유를 설명하면서 그렇게 말했다. 그녀는 사실 그들의 이모할머니다. 그들의 진짜 할머니 재키 레드페더는 뉴멕시코에 산다. 오팔은 재키의 반쪽짜리 자매이지만, 함께 자랐고 엄마가 같다. 재키의 딸 제이미가 그들의 엄마다. 하지만 제이미가 한 일이라곤 그들을 몸밖으로 밀어낸 것뿐이다. 그녀는 그들을 임신했을 때조차 약을 끊지 않았다. 그들 셋 모두 금단증세 속에서 삶을 시작했다. 헤로인 아기들. 제이미는 오빌이 여섯 살, 동생들이 네 살, 두 살이었을 때 총으로 자신의 미간을 쏘았다. 오팔은 형제의 엄마가 죽은 후 공식적으로 그들을 입양했지만 그보다 훨씬 전부터 데려다 키웠다. 오빌은 엄마에 대한 기억이 얼마 없다. 그가 엄마에 대한 그런 이야기들을 아는 건, 어느 날 밤 할머니가 부엌 전화기로 친구와 통화하는 내용을 엿들었기 때문이다.

"엄마에 대해 얘기해주세요." 오빌은 기회가 생길 때마다, 오팔이 기분이 좋아서 대답을 해줄 것 같을 때마다 그렇게 말하곤 했다.

"너희들 이름 스펠링이 엉망진창인 건 너희 엄마 때문이야." 어느 날 저녁을 먹으며 로니Lony가 학교에서 아이들이 자기를 '조랑

말 로니Lony the Pony'라고 부른다고 하자 오팔이 말했다.

"내 이름을 똑바로 부르는 사람이 없어요." 로니가 말했다.

"엄마가 그런 거라고요?" 오빌이 물었다.

"당연히 엄마가 그랬지. 누가 그랬겠니? 너희 엄마가 바보라서 그런 건 아냐. 너희 엄마도 스펠링은 알았어. 그냥 너희들이 다르기를 바라서 그랬던 거야. 난 그게 잘못됐다고 생각하지 않아. 우리 이름은 다르게 보여야 마땅해."

"엄만 바보 멍청이였어요. 그건 한심한 뻘짓이에요." 루서Loother가 말했다. 그는 벌떡 일어나 의자를 뒤로 밀고 부엌에서 걸어나갔다. 사람들이 그의 이름은 제대로 발음하는데도, 루서는 늘 자기 이름 스펠링에 대해 불평을 제일 많이 했다. 사람들은 오빌Orvil은 원래 'Orville'이라고—쓸모없는 잉여 글자 'l'과 'e'를 추가해서—표기해야 한다는 사실조차 알지 못했다. 로니로 말할 것 같으면, 오팔이 엄마를 알았고 엄마가 그 이름을 어떻게 불렀는지 알기에 자기 이름을 'pony'처럼 발음해선 안 된다는 걸 알 수 있었다.*

오빌은 힘들게 전통 의상을 입고 오팔의 옷장에 달린 전신 거울 앞에 선다. 거울은 늘 그에게 문젯거리였다. 거울에 비친 자신을 볼 때마다 머릿속에서 멍청하다는 소리가 들린다. 왜인지는 모르겠지만 그 사실이 중요하게 느껴진다. 진실이기도 하고. 전통 의상은

* 'Lony'는 '로니'라고 발음하고, 조랑말을 뜻하는 'pony'의 'o'는 장음으로 '포우니'처럼 발음한다. 'Lony'는 일반적으로 쓰이는 'Rony'라는 이름의 변형이고, 'Loother'는 'Luther'의 변형이다.

깔끄럽고 색도 바랬다. 그리고 너무 작다. 그가 바라던 모습이 아니다. 자신이 무엇을 기대했는지도 모르겠다. 그에겐 인디언이 되는 것도 맞지 않았다. 그리고 사실상 오빌이 인디언의 삶에 대해 아는 모든 건 가상으로 배운 것이다. 유튜브로 몇 시간씩 파우와우 영상과 다큐멘터리를 보고 위키피디아, 파우와우닷컴, 〈인디언 컨트리 투데이〉에 나오는 걸 모조리 읽으면서 말이다. 구글에 '진짜 인디언이 된다는 건 무엇을 의미하는가'를 검색한 후 이런저런 링크를 클릭하자 꽤 혼란스럽고 비판적인 포럼들로 들어가게 되었고 결국 어번딕셔너리닷컴*에서 그가 생전 처음 들어본 단어를 접하게 되었다. 프리텐디언.**

오빌은 TV에서 춤꾼을 처음 본 순간 춤을 추고 싶어졌다. 그때 그는 열두 살이었다. 11월이라 TV에서 인디언들이 자주 보였다. 다른 가족들은 모두 잠자리에 든 후였다. 그는 채널을 휙휙 돌리다 그 사람을 발견했다. TV 화면에서 인디언 전통 의상을 차려입은 춤꾼이 다른 사람들과는 중력이 완전히 다르게 작용하는 것처럼 움직였다. 일견 브레이크댄스 같기도 했지만 새로우면서도—심지어 멋지기까지 했다—전통의 느낌이 났다. 그가 놓친 것들, 그에게 주어지지 않은 것들, 그가 듣지 못한 것들이 너무 많았다. 그 순간 TV 앞에서, 오빌은 알 수 있었다. 그는 무언가의 일부였다. 춤으로 나타낼 수 있는 무언가의.

---

* Urbandictionary.com. 최신 유행어나 속어, 인터넷 용어 등을 모아놓은 사전식 웹 사이트.

** Pretendian. 'pretend(흉내내다, 시늉하다)'와 'Indian(인디언)'의 합성어로 인디언 조상을 가진 척하는 사람을 의미한다.

그리고 오빌은, 스스로 보기에, 사이즈가 너무 작은 훔친 전통 의상으로 인디언처럼 차려입고 거울 앞에 서 있다. 가죽과 끈, 띠, 깃털, 뼈로 된 가슴 판을 몸에 두르고, 어깨는 구부정하고 다리엔 힘이 풀린 채 서 있는 가짜, 복제품, 분장 놀이 하는 소년. 하지만 그 멍청하고 흐리멍덩한 시선 뒤에 무언가가 있다. 그가 동생들에게 자주 던지는 비판적이고 잔인한 시선, 뒤에 감춰진 그것을 그는 거의 볼 수가 있다. 그래서 계속 바라본다. 계속 거울 앞에 선다. 오빌은 모종의 진실이 자신 앞에 나타나기를 기다린다—자신에 관한 진실이. 그가 인디언처럼 차려입고 인디언처럼 춤을 추는 건 중요한 일이다. 비록 그게 연기이고, 가짜인 것 같은 기분을 떨쳐버릴 수 없다 해도, 이 세상에서 인디언이 되는 유일한 방법은 인디언처럼 보이고 행동하는 것이기 때문이다. 인디언이 되느냐 마느냐는 그것에 달려 있다.

오늘 레드페더 형제들은 로니에게 새 자전거를 사주려고 한다. 자전거를 사러 가는 길에 그들은 인디언 센터에 들른다. 오빌이 페이스북을 통해 알게 된 스토리텔링 프로젝트에 참가해 이야기를 하고 이백 달러를 받기로 되어 있기 때문이다.

루서와 로니가 복도에 앉아 기다리는 동안 오빌은 자신을 딘 옥센딘이라고 소개한 남자의 안내를 받아 방으로 들어간다. 딘은 오빌을 카메라 앞에 앉힌다. 그리고 자신은 카메라 뒤에 앉아 다리를 꼬고 오빌을 향해 몸을 기울인다.

"이름과 나이, 출신지를 말해주겠니?" 딘이 말한다.

"좋아요. 오빌 레드페더. 열네 살. 오클랜드."

"부족은? 네가 어느 부족 사람인지 알고 있니?"

"샤이엔. 엄마 쪽으로요."

"이 프로젝트에 대해선 어떻게 알게 됐지?"

"페이스북이요. 이백 달러를 준다고 하던데요?"

"맞아. 난 여기서 이야기를 모으고 있어. 온라인에 올려서 우리 공동체 사람들이, 우리랑 비슷한 공동체 사람들이 보고 들을 수 있게 하려고. 자신과 같은 사람들의 이야기를 들으면 덜 외로워지니까. 덜 외로워지면, 우리 뒤에, 우리 곁에 공동체 사람들이 있다고 느끼면 더 나은 삶을 살 수 있다고 나는 믿어. 무슨 뜻인지 이해가 되니?"

"그럼요."

"너에겐 '이야기'라는 게 어떤 의미지?"

"모르겠어요." 오빌이 말한다. 그는 무의식적으로 딘처럼 다리를 꼰다.

"생각해봐."

"자기한테 일어난 일을 다른 사람들한테 말하는 거요."

"좋아. 근본적으로 그거지. 이제 너에게 일어난 일을 말해줘."

"어떤 거요?"

"그건 너에게 달렸어. 네가 말한 대로지. 거창한 것일 필요는 없어. 너에게 일어난 일 중에서 두드러지는 것, 즉시 생각난 걸 말해주면 돼."

"저랑 동생들. 우리가 어쩌다 할머니와 살게 되었는지에 대해 말할게요. 처음 엄마가 쓰러진 뒤였어요. 우린 약물 과용이라고 생각했죠."

"그날에 대해 얘기해줄 수 있겠니?"

"그때보다 어릴 적 일은 거의 기억이 안 나는데, 그날만은 완벽하게 기억이 나요. 토요일이라 동생들하고 오전 내내 만화영화를 봤어요. 전 샌드위치를 만들러 부엌에 갔다가 엄마가 부엌바닥에 얼굴을 박고 쓰러져 있는 걸 발견했어요. 부딪히면서 코가 깨져서 피가 나고 있었고, 엄마 팔이 배 밑에 접혀 들어가 있는 걸 보고 상황이 심각하다는 걸 알았어요. 그건 팔을 깔고 쓰러졌다는 거고, 걸으면서 의식을 잃었다는 뜻이니까요. 저는 우선 동생들을 앞마당으로 내보냈어요. 그때 우린 38번가에 있는 작은 파란색 집에 살았는데, 앞마당에 아주 작은 잔디밭이 있었고 우리가 아직 작고 어릴 때라 거기서 충분히 놀 수 있었어요. 저는 엄마의 화장 거울을 갖고 나와서 엄마 코밑에 댔어요. TV에서 그렇게 하는 걸 봤거든요. 거울에 살짝 김이 서리는 걸 보고 911에 전화했어요. 제가 교환원에게 집에 엄마 말고는 동생들과 저뿐이라고 말해서 경찰차 두 대랑 아동보호국 사람이 같이 왔어요. 나이 많은 인디언 남자였는데 그때 한 번 보고 다시는 못 봤어요. 우리가 인디언이라는 말을 그때 처음 들었어요. 그 사람은 우리를 보고 단박에 인디언이라는 걸 알더라고요. 엄마가 들것에 실려나가는 동안 그 사회복지사가 동생들한테 성냥갑으로 마술을 보여줬어요. 어쩌면 그냥 성냥불을 켠 건데 그게 마술처럼 보였던 건지도 몰라요. 그 사람 때문에 할머니한테 연락이 갔고, 그래서 결국 우리가 할머니한테 입양된 거예요. 그 사람이 우리를 자기 사무실로 데려가서 엄마 말고 또 누가 있는지 물었거든요. 우리는 오팔 할머니랑 통화한 다음에 병원에 가서 할머니를 만났어요."

"그다음엔?"

"할머니랑 집에 갔어요."

"할머니랑 집에 갔다고?"

"네."

"엄마는?"

"우리가 병원에 갔을 때는 이미 퇴원하고 없었어요. 알고 보니 넘어져 부딪히면서 기절한 거였어요. 약물 과용이 아니라."

"좋은 이야기야. 고맙다. 물론 그게 좋은 일은 아니지만, 이야기 들려줘서 고맙다."

"지금 이백 달러 받는 거예요?"

오빌과 형제들은 인디언 센터에서 나와 로니의 자전거를 사러 웨스트오클랜드에 있는 타깃*으로 곧장 간다. 로니는 루서의 자전거 뒤에—보조 발판에—탄다. 그 이야기를 떠올리려니 슬펐지만 오빌은 그 이야기를 한 것이 기분좋다. 뒷주머니에 든 이백 달러짜리 상품권 생각을 하니 더 기분이 좋다. 미소가 그치질 않는다. 하지만 다리가 말썽이다. 오빌의 다리에 있는 혹은 언제 생겼는지 기억도 안 날 정도로 오래되었는데 얼마 전부터 근질거리기 시작했다. 긁는 걸 멈출 수 없게 되었다.

"방금 화장실에서 더러운 일이 있었어." 오빌이 타깃에서 나와

---

* 미국의 대형 쇼핑몰 체인.

서 루서에게 말한다.

"화장실이 원래 그런 데 아냐?" 루서가 말한다.

"닥쳐, 루서, 나 진지하니까." 오빌이 말한다.

"뭐야, 급해서 바지에 싼 거야?" 루서가 말한다.

"변기에 앉아서 그걸 뜯고 있었거든. 내 혹 기억나지? 근데 거기서 뭐가 삐져나온 것 같더라고. 그래서 잡아당겼지. 하나를 뽑아서 화장지에 싸놓고 또하나를 뽑았어. 그다음에 하나를 더 뽑고. 아무래도 거미 다리가 분명해." 오빌이 말한다.

"푸하하하." 루서가 웃는다. 그러자 오빌은 깔끔하게 접은 화장지 뭉치를 내민다.

"보여줘." 루서가 말한다.

오빌은 화장지를 펼쳐 루서에게 보여준다.

"뭐야, 씨발?" 루서가 말한다.

"내 다리에서 나온 거야." 오빌이 말한다.

"이거 나무 가시 같은 거 아냐?"

"아니, 다리 구부러진 거 봐. 관절이야. 끝도 있고. 다리 끝처럼 가늘어지잖아, 봐."

"좆같네. 그럼 나머지 다섯 개는? 내 말은, 거미 다리라면 여덟 개여야 하잖아, 맞지?"

오빌이 무슨 말을 하거나 거미 다리를 치울 새도 없이 루서는 자신의 휴대전화를 본다.

"검색해보는 거야?" 오빌이 묻는다.

하지만 루서는 대답하지 않는다. 자판을 두드린다. 스크롤한다. 기다린다.

"뭐 찾았어?" 오빌이 묻는다.

"아니. 아무것도 안 나오는데." 루서가 대답한다.

로니가 자신의 자전거를 끌고 나오자, 오빌과 루서는 자전거를 내려다보고 고개를 끄덕인다. 로니는 그들이 끄덕이는 걸 보고 빙긋 웃는다.

"가자." 오빌이 그렇게 말하고 이어폰을 꽂는다. 뒤를 돌아보니 동생들도 이어폰을 꽂았다. 그들은 우드 스트리트를 향해 달린다. 타깃 간판을 지나자, 오빌은 작년에 이른 크리스마스 선물로 셋이 같은 날 타깃에서 휴대전화를 산 기억이 난다. 제일 싼 거였지만 그래도 플립폰은 아니었다. 스마트폰이었다. 전화도 걸고, 문자도 보내고, 음악도 듣고, 인터넷도 하고, 필요한 건 다 할 수 있다.

그들은 휴대전화에서 나오는 음악을 들으며 한 줄로 달려간다. 오빌은 주로 파우와우 음악을 듣는다. 그 쿵쿵대는 북소리의 에너지, 강렬한 노래에는 무언가가 있다. 특별히 인디언적인 절박함 같은 것 말이다. 합창소리의 힘도 좋다. 그 고음의 울부짖는 화음들, 몇 명이 노래하는지 도무지 알 수가 없다. 어떤 때는 열 명 같기도 하고 어떤 때는 백 명 같기도 하다. 한번은 오팔의 방에서 눈을 감고 춤을 추고 있는데 마치 그의 모든 조상들이 다 함께 목소리를 내는 것 같았다. 그가 거기서 그 소리를 들으며 춤을 출 수 있도록, 그들이 헤쳐온 그 모든 가혹했던 세월을 거슬러 그의 귀에 대고 노래하는 듯했다. 하지만 그가 전통 의상을 입고 춤을 추는 모습을 동생들이 처음 본 것도 그때였다. 동생들은 그가 한창 춤을 추고 있을 때 불쑥 들어왔고 무척 재미있어하며 연신 웃어댔지만 오팔에게는 말하지 않겠다고 약속했다.

루서의 경우 본인 음악을 제외하면 찬스 더 래퍼, 에미넴, 얼 스웨트셔츠, 이 세 래퍼의 음악만 듣는다. 루서는 직접 랩 가사를 쓴 다음 유튜브에서 찾은 반주 음악에 맞춰 녹음해서 오빌과 로니에게 들려주고 자신이 얼마나 훌륭한지에 대해 동의를 얻어낸다. 로니로 말할 것 같으면, 형들은 그가 무엇에 꽂혔는지 최근에 알게 되었다.

"저 소리 들려?" 어느 날 밤 루서가 그들의 방에서 물었다.

"응. 무슨 합창이나 성가대 노래 같은데, 그치?" 오빌이 말했다.

"응, 천사들이나 뭐 그런 거 같은데." 루서가 말했다.

"천사들?" 오빌이 물었다.

"응, 천사들 노랫소리 같아."

"천사들 노랫소리가 어떤데?"

"영화 같은 데 나오잖아." 루서가 말했다. "조용. 아직 나오고 있어. 들어."

그들은 몇 분 동안 그대로 앉아서 1인치짜리 스피커에서 흘러나오는, 로니의 귀에 눌려 아득하게 들려오는 교향곡을, 합창을 들었다—그것이 천사들의 소리보다 더 훌륭한 무언가라고 믿을 준비가 된 채로. 오빌이 먼저 그 소리의 정체를 깨닫고 로니의 이름을 부르려 했지만, 루서가 일어나서 입술에 손가락을 갖다대더니 조심스럽게 로니의 이어폰을 뺐다. 그는 이어폰 한쪽을 자신의 귀 가까이 대고 미소를 지었다. 그리고 로니의 전화기를 보고 더 활짝 웃으며 오빌에게 그걸 보여줬다.

"베토벤?" 오빌이 말했다.

그들은 도심을 향해 14번가를 달려간다. 14번가는 도심을 통과하여 이스트 12번가로 이어지고, 이스트 12번가는 프루트베일 지구로 이어지는데, 이스트 12번가에는 자전거전용도로가 없지만 길이 넓어서, 비록 차들이 편안하게 차로를 조금씩 벗어나며 속력을 높이기는 해도 인터내셔널 불러바드의 배수로 옆을 달리는 것보다는 자전거를 타기에 낫다.

그들은 프루트베일 애비뉴와 인터내셔널 불러바드가 교차하는 지점에 이르자, 웬디스 주차장에서 멈춘다. 오빌과 루서가 전화기를 꺼낸다.

“형들, 진짜야? 오빌 형 다리에 거미 다리가 있었어? 뭐야 씨발?” 로니가 묻는다.

오빌과 루서가 마주보며 크게 웃는다. 로니는 욕을 거의 하지 않아서, 욕을 할 때면 굉장히 진지해 보이면서도 웃긴다.

“얼른 대답해.” 로니가 말한다.

“신싸야, 로니.” 오빌이 말한다.

“그게 무슨 뜻이야, 진짜라니?” 로니가 말한다.

“우리도 몰라.” 오빌이 말한다.

“할머니한테 전화해.” 로니가 말한다.

“전화해서 뭐라고 해?” 루서가 말한다.

“할머니한테 말해.” 로니가 말한다.

“할머니가 알면 난리를 피울 거야.” 오빌이 말한다.

“인터넷에서는 뭐래?” 로니가 묻는다.

루서는 잠자코 고개만 흔든다.

“인디언의 표지 같아.” 오빌이 말한다.

“뭐가?” 루서가 말한다.

"거미 그런 거." 오빌이 말한다.

"분명 인디언의 표지야." 로니가 말한다.

"어쩌면 할머니한테 전화하는 게 나을지도 몰라." 루서가 말한다.

"젠장. 그렇지만 파우와우가 내일이야." 오빌이 말한다.

"그게 무슨 상관인데?" 루서가 말한다.

"그래 맞아. 어차피 할머니는 우리가 가는 거 모르니까." 오빌이 말한다.

할머니가 전화를 받지 않자 오빌은 메시지를 남긴다. 로니의 자전거를 샀다고 말하고 거미 다리에 대해서도 말한다. 그는 메시지를 남기며 루서와 로니가 거미 다리를 살펴보는 모습을 본다. 그들은 거미 다리를 찔러보기도 하고 다리가 구부러지도록 화장지를 움직여보기도 한다. 오빌은 뱃속이 고동치고 자신으로부터 무언가가 떨어져나가는 듯한 기분을 느낀다. 그는 전화를 끊은 뒤 거미 다리가 든 화장지를 접어서 주머니에 넣는다.

파우와우 당일 오빌은 열에 들떠 잠이 깬다. 그는 베개의 차가운 밑면으로 얼굴을 덮는다. 파우와우에 생각이 미치자 베개를 들고 고개를 기울여 부엌에서 무슨 소리가 나는지 듣는다. 그는 파우와우에 가기 전에 오팔과 최대한 마주치고 싶지 않다. 그는 동생들을 베개로 때려서 깨운다. 둘 다 끙 소리를 내며 돌아눕자 다시 때린다.

"할머니랑 아무 말도 하지 말고 나가야 해. 할머니가 우리 아침을 만들어놨을지도 몰라. 배 안 고프다고 말하자."

"난 배고픈데." 로니가 말한다.

"할머니가 거미 다리에 대해 어떻게 생각하는지 듣고 싶지 않아?" 루서가 말한다.

"응, 듣고 싶지 않아. 지금은." 오빌이 말한다.

"우리가 파우와우에 간다고 해도 할머닌 신경 안 쓸 거 같은데." 루서가 말한다.

"그럴지도 모르지. 하지만 신경쓰면?" 오빌이 말한다.

오빌과 형제들은 자전거를 타고 샌리앤드로 불러바드의 보도를 한 줄로 달린다. 콜리시엄 지하철역을 통과할 때는 자전거를 어깨에 들쳐 메고 가다가, 다시 자전거를 타고 콜리시엄으로 연결되는 육교를 건넌다. 페달을 천천히 굴린다. 오빌은 철망 담장 사이로 아침 안개가 가시고 푸른 하늘이 펼쳐지는 걸 본다.

오빌은 동생들을 이끌고 주차장 가장자리를 시계 방향으로 돈다. 그는 일어선 자세로 페달을 힘차게 밟으며 아무 장식도 없는 검은 모자를 벗어 후드티 앞주머니에 넣는다. 속도가 좀 붙자 페달 밟는 걸 멈추고 핸들에서 양손을 뗀 다음 자신의 머리칼을 잡는다. 머리가 많이 길었다. 등 가운데까지 내려온다. 그는 할머니 옷장에서 전통 의상과 함께 발견한 구슬 달린 핀으로 머리를 묶는다. 그리고 다시 모자를 쓰면서 말총머리를 모자 뒤의 반원형 구멍 밖으로 끄집어낸다. 그 반원형 구멍은 일렬로 달린 작은 검은색 플라스틱 똑딱단추 여섯 개를 잠가서 닫는다. 그 단추들을 완벽하게 연이어 잠글 때의 소리와 느낌이 좋다. 오빌은 다시 속도를 올렸다가 페달을 밟지 않고 달리며 뒤를 돌아본다. 로니가 뒤에서 혀를 빼물고 열심히 페달을 밟고 있다. 루서는 휴대전화로 콜리시엄 사진을 찍는다. 콜리시엄은 아주 거대해 보인다. 지하철 안에서나 고속도로를 지나며 볼 때보다 커 보인다. 오빌은 애슬레틱스와 레이더스의 경기가 열리는 바로 그 경기장에서 춤을 출 것이다. 그는 춤꾼으로 대회에 참가할 것이다. 유튜브 파우와우 영상을 보면서 배운 춤을 출 것이다. 그의 첫 파우와우다.

"잠깐 멈추면 안 돼?" 로니가 숨을 헐떡이며 말한다.

그들은 주차장을 반쯤 돌다가 멈춘다.

"형들에게 물어볼 게 있어." 로니가 말한다.

"물어봐라, 똘마니." 루서가 말한다.

"닥쳐, 루서. 뭔데, 로니?" 오빌이 루서를 보며 말한다.

"전부터 물어보려 했었는데, 파우와우가 뭐야?" 로니가 말한다.

루서가 웃으며 모자를 벗어 그걸로 자기 자전거를 때린다.

"로니, 그동안 우리 파우와우 졸라 많이 봤잖아. 근데 파우와우가 뭐냐는 게 무슨 뜻이야?" 오빌이 말한다.

"그래, 그런데 아무한테도 물어본 적이 없어서. 난 우리가 뭘 보고 있는지 몰랐어." 그러면서 로니는 검은색과 노란색이 섞인 애슬레틱스 모자챙을 잡아당기며 고개를 숙인다.

오빌은 머리 위로 지나가는 비행기 소리에 하늘을 올려다본다.

"그러니까, 왜 다들 인디언 옷을 차려입고 춤추고 노래하는 거야?" 로니가 묻는다.

"로니." 루서가 이름을 부르는 것만으로도 동생의 기를 죽일 수 있는 형의 말투로 말한다.

"됐어." 로니가 말한다.

"아니." 오빌이 말한다.

"형들은 내가 뭘 물어볼 때마다 바보 같은 질문을 한다고 느끼게 만들어." 로니가 말한다.

"그래, 하지만 로니, 넌 바보 같은 질문을 졸라 많이 해. 어떤 때는 뭐라고 대답해야 할지 모르겠다니까." 루서가 말한다.

"그럼 뭐라고 대답해야 할지 모르겠다고 말하면 되잖아." 로니가 핸드브레이크를 꽉 잡으며 말한다. 그는 침을 꿀꺽 삼키고 핸드브레이크를 쥔 자신의 손을 보다가 몸을 숙여 앞바퀴를 붙잡은 브레이크를 본다.

"그냥 옛날 방식이야, 로니. 인디언 춤을 추고 노래하는 거. 우린 그걸 이어가야 해." 오빌이 말한다.

"왜?" 로니가 묻는다.

"안 그러면 사라질 수도 있으니까." 오빌이 말한다.

"사라져? 어디로 가는데?"

"내 말은, 그러니까, 사람들이 잊는다는 거야."

"그냥 우리만의 방식을 만들면 왜 안 되는데?" 로니가 묻는다.

오빌은 할머니가 좌절했을 때 그러듯 이마에 손을 얹는다.

"로니, 너 인디언 타코 좋아하지, 그렇지?" 오빌이 묻는다.

"응." 로니가 대답한다.

"그걸 놔두고 그냥 네 마음대로 음식을 만들어 먹는 게 좋겠어?" 오빌이 말한다.

"그거 아주 재미있겠는데." 로니가 말한다. 그는 여전히 자전거 바퀴를 내려다보고 있지만 살짝 미소를 짓고, 그걸 본 오빌은 웃음을 터뜨리며 바보라고 말한다.

루서도 웃지만 이미 전화기를 들여다보고 있다.

그들은 다시 자전거에 탄다. 시선을 드니 차들이 줄줄이 들어오고 수백 명의 사람들이 차에서 내리고 있다. 세 형제는 멈춰 선다. 오빌이 자전거에서 내린다. 다른 인디언들이다. 그들이 차에서 내리고 있다. 일부는 이미 전통 의상을 다 차려입었다. 할머니를 인디언으로 치지 않는다면 진짜 인디언은 처음 보는 것이다. 하지만 할머니가 구체적으로 어디가 인디언 같은지 말하기는 몹시 어렵더라도, 할머니 역시 인디언으로 쳐야 할 것이다. 그들은 엄마 말고는 할머니밖에 모르고, 사실 엄마에 대해서는 생각하거나 기억하는 게 너무 힘들다. 오팔은 우체국에서 일한다. 우편물을 배달한다. 집에 있을 때는 TV 보는 걸 좋아한다. 그들에게 요리를 해준다. 그 외엔 할머니에 대해 잘 모른다. 할머니는 특별한 날에는 프라이 브레드를 만들어준다.

오빌은 백팩에 달린 나일론 끈을 당겨서 조인 후 핸들을 놓는다. 그러자 앞바퀴가 흔들리지만 몸을 뒤로 젖혀 균형을 잡는다. 백팩에는 그의 몸이 겨우 들어가는 전통 의상과 일부러 큰 것으로 산 투 엑스 라지 사이즈의 검은색 후드티, 그리고 이제는 으깨져버린 땅콩버터와 젤리 샌드위치가 든 지퍼백이 있다. 그 샌드위치를 안 먹어도 되기를 바라지만 인디언 타코가 너무 비싸면—핫도그 일 달러의 밤 행사가 없는 애슬레틱스 경기 날의 음식값이면—먹어야 할 수도 있다. 그들이 아는 인디언 음식은 할머니가 생일에 만들어주는 인디언 타코밖에 없다. 그건 할머니가 보여주는 몇 안 되는 인디언 방식들 중 하나다. 그리고 할머니는 늘 그건 전통 요리가 아니라고, 재료는 부족한데 위안을 주는 음식이 먹고 싶어서 생긴 거라고 강조해 말하곤 했다.

그들은 각자 인디언 타코를 최소한 하나씩은 사 먹을 수 있도록 모르몬교회 뒤에 있는 분수대로 자전거를 타고 갔었다. 루서가 얼마 전에 와킨 밀러 파크로 현장학습을 왔었는데 사람들이 소원을 빌면서 분수대에 동전을 던졌다고 했다. 오빌과 루서는 로니를 시켜 바짓가랑이를 걷어올리고 분수대에 들어가 눈에 보이는 동전을 다 줍게 하고, 그동안 둘이 분수대 위쪽 계단 꼭대기에 있는 커뮤니티 건물에 돌을 던졌다—주의를 교란시키기 위한 그 행동이 분수대의 동전을 쓸어 가는 것보다 더 나쁠 수도 있음을 그때 그들은 알지 못했다. 그러고 나서 링컨 애비뉴를 따라 내려간 건 그들이 함께 한 가장 잘한 일이자 가장 어리석은 짓이기도 했다. 언덕길을 자전거로 빠르게 달려 내려가다보면 자신을 관통하는 속도감과 눈에 들이치는 바람 외엔 온 세상에 아무 일도 일어나지 않는 듯했다. 그들은 샌리앤드로의 베이페어 센터에 가서 경비원에게 쫓겨나기 전까지 분수대의 동전을 싹쓸이했다. 그들은 버스를 타고 버클리힐스의 로런스 과학관으로 갔다. 그곳엔 쌍분수대가 있었고, 거기 오는 사람들은 부자이거나 선생님의 감시하에 현장학습을 하는 아이들뿐이라 사실상 동전에 손대는 사람이 아무도 없다는 걸 알고 있었다. 동전을 다 모아 은행에서 바꾸니 총 십사 달러 구십일 센트였다.

콜리시엄 입구에 도착하자 오빌이 루서를 돌아보며 자전거 자물쇠가 있는지 묻는다.

"형이 항상 갖고 다니잖아." 루서가 말한다.

"집에서 출발하기 전에 내가 너한테 챙기라고 했잖아. 루서, 네가 자물쇠 좀 챙겨줘, 난 전통 의상을 망치면 안 돼서, 라고 내가 말했잖아. 정말 안 가져온 거야? 씨발. 우리 이제 어쩔 건데? 내가 집에서 나오기 직전에 부탁했고, 넌 그래 알았어, 라고 했어. 루서, 네가, 그래 알았어, 라고 했다고."

"분명 난 딴 얘기를 하고 있었을 거야." 루서가 말한다.

오빌은 숨을 내쉬며 오케이라고 말하고 동생들에게 따라오라는 신호를 보낸다. 그들은 콜리시엄 반대편 풀숲에 자전거를 숨긴다.

"자전거 잃어버리면 할머니한테 죽을 거야." 로니가 말한다.

"그래도 안 갈 수는 없어." 오빌이 말한다. "그러니까 가는 거야."

# 막간

> 우리가 대도시에서 발견하는 기이한 현상들, 우리는 그저 눈을 뜨고 거닐기만 하면 된다. 삶 속엔 순수한 괴물들이 들끓는다.
>
> —샤를 보들레르

## 파우와우

우리는 파우와우를 위해 전국에서 온다. 인디언 보호구역과 도시에서, 인디언 마을, 요새, 늪지, 보호구역 외 위탁 토지에서. 네바다 북쪽 고속도로변의 위네무카 같은 이름을 가진 고장에서. 일부는 멀리 오클라호마, 사우스다코타, 애리조나, 뉴멕시코, 몬태나, 미네소타에서 온다. 피닉스, 앨버커키, 로스앤젤레스, 뉴욕시티, 파인리지, 포트아파치, 힐라리버, 피트리버, 오세이지 보호구역, 로즈버드, 플랫헤드, 레드레이크, 샌칼로스, 터틀마운틴, 나바호 보호구역에서 온다. 파우와우에 가기 위해 홀로, 혹은 짝을 이루어 차를 몬다. 스테이션왜건, 밴, 포드 브롱코 뒷좌석에 구겨 타고 가족들처럼 무리를 이루어 여행한다. 운전하면서 집중력을 잃지 않으려고 담배를 하루에 두 갑씩 피우거나 계속 맥주를 마시기도 한다. 우리 중 그 피곤한 삶을 포기하고 맑은 정신의 길고 붉은 길을 택한 사람들은 커피를 마시고, 노래하고, 기도하고, 이야기보따리를 남김없이 풀어놓는다. 우리는 거짓말을 하고, 속이고, 우리의 이야기들을 훔친다. 고속도로 위에서 이야기의 땀과 피를 짜낸다. 도로의 길고 흰 선이 우리를 침묵시킬 때까지, 길 한쪽에 차를 대고 잠들게 할 때까지. 피곤하면 모텔이나 호텔에 들른다. 길가나 휴게소, 화물자동차 휴게소, 월마트 주차장에 차를 대고 잔다. 우리는 젊은이, 늙은이, 그리고 그 사이에 있는 모든 종류의 인디언이다.

우리가 파우와우를 만든 건 모일 장소가 필요했기 때문이다. 부족 간 교류가 이루어지고, 전통적이고, 돈을 벌 수 있고, 노력을 기울일 수 있는 곳. 우리의 장신구와 노래와 춤과 북이 있는 곳. 우리가 파우와우를 유지하는 건 우리 모두가 모일 수 있는 곳, 서로를 보고 들을 수 있는 곳이 많지 않기 때문이다.

우리는 서로 다른 이유로 빅 오클랜드 파우와우에 왔다. 우리의 어지럽고 위태로운 삶의 가닥들이 하나로 땋아졌다—이곳에 이르기 위해 우리가 해온 모든 일들이 이곳에서 하나로 묶였다. 우리는 먼길을 왔다. 기도와 손으로 짠—구슬을 달고, 꿰매 붙이고, 깃털을 달고, 꼬고, 축복을 받고, 저주를 받은—전통 의상이 겹겹이 쌓여 이루어진 여러 해를, 여러 세대를, 수많은 이들의 평생을 거쳐 왔다.

## 빅 오클랜드 파우와우

빅 오클랜드 파우와우가 열리는 오클랜드 콜리시엄 주차장에서 우리의 많은 차들을 하나로 만들어주는 것이 있다. 그건 범퍼와 뒤창이 인디언 스티커로 뒤덮여 있다는 것이다. 우린 아직 여기 있다. 나의 다른 탈것은 군마軍馬. 물론 당신은 정부를 믿을 수 있다, 인디언에게 물어보라! 커스터*의 죽음은 자업자득이었다. 우리의 땅은 조상에게 물려받은 것이 아니라 후손에게 빌린 것이다. 테러와의 전쟁은 1492년** 부터. 내 아이는 영광스러운 우등생 명단에는 못 올랐지만 그래도 영광의 노래는 부를 수 있다. 시멀 자매*** 스티커, 나바호국 스티커, 체로키국 스티커, '무관심은 이제 그만'****, 그리고 안테나에 강력 접착테이프로 붙인 AIM***** 깃발들. 드림캐쳐, 작은 모카신, 깃털, 구슬 달린 장신구들이 백미러에 걸려 있다.

우리는 인디언이자 원주민계 미국인, 아메리칸인디언이자 아메리카 원주민계 인디언, 북아메리카 인디언, 원주민, NDN이자 인딘, 공인 인디언과 비공인 인디언, 퍼스트 네이션스 인디언이며, 인디언들은 너무도 인디언이라 그 사실에 대해 날마다 생각하거나 아니면 전혀 생각하지 않는다. 우리는 도시 인디언, 토착 인디언,

---

* 조지 암스트롱 커스터. 19세기에 인디언과 전쟁을 벌이다 결국 인디언 손에 죽은 미국의 장군.

** 1492년은 콜럼버스가 아메리카대륙에 도착한 해로, 이후 원주민에 대한 학살이 시작되었다.

*** 인디언 혈통의 미국 프로 농구 스타 쇼니 시멀과 주드 시멀 자매.

**** 2012년에 캐나다에서 시작된 원주민들의 저항 운동 슬로건.

***** American Indian Movement. 미국 인디언 운동.

보호구역 인디언, 멕시코와 중남미 출신 인디언이다. 우리는 알래스카 원주민 인디언, 하와이 원주민, 유럽 거주 인디언, 4분의 1 혈통량 요건을 가진 여덟 개 부족 출신이라 연방 정부에서 인디언으로 인정하지 않는 인디언이다. 우리는 등록된 부족원이거나 비등록 부족원, 부적격 부족원이거나 부족 회의 구성원이다. 우리는 순수 혈통, 2분의 1 혈통, 4분의 1 혈통, 8분의 1 혈통, 16분의 1 혈통, 32분의 1 혈통이다. 수학적으로 계산이 안 되는 미미한 나머지다.

## 피

피는 나오면 지저분해진다. 몸안에서는 깨끗하게 흐르고, 지구의 강줄기처럼 갈라져 몸 전체에 퍼져 있는 혈관 속에서는 푸른색으로 보인다. 피는 구십 퍼센트가 물이다. 그리고 물처럼 움직여야 한다. 피는 흘러야 하며 경로에서 벗어나거나 분리되거나 응고되거나 나뉘지 않는다—몸에 고르게 분배되는 동안 필수적인 양을 소실하지 않는다. 하지만 피는 밖으로 나오면 지저분해진다. 공기 중에서 마르고 분리되고 갈라진다.

원주민 혈통량 정책은 1705년에 버지니아 식민지에서 처음 도입되었다. 원주민 피가 최소 반이라도 흐르면 백인들과 같은 권리를 가질 수 없었다. 이후 혈통량과 부족원 자격 조건에 대한 결정권은 각 부족에게로 넘어갔다.

1990년대 후반, 사담 후세인은 자신의 피로 코란을 쓰게 했다. 지금 무슬림 지도자들은 그걸 어떻게 해야 할지 모르고 있다. 피로 코란을 쓰는 건 죄였지만, 그걸 파괴하는 것 역시 죄가 될 것이기 때문이다.

백인들이 와서 빼앗을 수 있는 모든 것을 앗아가면서 남긴 상처는 아물지 않았다. 방치된 상처는 곪는다. 실제로 일어난 일의 역사가 새로운 종류의 역사가 되듯, 그 상처도 새로운 종류의 상처가 된다. 이제껏 우리가 말하지도 듣지도 않은 그 모든 이야기들은 우리의 상처를 치유하는 데 필요한 것의 일부일 뿐이다. 우리가 무너졌다는 건 아니다. 그리고 우리를 회복력이 강한 사람들이라고 부르는 우를 범하지 말라. 파멸하지 않은 것, 포기하지 않은 것, 살아남은 것이 명예의 훈장은 아니다. 살인미수 피해자를 두고 회복력이 강하다고 말할 수 있겠는가?

우리가 우리 이야기를 하면 사람들은 우리가 과거의 일에 대해 불만을 품고 있다고 생각한다. 그들은 우리에게 "패배를 인정하지 않는 자들 같으니" "빨리 잊고 넘어가지" "비난 게임은 그만 좀 해" 따위의 말을 하고 싶어한다. 하지만 그것이 게임인가? 우리만큼 많은 걸 잃어본 이들만이, 자신이 이기고 있다고 생각하며 "그만 잊어버려"라고 말하는 사람의 얼굴에 어린 야비한 미소를 볼 수 있다. 말하자면 이런 것이다. 만일 당신에게 역사에 대해 생각하지 않거나 관심조차 갖지 않을 수 있는 선택권이 있다면, 당신이 역사를 바르게 배웠건 그렇지 않건, 애초에 역사가 관심을 가질 만한 가치가 있는 것이건 아니건 간에, 당신은 오르되브르와 솜털 베개가 제공되는 배에 타고 있는 것이다. 한편 다른 사람들은 바다에서 헤엄치거나, 익사하거나, 번갈아 공기를 불어넣어야 하는 작은 고무보트에 매달려 있다. 숨이 차서 헐떡거리는 사람들, 그들은 오르되브르나 솜털 베개 같은 단어를 들어본 적도 없다. 그런데 요트에 탄 사람 하나가 위에서 이렇게 말한다. "저 아래 있는 게으른 사람들이 이 위에 있는 우리처럼 똑똑하고 유능하지 못한 건 참 딱한 일이야. 우리는 이 크고 튼튼하고 멋진 배를 직접 만들어서 전 세계의 바다를 왕처럼 누비고 다니는데." 그러자 배에 탄 다른 사람이 말한다. "하지만 이 요트는 당신 아버지가 준 거고 오르되브르를 내오는 사람들도 그의 하인들이오." 그 순간 요트 주인인 아버지가 고용한 폭력배들이 그 사람을 배 밖으로 던져버린다. 그 폭력배들은 쓸데없이 풍파를 일으키거나, 혹은 그저 아버지나 요트 자체에 대해 거론하는 선동가들을 모조리 제거하기 위한 목적으로 고용된 것이다. 배 밖으로 던져진 사람은 살려달라고 애원하지만 작은 고무보트에 탄 이들은 그를 구할 수 있을 만큼 빨리 다가가기가 어렵거나 그러려는 시도조차 하지 않고, 이내 요트의 속도와 무게가 물속에 저류를 일으킨다. 선동가가 요트 밑으로 빨려 들어가는 사이에 요트 위에선 작은 속삭임으로 내약이 이루어지고, 예방책이 강구되고, 모두 조용히 묵시적 법규를 따르기로, 방금 일어난 일에 대해선 생각하지 않기로 조용히 합의한다. 이 모든 것을 정리한 아버지는 곧 구전설화의 형식으로만 이야기된다. 밤에 별들 아래서 아이들에게 들려주는 이야기를 통해서만. 이쯤에서 갑자기 몇 명의 아버지들, 고귀하고 지혜로운 선조들이 생겨난다. 그리고 배는 아무런 제한 없이 항해를 계속한다.

만일 당신이 대학살이나 노예제의 직접적인 혜택을 본 조상을 둔 가정에서 태어난 행운아라면, 당신은 진실에 대해 모를수록 더 결백한 상태로 남을 수 있으리라 생각할지도 모른다. 그런 생각은 당신이 진실을 발견하지 않도록, 너무 깊이 들여다보지 않도록, 잠자는 호랑이를 깨우지 않으려고 조심스럽게 돌아가도록 만든다. 당신의 성姓이 어디로 이어지는지 내다보지 않게 되는 것이다. 당신의 성을 거슬러올라가면 당신의 가계가 금으로 덮여 있는지 아니면 덫이 우글거리는지 알게 될 수도 있으니까.

## 성姓

그들이 오기 전 우리에겐 성이 없었다. 그들이 우리를 계속 관리할 필요가 있다고 결정했을 때, 우리에게 성이 주어졌다. 인디언이라는 이름 자체가 우리에게 주어진 것처럼. 그것들은 어설픈 번역으로 망가진 인디언 이름, 무작위적인 성, 백인 미국 장군들과 제독들과 대령들의 이름이었으며, 때로는 부대 이름을 붙이기도 했다. 부대 이름은 단순히 색깔인 경우도 있었고, 그래서 우리가 블랙, 브라운, 그린, 화이트, 오렌지인 것이다. 우리는 스미스, 리, 스콧, 맥아더, 셔먼, 존슨, 잭슨이기도 하다. 우리 이름은 시詩이고, 동물들에 대한 묘사이며, 완벽하게 말이 되거나 전혀 말이 되지 않는 이미지다. 우리는 리틀클라우드(작은 구름), 리틀맨(작은 사람), 론맨(외톨이), 불커밍(황소가 온다), 매드불(미친황소), 배드하트불(나쁜 황소), 점핑불(날뛰는 황소), 버드(새), 버즈헤드(새머리), 킹버드(극락조), 맥파이(까치), 이글(독수리), 터틀(거북), 크로우(까마귀), 비버, 영블러드(젊은 피), 톨맨(키다리), 이스트맨(동쪽 사람), 호프맨(관리인), 플라잉아웃(날아가다), 해즈노호스(말이 없는), 브로큰레그(부러진 다리), 핑거네일(손톱), 레프트 핸드(왼손), 엘크숄더(엘크 어깨), 화이트이글(흰 독수리), 블랙 호스(검은 말), 투리버스(두 개의 강), 골드투스(금니), 굿블랭킷(좋은 담요), 굿베어(좋은 곰), 베어실드(곰 방패), 옐로맨(노란 사람), 블라인드맨(눈먼 사람), 론호스(두 가지 색 털이 섞인 말), 벨리뮬(배불뚝이 노새), 밸러드(대머리), 비게이(아들), 야지(작은)다. 우리는 딕슨, 리빙스턴, 소시, 넬슨, 옥센딘, 하조, 암스트롱, 밀스, 톨치프, 뱅크스, 로저스, 비트실리, 벨코트, 민스, 굿페더, 배드페더, 리틀페더, 레드페더다.

## 가사 假死

우리는 총격이 있을 거라고, 누가 총을 쏠 거라고 예상하며 그곳에 가진 않았을 것이다. 그런 일이 숱하게 일어나고, 그걸 화면을 통해 보면서도 현실에서 우리는 이런 생각을 하며 돌아다닌다. 아니, 우린 아니다, 그건 그들에게 일어나는 일이다, 화면 저편에 있는 사람들, 피해자들, 그들의 가족, 우린 그 사람들을 모른다, 우린 그 사람들을 아는 사람들조차 모른다, 우리는 화면 저편에 있는 대부분의 사람들로부터 한 발짝, 두 발짝 떨어져 있다, 특히 저 끔찍한 남자, 늘 남자다, 우린 그걸 보며 공포를 느낀다, 그 믿을 수 없는 행위, 하루종일, 이틀 꼬박, 일주일 동안, 우리는 글을 게시하고 링크를 클릭하고 좋아요나 싫어요를 누르고 리포스트를 하지만 그 다음엔, 그다음엔 그런 일이 일어나지도 않은 듯 앞으로 나아가고,

다음 일이 다가온다. 우리는 모든 것에 익숙해지는 일에 익숙해질 정도로 모든 것에 익숙해진다. 아니, 총 쏘는 자가 나타나기 전까지, 현실에서 그를 만나기 전까지 우리가 그런 일에 익숙해졌다고 생각하는 것일 뿐이다. 그가 우리 앞에 나타나면 총알이 도처에서 날아올 것이다. 안쪽, 바깥쪽, 과거, 미래, 현재에서. 그런데도 우리는 총 쏘는 자가 어디 있는지 즉시 알아채지 못할 것이다. 사람들이 쓰러지고, 총성의 깊은 울림에 우리의 심장은 순간 박동을 거르고, 공포가 밀려들고 스파크가 일고 진땀이 나고, 종말이 가까이 왔음을 뼛속 깊이 직감하는 그 순간보다 리얼한 건 없을 것이다.

비명은 우리의 예상보다 적을 것이다. 그것은 숨기 위한 먹잇감의 침묵, 사라지기 위한, 그곳에 있지 않기 위한 침묵일 것이며, 우리는 눈을 감고 깊은 내면으로 들어가, 그게 꿈이거나 악몽이기를, 눈을 감았다 다시 뜨면 다른 삶, 화면 저편의 삶으로 돌아가 안전한 소파나 침대에서, 버스나 기차 좌석에서, 사무실에서, 어디든 그곳이 아닌 데서 이 상황을 바라볼 수 있기를 바랄 것이고, 우리는 죽은 척하며 아무것도 하지 않은 채, 우리 자신의 죽은 몸에서 유령처럼 뛰쳐나갈 것이다. 총알에서 벗어나고 싶어서. 다음에 발사될 총알에 대한 요란하면서도 조용한 기다림에서, 삶을 가로지르고 숨을 끊고 너무 이른 죽음의 열기를, 그리고 냉기를 너무 빨리 가져올 또다른 날카롭고 뜨거운 선線에 대한 기다림에서 벗어나고 싶어서.

죽음이 항상 단호한 낫질로 우리를 영구히 쓰러뜨리듯, 우리는 총 쏘는 자도 우리 삶에 그런 방식으로 나타날 것이라고 예상하며 살아왔다. 우리는 언젠가 근처에서 요란한 총성이 울려퍼질 수도 있다고 생각한다. 그러면 땅에 엎드려 머리를 감쌀 거라고. 한 마리 짐승, 땅에 무더기로 쌓인 먹잇감이 된 기분을 느낄 거라고. 우리는 총 쏘는 자가 어디서든, 사람들이 모이는 곳이라면 어디서든 나타날 수 있다는 걸 안다. 우리는 주변에서 그를 보게 되리라 예상한다. 군중 사이를 헤치고 지나가는 복면 쓴 그림자, 그는 사람들을 무작위로 고르고, 반자동 총성이 사람들을 쓰러뜨려 부서진 공기 속에서 허우적거리게 만든다.

총알은 너무 빨라서 뜨겁고, 너무 뜨거워서 비열하고, 너무 똑발라서 몸을 깨끗이 뚫고 지나가며 구멍을 내고, 찢고, 태우고, 빠져나가고, 게걸스럽게 계속 나아가거나 몸에 남아 식고, 박히고, 독이 된다. 총알이 몸을 뚫으면 입에 음식을 너무 많이 넣었을 때처럼 피가 쏟아진다. 빗나간 총알은 떠돌이 개처럼 끝내 어딘가에서 누구라도 물어뜯을 수 있다. 개의 이빨이 고기를 물고 찢고 부드럽게 하도록 만들어진 것처럼, 총알도 대상을 최대한 많이 먹어 들어갈 수 있도록 만들어졌다.

거기엔 뭔가 타당한 구석이 있을 것이다. 총알들은 먼길을 왔다. 오랜 세월을. 그 소리가 우리 몸속의 물을 파괴하고, 소리 그 자체를 찢어발기고, 우리의 삶을 두 동강낼 것이다. 그 모든 것의 비극은 형언할 수 없을 것이다. 우리는 현대적이고 유의미한, 살아 있는 현재 시제의 민족으로 인정받기 위해 수십 년간 싸워왔지만 결국 깃털을 걸친 채 풀밭에서 죽음을 맞이할 것이다.

# 토니 론맨

그 총알들은 사우스다코타주 블랙힐스에 있는 블랙힐스 탄약공장에서 올 것이다. 상자 하나당 열여섯 개씩 포장되어, 국토를 가로질러 운송된 다음, 캘리포니아 헤이워드에 있는 한 창고에 칠 년간 보관되었다가, 오클랜드 헤겐버거 로드에 있는 월마트로 옮겨져 진열되었다가, 토니 론맨이라는 이름을 가진 청년에게 팔릴 것이다. 총알 두 상자가 그의 백팩으로 들어갈 것이다. 그는 월마트에서 나오면서 경비원이 영수증과 대조할 수 있도록 총알을 다시 꺼낼 것이다. 토니는 자전거를 타고 헤겐버거 로드를 달려 내려가 고가도로를 건넌 다음, 보도를 이용해 주유소와 패스트푸드 체인점들을 지날 것이다. 그는 총알의 무게를 느낄 것이고, 길이 울퉁불퉁하거나 갈라진 곳이 나올 때마다 짤랑거리는 소리를 들을 것이다.

그는 콜리시엄 입구에서 상자에 든 총알을 모두 꺼내 양말 한 켤

레에 나누어 넣을 것이다. 그리고 금속 탐지기 너머, 덤불 뒤쪽에 있는 벽을 향해 양말을 한 짝씩 던질 것이다. 그런 다음 하늘의 달을 올려다보며 자신의 입김이 자신과 다른 모든 것들 사이로 피어오르는 걸 지켜볼 것이다. 그는 귀에서 심장 뛰는 소리를 들으며 덤불에 있는 총알과 파우와우에 대해 생각할 것이다. 자신이 어쩌다 여기 달 아래에서, 희미하게 빛나는 콜리시엄 담장 아래에서, 덤불 속에 총알을 숨기게 되었을까 하고 생각할 것이다.

# 캘빈 존슨

캘빈이 그곳에 가보니 사람들은 그가 이제까지 참석했던 모든 파우와우 위원회 회의 첫 시간에 하던 일을 하고 있다. 잡담을 나누며 케이터링으로 제공된 멕시코 음식을 종이 접시에 담는 것 말이다. 새로 온 남자가 있다. 덩치가 크고, 혼자 접시가 없다. 캘빈은 그 남자가 자신의 무거운 몸을 가누지 못하는, 체중을 감당하지 못하는 유의 덩치 큰 사람이기 때문에 접시를 들지 않았음을 알 수 있다. 캘빈 자신도 덩치가 큰 편이지만 키가 크고 펑퍼짐한 옷을 입고 다녀서, 거구이긴 해도 그렇게 뚱뚱해 보이지는 않는다.

캘빈은 그 덩치 큰 남자 옆에 앉아 고개를 살짝 까딱하며 심상한 인사를 건넨다. 남자는 한 손을 들어 흔들더니 곧바로 그 행동이 후회되는 듯, 손을 들 때만큼 빠르게 내린 다음 그 자리에 있지만 없는 것처럼 보이고 싶을 때 다들 그러듯이 휴대전화를 꺼낸다.

블루는 노란 메모장 상단부에 메모인지 낙서인지를 하고 있다.

캘빈은 블루가 좋다. 블루는 매기와 청소년 담당 부서에서 함께 일했었다. 청소년 관련 일을 해본 경험이 없는 캘빈에게 일자리를 준 것도 그녀였다. 아마도 캘빈이 청소년이라고 생각한 모양이었다. 청소년처럼 보인다고 생각했을 수도 있고. 그가 레이더스 모자를 쓰고 한심한 염소수염을 기르고 다니니까. 블루는 파우와우 위원회 위원장이다. 그녀는 캘빈이 그곳에서 일하게 된 직후에 그에게 위원회에 들어와달라고 부탁했다. 신선하고 새로운 시각이 필요하다는 것이었다. 그들은 꽤 거금의 행사 지원금을 받게 되었고, 그걸 가지고 다른 큰 파우와우와 견줄 만한 성대한 파우와우를 열고 싶다고 했다. 캘빈은 회의중에 멍청하게도 "이름을 빅 오클랜드 파우와우로 하죠"라고 말했고, 다들 좋아했다. 그는 그냥 농담한 거라고 말하려 했지만, 어쨌거나 그의 의견은 채택되었다.

관리인 토머스가 혼잣말을 하며 들어온다. 캘빈은 즉시 그 냄새를 맡는다. 알코올냄새. 토머스는 캘빈이 그 냄새를 맡은 걸 알아채기라도 한 것처럼 그를 지나쳐 덩치 큰 남자에게 간다.

"토머스 프랭크예요." 그가 손을 내밀며 말한다.

"에드윈 블랙입니다."

"일들 하세요." 토머스가 쓰레기를 들고 나가며 말한다. "남은 음식 치울 때 도움이 필요하면 알려주세요." 마치 내 거 한 접시만 남겨줘요, 라고 말하는 듯한 어조다. 이상한 사람이다. 그는 늘 불편한 얼굴을 하고 있는데, 그렇게 해서 다른 사람들까지 불편하게 만들어야 직성이 풀린다는 듯이, 자기 감정을 도저히 숨길 수가 없다는 듯이 더럽게 어색하게 군다.

블루가 테이블을 두 번 두드리고 목청을 가다듬는다. "좋아요,

여러분." 그녀는 말하면서 테이블을 두 번 더 두드린다. "시작합시다. 이야기할 것들이 많아요. 벌써 1월이에요. 이제 오 개월도 안 남았어요. 두 사람이 새로 들어왔는데 한 사람은 아직 이 자리에 안 왔으니, 에드윈이 인사하는 것으로 회의를 시작해야겠네요. 에드윈, 자기소개도 좀 하고 여기 센터에서 무슨 역할을 맡게 될 것인지에 대해서도 말해줘요."

"안녕하세요, 여러분." 에드윈이 그렇게 말하고, 조금 전에 캘빈에게 그랬던 것처럼 한 손을 들어 흔든다. "저는 에드윈 블랙이고, 그리고 음, 당연히 여기서 일하고 있고요, 아니, 당연한 건 아닌 것 같네요, 죄송해요." 에드윈은 의자에서 몸을 뒤척인다.

"그냥 어디 출신이고, 어떤 부족인지, 여기서 하는 일은 무엇인지 얘기하면 돼요." 블루가 말한다.

"좋아요, 저는 이곳 오클랜드에서 자랐고, 그리고, 음, 샤이엔족이고, 그게, 아직 등록은 안 되어 있는데요, 하지만, 아마, 오클라호마 샤이엔족과 어래퍼호족으로 등록하게 될 거고, 아버지 말로는 샤이엔족은 맞는데 어래퍼호족은 아니라고 하고, 그리고, 죄송해요, 저는 앞으로 파우와우까지 몇 달 동안 인턴으로 일할 겁니다. 파우와우를 돕기 위해 들어왔어요." 에드윈이 말한다.

"한 사람이 더 올 거예요." 블루가 그 말을 하는데 한 남자가 회의실로 들어온다. "호랑이도 제 말 하면 온다더니." 블루가 말한다.

부족 문양이 희미하게 새겨진 야구 모자를 쓴 젊은 남자다. 캘빈은 그 모자가 아니었다면 그가 원주민임을 알아봤을지 의문이다.

"여러분, 이쪽은 딘 옥센딘이에요. 딘 옥센딘, 이쪽은 파우와우 위원회예요. 딘은 행사장에 스토리코어* 같은 이야기 부스를 세울 거예요. 다들 스토리코어에 대해 들어봤어요?"

모두 다양한 형태의 애매한 대답을 웅얼거린다.

"딘, 회의 시작하기 전에 자신에 대해 몇 가지 얘기해주는 게 어떨까요?" 블루가 말한다.

딘이 스토리텔링에 대해 설명하기 시작하고, 캘빈은 골치 아픈 소리라 듣지 않는다. 그는 자기 차례가 오면 무슨 말을 해야 할지 알 수가 없다. 그는 젊은 원주민 예술가들과 사업가들을 돕기 위해 젊은 판매업자들을 발굴하는 일을 맡고 있다. 하지만 해놓은 게 쥐뿔도 없다.

"캘빈?" 블루가 부르는 소리가 들린다.

---

* StoryCorps. 미국의 비영리단체로, 인터뷰를 통해 다양한 사람들의 이야기를 기록하고 보존하는 것을 목표로 한다.

# 딘 옥센딘

딘은 블루를 설득해 캘빈이 근무시간에 스토리텔링 프로젝트를 위한 인터뷰에 참여해도 좋다는 허락을 받아낸다. 캘빈은 다리를 꼬았다 풀었다 하며 모자챙을 잡아당긴다. 딘은 캘빈이 초조해한다고 생각하지만, 사실 그 자신도 초조하고, 그는 늘 초조하므로 어쩌면 그건 투사일 수도 있다. 하지만 투사라는 개념은 미끄러운 비탈과도 같아서, 모든 것을 투사의 결과로 볼 수도 있다. 그는 주기적으로 유아론唯我論*의 반복적이고 혼란스러운 감정에 휘둘린다.

그는 사전에 블루의 사무실에 카메라와 마이크를 설치했다. 블루는 점심을 먹으러 나갔다. 캘빈은 이제 가만히 앉아서 녹화 장비를 만지작거리는 딘을 지켜보고 있다. 딘은 뭐가 잘못됐는지 알아

* 오로지 자아만이 실재하며 나머지는 모두 자아가 만들어낸 현상일 뿐이라는 극단적인 주관적 관념론.

내고 카메라와 녹음기의 레코드 버튼을 누른 다음 마지막으로 마이크를 조절한다. 딘은 인터뷰 전과 후의 모든 걸 녹화하는 전략을 일찌감치 터득했는데, 때로는 인터뷰 대상자가 녹화중임을 알고 있을 때보다 그 전과 후에 담기는 내용이 더 나은 경우가 있기 때문이다.

"미안해요, 당신이 들어오기 전에 준비가 다 될 줄 알았어요." 딘은 카메라 오른쪽에 앉으며 말한다.

"괜찮아요. 이게 뭐하는 거라고 했죠?" 캘빈이 말한다.

"당신 이름과 부족을 말하고, 오클랜드에서 당신이 살았던 곳들에 대해 이야기하는 거예요. 그러고 나서 이야깃거리, 그러니까 당신이 오클랜드에서 겪은 일, 원주민으로서 오클랜드에서 성장하는 게 당신에게 어떤 경험이었는지 구체적으로 알려주는 사연이 생각나면, 그 이야기를 하는 거고요."

"아버진 원주민이니 뭐니 그런 얘길 한 적이 없어서 아버지 쪽이 어느 부족인지도 몰라요. 어머닌 멕시코계고 원주민 피도 있는데, 어머니도 그쪽에 대해서는 잘 몰라요. 그리고 아버진 집에 거의 안 들어오다가 어느 날 진짜로 가버렸어요. 우리를 떠난 거죠. 모르겠어요, 그래서 가끔은 내가 원주민이라고 말하는 것조차 불편해요. 대개는 그냥 오클랜드 출신이라고만 생각해요."

"아." 딘이 말한다.

"레이니 칼리지에서 열리는 파우와우에 갔다가 주차장에서 강도를 당했어요. 그건 별로 좋은 이야깃거리가 아니에요, 주차장에서 씨발 강도를 당해서 그냥 돌아왔거든요. 파우와우에도 못 가고. 그래서 이번 파우와우가 저한테는 첫 파우와우예요."

딘은 캘빈에게서 어떻게 이야기를 끌어내야 할지 모르겠고, 강요하고 싶지도 않다. 이미 녹화를 하고 있어서 다행이다. 가끔은 이야기가 없는 것이 그 자체로 이야기가 되기도 한다.

"그런 아버지를 둬서 원주민에 대해 알지 못한다, 아버지는 우리 인생을 망쳐놨다, 원주민으로 사는 건 그런 거라고 생각한다, 뭐 이렇게 말하고 싶진 않아요. 비슷한 사연을 가진 원주민들이 오클랜드와 베이 지역에 많이 살고 있다는 건 알지만, 그건 진짜 원주민 이야기가 아니니까 그런 이야기를 할 수는 없는 거죠. 그런데 또 어떻게 보면 그것도 원주민 이야기인 거예요. 엉망이죠."

"그래요."

"무슨 이야기를 해야 하는지는 모르겠지만, 녹화는 언제 시작하나요?"

"아, 이미 녹화중이에요."

"뭐라고요?"

"미안해요. 말해줬어야 하는 건데."

"그럼 내가 이미 한 말을 쓰겠다는 건가요?"

"그래도 돼요?"

"그야 뭐, 되겠죠. 그러니까 이런 게 당신 생업인가요?"

"그렇다고 할 수 있죠. 따로 하는 일은 없어요. 하지만 오클랜드시에서 받은 보조금으로 모든 참가자들에게 사례를 하려고 해요. 돈은 그럭저럭 먹고살 만큼은 벌 수 있을 것 같아요." 딘이 말한다. 그다음엔 정적이 흐르고 두 사람 다 그 침묵에서 벗어날 방법을 찾지 못한다. 딘이 목청을 가다듬는다.

"어떻게 여기서 일하게 됐어요?" 딘이 묻는다.

"누나를 통해서요. 누나가 블루와 친구예요."

"그럼 당신은 원주민의 자부심 같은 건 전혀 못 느끼는 건가요?"

"솔직히요?"

"네."

"저는 그냥 진실이라 느껴지지 않는 무언가에 대해 말하는 건 옳은 일이 아닌 것 같아요."

"내가 이 일을 통해 이루려는 게 바로 그거예요. 우리의 이야기를 모두 모으는 것. 지금 우리가 갖고 있는 건 보호구역 이야기들, 그리고 고루한 역사 교과서에 나오는 형편없는 이야기들뿐이니까요. 이제 우리는 도시에 많이 살고 있어요. 이 일은 그런 다른 이야기를 하기 시작하는 하나의 방법이라고 할 수 있죠."

"원주민에 대해 아는 것도 없는데 내가 원주민이라고 주장하는 게 옳은 일 같지가 않아요."

"그럼 원주민이 된다는 게 원주민에 대해 무언가를 아는 거라고 생각해요?"

"그건 아니지만, 원주민이 된다는 건 문화와 역사의 문제잖아요."

"나도 자랄 때 아버지가 곁에 없었어요. 아버지가 누구인지도 몰라요. 어머니도 원주민이긴 하지만, 일 때문에 너무 바쁘지 않을 때나 기분이 좋을 때 자신이 가르쳐줄 수 있는 걸 알려주는 정도였죠. 어머니 말로는 우리 조상들 모두가 살아남기 위해 싸웠고, 그래서 그들의 피 일부가 다른 민족의 피와 섞였고, 자식을 낳았고, 그러다보니 우리는 그들을 잊게 된 거래요. 그들이 우리 안에 살아 있는데도 그들을 잊은 거죠."

“아, 당신 마음은 이해해요. 하지만 그래도 역시 모르겠네요. 그 피 어쩌고 하는 얘긴 잘 모르겠어요.”

# 재키 레드페더

재키와 하비는 하비의 포드 픽업을 타고 피닉스와 블라이드 사이에 펼쳐진 자줏빛 사막을 가로지르며 I-10 고속도로를 달린다. 지금까지 달려오는 동안 재키가 하비의 질문들을 계속 무시하면서 긴 침묵이 이어졌다. 하비는 침묵을 편안하게 느끼는 사람이 아니다. 그는 파우와우의 사회자다. 계속 떠드는 게 그의 일이다. 하지만 재키는 침묵이 익숙하다. 그녀는 침묵이 불편하지 않다. 사실 그녀는 하비로부터 억지로 말을 시키지 않겠다는 약속까지 받아두었다. 그렇다고 해서 하비까지 입을 다물고 있으리란 법은 없다.

"있잖아, 난 이 사막에 갇힌 적이 있어." 하비가 앞에 펼쳐진 도로에 시선을 고정한 채 말한다. "친구들하고 술을 마시러 나갔는데 드라이브를 좀 하고 싶었지. 이런 밤이었다면 완벽했을 거야. 어둡지도 않잖아. 저렇게 모래에 보름달이 비쳐서." 하비는 재키 쪽을 슬쩍 보고는 운전석 창문을 내리고 손을 내밀어 공기를 느낀다.

"담배 피울래?" 재키가 묻는다.

하비는 담배 한 개비를 제 손으로 꺼내 가져가며 희미하게 끙 소리를 낸다. 재키는 다른 인디언 남자들이 그 소리를 내는 걸 들은 적이 있고 그게 긍정의 의미임을 안다. "그때 내 술친구는 어느 나바호족 쌍둥이였는데, 쌍둥이 중 하나가 트럭에 담배 냄새 배는 걸 싫어했어. 그의 여자친구 트럭이었거든. 그래서 고속도로변에 차를 댔지. 우린 테킬라 한 병을 들고 갔어. 그걸 진탕 마시면서 두어 시간 쓸데없는 얘기를 하다가 차에서 멀리 떨어져야겠다고 생각했지. 그래서 비틀거리면서 사막으로 들어가 트럭이 안 보이는 데까지 간 거야." 하비가 말한다.

재키는 더이상 듣고 있지 않다. 그녀는 알코올중독 회복 단계에 있는 사람들이 과거의 음주 경험에 대해 이야기하는 걸 좋아하는 게 늘 우습다. 아니, 우습지 않고 사실 짜증이 난다. 재키는 타인과 나누고 싶은 음주 경험이 하나도 없다. 음주가 즐거웠던 적이 없었다. 그건 일종의 엄숙한 의무 같은 것이었다. 술은 그녀의 신경을 무디게 만들어, 원하는 말이나 행동을 불편한 마음 없이 하도록 해주었다. 그녀는 늘 사람들이 얼마나 자신만만하고 자기 회의가 없는지 절감한다. 하비만 해도 그렇다. 이런 끔찍한 이야기를 대단히 매혹적인 이야기라도 되는 듯 늘어놓는다. 재키는 타고난 자신감과 자부심을 가진 듯한 사람들을 너무 많이 만난다. 그녀로 말할 것 같으면, 자신의 삶을 깡그리 태워버릴 수 있었으면 좋겠다는 생각을 하지 않고 지나간 날이 단 하루도 기억나지 않는다. 사실 오늘은 아직 그런 생각이 들지 않았다. 그건 의미 있는 일이다. 아무것도 아닌 게 아니다.

"그다음엔 사막에서 의식을 잃은 기억은 없는데, 정신을 차려보니 쌍둥이가 없더라고. 달이 많이 움직이진 않은 것으로 보아 시간이 아주 많이 지난 건 아닌데, 아무튼 그 친구들이 없어져서 난 차를 세워둔 곳을 향해 걸었지. 갑자기 얼마나 추운지, 그런 추위는 난생처음인 것 같았어. 바다 가까이에 가면 느껴지는, 샌프란시스코에 가면 느낄 수 있는, 축축한 한기가 뼛속까지 스미는 그런 추위 말이야." 하비가 말한다.

"의식을 잃기 전에는 안 추웠고?" 재키가 말한다.

"그 점이 섬뜩하다는 거야. 한 이십 분쯤 걸었던 것 같은데 방향을 잘못 잡아서 사막 안으로 더 깊이 들어갔고, 그때 그들을 봤어."

"쌍둥이들?" 재키는 그렇게 말하며 자기 쪽 창문을 닫는다. 하비도 그의 쪽 창문을 닫는다.

"아니, 쌍둥이가 아니었어. 미친 소리로 들리겠지만, 두 사람이었는데 키가 아주 크고 아주 하얀 사람들이었어. 머리도 하얬는데 늙은 건 아니었지. 그렇다고 기괴할 정도로 키가 큰 건 아니었어. 그냥 나보다 45센티미터 정도 컸을 거야."

"그러다 깨어보니 쌍둥이들이 당신 위에 누워 있었다, 뭐 그런 이야기가 나올 시점인데." 재키가 말한다.

"난 쌍둥이들이 나한테 몰래 뭘 먹였나보다 했지. 그들이 아메리카 원주민 교회 사람들이라는 걸 알고 있었거든. 하지만 전에 페요테*를 먹어본 적이 있었는데 그것과 달랐어. 나는 그들에게서 10피

* 페요테 선인장에서 채취하는 환각제로, 아메리카 원주민 교회에서는 이를 종교 의식에 사용한다.

트쯤 떨어진 지점에서 걸음을 멈췄어. 그들은 눈이 컸어. 외계인처럼 크진 않았지만 눈에 띄게 컸지." 하비가 말한다.

"헛소리. 이 얘긴 이렇게 정리할 수 있어. 하비는 사막에서 술에 취해 기이한 꿈을 꿨다, 끝." 재키가 말한다.

"농담하는 거 아냐. 흰머리와 큰 눈, 구부정한 어깨를 가진 그 키가 크고 새하얀 두 사람은 그냥 멍하니 바라보고만 있었어. 나를 보고 있었던 것도 아냐. 난 걸음아 날 살려라 도망쳤지. 그게 꿈이라면 지금 이것도 꿈이야. 난 거기서 깨어난 적이 없으니까."

"술에 취했을 때의 기억을 믿을 수 있다는 거야?"

"진짜라니까, 내 말 들어봐. 인터넷이 나왔을 때, 아니 내가 그걸 사용하기 시작했을 때라고 말해야겠지, 그때 애리조나 사막의 키가 크고 하얀 사람들을 검색해봤는데 나오더라고. 그들은 '흰 거인'이라고 불려. 외계인이고. 농담 아냐. 인터넷에 찾아봐." 하비가 말한다.

재키의 휴대전화가 주머니 안에서 진동한다. 재키는 전화기를 꺼내며, 하비는 지금 그녀가 흰 거인에 대해 검색해보려는 줄 알거라 생각한다. 오팔에게서 보통 때와 달리 아주 긴 문자가 왔다.

난 만약 언니가 다리에서 거미 다리를 발견한 적이 있다면, 우리가 더 어렸을 때든 아니면 내가 오빌 이야기를 했을 때든 나한테 말했을 거라 가정하고 있었어. 하지만 그 가정은 말이 안 되는 게, 나도 로널드와 그 일이 있기 전에 내 다리에서 거미 다리를 발견했거든. 그런데 난 거미 다리를 발견한 걸 지금까지 언니한테 말한 적이 없어. 언니한테도 그런 일이 있었는지 알고 싶어. 엄마와 관련이 있는 것 같아서.

“어떤 웹 사이트에서 읽었는데 지금 그 흰 거인들이 미국을 지배하고 있대. 검색하면서 봤어?” 하비가 말한다. 재키는 하비가 딱하다는 생각이 든다. 오팔도. 거미 다리 이야기도. 재키는 만일 자신의 다리에서 거미 다리를 발견했다면 그 자리에서 그 일을 털어버렸을 것이다. 갑자기 그 모든 것들을 감당하기가 힘들어지면서 피곤이 밀려든다. 그건 재키에게 가끔씩 일어나는 일이고, 그럴 때마다 다행이라고 느끼는데, 보통은 잡념 때문에 잠을 이루지 못하는 날이 대부분이기 때문이다.

“잠 좀 자야겠어.” 재키가 말한다.

“오, 그래.” 하비가 말한다.

재키는 창에 머리를 기댄다. 그녀는 고속도로의 흰 선이 흘러가고 흔들리는 걸 바라본다. 전신주의 전화선들이 파도치듯 오르내리는 것을 바라본다. 생각들이 배회하고, 느즈러지고, 정처 없이 뻗어나간다. 그녀는 안쪽 치아, 어금니들에 대해 생각한다. 너무 차거나 뜨거운 걸 씹을 때마다 그 이들이 아프다. 치과에 간 지 얼마나 오래되었는지에 대해 생각한다. 엄마는 치아가 어땠을지 궁금하다. 유전, 피, 핏줄에 대해, 심장은 왜 계속 뛰는지에 대해 생각한다. 창문에 검게 비친 자신의 머리 그림자에 기댄 자신의 머리를 본다. 불규칙하게 눈을 깜빡이다가 결국 감는다. 도로의 낮은 웅웅거림과 한결같은 엔진소리에 잠이 든다.

3부

# 돌아오다

사람들은 역사에 갇히고 역사는 사람들에 갇힌다.

—제임스 볼드윈

## 오팔 비올라 빅토리아 베어실드

오팔은 우편배달 트럭에 탈 때마다 하는 일이 있다. 백미러를 들여다보며, 세월을 거슬러 그녀를 돌아보는 자신의 시선을 발견하는 것이다. 그녀는 USPS*에서 우편배달부로 일해온 햇수에 대해 생각하는 걸 좋아하지 않는다. 그 일을 좋아하지 않아서가 아니다. 자신의 얼굴에 깃든 세월, 콘크리트의 줄금처럼 갈라진 눈가의 주름을 보기가 힘들어서다. 하지만 자신의 얼굴을 보는 걸 싫어하면서도 앞에 거울이 있으면 들여다보는 습관을 버릴 수가 없다. 거울은 그녀가 볼 수 있는 몇 안 되는 자기 얼굴의 모습 중 하나를 표면에 담고 있다.

* United States Postal Service. 미국우편국.

오팔은 운전을 하면서, 입양 과정 초기에 레드페더 아이들을 처음 집으로 데려왔던 그 주말을 생각한다. 그들은 옷을 사러 앨러미다에 있는 머빈스백화점에 갔다. 오팔은 거울에 비친 오빌을, 그녀가 오빌에게 골라준 옷을 바라보았다.

"마음에 드니?" 그녀가 물었다.

"저들에 대해 어떻게 생각하세요?" 오빌이 거울에 비친 자신과 오팔을 가리키며 말했다. "거울 속의 저들이 움직이고 우리가 따라 하는 게 아니라는 걸 어떻게 알죠?"

"왜냐하면, 봐라, 지금 난 거울 앞에서 손을 흔들겠다고 생각했어." 오팔은 그렇게 말하고 손을 흔들었다. 탈의실 바깥에 있는 세 쪽짜리 거울이었다. 루서와 로니는 근처 행거 안에 숨어 있었다.

"저 여자가 먼저 흔들었을 수도 있어요. 할머니는 그걸 따라 할 수밖에 없었던 거고요. 하지만 이걸 보세요." 오빌은 그러더니 격렬한 춤을 추기 시작했다. 두 팔을 휘두르며 점프도 하고 회전도 했다. 오팔이 보기엔 파우와우 춤 같았다. 하지만 그럴 리가 없었다. 그 자신, 거울 밖의 오빌 외엔 아무도 통제력을 갖고 있지 않다는 걸 증명하기 위해 거울 앞에서 그냥 날뛰는 것일 터였다.

오팔은 자신의 배달 구역에 있다. 늘 똑같은 곳이다. 하지만 그녀는 조심스럽게 발을 내딛는다. 걸을 때 금을 밟지 않는다. 곳곳에 발이 빠질 수 있는 구멍이나 갈라진 틈이 있다는 걸 늘 염두에 두고 있기 때문에 주의해서 걷는다. 세상은 결국 구멍투성이니까. 그녀는 절대 스스로 인정하려 하지 않는 미신에 매여 산다. 그건 가슴에 너무 꼭 끌어안고 있는 비밀이라 자신조차 알지 못한다. 그녀에게 미신은 숨쉬는 것과 같다. 오팔은 우편물 투입구나 우편함에 우편물을 넣으며 자신이 아까 어떤 숟가락으로 식사를 했는지 기억을 더듬는다. 그녀는 행운의 숟가락들과 불운의 숟가락들을 갖고 있다. 행운의 숟가락이 효험을 지니려면 불운의 숟가락도 함께 갖고 있어야 하고, 서랍에서 숟가락을 꺼낼 때 어떤 숟가락을 꺼내는지 보면 안 된다. 그녀가 가진 최고의 행운의 숟가락은 손잡이부터 목 부분까지 꽃무늬가 들어간 것이다.

오팔은 어떤 일이 일어나거나 일어나지 않았으면 좋겠다고 말한 후에는 부정을 타지 않도록 나무를 두드린다. 심지어 그냥 생각만 해도 나무를 찾아내 두 번 두드린다. 오팔은 숫자를 좋아한다. 숫자는 한결같다. 믿을 수 있다. 하지만 오팔에게 특정 숫자들은 좋고 다른 숫자들은 나쁘다. 대개 짝수가 홀수보다 낫고, 수학적 관계를 가진 숫자들도 좋다. 그녀는 주소의 숫자들을 모두 더해서 하나의 숫자로 만든 후, 그 숫자를 가지고 해당 동네를 판단한다. 숫자는 거짓말을 하지 않는다. 그녀는 4와 8을 제일 좋아한다. 3과 6은 별로다. 그녀는 늘 좋은 걸 하기 전에 나쁜 것부터 해치우는 게 상책이라는 믿음이 있어서, 홀수 쪽 우편물을 먼저 배달한다.

살면서 불운이나 나쁜 일을 겪다보면, 은밀히 미신적인 사람이 될 수 있다. 통제력을 갖고 싶어하거나 통제감을 되찾고 싶어질 수 있다. 오팔은 당첨금이 높아지길 기다렸다가 복권을 산다. 그녀는 효험이 사라질까 두려워, 자신이 갖고 있는 미신을 절대로 미신이라고 부르지 않는다.

오팔은 홀수 거리의 배달을 마쳤다. 길을 건너려는데 차 한 대가 그녀를 위해 멈춘다—차에 탄 여자는 자신이 온 세상 사람들에게 호의를 베풀고 있다는 듯 오팔에게 어서 건너라고 조급하게 손을 흔든다. 오팔은 건너면서 한 팔을 들고 싶지만, 손가락 하나를 들어 보이고 싶지만, 그러는 대신 그 여자의 조바심과 거짓된 너그러움에 답하여 천천히 달린다. 오팔은 달려가는 자신이 싫다. 미처 막을 새도 없이 자신의 얼굴에 떠오른 미소도 싫다. 너무 늦어버리기 전에 입꼬리를 반대로 뒤집어 정색을 했어야 했는데 그러지 못했다.

오팔의 마음은 회한으로 가득하지만 그녀가 한 일들에 대한 회한은 아니다. 그 빌어먹을 섬, 엄마, 로널드, 그리고 위탁 가정과 그 이후 그룹홈에서의 혼잡하고 갑갑한 방과 얼굴들. 그런 일들에 대한 회한이다. 그녀로 인해 생긴 일들이 아니라는 사실은 중요하지 않다. 오팔은 자신이 어떤 식으로든 그런 일을 당할 만한 이유가 있을 거라고 생각한다. 하지만 그게 뭔지 알아낼 수가 없었다. 그래서 그 세월을, 그 무게를 견디다보니 그 세월이 그녀의 중심에 구멍을 냈다. 그래도 그곳에 그녀의 사랑을 온전히 간직할 이유가 있다는 믿음을 버리지 않으려고 애썼다. 오팔은 돌처럼 단단하지만 내면에서는 늘 거친 물결이 일고, 가끔 그 물이 범람해 그녀를 삼켜버릴 것만 같다—물살이 눈까지 차오른다. 가끔은 움직일 수가 없다. 무언가를 하는 게 불가능하게 느껴진다. 하지만 이제 이런저런 다른 일에 정신을 쏟는 데 꽤나 능숙해져서 괜찮다. 한꺼번에 두 가지 이상 하는 게 더 낫다. 이를테면 우편배달을 하면서 오디오북이나 음악을 듣는 것이다. 비결은 바쁜 상태를 유지하는 것, 마음을 다른 데로 돌린 다음 거기서 또 다른 데로 돌리는 것이다.

두 번 멀어지는 것이다. 이중으로. 소음과 일의 소요 속으로 사라지는 것이다.

위쪽 어딘가에서 무슨 소리가 들려오자 오팔은 이어폰을 뺀다. 고약한 윙윙거림이 공기를 가른다. 시선을 든 오팔은 드론을 발견하고, 누가 그걸 조종하고 있는지 주위를 둘러본다. 아무도 눈에 띄지 않자 도로 이어폰을 꽂는다. 그녀는 오티스 레딩의 〈(Sittin' on) The Dock of the Bay〉를 듣고 있다. 너무 자주 나와서 오티스 레딩의 곡들 중 그녀가 가장 덜 좋아하는 것이다. 셔플을 누르자 스모키 로빈슨의 〈The Tracks of My Tears〉가 나온다. 이 노래는 슬픔과 행복이 뒤섞인 묘한 감정을 불러일으킨다. 게다가 신나는 곡이다. 슬픔과 비통함을 안고도 춤을 추게 만든다는 점, 그것 때문에 그녀는 모타운*을 좋아한다.

어제 배달 구역을 돌고 있는데 양손자 오빌이 다리에 난 혹에서 거미 다리 세 개를 꺼냈다는 내용의 음성메시지를 보내왔다. 긁다가 혹이 터졌는데 거기서 나무 가시 같은 거미 다리들이 나왔다는 것이었다. 오팔은 메시지를 들으며 손으로 입을 막았지만, 자신도 오빌 나이였을 때 그런 일이 있었기에 그리 놀라진 않았다.

오팔과 재키의 엄마는 집에서건 어디서건 거미를 발견하면 죽이지 못하게 했다. 엄마는 거미가 몸에 수마일 길이의 거미줄을, 그

* 디트로이트에 기반을 둔 흑인 음반사로, 1960년대에 소울 음악과 팝, 가스펠 리듬과 모던 발라드 등이 혼합된 음악 스타일을 크게 유행시켰다.

만큼의 이야기를, 그만큼의 잠재적 집과 덫을 지니고 다닌다고 했다. 그러면서 우리가 바로 그것들이라고 했다. 집과 덫.

어제 저녁식사 자리에서 거미 다리 이야기가 나오지 않자 오팔은 오빌이 파우와우 때문에 그 이야기를 꺼내기가 두려운가보다고 생각했다—거미 다리와 파우와우는 서로 아무 관련이 없었지만 말이다.

몇 주 전 그녀는 오빌이 제 방에서 파우와우 춤을 추고 있는 영상을 발견했다. 오팔은 아이들이 잘 때 주기적으로 그들의 전화기를 점검한다. 아이들이 찍은 사진과 영상도 보고, 문자와 브라우저 기록도 확인한다. 아직 특별히 걱정스러운 타락의 징조를 보인 아이는 없었다. 하지만 그저 시간문제다. 오팔은 우리 각자의 마음속에 어두운 호기심이 살아 있다고 믿는다. 그리고 들키지 않고 넘어갈 수 있는 일이라는 생각이 들면 우리는 모두 그 일을 하고야 만다는 것이 그녀의 믿음이다. 오팔의 견해로는, 프라이버시는 어른에게나 해당되는 것이다. 아이들은 잘 지켜보고 통제해야 한다.

영상 속 오빌은 자신이 정확히 무얼 하고 있는지 아는 것처럼 파우와우 춤을 추고 있었고, 오팔은 그걸 이해할 수 없었다. 오빌은 그녀가 옷장에 넣어둔 전통 의상을 입고 있었다. 옛친구가 그녀에게 준 것이었다.

오클랜드에는 그곳에서 자라는 원주민 청소년을 위한 각종 프로그램과 행사가 있었다. 오팔은 루카스를 그룹홈에서 처음 만났고, 그다음엔 위탁 청소년 행사에서 다시 만났다. 오팔과 루카스는 한동안 위탁 청소년 모델로 활동하며, 인터뷰를 하거나 전단 사진을 찍을 때 늘 우선으로 뽑혔다. 두 사람 모두 한 노부인에게 전통 의상을 어떻게 만드는지 배우고, 그 노부인이 전통의상 만드는 걸 거들었다. 오팔은 루카스가 춤꾼으로 첫 파우와우에 참가하기 위해 준비할 때 옆에서 도와주었다. 루카스와 오팔은 사랑에 빠졌다. 그들의 사랑은 어리고 절박했다. 그래도 사랑이었다. 그러던 어느 날 루카스가 로스앤젤레스행 버스를 타고 떠났다. 오팔에게는 그런 이야기를 꺼낸 적도 없었다. 그는 그냥 그렇게 떠났다. 그리고 이십 년 가까이 지난 후에 난데없이 나타나서는, 도시 인디언 다큐멘터리를 만들고 있다며 그녀에게 인터뷰를 청하고 전통 의상을 줬다. 그러더니 몇 주 후에 죽었다. 자기 누나 집에서 오팔에게 전화를 걸어 자신이 시한부 인생이라고 했다. 시한부라는 표현을 썼다. 그는 이유도 말해주지 않고 그저 미안하다면서 그녀가 아주 잘 살기를 빌어주었다.

하지만 어제 저녁식사 자리는 조용했다. 조용히 저녁을 먹은 적은 한 번도 없었는데 말이다. 아이들은 하나같이 수상쩍은 침묵을 지키며 식탁을 떠났다. 오팔이 로니를 불렀다. 형들과 하루를 어떻게 보냈는지 물을 작정이었다—로니는 거짓말을 못했다. 새 자전거는 어떤지도 물을 작정이었다. 게다가 어제는 로니가 설거지 당번이기도 했다. 그런데 오빌과 루서가 전에 없던 행동을 보였다. 동생이 접시 물기를 닦고 정리하는 걸 도와주었다. 오팔은 억지로 그 이야기를 꺼내고 싶진 않았다. 그것에 대해 뭐라고 말해야 할지도 알 수가 없었다. 목구멍에 뭐가 걸린 것 같았다. 그건 도로 올라오지도 않고 내려가지도 않았다. 거미 다리가 나왔던 그녀의 다리에 난 혹 같았다. 그 혹은 아직도 사라지지 않았다. 거기 거미 다리가 더 들어 있을까? 아니면 거미 몸뚱이가? 오팔은 오래전에 질문을 그만두었다. 다리의 혹은 남아 있었다.

아이들에게 잠자리에 들라는 말을 하러 갔는데 한 아이가 쉿 하며 나머지 둘을 조용히 시키는 소리가 들렸다.

"뭔데?" 오팔이 물었다.

"아무것도 아녜요, 할머니." 루서가 말했다.

"나한테 '아무것도 아녜요, 할머니' 같은 소리는 하지 마라." 그녀가 말했다.

"아무것도 아니에요." 오빌이 말했다.

"그만 자라." 오팔이 말했다. 아이들은 오팔을 두려워한다. 그녀가 늘 엄마를 두려워했던 것처럼. 그건 오팔이 과묵하고 직설적이기 때문이다. 지나치게 비판적인 면도 있을 것이다. 그녀의 엄마도 지나치게 비판적이었다. 그건 원주민을 살아가게 해주는 세상이 아니라 죽고 움츠러들고 사라지게 만드는 세상에 대비해 아이들을 준비시키기 위해서다. 그들은 원주민이 아닌 사람들보다 더 많은 걸 바쳐야 성공할 수 있기에 그녀는 아이들을 더 강하게 밀어붙여야 한다. 오팔 자신은 스스로를 사라지게 하는 것 이외에는 아무것도 하지 못했기 때문이기도 하다. 그녀는 삶이 우리를 집어삼키기 위해 최선을 다할 것이라고 믿기에 아이들에게 허튼소리를 하지 않는다. 삶은 뒤에서 몰래 다가와 우리가 형체를 알아볼 수 없는 작은 조각이 되도록 박살을 내버린다. 모든 걸 실용적으로 받아들이고, 머리를 숙인 채 열심히 노력할 자세를 갖춰야 한다. 오직 죽음만이 고된 일과 실리성을 면하게 해준다. 죽음과 추억만이. 하지만 대부분의 경우 과거를 돌아볼 시간도, 그럴 이유도 없다. 추억들은 희미해져 간략한 개요만 남을 때까지 내버려두라. 오팔은 추억을 그 자리에 그대로 두는 걸 선호한다. 그래서 그 빌어먹을 거미 다리가 그녀를 곤경에 빠뜨린 것이다. 과거를 돌아보게 만드니까.

오팔은 재키와 함께 집을, 엄마가 세상을 등지면서 그들을 맡긴 남자의 집을 떠나기 전 일요일 오후에 다리에서 거미 다리 세 개를 뽑아냈다. 그녀가 초경을 한 지 얼마 안 된 때였다. 월경의 피와 거미 다리는 둘 다 똑같은 수치심을 주었다. 몸에 있던 무언가가 나오는 일은 너무도 생물적이고 기괴하면서도 마법적이어서, 그 두 사건에 대해 그녀가 쉽게 빠질 수 있는 감정은 수치심뿐이었으며, 그래서 둘 다 비밀로 하게 되었다. 수치심이 비밀을 통해 거짓말을 하듯 비밀은 생략을 통해 거짓말을 한다. 그녀는 재키에게 거미 다리나 월경에 대해 말할 수도 있었다. 하지만 당시에 재키는 임신해서 더이상 월경을 하지 않는 상태였다. 그녀 안에서 팔다리가 자라고 있었고, 그들은 아이를 낳기로 결정했으며, 그 아이는 때가 되면 입양을 보낼 터였다. 하지만 거미 다리와 피는 결국 아주 많은 걸 의미하게 되었다.

엄마가 그들을 맡긴 남자, 그 로널드라는 남자는 그들을 어떤 의식에 데려가 그것이 엄마를 잃은 상처를 치유할 유일한 방법이라고 말했다. 그동안 재키는 은밀히 엄마가 되어가고 있었다. 그리고 오팔은 은밀히 여자가 되어갔다.

그런데 로널드가 밤에 그들의 방 앞을 지나가기 시작했다. 그러다 문간에 멈춰 섰다—문의 테두리 안에 드리운 그림자와 그의 뒤에서 비치는 빛. 오팔은 의식이 끝난 후 집으로 돌아오는 차 안에서 로널드가 꿈의 의식에 대한 이야기를 했던 기억이 났다. 오팔은 그 꿈의 의식이란 게 싫었다. 그녀는 처음 로널드의 집에 왔을 때 침실 옷장에서 발견한 야구방망이를 침대 옆자리에 두었는데, 예전에 마음의 위안을 얻기 위해 '두 신발'을 안고 잤던 것처럼 야구방망이를 옆에 끼고 자는 습관이 들었다. '두 신발'은 늘 말뿐이고 행동은 없었던 반면, 머리 부분에 '스토리Storey'라는 이름이 적힌 야구방망이는 행동뿐이었다.

재키는 밤이면 아침이 올 때까지 세상모르고 잤다. 어느 날 밤에 로널드가 재키의 침대—바닥에 깐 매트리스—끝으로 왔다. 오팔의 매트리스는 그 건너편에 있었다. 로널드가 재키의 두 발목을 잡아당기는 걸 본 오팔은 더 생각할 필요도 없었다. 야구방망이를 휘둘러본 적은 없었지만 그 무게를 알았고 그걸 휘두를 줄도 알았다. 로널드가 무릎을 꿇고 앉아 재키를 끌어당기려 하고 있었다. 오팔은 최대한 조용히 일어나 천천히 호흡하면서 야구방망이를 뒤쪽으로 높이 치켜들었다. 그리고 온 힘을 다해 로널드의 정수리를 내리쳤다. 굵고 둔탁한 딱 소리가 나면서 로널드가 재키 위로 쓰러졌다—잠에서 깬 재키는 야구방망이를 들고 그녀와 로널드를 내려다보며 서 있는 동생을 보았다. 그들은 부리나케 더플백에 짐을 싸서 아래층으로 내려갔다. 거실을 지나가는데 TV에 인디언 테스트 패턴이 나오고 있었다. 그들이 이미 천 번은 본 것이었다. 하지만 오팔은 그 인디언을 처음 보는 듯한 기분을 느꼈다. 인디언이 그녀를 향해 고개를 돌리는 것 같았다. 그가 말했다. 가. 그리고 이내 가라고 말하는 목소리가 너무 길게 이어지더니 TV의 화면 조정음으로 바뀌었다. 재키가 오팔의 손을 잡고 집밖으로 이끌었다. 오팔은 아직 야구방망이를 손에 쥐고 있었다.

로널드의 집에서 나온 그들은 엄마가 도움이 필요하거나 지낼 곳이 없을 때 늘 그들을 데려가던 쉼터로 갔다. 그곳에서 한 사회복지사를 만났고, 그 사회복지사는 그들에게 그동안 어디서 살았는지 물었지만 그들이 대답을 하지 않자 더이상 캐묻지 않았다.

오팔은 로널드가 죽었을지도 모른다는 부담감을 일 년 동안 안고 지냈다. 겁이 나서 그의 집으로 가서 확인할 수는 없었다. 그가 죽었어도 아무렇지 않을 것 같아서 두려웠다. 그를 죽인 게 자신이라고 해도 말이다. 오팔은 로널드의 집으로 가서 그가 아직 살아있는지 알아내고 싶지 않았다. 그렇다고 자신이 그를 죽였기를 바라지도 않았다. 그가 어쩌면 죽었을지도 모르는 상태, 죽었을 가능성이 있는 상태가 견디기 더 쉬웠다.

일 년 후 재키는 오팔의 인생에서 사라졌다. 오팔은 재키가 어디로 갔는지 몰랐다. 마지막으로 만났을 때 재키는 체포되고 있었고 오팔은 그 이유를 알지 못했다. 재키를 감옥으로 떠나보낸 건 오팔에게 찾아온 또하나의 고약한 상실이었다. 하지만 오팔은 또래의 인디언 소년을 만났고, 그 소년과 마음이 통했다. 그는 괴상하거나 어둡지 않았고, 설령 그렇다 하더라도 오팔과 같은 방식으로 그랬다. 게다가 그는 자신이 어디에서 왔고 무슨 일을 겪었는지 절대로 말하지 않았다. 그들은 마치 전쟁에서 돌아온 군인들처럼 과거에 대한 침묵을 공유했다. 그러던 어느 날 오후, 오팔과 루카스는 인디언 센터에서 단체 식사를 할 사람들을 기다리며 시간을 보내고 있었다. 루카스가 자신이 맥도널드를 얼마나 싫어하는지에 대해 이야기했다.

"하지만 맛이 너무 좋은걸." 오팔이 말했다.

"그건 진짜 음식이 아냐." 루카스가 센터 밖 연석 위에서 균형을 잡고 왔다갔다하며 말했다.

"내가 씹을 수 있고 반대쪽으로 나오는 걸 볼 수 있다면 진짜 음식이지." 오팔이 말했다.

"역겨워." 루카스가 말했다.

"네가 그 말을 했으면 역겹지 않았을걸. 여자들은 그런 말을 하는 게 용납이 안 되지. 방귀, 똥, 욕……"

"동전을 삼켜도 똥으로 내보낼 수 있지만 그렇다고 동전이 음식이 되는 건 아니지." 루카스가 말했다.

"햄버거가 진짜 음식이 아니라고 누가 그래?" 오팔이 물었다.

"치즈 버거 반쪽을 백팩에 넣어뒀다가 한 달 가까이 잊은 적이 있었어. 그런데 꺼내보니까 처음 넣어뒀을 때랑 생김새도 냄새도 완전히 똑같더라고. 진짜 음식이라면 상하지." 루카스가 말했다.

"소고기 육포는 안 상하는데." 오팔이 말했다.

"알았어, 로널드." 루카스가 말했다.

"뭐라고?" 오팔이 말했다. 그녀는 뜨거운 슬픔이 목에서부터 눈까지 차오르는 걸 느꼈다.

"널 로널드라고 부른 거야." 루카스는 그렇게 말하고 연석 위를 오가는 걸 멈췄다. "로널드 맥도널드*잖아." 그는 오팔의 어깨에 한 손을 올리고 그녀와 시선을 맞추려고 고개를 약간 숙였다. 오팔은 어깨를 당겨 그의 손을 뿌리쳤다. 그녀의 얼굴이 하얗게 질렸다.

"왜 그래? 이런, 미안. 농담한 거야. 웃기는 건 뭔지 알아? 내가 그 치즈 버거를 먹었다는 거야, 됐어?" 루카스가 말했다. 오팔은 센터 안으로 들어가 접이의자에 앉았다. 루카스도 따라 들어와서 그녀 옆에 의자를 놓고 앉았다. 루카스가 얼마간 구슬린 끝에 오팔은 그에게 모든 걸 털어놓았다. 그녀가 자신의 이야기를 한 사람은 루카스가 처음이었다. 로널드에 대해서만이 아니라 그녀의 엄마, 섬, 그리고 그전의 삶에 대해서도 이야기했다. 루카스는 그녀가 로널드의 생사를 확인하지 않으면 결국 그것에 먹혀버릴 거라고 설득했다.

"그는 내가 먹어버리기 전 내 백팩에 있던 그 치즈 버거 같은 존재야." 루카스가 말했다. 오팔은 웃었고, 오랫동안 그때처럼 웃어본 적이 없었다. 일주일 후 그들은 버스를 타고 로널드의 집으로 갔다.

그들은 로널드의 집 건너편에 있는 우체통 뒤에 숨어서 두 시간을 기다렸다. 그 우체통은 진실을 알아내는 것과 알아내지 못하는 것, 로널드를 보는 것과 보지 못하는 것, 오팔과 그녀의 남은 삶 사

* 맥도널드의 마스코트인 광대의 이름.

이에 존재하는 유일한 물건이었다. 그녀는 살고 싶지 않았고, 거기서 시간이 멈춰버렸으면 했고, 루카스를 거기 함께 붙잡아두고 싶었다.

오팔은 로널드가 트럭을 타고 집에 오는 걸 보자 몸이 차가워졌다. 로널드가 집을 향해 계단을 올라가는 걸 바라보면서, 그녀는 안도감에 눈물을 흘리며 얼른 도망치고 싶은지, 아니면 그를 뒤쫓아가 바닥에 쓰러뜨리고 맨손으로 완전히 끝장내고 싶은지 알 수가 없었다. 그 순간 그녀에게 많은 것들이 떠오를 수 있었지만 막상 생각난 것은 엄마가 쓰던 단어 하나였다. 사이엔족의 단어인 '비호'였다. 비호는 거미를 의미할 수도, 사기꾼이나 백인을 의미할 수도 있다. 오팔은 늘 로널드가 백인이 아닐까 의심했다. 그는 온갖 인디언 노릇은 다 했지만 그녀가 본 그 어느 백인 못지않게 백인으로 보였다.

로널드의 등뒤로 현관문이 닫히자, 과거에 있었던 모든 일들의 문이 닫혔고 오팔은 떠날 준비가 되었다.

"가자." 그녀가 말했다.

"더 하고 싶은 건……"

"없어. 가자." 그녀가 말했다. 그들은 아무 말 없이 몇 마일을 걸어 되돌아갔다. 그렇게 걷는 내내 오팔이 몇 걸음 앞서갔다.

오팔은 크다. 골격이 크다고 말할 수도 있겠지만, 몸집이나 골격보다 더 큰 의미에서 크다. 의료진이라면 과체중이라는 진단을 내릴 것이다. 하지만 그녀는 쪼그라드는 걸 피하려고 커졌다. 수축 대신 팽창을 택한 것이다. 오팔은 돌이다. 그녀는 크고 강하다. 하지만 이제 늙었고 아픈 데 천지다.

그녀는 우편물을 들고 트럭에서 내린다. 어느 집 포치에 우편물 상자를 두고 앞마당 문을 통해 나온다. 길 건너에서 갈색과 검은색이 섞인 호랑이 무늬 핏불테리어가 이빨을 드러내고 으르렁거린다. 으르렁거리는 소리가 너무도 낮아서 오팔은 그 울림을 가슴으로 느낄 수 있다. 그 개는 목줄이 없고, 시간이라는 것도 그렇다. 목줄이 풀린 시간은 번개같이 내달을 준비가 되어 있고, 그러면 그녀는 미처 깨닫기도 전에 죽어 사라질 것이다. 이런 개는 늘 하나의 가능성으로 존재해왔다. 죽음이 어디서든 나타날 수 있는 것처럼, 오클랜드가 갑자기 이빨을 드러내고 당신이 겁에 질려 똥을 지리도록 만들 수 있는 것처럼. 하지만 그건 늙고 불쌍한 오팔만의 문제가 아니고, 그녀가 떠난다면 아이들이 겪게 될 일이기도 하다.

오팔은 길 아래에서 한 남자가 그녀가 알아들을 수 없는 이름을 부르는 소리를 듣는다. 남자 입에서 그 이름이 나오자 개가 움찔한다. 개는 움츠러들더니 돌아서서 목소리를 향해 급히 달려간다. 그 불쌍한 개는 그저 자신이 당하고 있는 학대의 무게를 분산시키고자 으르렁거렸던 듯하다. 그 움찔거림이 분명한 증거다.

오팔은 우편배달 트럭에 타 시동을 걸고 우체국으로 향한다.

# 옥타비오 고메즈

조세피나 할머니 집에 도착했을 때 나는 서 있기조차 힘들었다. 할머니가 나를 끌고 계단을 올라가야 했다. 할머니는 늙고 체구도 작았지만, 그리고 나는 당시에도 덩치가 꽤 컸지만, 피나는 강했다. 어디서 나오는지 모를 괴력을 갖고 있었다. 할머니는 나를 끌고 계단 끝까지 올라간 다음 빈방으로 데리고 들어가 침대에 눕혔다. 나는 존나 열이 나면서 춥고 누가 온몸의 뼈를 존나게 쥐어짜 진을 다 빼거나 발로 짓밟는 것처럼 깊숙한 통증을 느꼈다.

"그냥 감기일 수도 있어." 내가 왜 이렇게 아픈지 묻기라도 한 것처럼 할머니가 말했다.

"아니면요?" 내가 물었다.

"네 아빠가 저주에 대한 이야기를 해줬는지 모르겠구나." 할머니는 침대로 다가와 내 이마에 손등을 댔다.

"아빠가 내게 저주받은 주둥이를 주긴 했죠."

"저주의 말들은 중요하지 않아. 그것들도 할 수 있는 일이 있지만, 진짜 저주는 멀리서 쏜 총알과도 같지." 할머니는 나를 내려다보며 서서, 젖은 수건을 접어 내 이마에 올려놓았다. "누가 너를 겨냥해서 총을 쏜대도 거리가 있어서 대개는 맞지 않고, 또 맞는다고 해도 죽진 않아. 모든 게 총 쏘는 사람의 목표에 달려 있어. 삼촌이 너한테 아무것도 안 줬다고 했지, 삼촌한테 아무것도 안 받았다고, 맞지?"

"예." 내가 대답했다.

"지금으로선 모르겠다." 할머니가 말했다.

할머니는 그릇과 우유 한 팩을 들고 다시 올라왔다. 우유를 그릇에 붓더니 그 그릇을 내 침대 밑으로 밀어넣고 일어나서 방 저편에 있는 봉헌 양초를 향해 걸어갔다. 할머니는 촛불을 켠 다음 돌아서서 나를 바라보았다. 내가 그걸 보고 있으면 안 된다는 듯이, 눈을 감고 있어야 한다는 듯이. 피나의 눈은 상대를 물어뜯을 수 있었다. 내 눈처럼 녹색이었지만 더 짙었다—악어의 녹색이었다. 나는 천장을 올려다보았다. 할머니가 물잔을 들고 내게 왔다.

"이걸 마셔라. 난 열여덟 살 때 아버지에게 저주를 받았지. 어머닌 그게 옛날 인디언식 저주고 진짜가 아니라고 했어. 어머닌 그렇게 말했다. 그 저주가 인디언식이라는 걸, 진짜가 아니라는 걸 알아볼 만큼 그것에 대해 충분히 알고 있다는 듯이, 하지만 그게 옛날 인디언식 저주고 진짜가 아니라는 이야기를 해주는 것 외에 무언가를 더 해줄 수 있을 만큼은 알지 못한다는 듯이." 피나는 조금 웃었다.

내가 물잔을 건네자 할머니는 다 마셔, 라고 말하듯 내게 도로 들이밀었다.

"그때 난 사랑에 빠졌다고 생각했지. 난 임신을 했어. 우린 약혼했고. 하지만 그가 떠났다. 처음엔 부모님께 그 사실을 말하지 않았어. 그런데 어느 날 밤에 아버지가 와서 당신 손자—아버지는 남자아이가 태어날 거라고 확신하셨다—의 이름을 자신의 이름을 따서 짓겠느냐고 묻더구나. 그래서 난 결혼을 안 할 거라고, 그 남자는 떠났고 아이도 안 낳을 거라고 했지. 아버지는 커다란 숟가락으로 나를 위협했어. 아버진 그 숟가락으로 가끔 나를 때렸는데—때릴 때 내가 겁을 먹도록 손잡이를 날카롭게 만들었지—이번엔 그 날카로운 끝으로 공격했어. 어머니가 막아주었지. 아버진 넘지 못하는 선이 없고 누구도 못 말렸지만 어머니만은 예외였어. 이튿날 아침에 나는 침대 밑에서 아버지의 땋은 머리를 발견했어. 거긴 내 신발을 두는 곳이라 아침에 신발을 꺼내다가 발견한 거지. 아래층으로 내려갔더니 어머니가 나에게 떠나야 한다고 말했어." 피나는 창가로 걸어가서 창문을 열었다. "바깥공기가 좀 들어오게 하는 게 나을 거야. 이 방은 환기가 필요하거든. 추우면 담요를 더 갖다주마."

"괜찮아요." 내가 말했다. 그건 진실이 아니었다. 산들바람이 들어왔는데 그 바람이 내 팔과 등을 할퀴는 느낌이었다. 나는 담요를 턱까지 끌어올렸다. "거기가 뉴멕시코였어요?"

"라스크루시스. 어머닌 나를 버스에 태워 이곳 오클랜드로 보냈지. 삼촌이 여기서 레스토랑을 운영하고 있었거든. 도착해서 낙태수술을 받았어. 그다음에 많이 앓았지. 일 년 정도 시름시름 앓았어. 지금 너보다 심각했지만 같은 종류였어. 쓰러져서 못 일어나는 그런 병. 난 어머니에게 도와달라고 편지를 보냈어. 어머니는 털 한 뭉치를 보내주면서 선인장 줄기의 서쪽에 묻으라고 했다."

"털 뭉치요?"

"이만했지." 할머니는 주먹을 쥐어서 내게 보여주었다.

"그게 효과가 있었어요?"

"즉시는 아니었지. 결국 아픈 게 나았지만."

"그럼 그 저주 때문에 아팠던 거였어요?"

"그땐 그렇게 생각했는데, 그 많은 일을 겪고 이제 와서 생각해 보면……" 할머니는 고개를 돌려 문 쪽을 보았다. 아래층에서 전화벨이 울리고 있었다. "전화 받아야겠다." 할머니는 그렇게 말하고 일어섰다. "좀 자라."

몸을 뻗자 격렬한 오한이 일었다. 나는 담요를 머리 위로 뒤집어썼다. 춥고 열이 나는 거라 땀을 내서 열을 떨어뜨려야 했다. 나는 열이 나면서 춥고, 땀이 나면서 오한이 이는 가운데 그날 밤을 떠올렸다. 우리집 창문과 벽을 뚫고 들어와 나를 이 지경으로 만든, 이렇게 침대에 누워 다시 나아지려고 안간힘을 쓰게 만든 그 밤을.

집에 총알이 날아들었을 때 아버지와 나는 소파에 있다가 저녁을 먹으러 부엌 식탁으로 가고 있었다. 그것은 마치 뜨거운 소리와 바람의 벽 같았다. 집 전체가 흔들렸다. 갑작스러웠지만 예기치 못한 일은 아니었다. 나의 형인 주니어와 삼촌 식스토가 어느 집 지하실에서 대마초를 훔쳤다. 그들은 대마초가 가득 든 검은색 쓰레기봉투 두 개를 가지고 집으로 돌아왔다. 졸라 멍청한 짓이었다.

그렇게 많이 훔쳐놓고 뒤탈이 없을 줄 알았다니. 그후로 나는 가끔 부엌에 갈 때 거실을 기어서 통과했고, 바닥에 배를 깔고 엎드려서 TV를 봤다.

그날 밤, 나의 똥멍청이 형과 삼촌에게 물건을 도둑맞은 사람들이 찾아와서 우리집, 우리가 알던 삶, 엄마와 아빠가 오랜 세월 바닥부터 직접 일궈낸 삶에 대고 탄창을 비웠다. 아빠만 총에 맞았다. 엄마는 화장실에 있었고, 주니어는 집 뒤쪽의 자기 방에 있었다. 아빠는 내 앞에서 자기 몸으로 총알을 막았다.

침대에 누워 잠을 청하는데 식스Six 생각을 안 하려야 안 할 수가 없었다. 나는 그를, 나의 삼촌 식스토를 그렇게 불렀다. 그는 나를 에이트Eight라고 불렀다. 자랄 때는 그를 잘 알지 못했지만 아빠가 죽은 후 그는 매주 며칠씩 우리집에 오기 시작했다. 우리가 많은 대화를 한 건 아니었다. 식스는 우리집에 와서 TV를 켜놓고 마리화나를 피우며 술을 마셨다. 나도 같이 술을 마시게 해줬다. 내게 마리화나도 건넸다. 나는 마리화나에 취하는 걸 좋아하지 않았다. 졸라 초조한 기분이 들고 내 심장 뛰는 속도에 너무 신경이 쓰였다—너무 느리게 뛰나, 멈추려나, 너무 빨리 뛰는 건가, 이러다 심장마비가 오는 건가? 하지만 술은 좋았다.

총격 사건 이후 주니어는 전보다도 더 밖으로 나돌았다. 그놈들을 작살내주겠다고, 이건 전쟁이라고 떠들었지만, 주니어는 그저 말만 앞섰다.

가끔 오후에 식스와 함께 TV를 보고 있노라면, 벽에 난 총알구멍 중 하나로 햇빛이 들어오곤 했고, 그 총알구멍 모양 햇살 속에서 먼지가 둥둥 떠다니는 게 보였다. 엄마는 창문과 문짝은 새로 갈았지만 벽의 구멍들은 굳이 메우지 않았다. 필요성을 느끼지 못했거나, 어쩌면 그러고 싶지 않았는지도 모른다.

몇 달 후 식스토가 발길을 끊었고, 피나는 내게 사촌 매니, 그리고 대니얼과 시간을 더 보내라고 했다. 그들의 엄마가 피나에게 전화로 도움을 청한 것이다. 그제야 나는 아빠가 죽은 후 엄마가 피나에게 전화로 도움을 청한 건가, 그래서 식스가 우리집에 온 건가 하는 생각이 들었다. 피나는 모든 일에 관여했다. 그녀는 우리 모두를 하나로 뭉치게 하려고, 그날 밤 집을 뚫고 들어온 그 총알들처럼 삶이 난데없이 만들어놓은 구멍에 우리가 빠지지 않게 하려고 애쓰는 유일한 사람이었다.

매니와 대니얼의 아빠는 직장을 잃고 술에 빠져 살았다. 처음엔 의무감으로 그 집에 갔다. 피나가 하라는 일은 해야만 한다. 그러다가 매니와 대니얼과 친해졌다. 우리가 대화를 나눈 건 아니었다. 대개 지하실에서 함께 비디오게임을 했다. 하지만 우리는 학교에 있지 않은 자유 시간의 대부분을 함께 보냈고, 결과적으로 누구와 시간을 보내느냐가 그 시간에 무엇을 하느냐보다 더 중요하다는 사실이 밝혀졌다.

어느 날 우리는 지하실에 있다가 위층에서 큰 소리가 나는 걸 들었다. 매니와 대니얼은 그게 무슨 소리인지 알고 그 소리를 부정하고 싶은 것처럼 서로 마주보았다. 매니가 소파에서 벌떡 일어났다.

나는 그를 뒤따라 달렸다. 위층에서 우리가 처음 본 건 매니와 대니얼의 아빠가 그들의 엄마를 벽에 내동댕이치고 양손으로 번갈아가며 한 대씩 때리는 광경이었다. 매니의 엄마가 아빠를 밀치자 그가 웃었다. 나는 그 웃음을 영원히 잊지 못할 것이다. 그리고 매니가 그 웃음을 즉시 거두게 만들었던 것도. 매니는 그의 아빠 뒤로 접근하여 숨통을 완전히 끊어버리려는 것처럼 목을 잡아당겼다. 매니는 자기 아빠보다 덩치가 컸다. 그리고 아주 힘껏 잡아당겼다. 그들은 비틀비틀 뒷걸음질로 거실로 들어갔다.

대니얼이 계단을 올라오는 소리가 들렸다. 나는 문을 열고 거기 그냥 있어, 라고 말하듯 한 손을 들었다. 유리 깨지는 소리가 들렸다. 매니와 그의 아빠가 거실에 있는 유리 테이블을 깬 것이었다. 매니는 아빠와 몸싸움을 벌이며 가까스로 방향을 틀었고 그래서 아빠가 먼저 유리 테이블에 엎어지고 그는 그 위로 쓰러졌다. 매니는 팔을 조금 베었지만 그의 아빠는 온통 난도질을 당한 것 같았다. 그는 정신을 잃었고 나는 그가 죽었다고 생각했다. "차에 싣는 것 좀 도와줘." 매니가 내게 말했다. 나는 그렇게 했다. 나는 그의 아빠 겨드랑이에 손을 넣어 몸을 들었다. 매니는 반대편에서 다리를 잡은 채 현관문을 나서는데, 문밖으로 거의 나갔을 때 대니얼과 실비아 이모가 우리를 지켜보고 있는 게 보였다. 우리를 보고 있는 그들의 모습엔 무언가가 있었다. 그들은 그가 떠나기를 원했기에 울고 있었다. 그가 예전의 그로 돌아오기를 바랐기에 울고 있었다. 그게 나를 미치게 했다. 우리는 구급차가 들어오는 하일랜드 병원 앞에 그를 내려놓았다. 땅바닥에. 그러고는 경적을 아주 길게 한 번 누르고 그곳을 떠났다.

그후 나는 그 집에서 더 많은 시간을 보냈다. 우리는 일주일이 지날 때까지 우리가 그를 죽인 건지 아닌지 알지 못했다. 그러다 초인종이 울렸고 매니는 누가 왔는지 아는 것 같았다. 느끼는 것 같았다. 그는 내 무릎을 두 번 툭툭 치고 벌떡 일어났다. 우리는 현관문 앞에 섰고 말은 한마디도 할 필요가 없었다. 뭐야? 씨발 당신이 원하는 게 뭐야? 가버려, 라고 말하듯 거기 서 있었다. 그의 얼굴에는 온통 붕대가 감겨 있었다. 빌어먹을 미라처럼 보였다. 나는 그가 불쌍했다. 실비아가 그의 옷이 가득 든 쓰레기봉투를 들고 우리 뒤로 다가오며 외쳤다. "비켜!" 그래서 우리는 비켰고, 그녀는 쓰레기봉투를 그에게 던졌다. 매니가 문을 닫았고 그것으로 끝이었다.

그때쯤 나는 매니와 함께 처음으로 차를 훔쳤다. 우리는 지하철을 타고 오클랜드 중심가로 갔다. 주택 지구에는 사람들이 좋은 차를 갖고 있고, 나랑 매니 같은 외부인이 나타나도 즉각 경찰을 부르지 않는 동네들이 있었다. 매니는 렉서스를 원했다. 좋은 차이긴 하지만 너무 고급은 아니니까. 특별히 눈에 띄지도 않고. 우리는 금색 로고가 박히고 창문은 코팅이 된 검은색 렉서스를 발견했다. 차를 훔친 경력이 얼마나 됐는지는 몰라도 매니는 옷걸이로 쉽게 문을 따고 드라이버로 시동을 걸었다. 차 안에서는 담배와 가죽 냄새가 났다.

우리는 이스트 14번가를 달렸다. 그 길의 원래 이름은 인터내셔널이었는데 그 지역이 위아래로 다 시궁창이 되면서 그런 역사 없는 이름으로 바꾼 것이었다. 나는 글러브박스를 뒤져 뉴포트 담배를 찾아냈다. 차 주인이 백인일 것 같은데, 백인이 뉴포트를 피우는 게 이상하다고 우리는 생각했다. 원래 우리는 둘 다 담배를 피우지 않았지만 그걸 피웠고, 라디오를 크게 틀고 아무 말 없이 달렸다. 그 드라이브에는 어떤 의미가 있었다. 마치 다른 사람 옷을 입고, 다른 사람 집에 살고, 그 사람 차를 몰고, 그 사람 담배를 피울 수 있게 된 것 같았다—그저 한두 시간이라 해도. 이스트오클랜드 깊숙이 들어가자 우리는 괜찮을 거란 걸 알았다. 우리는 콜리시엄 지하철역 주차장에 차를 세워놓고, 너무 쉽게 무사히 빠져나온 것에 신바람이 나서 매니의 집까지 걸어갔다. 사람들은 제도가 무서워서 법을 지켜야 한다고 생각하지만, 우리는 그게 존나 엉성하다는 걸 배우고 있었다. 들키지 않고 넘어갈 수 있는 짓은 해도 된다. 그게 대세였다.

내가 매니의 집에 있는데 실비아가 지하실에 대고 피나의 전화를 받으라고 소리쳤다. 피나는 그곳으로 내게 전화를 건 적이 없었다. 내가 위로 올라가기 전에 대니얼이 내 게임 조종기를 받아들었다.

"그가 그들을 죽였어." 피나가 말했다.

나는 그게 무슨 소리인지 알아들을 수 없었다.

"네 삼촌 식스토가 그 두 사람을 차에 태우고 사고를 냈어. 두 사람 다 죽었어." 피나가 말했다.

나는 현관문을 달려나가 내 자전거를 타고 부리나케 집으로 갔다. 내 심장은 씨발 아니라고 씨발 말도 안 된다고 말하면서도 이미 몸밖으로 빠져나간 것 같기도 했다. 나는 피나의 집에 닿기 전에 이렇게 생각했다. 그렇다면 씨발 식스도 죽는 게 나을 거야.

피나는 문간에 서 있었다. 나는 단번에 자전거에서 뛰어내려 집에 있는 다른 사람을 찾기라도 하듯 안으로 달려들어갔다. 엄마와 형. 식스토. 나는 그게 농담이나 존나 뭐 그런 거였다고, 문간에 선 피나의 얼굴이 말하고 있는 그 일이 아니라고 믿어야만 했다.

"식스는 어디 있어요?"

"유치장에 있다. 시내에 있는."

"씨발 뭐야." 다리가 풀렸다. 나는 바닥에 주저앉았고, 울지는 않았지만 움직일 수가 없었다. 잠시 진짜 존나 슬펐지만, 그랬다가 180도 바뀌어서 지금은 기억도 나지 않는 말들을 외쳐댔다. 내가 다시 자전거를 타고 떠날 때 피나는 아무 말 없이 가만히 있었다. 그날 밤 내가 무슨 짓을 했는지, 어디로 갔는지는 기억나지 않는다. 가끔 우리는 그냥 간다. 그리고 사라진다.

장례식이 끝난 후 나는 피나의 집으로 들어갔다. 피나가 식스토가 나왔다는 소식을 전해줬다. 그는 음주 운전으로 처벌을 받았다. 면허를 잃었다. 하지만 풀려났다.

피나는 그를 보러 가지 말라고 했다. 다시는 그를 보러 가지 말고 그냥 내버려두라고 했다. 나는 그에게 가서 뭘 어쩌겠다는 건지 스스로도 알지 못했지만, 피나가 무슨 짓을 하든 내가 못 가게 막을 수는 없었다.

그의 집으로 가는 길에 신분증 확인을 하지 않는 주류 판매점 주차장에서 멈춰 섰다. 가게로 들어가서 1피프스*들이 E&J 브랜디 한 병을 샀다. 식스가 마시는 술이었다. 나는 무얼 할 작정으로 그를 찾아가는지 알지 못했다. 그에게 술을 먹이고 개 패듯 패고 싶은 마음은 있었다. 어쩌면 죽일 수도 있고. 하지만 결국 그렇게 되지 않을 것임을 알았다. 식스는 자기 하고 싶은 대로 하는 사람이었다. 내가 그런 짓을 저지를 만큼 화가 나지 않았었다는 뜻은 아니다. 그저 어떻게 될지 몰랐다는 것이다. 주류 판매점에서 나오는데 근처 어딘가에서 우는비둘기mourning dove 소리가 들렸다. 그 소리에 소름이 돋았다—한기가 느껴지는 소름도, 좋은 의미의 소름도 아니었다.

내가 기억하는 한 우리집 뒷마당에는 늘 우는비둘기가 살았다. 뒤쪽 포치 아래에. 어느 날 아빠와 함께 뒷마당에서 내 자전거를 고치고 있는데 아빠가 말했다. "저 새들은 울음소리가 너무 슬퍼서 죽이고 싶은 생각이 들 정도지." 아빠가 세상을 떠난 후로 우는비둘기 울음소리가 더 많이 들리는 것 같았는데, 어쩌면 그건 그 소리가 아빠를, 대부분의 슬픔에 대한 아빠의 태도를 연상시켰기 때문인지도 몰랐다. 나 역시 슬픔을 느끼고 싶지 않았다. 그리고 그 빌어먹을 새들이 슬픔을 느끼게 만드는 것 같았다. 그래서 열 살

* 미국의 주류 용량 단위로 0.75리터에 해당한다.

때 크리스마스 선물로 받은 비비탄총을 들고 뒷마당으로 갔다. 그 새들 중 한 마리가 진짜로 집안에 있는 나를 향해 노래하고 있었던 것처럼 벽을 마주보고 앉아 있었다. 나는 새의 뒤통수를 쏜 다음 등을 두 번 더 쐈다. 새는 즉시 날아올랐으나 갑자기 비뚜름하게 소용돌이치듯 떨어지며 날개를 퍼덕였고, 깃털들이 위로 솟아올랐다가 천천히 떨어졌다. 새는 옆집 마당에 내려앉았다. 나는 녀석이 움직이는 소리가 들릴까 해서 기다렸다. 녀석이 느꼈을 아픔에 대해 생각했다. 내 위로 날아오른 후에 머리와 등에 느꼈을 따가운 통증을. 하지만 불쌍한 마음은 눈곱만큼도 없었다. 아빠가 죽은 뒤로 우는비둘기는 나를 너무 슬프게 했으니까. 아빠가 총에 맞았을 때 나는 아빠를, 이 상황이 믿기지 않는 것처럼 깜박이는 아빠의 두 눈을 내려다보아야 했다. 마치 미안한 건 자신이라는 듯, 현실이 우리의 삶에 내던지는 터무니없는 가능성들을 통제하지 못하고 그렇게 가는 모습을 보여서 미안하다는 듯 나를 올려다보는 아빠를.

나는 식스토의 집에 가서 문을 두드렸다. "어이, 식스, 어이!" 나는 그렇게 말하고 뒤로 물러서서 이층 창문을 올려다보았다. 발소리가 들렸다. 요란하고 느린 소리였다. 문을 연 식스는 나를 쳐다보지도, 내가 무슨 말이나 행동을 하기를 기다리지도 않고 그냥 안으로 들어갔다.

나는 그를 따라 침실로 가서 구석에 놓인 낡은 사무용 의자에 앉았다. 방 꼬락서니를 보면 그 의자가 비어 있다는 게 놀라웠다—옷가지, 술병, 쓰레기, 군데군데 눈에 띄는 담배, 대마초, 사방에 떨어진 재. 그는 진짜 존나 슬퍼 보였다. 그리고 그를 위로할 말을 하고 싶어지는 내가 엿같았다. 그때 처음으로 그 일을 다른 시각에서 보았다. 그가 자신이 저지른 짓에 대해 어떤 심정일지 생각하니 딱한 마음이 들었다.

"술 한 병 사왔어요. 뒷마당으로 가요." 내가 말했다. 나는 방에서 나가면서 그가 일어나 따라오는 소리를 들었다.

잡초가 무성하고 비뚤비뚤한 울타리가 쳐진 마당에는 의자 몇 개가 놓여 있었고, 그 양옆에는 오렌지나무와 레몬나무가 서 있었는데, 내가 기억하기로 원래는 열매가 잔뜩 달려 있었으나 이젠 하나도 없었다. 우리는 잠시 말없이 술을 마셨다. 나는 식스가 마리화나를 피우는 걸 지켜보았다. 그가 대화를 시작하기를 기다리고 있었다. 엄마와 형에게 일어난 일에 대해 무슨 말이라도 하기를. 하지만 그는 침묵했다. 그가 담뱃불을 붙였다.

"우리가 어렸을 때," 식스가 말했다. "네 아빠랑 나는 네 할머니 옷장에 몰래 들어가곤 했다. 할머니가 그 안에 제단을 차려놨거든. 그 제단에는 별의별 괴상한 것들이 다 있었지. 예를 들면 해골도 있었어. 소인들이라고 불리는 사람의 해골이었지. 네 할머니는 소인들이 아기들, 어린애들을 훔쳐간다고 했어. 그리고 가루, 여러 가지 약초, 돌이 가득 든 단지들도 있었지. 어느 날 네 아빠랑 거기 들어갔다가 들켰다. 할머니는 네 아빠에게 집에 가라고 말했어. 네 아빤 죽기 살기로 도망쳤지. 너희 할머니는 눈이 홱 돌아버릴 때가 있거든. 평소의 녹색 눈 뒤에 더 어두운색 눈이 있는 것처럼 시커멓게 변하지. 난 그 작은 해골을 손에 들고 있었어. 할머닌 그걸 내려놓으라고 했어. 그러면서 내가 이번 생에서는 벗어날 수 없는 걸 갖고 태어났다고 했지. 그것에 사내답게 대처하라고 했어. 죽을 때까지 안고 가라. 하지만 가족과는 나눌 수 있다. 오랜 시간이 지나면 조금씩 나눠줄 수 있게 된다. 심지어 낯선 사람들에게도. 그건 우리 가족에게 남아 있는 과거의 사악한 유물이다. 어떤 사람들은 유전자로 대물림된 병을 갖게 된다. 어떤 사람들은 빨간 머리, 녹색 눈을 물려받지. 우리 가족에겐 고약한 해코지를 하고 비열한 존재가 되게 하는 유물이 있다. 그걸 네가 물려받았지. 이전에는 네 할아버지가 가졌었고. 사내답게 굴어라, 네 할머니는 그렇게 말했어. 비밀로 간직해라." 식스토는 술병을 들어 쭉 들이켰다. 나는 그가 내 대답을 기다리는지 확인하려고 식스의 눈을 보았다. 그는 술병을 풀 위에 내려놓고 일어섰다. 나는 그가 우리 엄마와 형 이야기를 꺼내지 않았다는 걸 믿을 수가 없었다. 아니면 그 이야기를 하려는 걸까? 우리 가족에게 그런 엿같은 일들이 일어난 이유에 대한 긴 설명을 늘어놓은 걸까?

"가자." 그는 우리가 어딘가로 가는 것에 대한 이야기를 나누고 있었던 것처럼 말했다. 식스는 나를 지하실로 데려갔다. 그리고 연장통처럼 생긴 나무상자를 꺼냈다. 그게 자신의 약상자라고 했다.

"네가 나를 도와줘야 해." 그가 좀 늘어지는 말투로 말했다. 그리고 빨간색 빗줄이 감긴 말린 식물을 꺼냈다. 거기 불을 붙였다. 진한 냄새와 연기가 났다. 사향과 흙, 그리고 피나의 냄새였다. 나는 의식—그가 하고 있는 게 무엇이든—에 대해 아무것도 몰랐지만, 우리가 술을 마시지 말았어야 했다는 건 알았다.

"이건 오래전부터 내려온 거야." 식스는 그렇게 말하며 손바닥에 어떤 가루를 쏟았다. 그러고는 내게 자세히 보라는 듯, 머리를 가까이 대라는 몸짓을 했다. 그가 그걸 코로 깊이 들이마신 다음 내 얼굴에 대고 뿜었다. 그 가루는 모래처럼 굵었고 일부가 내 입과 코로 들어갔다. 나는 숨이 막혔고 개처럼 연신 콧바람을 내뿜었다.

"우리 몸에는 나쁜 피가 흐르고 있어." 식스토가 말했다. "어떤 상처는 대물림이 된다. 우리는 빚을 진 거나 마찬가지야. 우린 갈색이어야 해. 네 피부에서 보이는 그 흰색? 우리는 우리가 우리 민족에게 저지른 짓에 대한 대가를 치러야 해." 식스토는 눈을 감고 고개를 약간 숙였다.

"이딴 좆같은 짓 때려치워요, 식스." 나는 기침을 하면서 그렇게 말하고 일어섰다.

"앉아." 식스가 말했다. 나에게 한 번도 쓴 적 없는 어조였다. "나쁘기만 한 건 아냐. 힘이기도 해."

나는 앉았지만 곧바로 다시 일어섰다. "나는 씨발 갈 거예요."

"앉으라고 했잖아!" 식스가 다시 그 식물에 대고 입김을 불었다. 연기가 자욱하게 피어올랐다. 나는 즉시 속이 메슥거렸다. 맥이 풀렸다. 나는 간신히 집 앞쪽으로 나가서 자전거를 타고 피나의 집으로 갔다.

다음날 잠에서 깼을 때 피나가 들어와서 자동차 열쇠를 흔들어 보였다. "일어나, 가자." 그녀가 말했다. 나는 여전히 무척 피곤했지만 열은 내린 상태였다. 나는 식료품을 사러 가는 거라고 생각했다. 캐스트로밸리를 지났을 때쯤 나는 식료품이나 뭘 사러 가는 게 아님을 알 수 있었다. 우리는 풍차들이 있는 언덕 사이로 계속 달렸다. 나는 '슈퍼마리오' 게임의 동전처럼 생긴 풍차 중 하나를 바라보다가 잠이 들었다.

잠에서 깨보니 우리는 양쪽에 과수원이 있는 들판에 도착해 있었다. 피나는 차 보닛에 올라가서 무언가를 내려다보고 있었다. 내가 차문을 열자 피나가 나오지 말라고 손을 흔들어서 나는 문을 연 채로 앉아 있었다. 차 앞유리를 통해 할머니가 무릎을 꿇고 앉아서 낚싯줄로 무언가를 낚아채는 모습이 보였다. 그게 뭔지는 보이지 않았는데 곧 그 동물이 앞유리로 기어 올라왔다.

"그놈 털을 뽑아라, 털을 좀 뽑아!" 피나가 나에게 외쳤다. 하지만 나는 꼼짝도 할 수가 없었다. 그저 멀뚱히 쳐다보고만 있었다. 도대체 저게 뭐지? 라쿤? 아니야. 그때 피나가 그걸 위에서 덮쳤다. 검은색에 코부터 목덜미까지 흰 줄무늬가 있는 동물이었다. 녀석은 할머니를 물고 할퀴려 했지만 할머니에게 등을 붙잡힌데다 발이 금속 보닛 위에서 자꾸 미끄러졌다. 녀석이 잠잠해지자 할머니는 낚싯줄이 감긴 목을 잡고 들어올렸다. "와서 털을 좀 뽑아." 그녀가 말했다.

"어떻게……" 내가 말했다.

"이놈의 염병할 털을 손으로 뽑으란 말이야!" 피나가 말했다.

그 말은 나를 움직이기에 충분했다. 나는 차에서 내려 뒤쪽에서 접근하려 했지만 녀석이 그걸 알아챘다. 나는 손을 휘두르며 두 차례 시도했지만 녀석에게 물리고 싶지 않았다. 세번째 시도에 옆구리에서 털을 한 움큼 뽑았다.

"이제 차에 타라." 피나가 일어서며 말했다. 그녀는 그 동물을 땅에 내려놓았다. 그리고 녀석을 데리고 들판 저편까지 걸어간 다음 들판 가장자리에 있는 과수원으로 들어갔다.

할머니가 차로 돌아왔을 때 나는 털을 쥔 손을 들어올린 채 그대로 앉아 있었다. 피나가 구슬과 술 장식이 달린 가죽 주머니를 꺼내 벌리면서 털을 거기 넣으라는 몸짓을 했다.

"그게 뭐였어요?" 다시 도로로 들어섰을 때 내가 물었다.

"오소리."

"왜요?"

"너를 위해 상자를 만들 거다."

"뭐라고요?"

"너에게 약상자를 만들어줄 거야."

"아." 나는 그것으로 설명이 다 된 것처럼 말했다.

침묵 속에서 한참을 달리다가 피나가 나를 돌아보며 말했다. "아주 옛날에는 태양을 부르는 이름이 없었단다." 그녀가 앞에 있는 태양을 가리켰다. "그게 남성인지 여성인지 무엇인지 결정할 수 없었거든. 그 문제로 동물들이 다 모였는데, 오소리가 땅굴에서 나와 이름을 외친 다음 쏜살같이 도망쳤지. 다른 동물들이 오소리를 쫓아갔어. 오소리는 땅속으로 들어가서 그곳에 머물렀어. 태양의 이름을 정한 것 때문에 다른 동물들에게 벌을 받을까봐 두려웠거든." 피나는 깜박이를 켜고 차선을 바꿔 앞에서 천천히 달리는 트럭을 추월한 다음, 다시 우측 차선으로 돌아왔다. "우리 중에는 늘 그런 감정을 품고 사는 사람들이 있단다. 무슨 잘못을 저지른 것 같은 기분. 자기 자신이 무언가 잘못된 것이라는 기분. 내면 깊은 곳의 우리 모습, 이름을 붙이고 싶지만 붙일 수가 없는 것, 그것 때문에 벌을 받을 것만 같아서 두려운 기분 말이다. 그래서 우린 숨지. 두려움 없이 우리 자신이 될 수 있을 듯한 기분을 느끼게 해주는 술을 마시기도 하고. 하지만 우린 그걸로 스스로를 벌해. 우리가 가장 원하지 않는 것이 우리 바로 위에 내려앉게 되는 거지. 네게 도움이 될 가능성이 있는 건 오소리 약뿐이야. 그 아래에서 가만히 머무는 법을 배워야 한다. 네 안의 깊은 곳에서, 두려움 없이."

나는 고개를 돌렸다. 잿빛으로 길게 이어진 도로를 내다보았다. 피나의 말이 가슴 한복판 어딘가에 닿았다. 할머니의 말은 모두 옳았다. 모든 것이 모여 하나의 응어리를 이루는 내 안의 한복판을 건드렸다.

"식스가 상자를 갖고 있어요?" 나는 알면서도 물었다.

"그렇다는 걸 너도 알잖아."

"할머니가 만드는 걸 도와줬어요?"

"그앤 뭘 만들 때 절대 내 도움을 받으려 하지 않았어." 그녀가 갈라지는 목소리로 말했다. 그리고 눈가를 훔쳤다. "모든 걸 스스로 해낼 수 있다고 생각하지. 하지만 결국 어떻게 됐는지 보렴."

"할머니한테 말하려고 했었어요. 식스를 만나러 갔었거든요."

"어때 보였니?" 피나는 내가 그 이야기를 꺼내기를 기다렸던 것처럼 득달같이 물었다.

"괜찮았어요. 하지만 우린 술을 마셨고, 식스가 나를 지하실로 데려가서는 나한테 뭘 주겠다면서 상자에 든 식물에 불을 붙이고 무슨 가루를 내 얼굴에 대고 불었어요."

"느낌이 어땠니?"

"존나 죽여버리고 싶었어요. 진짜로."

"왜?"

"왜냐니, 그게 무슨 뜻이에요?"

"식스는 고의로 그런 게 아니야. 길을 잃어서 그래." 피나가 말했다.

"식스는 존나 정신이 나갔어요."

"네 형도 그랬어."

"그 일에도 식스가 관여했죠."

"그래서? 우리는 누구나 정신 나간 실수를 저질러. 중요한 건 어떻게 그걸 만회하느냐지."

"그럼 도대체 내가 뭘 해야 하는지 모르겠어요. 난 아빠를 살려낼 수 없어요. 엄마와 형도. 이게 다 뭔지 하나도 모르겠어요."

"그럴 수밖에 없지." 피나는 그렇게 말하고 그녀 쪽 창문을 열었다.

더워지고 있었다. 그래서 나도 내 쪽 창문을 열었다.

"모든 게 그런 식으로 되어 있어. 넌 절대로 알 수가 없지. 전부는 말이야. 그래서 모든 게 이런 식으로 굴러가는 거야. 우린 알 수가 없어. 그래서 계속 나아가는 거고." 피나가 말했다.

나는 무슨 말이라도 하고 싶었지만 그럴 수가 없었다. 무슨 말을 해야 할지 몰랐다. 할머니 말이 옳은 것 같으면서도 순 개소리 같기도 했다. 나는 조용히 있었다—차를 타고 집에 가는 내내, 그리고 그후 몇 주 동안. 할머니는 나를 그냥 내버려두었다.

## 대니얼 곤잘러스

내가 총을 보여주자 매니의 친구들은 흥분을 감추지 못했다. 서로를 밀치면서 백만 년 만에 실컷 웃어댔다. 매니가 죽은 후로 모든 게 존나 심각해졌다. 그건 당연히 그랬어야 했다. 그러지 말았어야 했다는 말이 아니다. 하지만 형은 친구들이 그렇게 웃는 걸 봤다면 좋아했을 것이다. 총도 좋아했을 것이다. 그건 진짜 총이었다. 그 어느 총 못지않게 진짜였다. 하지만 흰색이었고, 플라스틱이었으며, 내 방, 그러니까 매니의 방이었던 지하실에서 3D 프린터로 찍어낸 거였다. 나는 아직도 형이 세상을 떠났다는 생각이 안 든다. 이제 매니는 여기에도, 거기에도 없다. 그는 어디에도 존재할 수 없을 때만 존재할 수 있는 곳, 중심의 중심에 있다.

총을 찍어내는 데는 세 시간밖에 안 걸렸다. 매니의 친구들이 레이더스 경기를 보는 동안 엄마가 그들에게 타코를 만들어줬다. 나는 지하실에서 총이 겹겹이 만들어지는 걸 지켜보았다. 얼마 후 그들이 내려왔고 우리는 총의 마지막 부분이 완성되는 걸 조용히 지켜보았다. 나는 매니의 친구들이 그걸 봐도 뭐가 뭔지 모르리라는 걸 알았다. 그래서 그들에게 유튜브 영상을 보여준 거였다. 한 남자가 3D 프린터로 총을 찍어내서 쏘는 삼십 초 분량의 저속촬영 영상이었다. 그들은 그걸 보고 다들 흥분해서 날뛰었다. 다시 어린 애들이 된 것처럼 소리를 지르며 서로를 밀쳐댔다. 어릴 때 비디오게임 같은 더 단순한 일로 그랬던 것처럼. 우리는 밤새 '매든'* 토너먼트를 벌이다가 누가 새벽 네시에 우승하면 그렇게 소란을 피우곤 했고, 그럼 아버지가 침대 곁에 두던 작은 금속 야구방망이를 들고 지하실로 내려왔다. 우리가 더 어렸을 때 아버지가 공 치는 법을 가르쳐주던 알루미늄 방망이였는데, 아버진 그걸로 우리도 때렸다. 그 방망이는 애슬레틱스 경기에서 공짜로 나눠준 거였고, 우리는 그걸 꼭 받고 싶어서 경기장에 일찍 갔었다.

매니는 자신이 죽은 후 옥타비오가 우리집에 뻔질나게 들락거리는 걸 좋아하지 않았을 것이다. 어떻게 보면 그건 많은 부분 옥타비오 탓이었으니까. 하지만 그는 우리 사촌이다. 그리고 그와 매니는 친형제처럼 가까웠다. 우리 셋이 다 친했다. 정말이지 옥타비오는 그 파티에서 입을 함부로 놀리지 말았어야 했다. 나는 한동안 그것 때문에 그를 미워했다. 비난도 했다. 하지만 옥타비오는 계속 찾아왔다. 우리가 잘 있는지 확인하려고. 나와 엄마 말이다. 그

* 미식축구 비디오게임.

리고 더 깊이 생각할수록 그의 탓만은 아니었다. 그애를 작살낸 건 매니였다. 사실 우리 모두에게 책임이 있었다. 우리가 외면했으니까. 매니가 앞마당 잔디밭에서 그애를 완전히 작살낼 때 우리는 못 본 척했다. 피가 노란 잔디를 갈색으로 물들여서 나는 잔디 깎는 기계로 그 부분을 밀었다. 그리고 형이 죽기 전, 일이 잘 풀리고 돈이 들어왔을 때, 우리는 그 돈이 어디서 나오는지 묻지 않았다. 그냥 매니가 그때그때 봉투에 담아 식탁에 갖다놓는 돈과 TV를 받았다. 우리는 그 일을 허용했고 그 일 때문에 매니를 잃은 후에야 거기서 벗어나고 싶어했다.

내가 흰 총을 들어 형의 친구들에게 겨누었을 때, 그들이 그걸 진짜라고 믿고 있다는 걸 알 수 있었다. 그들은 움찔하며 손을 들었다. 옥타비오만 빼고. 그는 나에게 총을 내려놓으라고 했다. 총알은 들어 있지 않았지만, 난 너무 오랫동안 통제감을 느끼지 못한 채 살아왔다. 총이 별것 아니라는 건 안다. 그렇다 해도 총을 들고 있으면 자신감이 드는 게 사실이다. 옥타비오가 내 손에서 총을 빼앗았다. 그는 총신을 내려다보고 우리에게 총을 겨눴다. 이번엔 내가 겁에 질릴 차례였다. 옥타비오가 들고 있으니 총이 더 진짜 같아 보였다. 그 흰색이 섬뜩했다—나쁜 놈들 손아귀에 들어간 미래로부터 온 플라스틱 메시지 같았다.

그날 밤 모두 돌아간 후 나는 형에게 메일을 쓰기로 했다. 형이 계정을 만들 때 내가 도와줬었다. 지메일 계정 말이다. 매니는 그걸 거의 사용하지 않았지만 가끔 나한테 메일을 썼다. 그는 현실에서는 절대로 하지 않을 말들을 메일에 썼다. 그게 메일의 멋진 점이었다.

내 메일함을 열어서 형이 마지막으로 보낸 이메일의 답장 버튼을 눌렀다. 무슨 일이 있어도 난 항상 네 곁에 있을 거라는 거 알지. 그는 엄마와의 싸움에 대해 말하고 있었다. 매니가 그애를 두들겨팬 후로 엄마는 형을 집에서 내쫓겠다고 으름장을 놓았다. 경찰이 다녀갔다. 너무 늦긴 했지만, 어쨌든 그들이 와서 이것저것 물었다. 엄마는 문제가 심각해지고 있다는 걸 알아챘다. 형의 마음속에서 긴장감이 고조되어갔다. 나도 그걸 느낄 수 있었지만 뭐라고 말해야 할지 몰랐다. 어쩌면 형은 실제로 일을 당하기 훨씬 전부터 그 총알을 향해, 앞마당을 향해 다가가고 있었던 것이다.

나는 답장을 쓰기 위해 스크롤을 내렸다.

어이 형. 젠장. 이제 형이 없다는 거 알아. 하지만 형의 이메일, 저 위에 형이 보낸 마지막 메시지에 답장을 쓰는 거야. 형이 아직 이곳에 있는 것 같은 기분이야. 형 친구들과 함께 있을 때도 그런 느낌이 들어. 내가 요새 뭐하고 지내는지 궁금하겠지. 어쩌면 나를 지켜보고 있을지도 모르겠네. 알고 있을지도 모르겠어. 그렇다면 형은 분명 이러겠지, 씨발 뭐야? 3D 프린터로 찍어낸 총? 염병. 나도 그걸 처음 봤을 땐 그랬어. 그게 나오는 걸 보고 미친놈처럼 웃어댔지. 형이 찬성하지 않을 거라는 것도 알아. 미안해, 하지만 우린 돈이 필요해. 엄마가 직장을 잃었어. 형이 죽은 후로 침대에 누워만 있었거든. 나는 엄마를 침대에서 나오게 할 수가 없었어. 당장 다음달 집세를 어디서 구할지도 막막해. 퇴거 통지를 받아도 한 달은 공짜로 더 살 수 있지만, 젠장, 우리가 평생을 살아온 집이잖아. 형 사진들도 아직 걸려 있고. 난 이 집 여기저기서 여전히 형을 봐야만 해. 그래서 우리는 안 떠날 거야. 여기서 평생을 살아왔으니까. 달리 갈 데도 없고.

웃기는 게 뭔지 알아? 난 현실에서는 완전히 양아치 같지. 하지만 온라인에서는 그런 식으로 말하지 않아. 지금처럼 말이야. 그래서 기분이 이상해. 온라인에서는 실제보다 똑똑한 애처럼 말하려고 애쓰지. 글자를 칠 때 말을 조심스럽게 골라서 써. 온라인에서는 그게 사람들이 나에 대해 아는 전부니까. 내가 쓰는 것, 올리는 것. 거기선 아주 이상해. 여기 말이야. 실제 사람들에 대해서는 아는 게 없어. 아바타 이름밖에는. 프로필 사진하고. 하지만 근사한 걸 올리면, 근사한 말을 하면, 사람들이 좋아해주지. 내가 어떤 커뮤니티에 들어갔는지 형한테 말해줬나? 그 온라인 커뮤니티 이름은 분더코드Vunderkode야. 씨발 노르웨이어야. 형은 아마 코드가 뭔지 모를 거야. 난 형이 죽고 나서 코드에 빠졌어. 밖에 나가기도 싫고 학교 가기도 싫고 그랬거든.

온라인에서 시간을 들여 이것저것 찾다보면 근사한 게 나와. 형이 하던 일과 크게 다르진 않을 거야. 돈이나 힘을 가진 자들에게만 기회를 주는 깡패 같은 거대한 시스템 주위에서 우회로를 찾아내는 거지. 난 유튜브에서 코드를 배웠어. 자바스크립트, 파이선, SQL, 루비, C++, HTML, 자바, PHP. 다른 언어처럼 들리지, 그렇지? 실제로 이건 다른 언어야. 시간을 투자하고 관련 포럼에서 온갖 씨발놈들이 내 능력에 대해 하는 말들을 마음에 새기면 실력이 늘어. 물론 누구의 비판은 받아들이고 누구의 말은 무시해야 하는지 구분할 줄 알아야 해. 간단히 말하면, 난 이 커뮤니티에 빠졌고 이걸 통해서 원하는 건 뭐든 얻을 수 있다는 걸 깨달았지. 약이나 그딴 거 말고. 물론 그것도 구할 수 있지만 내가 원하는 건 그게 아냐. 내가 가진 3D 프린터는 3D 프린터로 찍어낸 거야. 뻥치는 거 아냐. 3D 프린터로 3D 프린터를 찍어낼 수 있다니까. 옥타비오가 돈을 대줬지.

형이 떠난 게 괴로워서 미치겠는 이유 중 하나는 내가 형한테 진심을 말한 적이 없다는 거야. 형이 나한테 이메일을 보냈을 때조차도. 형이 떠나는 날까지 내가 형한테 하고 싶은 말이 얼마나 많은지 알지 못했어. 저 바깥의 잔디밭, 그애의 피가 잔디를 물들였던 바로 그 장소에서 형을 잃은 기분을 느낄 때까지. 하지만 형은 나한테 마음을 보여줬지. 형이 나를 얼마나 많이 사랑했는지 알아. 나한테 더럽게 비싼 슈윈 자전거를 구해주기까지 했잖아. 어떤 힙스터가 타던 걸 훔쳤겠지만, 그래도 나를 위해 훔친 거고 어떻게 보면 사는 것보다 그게 더 대단한 일이지. 특히 서쪽에서부터 오클랜드를 장악하려 하는 백인 애들 거라면. 그들은 아직 딥이스트까진 닿지 못했어. 아마 그건 영원히 못할걸. 여긴 거친 동네니까. 하지만 하이 스트리트부터 웨스트오클랜드까지는, 내가 보기에 거긴 끝났어. 어쨌거나 이제 난 오클랜드를 주로 온라인으로 보지. 결국 우린 대부분의 시간을 거기서 보내게 될 거야. 온라인 말이야. 내 생각엔 그래. 사실 우린 이미 그쪽 방향으로 나아가고 있지. 우린 이미 빌어먹을 안드로이드처럼 항상 전화기를 붙든 채 무언가를 보고 생각하니까.

형은 아마 다른 것도 알고 싶을 거야. 엄마는 어떻게 지내나 그런 거 말이야. 이제 침대 밖으로 더 많이 나오긴 해. 하지만 TV 앞으로 옮겨갈 뿐이지. 창밖도 자주 내다보는데, 형이 집에 돌아오기를 아직도 기다리는 것처럼 커튼 너머를 기웃거려. 내가 엄마 곁에 더 많이 있어줘야 한다는 건 알지만 엄마를 보면 졸라 슬퍼져. 저번에는 엄마가 부엌바닥에 봉헌 양초를 떨어뜨렸어. 초가 박살이 났는데 엄마는 치우지도 않고 내버려뒀어. 우린 뭐가 박살이 나도 그걸 받아들이지 못하는 것 같아. 거실에 그런 게 널려 있어. 벽난로 선반에 있는 형 사진만 해도 그래. 그걸 볼 때마다 가슴이 찢어져. 형이 고등학교를 졸업해서 그때부터 우리는 모두 걱정없이 살게 될 거라고 생각했잖아.

형이 죽은 후 이런 꿈을 꿨어. 난 어느 섬에 있었어. 저멀리 다른 섬이 있다는 걸 간신히 볼 수 있었지. 안개가 졸라 짙게 꼈지만 그 건너편 섬으로 가야만 한다는 걸 알았고 그래서 수영을 했어. 물이 따뜻하고 진짜 파랬어. 만의 물처럼 회색이나 녹색이 아니고. 난 결국 그 섬에 도착했고 동굴 속에서 형을 발견했어. 형은 핏불 강아지들을 쇼핑 카트에 잔뜩 싣고 있었어. 카트 안에서 그것들을 복제하고 있었지. 핏불들 말이야. 그리고 쇼핑 카트에서 복제되어 나온 강아지들을 나한테 줬어. 형은 나를 위해 그 핏불들을 만들고 있었던 거야.

그래서 3D 프린터로 똑같은 3D 프린터를 찍어낼 수 있다는 말을 처음 들었을 때 형과 핏불들이 생각났어. 총을 만들어야겠다는 생각은 나중에 든 거고. 나는 옥타비오와 잘 지낼 수 있게 됐어. 옥타비오는 이제 대화할 때 나를 형의 동생으로만 취급하지 않아. 나한테 일이 필요하냐고 묻더라. 그리고 엄마가 종일 침대에 누워 있다고 말했더니 옥타비오가 눈물을 흘리는 거야. 술에 취하지도 않았는데 말이야. 나는 엄마와 먹고살 길을 찾아야 했어. 형은 내가 교육을 받기를 바랐다는 거 알아. 대학에 가서 좋은 직장을 갖기를 바랐지. 하지만 난 지금 당장 도움이 되고 싶어. 사 년 후가 아니라. 어딘가의 사무실에 앉아서 일하기 위해 졸라 큰돈을 빚지고 싶지는 않아. 그래서 어떻게 하면 도움이 될까 생각하기 시작했지. 3D 프린터로 총을 찍어낼 수 있다는 글을 읽은 기억이 났어. 하지만 그때는 총을 어디다 쓸지 몰랐지. 난 캐드 파일, G코드를 만들었어. 그리고 프린터를 손에 넣은 다음 총을 찍어냈어—내가 처음 찍어낸 게 총이었지. 그다음엔 총이 작동되는지 확인했어. 자전거를 타고 오클랜드공항 근처로 갔지. 전에 형이 비행기가 작륙하는 걸 가까이서 볼 수 있다고 나를 데려갔던 데 말이야. 거기서 총을 쏘면 아무도 소리를 못 들을 거라는 생각을 해냈거든. 엄청 큰 사우스웨스트 747 비행기가 내려오길래 물에 대고 총을 쐈어. 손이 아프고 총이 좀 뜨거워지긴 했지만, 작동이 됐지.

이제 난 총을 여섯 개 갖게 됐어. 옥타비오가 그걸 다 넘기면 오천 달러를 주겠다고 했어. 옥타비오가 일을 꾸미고 있거든. 내 총은 추적이 불가능해. 그래서 정부의 추적은 걱정할 필요가 없어. 다만 그 총으로 뭘 할 건지에 대해서는 걱정이 돼. 결국 그 총들이 어떻게 될지, 누구를 죽거나 다치게 할지 걱정돼. 하지만 우린 가족이잖아. 옥타비오가 존나 나쁜 놈이 될 수 있다는 거 알아. 형도 그럴 수 있었지. 하지만 들어봐. 매니, 옥타비오가 파우와우를 털 거라고 그랬어. 미쳤지, 응? 처음엔 나도 미친 소리 같았어. 그렇지만 생각을 해보니까 내가 존나 심란한 건 아빠 때문이더라고. 아빠가 늘 우리는 인디언이라고 말했던 거 형도 기억하지. 하지만 우린 그 말을 믿지 않았지. 우린 아빠가 그걸 증명하기를 기다렸던 것 같아. 이젠 상관없어. 아빠가 엄마한테, 우리한테 무슨 짓을 했는지 생각하면 말이야. 그 쓰레기 같은 인간. 당해도 싸지. 본인이 자초한 거니까. 진즉 당했어야 할 일이지. 그냥 뒀으면 엄마를 죽였을 거야. 형이 먼저 패지 않았으면 형도 죽였을 거고. 그때 나한테 흰 총이 있었으면 형한테 줬을 텐데. 그러니까 옥타비오가 파우와우를 털고 싶으면 털라고 해. 파우와우든 뭐든. 아빠는 우리한테 인디언이 되는 법에 대해 아무것도 가르쳐준 게 없어. 그러니까 우리랑 무슨 상관이야? 옥타비오는 그걸로 오만 달러를 벌 수 있다고 했어. 성공하면 나한테 오천을 더 주겠대.

나는 주로 온라인에서 시간을 보내. 이제 곧 고등학교를 졸업할 거야. 성적은 그런대로 괜찮아. 학교에는 마음에 드는 사람이 아무도 없어. 친구들이라곤 형 친구들뿐인데, 걔들도 이제 내가 총을 만들어줄 수 있으니 관심을 갖는 것뿐이지 나한테 진짜로 신경을 써주는 건 아냐. 옥타비오만 빼고. 난 옥타비오가 그 일로 얼마나 망가져버렸는지 알아. 형도 알아야 해. 그 일로 옥타비오가 타격을 받지 않았으리라 생각하는 건 아니지, 그렇지?

어쨌거나, 여기에 계속 글 남길게. 계속 소식 전할게. 무슨 일이 일어날지 아무도 몰라. 아주 오랜만에 작은 희망이 생겼어. 지금보다 나아질 것 같아서가 아냐. 그저 지금과는 달라질 것 같아서지. 가끔은 그게 전부야. 왜냐하면 그렇다는 건, 이 모든 것의 내부

어딘가에서 무언가가 이루어지고 있다는 뜻이니까. 세상을 돌아가게 하는 건 늘 어떤 행위이고, 그건 모든 게 늘 똑같지는 않을 거라는 뜻이니까. 형이 그리워.

대니얼

옥타비오는 내가 그들에게 총을 보여준 다음날 첫 오천 달러를 줬다. 나는 매니가 하던 대로 빈 봉투에 삼천을 넣어 식탁에 올려놓았다. 나머지 이천으로는 드론과 VR 고글을 샀다.

나는 파우와우 건에 대해 알게 된 후로 드론을 갖고 싶었다. 옥타비오가 나를 그곳에 데리고 가지 않으리라는 건 알았지만 그래도 현장에서 보고 싶었다. 모든 일이 잘 돌아가는지 확인하고 싶었다. 안 그러면 내 탓이니까. 일이 잘못되면 끝장이었다. 엄마가 저렇게 된 상황에서 내 희망은 옥타비오의 계획뿐이었다. 요즘은 적당한 가격에 괜찮은 드론을 구할 수 있다. 카메라와 라이브 피드 기능이 탑재된 드론은 VR 고글만 있으면 드론과 함께 날아가는 기분을 느낄 수 있다고 했다.

내가 구한 드론은 3마일 범위를 날 수 있고 이십오 분간 공중에 머물 수 있었다. 드론에 달린 카메라는 해상도가 4K였다. 72번가의 우리집에서 콜리시엄은 반 마일 거리밖에 안 됐다. 나는 뒷마당에서 드론을 날렸다. 시간을 낭비하고 싶지 않아서, 바로 50피트 높이로 띄운 다음 곧장 지하철역 너머로 날렸다. 드론은 제대로 움직일 수 있었다. 나는 그 안에 있었다. 내 눈이. VR 고글이.

센터필드 뒤쪽에서 곧장 위로 올라가자 외야석에서 한 남자가 손가락으로 나를 가리키는 게 보였다. 나는 그에게 가까이 날아갔다. 경기장 관리인이었다—쓰레기 집게와 쓰레기봉투를 들고 있었다. 그 나이든 남자가 쌍안경을 꺼냈다. 나는 더 가까이 다가갔다. 그가 뭘 할 수 있겠는가? 아무것도. 나는 그의 얼굴 가까이까지 날아갔고, 그러자 그가 손을 뻗어 드론을 잡으려고 했다. 화가 나 있었다. 나는 내가 그를 방해하고 있다는 걸 깨달았다. 그러지 말았어야 했다. 나는 물러나서 다시 경기장으로 내려갔다. 라이트필드 담장을 향해 가다가 내야 쪽 파울라인으로 내려갔다. 일루에서 드론의 배터리가 십 분밖에 남아 있지 않다는 걸 알았다. 거기에 천 달러를 버릴 생각은 없었지만 홈플레이트까지 가고 싶었다. 홈플레이트에 도착해 드론의 방향을 돌리려는데 외야석에 있던 나이든 남자가 다가오는 게 보였다. 그는 경기장으로 내려왔고 단단히 화가 나서 드론을 잡아 바닥에 내동댕이칠 기세였다—발로 밟기까지 할 것 같았다. 나는 드론을 뒤로 물렸지만 고도를 높이는 걸 잊었다. 다행히 비디오게임을 오래한 덕에, 위기에 빠진 나의 뇌는 압박감 속에서도 잘 돌아가도록 훈련되어 있었다. 하지만 잠시 남자 얼굴의 주름살 개수를 셀 수 있을 정도로 그와 가까워졌다. 남자가 드론을 쳤고, 그 바람에 드론은 추락할 뻔했다가 재빨리, 몇 초 만에 20에서 40피트쯤 위로 똑바로 올라갔다. 나는 무사히 담장을 넘어 우리집 뒷마당으로 곧장 왔다.

집에서 녹화 영상을 보고 또 보았다. 특히 남자에게 잡힐 뻔했던 마지막 부분을 많이 보았다. 졸라 짜릿했다. 생생했다. 거기 직접 갔다 온 것 같았다. 옥타비오에게 전화해서 그 이야기를 해주려고 하는데 위에서 비명소리가 들렸다. 엄마였다.

매니가 총을 맞은 후로 나는 끊임없이 걱정하는 상태였고, 나쁜 일이 생길지도 모른다는 생각에 늘 조마조마했다. 나는 계단을 달려 올라가서 문을 열었고, 엄마가 봉투를 든 채 현금을 세고 있는 걸 보았다. 매니가 남기고 갔다고 생각한 걸까? 형이 다시 살아났거나 아니면 아직 살아 있다고? 혹시 그걸 어떤 신호라고 생각한 걸까?

엄마에게 내가 갖다놓은 거라고, 옥타비오가 줬다고 말하려는데 엄마가 다가와 나를 껴안았다. 내 머리를 가슴에 끌어안았다. 그러면서 계속해서 말했다. "미안하다, 미안해." 나는 엄마가 침대에서만 지내는 것에 대해, 모든 걸 포기한 것에 대해 말하는 줄 알았다. 하지만 계속 듣다보니 우리에게 일어난 모든 일에 대해 말하는 것 같았다. 우리가 얼마나 많은 걸 잃었는지에 대해, 한때 우리가 한 가족을 이루며 함께 살았고, 그때가 얼마나 좋았었는지에 대해. 나는 엄마에게 괜찮다고 말하고 싶었다. 그래서 이 말을 되풀이했다. "괜찮아요, 엄마." 엄마가 미안하다고 말할 때마다 그렇게 대답했다. 하지만 곧 나 역시 엄마에게 미안하다고 말하고 있다는 걸 깨달았다. 우리는 그렇게 서로 미안하다는 말을 주고받다가 이윽고 몸을 떨며 울기 시작했다.

# 블루

폴과 나는 천막식으로 결혼했다. 어떤 사람들은 그걸 아메리카 원주민 교회식이라고 불렀다. 페요테식이라고도 했다. 우리는 페요테를 약이라고 부르는데, 그건 페요테가 약이기 때문이다. 나는 대부분의 것들이 약이 될 수 있다고 믿기에 아직도 그걸 약으로 여긴다. 폴의 아버지가 이 년 전 천막 의식으로 우리를 결혼시켰다. 모닥불 앞에서. 그때 그가 내 이름을 지어줬다. 나는 백인에게 입양되었다. 나에겐 인디언 이름이 필요했다. 샤이엔 말로 Otá'tavo'ome인데, 어떻게 발음해야 하는지는 잘 모른다. 뜻은 '생명의 푸른 증기'이다. 폴의 아버지는 그걸 줄여서 블루라고 부르기 시작했고 그렇게 굳어졌다. 그전까지 내 이름은 크리스털이었다.

내가 생모에 대해 아는 건 이름이 재키 레드페더라는 게 거의 전부다. 내 열여덟번째 생일에 양어머니가 생모 이름을 말해주며 그녀가 샤이엔족이라고 했다. 내가 백인이 아니라는 건 알고 있었다. 하지만 완전히 체감하지는 못했다. 머리가 검고 피부가 갈색이긴 하지만, 나는 거울을 볼 때 안에서 밖으로 나를 본다. 그리고 안쪽의 나는 엄마가 늘 내 침대에—내가 쓰지도 않는데—놓아두던 길고 흰 알약 모양의 작은 쿠션만큼이나 희다고 느낀다. 나는 오클랜드 언덕 뒤편의 교외 지역 모라가에서 자랐다. 그곳에서 오클랜드 언덕 아이들보다도 더 오클랜드 언덕 아이답게 자랐다. 그러니까 나는 돈, 뒷마당의 수영장, 고압적인 어머니, 부재하는 아버지와 함께 자랐다. 1950년대처럼 학교에서 고루한 인종차별적 모욕을 받았다. 물론 전부 멕시코인에 대한 욕이었는데, 그건 내가 자란 지역 사람들은 원주민이 아직 존재한다는 걸 모르기 때문이었다. 오클랜드 언덕은 그만큼이나 사람들을 오클랜드로부터 단절시킨다. 오클랜드 언덕은 시간을 왜곡시킨다.

나는 열여덟번째 생일에 엄마가 해준 말에 대해 당장은 아무런 행동도 취하지 않았다. 몇 년 동안 잠자코 있었다. 가는 곳마다 갈색인 취급을 받았지만 계속 백인이라고 느끼며 살았다.

오클랜드 인디언 센터에서 일하게 되면서 어딘가에 소속된 기분을 느꼈다. 그러던 어느 날 크레이그스리스트*에 들어갔다가, 오클라호마에 있는 우리 부족이 청소년 담당 코디네이터를 뽑는다는

---

* Craigslist. 미국의 온라인 벼룩시장 사이트로, 중고 물품부터 일자리, 주택 등 다양한 거래가 이루어진다.

글을 발견했다. 마침 내가 오클랜드에서 하고 있던 일이라 진짜 뽑힐 거라는 생각 없이 지원했다. 하지만 나는 뽑혔고, 몇 달 후 오클라호마로 떠났다. 폴은 그때 내 상사였다. 내가 그곳으로 간 지 한 달 만에 우리는 동거를 시작했다. 시작부터 지독히도 건강하지 못한 관계였다. 하지만 그렇게 진행이 빨랐던 이유 중 하나는 그 의식이었다. 그 약이었다.

우리는 주말마다 철야를 했는데, 때로 다른 사람들이 오지 않으면 나와 폴, 그의 아버지, 이렇게 셋만 의식을 진행하기도 했다. 폴은 불을 돌보고 나는 폴의 아버지에게 물을 가져다줬다. 그 약은 체험해보기 전에는 알 수 없다. 우리는 온 세상이 나아지기를 기도했고 아침에 천막에서 나올 때면 그럴 수 있다고 느꼈다. 물론 세상은 그저 돌기만 할 뿐이다. 하지만 한동안 그 모든 게 일리가 있는 것처럼 느껴졌다. 그곳에서는. 나는 증발하여 위로 떠올라, 연기와 기도와 함께 X자로 교차된 천막 기둥 사이를 누빌 수 있었다. 나는 사라지는 동시에 거기 있을 수 있었다. 하지만 폴의 아버지가 세상을 떠난 후, 내가 그동안 기도했던 모든 것이 거꾸로 뒤집혀, 폴의 주먹질이라는 형태로 내게 쏟아졌다.

처음, 그리고 두번째, 그후엔 몇번째인지 더이상 헤아리지 않게 되었다. 나는 그냥 거기 머물렀고 계속 머물렀다. 아무 일도 아닌 것처럼 그와 같은 침대에서 자고 아침마다 출근하기 위해 일어났다. 하지만 그가 나에게 처음 손찌검을 했을 때부터 이미 마음은 떠난 상태였다.

나는 오클랜드의 옛 직장에 난 일자리에 지원했다. 파우와우 행사 코디네이터 자리였다. 나는 매년 청소년 여름 캠프를 열었던 걸 제외하면 행사를 진행한 경험이 없었다. 하지만 그곳 사람들이 나를 알았고 그래서 그 자리에 뽑히게 되었다.

나는 옆으로 차 한 대가 속도를 늦추거나 나를 발견한 기색 없이 빠르게 스쳐지나가면서, 고속도로 위에 드리운 내 그림자가 길어지다가 옆으로 퍼지는 걸 지켜본다. 그 차가 나를 발견하거나 속도를 늦추기를 바란 건 아니다. 돌을 툭 차자 풀밭의 깡통인지 속이 빈 다른 물건인지에 부딪히는 소리가 들린다. 걷는 속도를 높이는데 마침 큰 트럭이 지나가면서 뜨거운 돌풍과 배기가스 냄새가 끼쳐온다.

오늘 아침 폴이 하루종일 차가 필요하다고 말했을 때 나는 그걸 신호로 받아들이기로 했다. 나는 제럴딘의 차를 얻어 타고 집에 오겠다고 말했다. 제럴딘은 나와 같은 직상에서 일하는 약물 남용 상담사다. 문을 나설 때, 나는 그 집에 두고 나오는 모든 것을 영원히 떠나게 될 것임을 알았다. 대부분의 것들은 쉽게 떠나보낼 수 있었다. 하지만 그의 아버지가 나를 위해 만들어준 약상자, 부채, 호리병박, 삼나무 가방, 솥—이것들과 이별하는 법을 배우는 데는 시간이 걸릴 터였다.

나는 종일, 그리고 퇴근 시간 후에도 제럴딘을 보지 못했다. 하지만 이미 결심을 굳힌 상태였다. 휴대전화, 그리고 사무실을 나서기 전 프런트에서 챙긴 커터 칼 하나만 들고 나는 고속도로로 향했다.

내 계획은 오클라호마시티로 가는 거다. 그레이하운드 터미널로. 첫 출근까지는 아직 한 달이 남았다. 그래도 지금 오클랜드로 돌아가야 한다.

차 한 대가 속도를 늦추더니 내 앞에 선다. 빨간 브레이크 등 불빛이 밤의 어두운 시야에 피처럼 번진다. 나는 공포에 빠진 채 돌아서다가 제럴딘의 목소리를 듣고 고개를 돌려 그녀의 구닥다리 베이지색 캐딜락을 본다. 그녀의 할머니가 고등학교 졸업 선물로 준 차다.

내가 차에 타자 제럴딘이, 도대체 뭐야? 하고 묻는 듯한 시선을 보낸다. 그녀의 남동생 헥터가 뒷좌석에 기절한 듯 널브러져 있다.

"헥터는 괜찮은 거야?" 내가 묻는다.

"블루."* 제럴딘이 내 이름으로 나를 나무란다. 제럴딘의 성은 브라운이다. 이름이 색깔이라는 게 우리의 공통점이다.

"뭐? 우리 어디 가는 거야?" 내가 말한다.

"헥터가 술을 너무 많이 마셨어." 그녀가 말한다. "진통제를 먹었고. 우리집 거실 바닥에서 자다가 토하고 죽을까봐 너 태우러 오면서 데리고 온 거야."

"나를 태우러?"

"왜 차 태워달라는 말 안 했어? 폴이 그러던데……"

"폴이 너한테 전화했어?" 내가 묻는다.

"응. 난 벌써 집에 와 있었어. 이 원수 땜에 일찍 퇴근했거든." 제럴딘은 그러면서 엄지손가락으로 뒷좌석을 가리킨다. "폴한테는

* 'blue'는 '잔뜩 취한'이라는 의미의 속어로도 쓰인다.

보호자가 데리러 오기를 늦게까지 기다리는 애가 있어서 네가 그 애와 함께 있어줘야 한다고, 이제 곧 퇴근할 거라고 했지."

"고마워." 내가 말한다.

"떠나는 거야?" 그녀가 묻는다.

"응." 내가 말한다.

"오클랜드로 돌아가는 거야?"

"응."

"오클라호마시티 그레이하운드로 갈까?"

"응."

"이런 젠장." 제럴딘이 말한다.

"나도 알아." 내가 말한다. 그리고 그 말 때문에 한동안 침묵이 흐른다.

나는 철조망이 쳐진 말뚝 울타리에 사람 해골 같은 게 기대어 있는 걸 본다.

"저거 봤어?" 내가 묻는다.

"뭐?"

"모르겠어."

"사람들은 여기서 늘 뭔가를 봤다고 생각해." 제럴딘이 말한다. "네가 걸어오던 그 고속도로에 대해 알아? 북쪽으로 한참 올라가서 웨더퍼드를 지나면 데드 위민 크로싱*이라는 마을이 있어."

"왜 그런 이름이 붙었는데?"

"거기서 어떤 미친 백인 여자가 다른 백인 여자를 죽이고 목을

* Dead Women Crossing. 죽은 여자들의 다리.

잘랐거든. 가끔 십대 애들이 사건이 일어난 장소에 가보나봐. 살해당한 여자는 죽을 때 십사 개월 된 아기를 데리고 있었대. 그 아기는 무사했고. 사람들 말이 밤이면 그 여자가 아기를 부르는 소리가 들린대."

"아, 그렇군." 내가 말한다.

"여기서 우리가 걱정해야 하는 건 유령이 아니지." 제럴딘이 말한다.

"사무실에서 커터 칼을 갖고 나왔어." 나는 그렇게 말하고 재킷 주머니에서 커터 칼을 꺼낸 다음 플라스틱 클립을 밀어 칼날을 보여준다—그녀가 커터 칼이 뭔지 모르기라도 하는 것처럼.

"우린 여기서 납치될 수도 있어." 제럴딘이 말한다.

"그래도 집보다는 여기가 더 안전해." 내가 말한다.

"차라리 폴이 나을 수도 있어."

"그럼 돌아가야 하나?"

"매년 실종되는 인디언 여자들이 얼마나 많은지 알아?" 제럴딘이 묻는다.

"넌 알아?" 내가 묻는다.

"아니, 하지만 엄청 많은 숫자라고 들은 적이 있어. 실제로는 더 많을 거고."

"나도 누가 캐나다의 여자들에 대해 올린 글을 본 적이 있어."

"캐나다만이 아니라 어디서나 그래. 전 세계에서 여자들을 노리는 비밀스러운 전쟁이 벌어지고 있어. 우리에게조차 비밀이지. 우리가 알고 있는데도 비밀이야." 제럴딘이 말한다. 그녀는 창문을 열고 담배에 불을 붙인다. 나도 담뱃불을 붙인다.

"모든 곳에서 우리는 도로에 갇혀 있어." 제럴딘이 말한다. "그들이 우리를 잡아다가 여기 버려두지. 희미해져 뼈만 남은 다음 완전히 잊힐 때까지 버려두는 거야." 그녀는 창문 밖으로 담배를 휙 던진다. 제럴딘은 담배를 처음 몇 모금만 좋아한다.

"난 그런 짓을 하는 남자들에 대해 늘 생각해. 그들이 어딘가에 있다는 걸 알고……"

"폴도 그렇지." 제럴딘이 말한다.

"그 사람이 어떤 문제를 겪고 있는지 너도 알잖아. 폴은 우리가 이야기하고 있는 그런 남자는 아냐."

"틀린 말은 아니지. 하지만 그런 짓을 하는 남자들과 술에 취해서 폭력을 휘두르는 보통 남자들과의 차이는 네 생각만큼 그렇게 크지 않아. 그리고 암시장에서 비트코인으로 우리 몸에 대한 대가를 지불하는, 저 높은 곳의 병든 돼지들이 있지. 꼭대기에 있는 그런 인간들은 우리 같은 여자들이 처절하게 고통받고 숨겨진 방의 시멘트 바닥에 내동댕이쳐지며 내지르는 비명이 녹음된 걸 들으면서 흥분을 느끼고……"

"맙소사." 내가 말한다.

"왜? 사실이 아닌 것 같아? 그런 짓을 하는 인간들은 현실의 괴물이야. 너는 본 적이 없는 인간들. 그들은 많이, 더 많이 갖고 싶어하고, 그걸로도 부족하면 쉽게 얻을 수 없는 걸 원하지. 죽어가는 인디언 여자들의 비명을 녹음한 것, 심지어 박제된 몸통을 원하거나 인디언 여자의 머리를 수집할 수도 있겠지. 어쩌면 맨해튼 미드타운의 사무용 건물 꼭대기 층에 있는 비밀 사무실에는 푸른 불빛이 밝혀진 수족관이 있고, 그 안에 인디언 여자들의 머리가 둥둥 떠다닐지도 모르지."

"그 문제에 대해 생각을 좀 했구나." 내가 말한다.

"폭력의 덫에 갇힌 여자들을 많이 만나니까. 그들은 자식 생각을 안 할 수가 없어. 자식 때문에, 돈이 없어서, 친척이 없어서 떠날 수가 없어. 나는 그런 여자들과 선택에 대한 이야기를 해야 해. 쉼터로 들어가라고 설득해야 해. 남자들이 우발적으로 도를 넘는 경우에 벌어지는 일에 대해 들어야만 해. 그러니까 난 너한테 돌아가라고 말하는 게 아냐. 너를 버스 터미널로 데려가고 있는 거야. 다만, 밤에 혼자 고속도로를 걸어가면 안 된다는 말을 하고 있는 거야. 나한테 차를 태워달라고 문자를 보냈어야 했다는 말을 하고 있는 거라고." 제럴딘이 말한다.

"미안해. 퇴근 후에 널 볼 수 있을 줄 알았어." 내가 말한다.

나는 피곤하고 살짝 짜증도 난다. 담배를 피운 후엔 늘 그렇다. 내가 왜 담배를 피우는 건지 모르겠다. 나는 크게 하품을 하고 창문에 머리를 기댄다.

잠이 깨어 눈을 깜빡거리는데 몸싸움하는 광경이 희미하게 보인다. 헥터가 뒤에서 제럴딘의 몸을 감싼 채 운전석으로 두 팔을 뻗고 있다. 차가 방향을 틀어 고속도로를 벗어난다. 우리는 그레이하운드 터미널에서 멀지 않은, 오클라호마강 다리 건너편의 리노 애비뉴에 있다. 제럴딘은 헥터를 떼어내려고 애쓴다. 나는 헥터를 막으려고 두 손으로 그의 머리를 연거푸 때린다. 그는 자기가 어디 있고 뭘 하고 있는지 모르는 듯 끙끙거린다. 악몽을 꾸다가 깬 건지도 모른다. 아니면 아직도 꿈을 꾸는 중이거나. 차는 왼쪽으로 급회전을 했다가 오른쪽으로 더 거칠게 방향을 틀며 연석을 넘고 풀밭을 지나 모텔 식스 주차장으로 들어간 뒤 거기 주차된 트럭 앞쪽을 정면으로 박는다. 글러브박스가 달려들어 내 무릎을 짓찧는다. 두 손이 앞유리를 향해 날아간다. 안전벨트가 당겨지며 몸에 파고든다. 차가 멈추고 시야가 흐릿하다. 세상이 빙글빙글 돈다. 시선을 돌려 제럴딘을 보니 얼굴이 피투성이다. 에어백이 터지면서 코뼈가 부러진 듯하다. 뒷문 열리는 소리가 들리고 헥터가 차에서 굴러떨어지더니 일어나서 비틀거리며 걸어간다. 구급차를 부르려고 휴대전화를 켜자마자 폴에게 다시 전화가 온다. 그의 이름, 그의 사진이 보인다. '나 졸라 강인한 인디언 사나이야' 하는 표정으로 턱을 치켜들고 직장의 컴퓨터 앞에서 찍은 사진이다. 나는 그레이하운드 터미널에 가까이 왔기에 그의 전화를 받는다. 이제 그는 나한테 아무 짓도 할 수 없다.

"뭔데, 뭣 때문에 전화한 거야? 방금 사고가 났어." 내가 말한다.

"거기 어디야?" 폴이 묻는다.

"지금 통화 못해. 구급차 불러야 해." 내가 말한다.

"오클라호마시티에서 뭐하고 있는 거야?" 그 말에 가슴이 철렁한다. 제럴딘이 나를 보며 입 모양으로 말한다. 끊어.

"어떻게 알았는지 모르겠지만 전화 끊을 거야." 내가 말한다.

"나 거기 곧 도착해." 폴이 말한다.

나는 전화를 끊는다. "빌어먹을, 우리가 어디 있는지 폴한테 말한 거야?"

"아니, 말 안 했어." 제럴딘은 그러면서 셔츠로 코를 닦는다.

“그럼 우리가 여기 있다는 걸 폴이 대체 어떻게 아는 거지?” 나는 그녀에게보다는 나 자신에게 묻는다.

“젠장.”

“뭐야?”

“헥터가 문자를 보낸 게 분명해. 지금 완전히 맛이 갔거든. 가서 걔를 찾아봐야겠어.”

“차는 어쩌고? 너 괜찮아?”

“난 괜찮을 거야. 터미널로 가. 버스 떠날 시간 될 때까지 화장실에 숨어 있어.”

“넌 어쩌려고?”

“내 동생을 찾아야지. 걔가 무슨 짓을 하고 있건 가서 말려야지.”

“헥터는 돌아온 지 얼마나 된 거야?”

“한 달밖에 안 됐어. 다음달에 다시 배치될 거야.” 그녀가 말한다.

“우리 군이 아직도 거기 있을 거라고는 생각도 못했네.” 나는 그녀를 옆으로 안는다.

“가.” 제럴딘이 말한다. 나는 그녀를 놓아주지 않는다.

“가라니까.” 그녀는 말하며 나를 밀어낸다. 나는 무릎이 뻣뻣하고 아프지만 그래도 달린다.

그레이하운드 터미널 간판이 등대처럼 솟아 있다. 하지만 불이 꺼졌다. 너무 늦은 걸까? 지금이 몇시지? 나는 전화기를 본다. 아홉시밖에 안 됐다. 괜찮다. 뒤를 돌아보니 제럴딘의 차가 그 자리에 서 있다. 경찰은 아직 안 왔다. 나는 경찰에 전화를 걸어 경찰이 올 때까지 기다렸다가 무슨 일이 있었는지 이야기할 수도 있었다. 그리고 폴에 대해서도.

터미널은 비어 있다. 나는 곧장 화장실로 간다. 칸막이 안으로 들어가 변기 위에 쪼그려앉아서 휴대전화로 버스표를 사려고 시도한다. 하지만 폴이 전화를 건다. 그가 계속 전화를 걸어대서 표를 살 수가 없다. 화면 상단에 뜬 문자를 보고 무시하려 하지만 그럴 수가 없다.

여기 있어? 문자 내용이다. 나는 그가 버스 터미널을 말한다는 걸 안다. 제럴딘의 차를 발견하고 그레이하운드 터미널이 지척에 있는 걸 본 모양이다.

사고 난 곳에서 모퉁이를 돌면 나오는 술집에 있어. 나는 그렇게 문자를 보낸다.

개소리, 폴의 답장이다. 그리고 전화가 온다. 나는 잠금 버튼을 눌러 전화를 끊는다. 그는 여기 있을 것이다. 버스 터미널을 돌아다니고 있을 것이다. 내 전화기 불빛을 찾고 있을 것이다. 진동소리가 들리나 귀를 기울일 것이다. 그래도 화장실에는 들어오지 않을 것이다. 나는 진동 기능을 끈다. 화장실 문 열리는 소리가 들린다. 내 심장은 가슴속에 품고 있기 어려울 만큼 너무 크고 빠르다. 나는 최대한 조용하고 느리게 심호흡을 한다. 변기 위에 올라선 채로 고개를 숙여 누가 들어왔나 본다. 여자 신발이 보인다. 나이든 여자다. 크고 넓적한 베이지색 찍찍이 신발이 내 옆 칸으로 들어온다. 폴이 다시 전화한다. 나는 또 전화를 끊는다. 문자가 온다.

어서 나와, 자기야. 어디를 가려는 거야? 문자 내용이다. 다리가 피로하다. 아까 부딪힌 무릎이 욱신거린다. 나는 변기에서 내려온다. 오줌을 누며 그를 밖으로 유인할 궁리를 한다.

우린 길 아래에 있다고 했잖아. 이리로 내려와. 술 한잔하자. 우리 얘기 좀 하면서 풀어보자, 응? 그렇게 문자를 보낸다. 다시 화장실 문이 열린다. 나는 다시 고개를 숙인다. 젠장. 그의 신발이다. 나는 다시 변기 위로 올라간다.

"블루?" 그의 목소리가 화장실에 울려퍼진다.

"여긴 여자 화장실이에요." 옆 칸 여자가 말한다. "여긴 나밖에 없어요." 그녀는 내가 옆에서 오줌 누는 소리를 분명히 들었을 것이다.

"미안합니다." 폴이 말한다.

버스가 들어오려면 아직 시간이 너무 많이 남았다. 그는 옆 칸 여자가 나갈 때까지 기다렸다가 안으로 들어올 것이다. 나는 문이 열렸다가 닫히는 소리를 듣는다.

"부탁드려요." 나는 옆 칸 여자에게 속삭인다. "저 사람에게 쫓기고 있어요." 그녀에게 무엇을 부탁하고 있는지도 모르면서 그렇게 말한다.

"몇시 버스인가요?" 여자가 말한다.

"삼십 분 남았어요." 내가 대답한다.

"걱정 말아요. 내 나이가 되면 이 안에서 그 정도 시간은 보낼 수 있으니까. 내가 함께 있어줄게요." 그녀가 말한다. 나는 울기 시작한다. 엉엉 우는 것도 아니고 흐느끼는 것도 아니지만 그녀가 내 울음소리를 들을 수 있다는 걸 안다. 콧물이 나와서 더이상 나오지 않게 힘껏 들이마신다.

"감사합니다." 내가 말한다.

"저런 남자. 점점 더 심해지지."

"여기서 뛰어나가야 할 것 같아요. 버스까지 뛰어야죠."

"난 몽둥이를 갖고 다녀요. 강도를 당한 게 한두 번이 아니거든."

"전 오클랜드로 가요." 내가 말한다. 나는 그제야 우리가 더이상 속삭이지 않고 있음을 깨닫는다. 혹시 그가 문가에 있는지 걱정스럽다. 전화는 더이상 오지 않는다.

"내가 버스 타는 데까지 함께 가줄게요." 그녀가 말한다.

나는 전화로 버스표를 산다.

우리는 화장실에서 함께 걸어나간다. 터미널은 비어 있다. 그 여자는 피부가 갈색이고 어느 민족인지는 모호하며, 내가 신발을 보고 짐작한 것보다도 더 늙었다. 얼굴의 깊은 주름살이 마치 나무에 조각을 해놓은 것 같다. 그녀가 내게 팔짱을 끼고 걷자는 몸짓을 한다.

노인이 뒤에서 지켜보는 가운데 나는 버스 계단을 오른다. 버스 기사에게 휴대전화로 버스표를 보여주고 전화기를 끈다. 뒤쪽으로 걸어가서 내 자리에 소심스럽게 앉은 다음, 숨을 깊이 들이쉬었다가 내쉬고 버스가 움직이기를 기다린다.

# 토머스 프랭크

태어나기 전에, 당신은 희뿌연 웅덩이 속의 머리와 꼬리였다—헤엄치는 존재였다. 당신은 한차례의 경주, 집단 소멸, 돌파, 도착이었다. 태어나기 전에, 당신은 어머니 몸속의 난자였고, 당신 어머니 또한 그 어머니 안의 난자였다. 태어나기 전에, 당신은 어머니의 난소 안에 자리한 마트료시카 인형 같은 가능성이었다. 당신은 천 가지 가능성의 반반의 확률, 백만 번 동전 던지기의 앞면이냐 뒷면이냐였다. 태어나기 전에, 당신은 황금이 아니면 죽음이라는 각오로 캘리포니아에 가게 만든 생각이었다. 당신은 흰색이었고, 갈색이었으며, 붉은색이었고, 먼지였다. 당신은 숨어 있었고, 찾고 있었다. 태어나기 전에, 당신은 쫓기고, 맞고, 깨지고, 오클라호마의 보호구역에 갇혔다. 태어나기 전에, 당신은 어머니가 1970년대에 품은 생각, 히치하이크를 해서 뉴욕으로 가 댄서가 되겠다는 생각이었다. 그녀가 뉴욕까지 가지 못하고 뉴멕시코 타오스에 있는

'모닝 스타'라는 페요테 공동체로 털털거리며 소용돌이쳐 추락했을 때, 당신은 오는 중이었다. 태어나기 전에, 당신은 인디언 보호구역에서 벗어나 뉴멕시코 북부로 가서 푸에블로족의 벽난로에 대해 배우기로 한 당신 아버지의 결심이었다. 당신은 의식 도중 벽난로를 사이에 두고 마주친 당신 부모님의 젖은 눈에서 반짝이던 빛이었다. 당신이 태어나기 전에, 그들 안에 있던 당신의 반쪽들은 오클랜드로 갔다. 당신이 태어나기 전에, 당신 몸이 그저 심장, 척추, 뼈, 뇌, 피부, 피, 혈관에 불과하고 움직임을 통해 이제 막 근육을 만들기 시작했을 때, 당신이 어머니 뱃속에서 어머니의 배로서 불룩 튀어나오고 그런 당신을 본 아버지의 자부심이 배처럼 부풀어오르기 전에, 당신 부모님은 어느 방 안에서 당신의 심장소리를 듣고 있었다. 당신은 불규칙한 심장박동을 보였다. 의사는 그게 정상이라고 말했다. 당신의 불규칙한 심장은 비정상이 아니었다.

"북 치는 사람이 되려나본데." 당신 아버지가 말했다.

"애는 북이 뭔지도 몰라." 당신 어머니가 말했다.

"심장." 당신 아버지가 말했다.

"박동이 불규칙하다고 했어. 그건 리듬이 없다는 뜻이야."

"어쩌면 아기가 리듬을 너무 잘 알아서 일부러 엇박자를 만들고 있는 건지도 몰라."

"무슨 리듬?" 어머니가 물었다.

하지만 당신이 뱃속에서 자라면서 어머니가 당신을 느낄 수 있게 되자 어머니도 그걸 부인할 수 없었다. 당신은 박자에 맞추어 헤엄쳤다. 아버지가 케틀드럼을 치자 거기 맞추어 발길질을 했다. 아니면 어머니의 심장박동에 맞추어, 아니면 어머니가 에어로스타

미니밴에서 쉼없이 틀어놓는, 그녀가 좋아하는 노래를 모아 녹음한 오래된 믹스 테이프에 맞춰서 발길질을 했다.

당신은 세상에 나온 뒤, 달리고 점프하고 기어오르면서 언제 어디서나 발가락과 손가락으로 무언가를 톡톡 쳤다. 테이블을, 책상을. 당신은 앞에 표면이 보이면 무조건 톡톡 치고, 그 물건을 칠 때 물건이 반응하는 소리에 귀를 기울였다. 톡톡 소리의 음색, 땡땡거리는 소리의 울림, 부엌 은식기의 쨍그랑거림, 문에 노크하는 소리, 관절 꺾는 소리, 머리 긁적이는 소리. 당신은 모든 것이 소리를 낸다는 걸 발견하고 있었다. 모든 것이, 리듬이 맞건 안 맞건, 북처럼 울릴 수 있다. 심지어 총소리, 밤 기차 소리, 바람이 창문을 때리는 소리조차 그렇다. 세상은 소리로 이루어져 있다. 하지만 모든 소리 안에는 슬픔이 도사리고 있다. 부모님이 부부싸움을 벌이고 둘 다 패배한 후 그들 사이에 흐르던 정적에도. 당신은 누이들과 함께 벽에 귀를 대고 부모님의 어조를, 싸움의 초기 신호들을, 재점화된 싸움의 늦은 신호들을 엿들었다. 예배의 소리, 복음주의 기독교 예배의 그 고조되는 웅얼거림과 울부짖음, 매주 일요일 예배가 절정에 이르렀을 때 터져나오는 어머니의 방언, 그게 슬펐던 건 당신도 무언가를 느끼고 싶었지만 아무것도 느낄 수 없었기 때문이었다. 거의 매일 밤 세상의 종말과 영원한 지옥—아직 어린애인 당신이 죽지도, 벗어나지도, 그 무엇도 하지 못하고 불의 연못에서 불타며 살아가는—의 가능성에 관한 꿈에 시달리던 당신은 그걸 꼭 느껴야만 할 것 같았다. 그래야 그 꿈으로부터 보호받을 수 있을 것 같았다. 교회에서 신도들과 가족들이 바로 옆에서 성령에게 죽임을 당하고* 있는데도 코를 골며 자는 아버지를 깨워야 했을 때도 당신은 슬픔을 느꼈다. 여름의 끝자락에 낮의 길이가 짧아져갈 때도 당신은 슬펐다. 아이들이 모두 돌아가고 거리에 정적이 찾아들 때도 슬펐다. 그 덧없는 하늘의 빛깔 속에 슬픔이 도사리고 있었다. 슬픔은 별안간 나타나 모든 것들 속으로 미끄러져 들어갔다. 파고들 수 있는 데면 어디든 들어갔다, 소리를 통해서, 당신을 통해서.

당신은 여러 해가 지나 진짜로 북을 치기 시작할 때까지 그런 식으로 두드리거나 치는 행위를 북 치는 것으로 생각하지 않았다. 당신이 무언가를 늘 자연스럽게 해왔다는 걸 알고 있었더라면 좋았을 것이다. 하지만 당신의 가족들에게 너무 많은 일이 일어나다보니, 당신이 손가락과 발가락으로, 마음과 시간을 바쳐서, 마치 안으로 들어갈 길을 찾으려는 듯 삶의 모든 표면을 두드리는 것 말고 다른 일을 했어야 했는지도 모른다는 사실을 눈치챈 사람은 아무도 없었다.

당신은 파우와우로 향한다. 북 수업을 그만뒀는데도 당신은 빅 오클랜드 파우와우에 북 연주자로 초빙되었다. 당신은 가지 않으려고 했다. 해고당한 후로 직장 사람은 아무도 만나고 싶지 않았다. 특히 파우와우 위원회 사람은. 하지만 당신에겐 그것만한 게 없었다—그 큰북은 당신의 몸을 가득 채워 그곳에 오직 북과 소리, 노래만 존재하게 해준다.

* 종교적 황홀경에 빠져 쓰러지거나 정신을 잃는 상태에 대한 비유적 표현.

당신의 북 연주단 이름은 '남쪽 달'이다. 당신은 인디언 센터 수위 일을 시작한 지 일 년 만에 거기 들어갔다. 요즘은 관리인이나 경비원이라는 명칭을 쓰지만, 당신은 늘 스스로를 수위라고 여겼다. 당신은 열여섯 살 때 외삼촌이 사는 워싱턴 DC에 놀러간 적이 있었다. 외삼촌이 당신을 스미스소니언미술관에 데려갔고 당신은 그곳에서 제임스 햄프턴을 만났다. 그는 예술가이자, 기독교인이자, 신비주의자이자, 수위였다. 제임스 햄프턴은 결국 당신에게 전부가 되었다. 어쨌든, 수위는 그냥 직업일 뿐이었다. 그 일을 해서 집세를 낼 수 있었고, 일하면서 온종일 이어폰을 끼고 있어도 되었다. 청소하는 사람과 대화하고 싶어하는 사람은 아무도 없다. 그러니까 이어폰은 추가 서비스였다. 당신이 이어폰을 끼고 있으면, 사람들이 그들의 책상 밑에 있는 쓰레기통을 비우고 새 봉지로 갈아주는 당신에게 미안함을 느끼며 관심을 보이는 척할 필요가 없으니까.

북 연주는 화요일 밤이었다. 누구나 환영이었다. 여자는 빼고. 여자들은 목요일 밤에 따로 연주를 했다. 여자 연주단 이름은 '북쪽 달'이었다. 당신은 어느 날 밤 퇴근 후에 우연히 처음으로 큰북 소리를 듣게 되었다. 사무실에 이어폰을 두고 퇴근하는 바람에 다시 돌아가야 했었다. 버스에 올라타려다가 귀에 이어폰이 꽂혀 있지 않은 걸 알게 되었는데, 버스를 타고 집에 가는 긴 시간은 당신에게 이어폰이 가장 필요한 때였다. 북 연주단이 일층 커뮤니티 센터에서 연주하고 있었다. 당신은 그 방으로 걸어들어갔고, 바로 그때 그들이 노래를 시작했다. 고음의 흐느낌과 울부짖음의 하모니가 큰북의 울림 속에서 퍼져나갔다. 당신이 무의식적으로 늘 자신의 피부처럼 간직하고 다니는, 오랜 슬픔을 노래한 옛 노래들. 그때 당신 머릿속에서 삐 소리와 함께 승리라는 단어가 떠올랐다. 그게 거기서 뭘 하고 있었던 걸까? 당신은 그 단어를 사용해본 적이 없었다. 미국의 수백 년 세월을 견뎌온 것이, 그 세월을 가로질러 노래를 부르는 것이 그렇게 들렸다. 그건 노래 속에서 고통이 스스로를 지워버리는 소리였다.

당신은 그후 일 년간 매주 화요일에 그곳으로 갔다. 시간을 지키는 건 어려운 일이 아니었다. 어려운 건 노래를 부르는 일이었다. 당신은 원래 말이 많은 사람이 아니었다. 노래는 불러본 적도 없었다. 혼자 있을 때조차. 하지만 보비가 그것을 가능하게 해주었다. 보비는 거구였다. 아마 키는 190센티미터가 넘고 몸무게는 150킬로그램이 넘을 터였다. 그는 자신이 여덟 개 부족의 피가 섞여서 그렇게 큰 거라고 했다. 자신의 배를 가리키며 여덟 개 부족이 다 들어가야 해서 그런 거라고 말했다. 그는 확실히 연주단에서 목소리가 가장 좋았다. 고음으로 올라갈 수도, 저음으로 내려갈 수도 있었다. 그리고 그는 당신을 제일 먼저 초대한 사람이기도 했다. 보비에게 결정권이 있었다면 북을 더 크게 만들어 모두를 받아들였을 것이다. 할 수만 있다면 온 세상 사람들이 북을 치게 했을 것이다. 보비 빅메디신Bobby Big Medicine—어떤 사람들은 그렇게 자신에게 꼭 맞는 이름을 갖고 있다.

당신은 아버지처럼 목소리가 저음이다.

"내 노랫소리는 들리지도 않아요." 어느 날 수업이 끝난 후 당신이 보비에게 말했다.

"그게 어때서요? 풍부함을 더하잖아요. 베이스 화음은 저평가

받고 있어요." 보비는 그러면서 당신에게 커피를 건넸다.

"베이스 음은 큰북이 내는 소리면 되잖아요." 당신이 말했다.

"목소리가 내는 베이스 음과 북이 내는 베이스 음은 달라요. 북의 베이스 음은 닫혀 있어요. 목소리의 베이스 음은 열려 있고." 보비가 말했다.

"모르겠네요." 당신이 말했다.

"형제여, 목소리는 나오는 데 오랜 시간이 걸려요. 인내심을 가져요." 보비가 말했다.

당신은 원룸 아파트에서 나와 무더운 오클랜드의 여름날로 걸어들어간다. 당신이 기억하는 오클랜드는 잿빛, 늘 잿빛이다. 어릴 적부터. 아침이 너무 잿빛이라 푸른빛이 파고든 뒤에도 종일 침울함과 서늘함이 가득하다. 무더운 날씨다. 당신은 땀을 잘 흘린다. 걸으니 땀이 난다. 땀이 난다는 생각에 땀이 난다. 땀이 옷의 겉면까지 배어나와 자국이 드러난다. 당신은 모자를 벗고 가늘게 뜬 눈으로 태양을 올려다본다. 이제 지구온난화, 기후변화라는 현실을 받아들여야 할 때가 왔는지 모른다. 1990년대에 걱정했던 것처럼 오존층이 또 얇아지고 있다. 그 시절 당신의 누이들은 아쿠아넷 헤어스프레이로 머리를 부풀렸고, 그럴 때면 당신은 일부러 큰 소리로 웩웩거리며 세면대에 침을 뱉어서 당신이 그걸 얼마나 싫어하는지 누이들에게 알리고 그들에게 오존에 대해, 세상이 헤어스프레이 때문에 묵시록에 묘사된 것처럼 불탈 수 있다는 사실에 대해 상기시켰다. 다음 종말, 홍수 이후의 두번째 종말, 이번엔 하늘에서 불의 홍수가 내려오는데 그건 오존층의 파괴, 그들의 아쿠아넷 남용 때문일 수도 있다고—그리고 왜 그들은 머리를 부서지는 파도 모양으로 3인치씩 띄워야만 했을까, 도대체 왜? 당신은 도무지 알 수가 없었다. 다른 여자애들도 다 그렇게 한다는 것 외에는 이유를 찾을 수가 없었다. 또 한편으로 당신은 지구의 축이 해마다 아주 조금씩 기울어져서, 언젠가 태양이 지구를 정통으로 비추면 세상이 태양 자체만큼 밝아지고 지구가 쇳덩어리처럼 될 거라는 말을 듣거나 글로 읽어보지 않았던가? 지구가 뜨거워지는 건 이렇게 지구가 점점 더 기울어지고 있기 때문에 일어나는 불가피한 현상이지 인간들의 탓이 아니라는, 자동차나 배기가스나 아쿠아넷 때문이 아니라 단순히 엔트로피, 아니 애트로피였나, 아니면 애퍼시였나, 아무튼 그것 때문이라는 말도 듣지 않았던가?

당신은 도심 가까이에 있고, 19번가 지하철역을 향해 간다. 당신은 오른쪽 어깨가 살짝 처진 자세로 걷는다. 당신 아버지처럼. 오른다리를 저는 것도 아버지를 닮았다. 그렇게 다리를 저는 건 갱단의 비딱한 자세를 어설프게 흉내내는 것으로 오해를 받을 수도 있었지만, 당신은 그렇게 걷는 것이 일종의 전복임을, 특정한 삶의 방식과 국가와 법에 대한 복종의 표현이자 충성의 맹세로서 곧고 꼿꼿한 자세로 팔다리를 움직이는 시민다운 걸음걸이를 무너뜨리는 방식임을, 어쩌면 스스로도 의식하지 못하는 층위에서는, 알고 있었다. 왼쪽, 오른쪽, 왼쪽, 그렇게 걷는 것이다. 하지만 당신은 진짜로 이 비딱한 자세를, 한쪽 어깨가 처진 걸음걸이를, 그것에 대항하여 오른쪽으로 약간 흔들리는 절름거림을 일부러 익혔던가? 정말 이것이 당신이 지향하는 원주민 특유의 반체제 문화인가? 모종의 애매한 반미 운동인가? 아니면 유전자와 고통과 걸음걸이와 말투는 구태여 애쓰지 않아도 대물림되는 것이기에 그저 아버지가 걷던 방식으로 걷는 것인가? 다리를 저는 건 오래전 농구를 하다가 당한 부상 때문이 아니라 개성적 스타일의 표현으로 보이기 위해 당신이 일부러 익힌 것이다. 부상을 입고 회복하지 못하는 건 나약함의 표시다. 당신의 절름거림은 연습에 의한 것이다. 분명히 표현된 절름거림, 그것은 당신이 세상의 공격에 대처하기 위해 터득한 방법을, 세상이 당신을 엿 먹이고 쓰러뜨린 모든 방식을, 당신이 그것으로부터 회복되었는지 그러지 못했는지를, 그것을 뒤로하고 스타일 있게 절룩이며 걸어갔는지 그러지 못했는지를 말해준다—그건 당신에게 달렸다.

당신은 커피숍을 지난다. 늘 덥고 가게 앞에 파리떼가 들끓어서 당신이 싫어하는 곳이다. 햇빛이 넓게 내리쬐는 자리에는 파리들이 좋아하는 눈에 보이지 않는 똥이 우글거리는 듯하고, 그 뜨겁고 파리떼가 들끓는 좌석 하나만 늘 남아 있다. 그래서 당신은 그곳이 싫다. 게다가 파리떼처럼 부산하게 오클랜드를 누비고 다니는 힙스터들과 예술가들, 오클랜드에서 스트리트 크레드*나 슬럼가의

* Street Cred. 길거리 불량 청소년들 사이에서의 명성을 뜻하며 도시 젊은이들 사이에서의 최신 유행을 의미하기도 한다.

영감같이 눈에 보이지 않는 걸 얻어낼 수 있으리라 기대하며 찾아다니는, 교외 백인 거주 지역 휜둥이 청년들의 구미에 맞추어 아침 열시가 되어서야 문을 열고 저녁 여섯시에 닫는다.

당신은 19번가역에 닿기 전에 백인 십대 무리를 지나치는데 녀석들이 당신을 평가하듯 쳐다본다. 당신은 그들이 두려울 지경이다. 그들이 무슨 짓을 할 것 같아서가 아니다. 너무도 어울리지 않는 곳에 와 있으면서도 마치 자기들 구역인 양 굴어서다. 당신은 그들을 쫓아내고 싶다. 그들에게 고함을 질러대고 싶다. 겁을 줘서 그들 구역으로 돌려보내고 싶다. 겁을 줘서 오클랜드에서 몰아내고 싶다. 겁을 줘서 그들이 자기들 것으로 삼은 오클랜드를 그들 안에서 몰아내고 싶다. 당신은 그렇게 할 수 있다. 당신은 육중한 덩치로 느릿느릿 움직이는 인디언들 중 하나니까. 키는 180센티미터, 체중은 100킬로그램 이상이고, 어깨 위 나무토막*이 너무 무거워서 어깨가 기울어져 있고 모두가 그걸, 당신의 무게를, 딩신이 짊어지고 다니는 걸 볼 수 있으니까.

당신 아버지는 천 퍼센트 인디언이다. 초과 달성자. 인디언 보호구역 출신으로, 영어가 제2의 언어이며 약물과 술 중독에서 회복 중인 남자. 그는 도박과 아메리칸 스피릿 담배를 좋아하고, 의치를 했고, 식사 때마다 이십 분씩 창조주에게 기도를 올리며 고아원 아이들부터 시작해서 해외에 파견된 군인들에 이르기까지 모두를 도와달라고 호소한다. 의식에서만 눈물을 보이고, 당신이 열 살이었

* 'chip on one's shoulder'는 19세기 미국에서 어깨에 나무토막이나 납작한 돌을 얹고 다니며 그걸 쳐서 떨어뜨리는 사람에게 싸움을 걸던 관행에서 유래한 숙어로 시비조, 적대적 성향을 의미한다.

을 때 뒷마당에 농구 코트를 만들기 위해 콘크리트를 깔다가 아픈 무릎이 덧난, 천 퍼센트 인디언인 당신의 아버지.

당신 아버지는 예전에 농구를 할 수 있었고, 당신이 시간을 들여 배운 공의 바운드 리듬, 머리와 눈의 움직임을 이용한 속임수, 피벗 동작 따위를 알고 있었다. 물론 그는 백보드에 맞고 들어가는 공에 심하게 의존하는 편이었는데 예전에는 다 그랬었다. 그는 오클라호마에서 대학을 다닐 때 인디언이라는 이유로 농구를 할 수 없었다고 당신에게 말했다. 1963년에는 그게 충분한 이유가 되었다. 인디언과 개는 농구 코트에 못 서고, 술집에 못 들어가고, 인디언 보호구역 밖으로 나가지도 못했다. 당신 아버지는 인디언의 삶이나 보호구역에서 성장한 것에 대해, 심지어 보증 가능한 도시 인디언이 된 현재의 심경에 대해서도 거의 말을 하지 않았다. 그러다가끔 입을 열었다. 그러고 싶은 기분이 들 때. 뜬금없이.

당신은 아버지의 빨간색 포드 트럭을 타고 블록버스터 비디오 가게로 비디오를 빌리러 가곤 했다. 당신은 차에서 아버지의 페요테 테이프를 들어야 했다. 테이프의 잡음 섞인 호리병박 딸랑이와 케틀드럼 소리. 아버지는 테이프를 크게 트는 걸 좋아했다. 당신은 그 소리가 그토록 확연히 두드러지는 것이 견디기 힘들었다. 당신 아버지가 인디언이라는 사실이 그토록 확연히 두드러지는 것이. 당신은 아버지에게 그 테이프를 꺼도 되는지 묻곤 했다. 당신은 아버지가 테이프를 끄도록 만들었다. 당신은 106 KMEL 라디오를 틀어 랩이나 R&B를 들었다. 그러면 당신 아버지는 그 음악에 맞추어 춤을 추려고 했다. 두툼한 인디언 입술을 쑥 내밀어 당신을 당황하게 만들고, 넓적한 손을 앞으로 내밀고 리듬에 맞추어 허공을 찔러

대며 일부러 당신의 짜증을 돋우었다. 그러면 당신은 음악을 다 꺼버렸다. 그런 때 아버지는 자신의 어릴 적 이야기를 들려주곤 했다. 단돈 십 센트를 벌기 위해 조부모님과 하루종일 목화를 딴 이야기, 올빼미가 나무 위에서 그와 친구들에게 돌을 던진 이야기, 그의 증조할머니가 기도로 회오리바람을 두 동강낸 이야기.

당신 어깨 위의 나무토막은 오클랜드에서 나고 자란 것과 관련이 있다. 그건 나무토막이 아니라 콘크리트 조각, 실제로는 판석이고, 한쪽이 더 무겁다. 흰색이 아닌 다른 반쪽. 당신의 어머니 쪽, 그러니까 당신의 흰 쪽으로 말할 것 같으면 그 존재감이 너무 과하면서도 또한 충분치 않아서 어떻게 받아들여야 할지 알 수가 없다. 당신은 빼앗고 빼앗고 빼앗고 또 빼앗은 조상들을 뒀다. 그리고 빼앗긴 조상들을 뒀다. 당신은 둘 다였고 둘 다 아니었다. 당신은 목욕할 때 물속의 흰 다리와 대조되는 갈색 팔을 바라보며 그것들이 한 몸에서, 하나의 욕조에서 무얼 하고 있는 걸까 의아해했다.

당신이 해고당한 건 음주와 관련이 있었고, 음주는 당신의 피부 질환과 관련이 있었으며, 피부 질환은 당신 아버지와 관련이 있었고, 그건 역사와 관련이 있었다. 당신이 아버지에게 확실히 들은 이야기, 인디언으로서의 삶이 무엇을 의미하는지에 대해 당신이 확실하게 아는 한 가지, 그건 샤이엔족이 1864년 11월 29일에 샌드크리크에서 학살을 당했다는 사실이었다. 아버지는 당신과 당신 누이들에게 그 이야기를 그가 간신히 끌어낼 수 있었던 그 어떤 다른 이야기보다 많이 했다.

당신 아버지는 주말에 사라졌다가 결국 유치장 신세를 지는 그런 술꾼이었다. 술을 완전히 끊어야만 하는 그런 술꾼이었다. 한 방울도 마셔서는 안 되는. 그러니 어찌 보면 당신은 그 일을 자초한 셈이었다. 술을 끊을 수가 없었으니까. 당신은 수년간 깊은 구덩이를 파고 거기 기어 들어가야만 했으며, 거기서 나오려고 발버둥을 쳐야 했다. 어쩌면 당신 부모님이 당신에게 너무 깊고 넓은 하느님의 구멍*을 내놓았는지도 모른다. 그 구멍은 채워질 수가 없었다.

당신은 이십대가 지나면서 밤마다 술을 마시기 시작했다. 거기엔 많은 이유가 있었다. 하지만 당신은 아무 생각 없이 술을 마셨다. 대부분의 중독은 사전에 계획된 것이 아니다. 술을 마시면 잠을 더 잘 잘 수 있었다. 기분도 좋았다. 하지만 진짜 이유를 하나만 꼬집어 말하자면, 피부 때문이었다. 당신은 늘 피부 질환이 있었다. 당신의 기억이 미치는 한 늘 그랬다. 당신 아버지는 당신의 발진 난 피부에 페요테 즙을 바르곤 했다. 그게 한동안은 효과가 있었다. 그와 함께 사는 동안에만. 의사들은 그걸 습진이라고 부르고 싶어했다. 그들은 당신이 스테로이드 연고에 중독되기를 원했다. 긁는 게 나쁜 건 일단 긁기 시작하면 자꾸 긁게 되고, 그럼 피가 더 나기 때문이었다. 자다가 깨보면 손톱 밑에 피가 끼어 있었고—상처는 온몸 여기저기로 옮겨다녔고 상처가 옮겨간 곳이 찌르듯 따끔거렸다—결국 시트에도 피가 묻었으며, 당신은 엄청나게 중요하고 충격적인 꿈을 꿨는데 그 내용을 잊어버린 듯한 기분을 느끼며 깨곤 했다. 하지만 꿈은 없었다. 벌어진, 살아 있는 상처만 있었

* 기독교에서 오직 하느님만이 채워줄 수 있다고 하는 마음속의 빈 공간을 가리킨다.

고 그 상처는 늘 당신 몸 어딘가에서 근질거렸다. 반점이나 원을 이룬, 혹은 넓게 퍼진 빨간색과 분홍색, 가끔은 노랗고 울퉁불퉁하고, 고름이 들어 있고, 진물이 나고, 역겨운—당신의 표면.

술을 충분히 마시면 밤에 긁지 않았다. 그런 식으로 몸을 죽일 수 있었다. 당신은 술병 속으로 들어가는 법과 거기서 나오는 법을 알게 되었다. 자신의 한계를 알게 되었다. 그 한계를 잊었다. 그러면서 당신은 음주 다음날에 특정한 정신 상태가 되도록 하는 알코올의 양이 정해져 있음을 깨달았고, 그러한 정신 상태를 그 상태, 라는 개인적인 명칭으로 부르기 시작했다. '그 상태'는 모든 것이 정확히 제자리에, 그것이 속한 장소와 시간에 있고, 당신이 그 안에서 완전히 괜찮은 그런 곳이었다. 당신 아버지가 "그곳, 그곳이야말로 진짜가 아닐까? 진실한 장소는 거기가 아닐까?" 하고 말하던 곳이라고 할 수 있었다.

하지만 당신이 산 술은 적당히 취하는 게 가능한지에 따라 약도 되고 독도 되었다. 그 방법은 불안정했다. 지속할 수가 없었다. 술꾼에게 충분히, 그러나 과하지 않게 마시라는 건 복음주의 교회 신자에게 예수의 이름을 말하지 말라고 요구하는 것과 같으니까. 그러던 중, 북 수업에서 북을 치고 노래를 부르는 일이 당신에게 다른 무언가를 주었다. 술을 마시고 다음날 잿더미 속에서 '그 상태'가 나타나는지 지켜볼 필요 없이 그곳에 이르게 해주었다.

'그 상태'는 당신이 워싱턴 DC에 다녀오고 몇 년이 지난 후에 읽은 제임스 햄프턴에 관한 글에 기반을 두고 있었다. 제임스는 스스로에게 이런 지위를 부여했다. '영원의 상태를 위한 특별 프로젝트 책임자.' 제임스는 기독교인이었다. 당신은 기독교인이 아니다.

하지만 그는 당신의 마음에 와닿을 만큼 미쳐 있었다. 제임스는 다음과 같은 행위로 당신의 이해를 얻었다. 그는 백악관에서 1마일쯤 떨어진 곳에 있는 차고를 빌려, 그 차고 안과 주위에 쓰레기를 모아놓고, 십사 년에 걸쳐 그것으로 거대한 예술작품을 만들었다. 그 작품의 제목은 '제3 천국 천년 왕국 총회의 왕좌'였다. 제임스는 예수의 재림에 대비해 왕좌를 만들었다. 당신이 제임스 햄프턴에게 영향을 받은 건 신에 대한 그의 필사적인 헌신 때문이다. 신에 대한 간절한 기다림. 그는 쓰레기로 황금 왕좌를 만들었다. 당신이 만들고 있던 왕좌는 순간들로, 과도한 음주 후 '그 상태'에서의 체험들로, 소비되지 않고 남아 있는 취기로 이루어졌다. 당신은 밤새 간직하고 꿈을 꾸는 달빛 젖은 취기로 왕좌에 형상을 불어넣어 앉을 수 있는 자리로 만들었다. '그 상태'에서 당신은 방해가 되지 않을 정도로만 흔들거렸다. 문제는 어쨌거나 술을 마셔야만 한다는 데서 비롯했다.

당신이 해고되기 전날 밤에는 북 수업이 취소되었다. 12월 말이었다. 새해가 다가오고 있었다. 그날의 음주는 '그 상태'에 이르는 것과 관계가 없었다. 그런 식의 음주는 부주의하고 무의미했다—당신 같은 종류의 술꾼이 이르는 결말, 잠재적 위험 가운데 하나였다. 술을 다루는 법을 아무리 잘 터득했어도 그런 위험은 늘 존재한다. 당신은 밤새 1피프스들이 짐빔 위스키 한 병을 다 비웠다. 1피프스는 그 정도 주량을 키워오지 않은 사람에겐 많은 양이다. 그런 식으로, 혼자, 아무 화요일 밤에나 그만큼 마실 정도의 주량을 키우려면 몇 년이 걸릴 수도 있다. 그건 당신에게서 많은 걸 빼앗아 간다. 그런 식으로 마시는 건. 당신의 간. 당신이 몸에 집어넣는 모든 쓰레기들을 해독시키며 당신을 위해 최선을 다하는 그것.

다음날 출근한 당신은 괜찮았다. 약간 어지럽고 취기가 남아 있었지만 충분히 평범한 날처럼 느껴졌다. 당신은 회의실로 들어갔다. 파우와우 위원회가 회의를 하고 있었다. 당신은 그들이 권한 브렉퍼스트 엔칠라다라는 음식을 먹었다. 당신은 위원회에 새로 들어온 사람을 만났다. 그리고 허리띠에 차고 다니는 무전기로 당신의 상사 짐의 호출이 왔다.

짐의 사무실에 들어갔을 때 그는 통화중이었다. 그가 한 손으로 송화기를 막았다.

"박쥐가 있어." 그가 복도를 가리키며 말했다. "내쫓아. 박쥐가 안에 있으면 안 돼. 여긴 의료 시설이야." 당신이 박쥐를 들이기라도 했다는 듯한 말투였다.

당신은 복도로 나가서 위쪽과 주위를 살펴보았다. 복도 끝 회의실 근처 천장 구석에 박쥐가 있었다. 당신은 비닐봉지와 빗자루를 챙겼다. 당신은 천천히, 조심스럽게 박쥐에게 접근했지만 가까이 다가가자 박쥐는 회의실로 날아 들어갔다. 파우와우 위원회 전체가 고개를 돌리고 당신이 들어와서 박쥐를 몰아내는 걸 지켜보았다.

다시 복도로 나갔을 때 박쥐가 당신 주위를 빙글빙글 돌았다. 박쥐는 당신 뒤로 가더니 목덜미를 공격했다. 이빨인지 발톱인지를 박았다. 당신은 질겁해서 손을 뒤로 뻗어 박쥐 날개를 잡은 후 당신이 했어야 하는 일—박쥐를 당신이 들고 다닌 쓰레기봉투에 넣는 것—대신 온 힘을 다해, 젖 먹던 힘까지 사용해, 두 손으로 박쥐를 쥐어짰다. 손안에서 박쥐의 몸을 으스러뜨렸다. 당신의 손에 피와 가느다란 뼈와 이빨들이 가득했다. 당신은 그것들을 바닥에 던졌다. 얼른 치워버릴 작정이었다. 종일 바닥을 깨끗이 닦으면 된다. 처음부터 다시 시작하면 된다. 하지만 아니었다. 파우와우 위원회 전체가 거기 있었다. 당신이 회의실 안으로 박쥐를 몰아넣었을 때부터 그들은 당신이 박쥐를 잡는 걸 지켜보았고, 이제 복도에 나와 있었던 것이다. 모두가 혐오감에 차서 당신을 보고 있었다. 당신 또한 혐오감을 느꼈다. 그것이 당신 손안에 있었다. 바닥에 있었다. 그 생명체가.

당신은 박쥐의 잔해를 치운 후 상사의 방으로 갔고, 짐이 당신에게 앉으라는 몸짓을 했다.

"대체 이게 무슨 일인지 모르겠군." 짐이 말했다. 그는 두 손으로 머리를 감싸고 있었다. "하지만 의료 시설에서 용인할 수 있는 일은 아니지."

"그 염병할 놈이…… 죄송합니다, 하지만 그 염병할 놈이 저를 물었어요. 그래서 반사적으로……"

"그 일은 괜찮았을 거야, 토머스. 동료들만 봤으니까. 하지만 자네는 술냄새를 풍기고 있어. 술에 취해서 출근을 한다, 미안하지만, 그건 해고감이야. 우리가 무관용 원칙을 적용하고 있다는 거 자네도 알 거야." 그는 이제 더는 화가 난 것 같지 않았다. 실망한 것 같았다. 당신은 어젯밤에 마신 술이라고 말하려 했지만 그런다고 달라지는 건 없을 터였다. 그래도 혈중알코올농도가 허용치를 훌쩍 넘을 테니까. 알코올이 아직 당신 안에, 당신 핏속에 남아 있을 테니까.

"아침에 마신 게 아니에요." 당신이 말했다. 하마터면 가슴에 성호를 그으며 맹세까지 할 뻔했다. 그건 당신이 어렸을 때조차 해본 적이 없는 행동이었다. 그런 행동을 하게 된 건 짐 때문이었다. 그는 덩치 큰 어린애 같았다. 그는 당신을 처벌하는 걸 원하지 않았다. 가슴에 성호를 긋는 게 당신이 진실을 말하고 있음을 짐에게 설득시키는 합리적인 방법 같았다.

"미안하네." 짐이 말했다.

"그게 다인가요? 저 해고되는 거예요?"

"내가 자네에게 해줄 수 있는 일이 없군." 짐이 말했다. 그는 책상에서 일어나 사무실에서 나가며 말했다. "집에 가게, 토머스."

당신은 승강장으로 내려가 열차가 도착하기 전에 밀려드는 공기를, 시원한 바람이라고도 미풍이라고도 부를 수 있을 그것을 즐긴다. 당신은 열차나 그 불빛이 보이기도 전에 열차의 소리를 들으며 그 세차게 밀려드는 차가운 공기를 느낄 때, 그것이 땀에 젖은 머리를 식혀주는 게 특히 고맙다.

당신은 열차 앞쪽에서 빈자리를 발견한다. 로봇 목소리가 다음 정차역은 12번가역, 이라고 말하며 다음 역을 알린다. 엄밀히 따지자면 로봇이 말하는 건 말한다는 단어 대신 다른 표현을 써야 하는지도 모른다. 당신은 첫 파우와우를 기억한다. 아버지가 당신과 누이들을—어머니와 이혼한 후에—버클리고등학교 체육관에 데려갔고, 거기서 가족의 오랜 친구인 폴이 농구 코트에 그려진 선들 위에서 정신없이 가벼운 발놀림으로 춤을 췄다. 폴은 덩치가 꽤 컸고, 당신은 한 번도 그가 우아하다는 생각을 해본 적이 없었지만, 그때 그는 우아했다. 그날 당신은 파우와우가 무엇인지 보았고, 폴이 브레이크댄스와 다르지 않은 발놀림과 지나치게 애쓰지 않는 자연스러움으로, 우아함은 물론 인디언 특유의 초연함까지 완벽하게 보여줄 수 있음을 알게 되었다.

열차가 움직이고 당신은 아버지가 이혼 후에 당신을 파우와우에 데려간 것에 대해, 그리고 그전에 당신이 더 어렸을 때는 데려간 적이 없었다는 사실에 대해 생각하며, 당신이 파우와우에도 가지 않고 인디언적인 것들을 더 많이 하지 않았던 게 혹시 어머니와 기독교 때문이었을지 궁금해한다.

열차는 프루트베일 지구에서 지하를 벗어나 지상으로 올라가고, 버거킹과 끔찍한 베트남 쌀국수 음식점을 지난다. 이스트 12번가와 인터내셔널 불러바드가 거의 합쳐지는 곳에서 그라피티가 있는 아파트 담장들과 버려진 집들, 창고들, 자동차 정비소들이 차창에 어렴풋이 나타난다. 그것들은 오클랜드의 모든 새로운 개발에 고집스럽게 저항하는 장애물처럼 보인다. 프루트베일역에 닿기 직전, 당신은 오래된 벽돌 교회를 본다. 그 교회는 너무도 황폐하고 방치된 모습이라 늘 당신의 눈길을 끈다.

어머니와 그녀의 실패한 기독교, 당신의 실패한 가족 생각에 슬픔이 밀려든다. 지금은 각자 다른 지역에 뿔뿔이 흩어져 산다. 당신은 가족을 만나지 않는다. 너무도 오랜 시간을 홀로 보냈다. 당신은 울고 싶고 울음이 나올 것 같기도 하지만, 울 수 없다는 걸, 울어선 안 된다는 걸 안다. 울음은 당신을 망친다. 당신은 오래전에 울음을 포기했다. 하지만 오클랜드가 낳은 종말론적 복음주의 기독교의 마술적인 천국과 지옥이 살아 움직이며 당신을, 당신들 모두를 잡아갈 것만 같았던 특정 시기의 어머니와 가족 생각이 자꾸 난다. 당신은 그 시기를 너무도 또렷이 기억한다. 아무리 긴 세월의 물결이 당신을 거기서 멀리 떼어놓았어도 그 시기는 결코 당신에게서 멀어지지 않았다. 당신 어머니는 가족들이 일어나기 전에 기도서를 붙잡고 울고 있었다. 당신은 눈물 자국을 보고 그걸 알았고, 지금도 어머니 기도서의 눈물 자국을 기억한다. 당신은 몇 번이고 그 기도서를 들여다봤는데, 그건 교회에서 미친 천사의 언어로 이야기하던 어머니, 무릎을 꿇은 어머니, 인디언 의식에서 아버지와 사랑에 빠졌지만 결국 그 의식을 악마적인 것이라고 부르게 된 어머니가 하느님에게 어떤 질문들을 하고 어떤 사적인 대화를 나눴는지 알고 싶어서였다.

열차가 프루트베일역을 떠나자 당신은 다이먼드 지구를, 뒤이어 비스타 스트리트를 떠올린다. 모든 일들이 일어난 곳, 당신 가족들이 살고 죽은 곳이다. 당신의 누나 딜로나는 PCP, 소위 천사의 가루에 심하게 중독되었다. 당신은 황홀경에 빠져 쓰러지거나 악마의 말을 하는 것이 꼭 종교와 관련된 문제만은 아니라는 걸 그때 깨달았다. 어느 날 딜로나는 방과후에 PCP를 너무 많이 했다. 누나가 집에 돌아왔을 때 당신은 그녀가 제정신이 아니라는 걸 똑똑히 알 수 있었다. 눈에서 그게 보였다—딜로나의 눈 속에 딜로나가 없었다. 그리고 목소리, 그 낮고 굵직한 후두음. 그녀가 아버지에게 소리를 질러댔고 아버지가 맞고함을 지르자 그녀는 아버지에게 입 다물라고 했고, 아버지는 그 목소리 때문에 입을 다물었다. 그녀는 아버지에게 본인이 어떤 신을 숭배하고 있는지도 모르는 사람이라고 했고, 그다음에 곧바로 당신의 여동생 크리스틴의 방에서 입에 거품을 물고 쓰러졌다. 어머니가 긴급 기도팀을 불렀고 그들은 딜로나를 내려다보며 기도를 올렸으며, 딜로나는 거품을 물고 온몸을 뒤틀다가 마침내 흥분의 절정기가 지나고 약기운이 약해지자 눈을 감고 발작을 멈췄다. 딜로나가 깨어나자 사람들이 그녀에게 우유를 줬고, 정상적인 목소리와 눈빛을 되찾은 그녀는 아무것도 기억하지 못했다.

당신은 나중에 어머니가 약을 하는 건 천국에 개구멍으로 몰래 들어가는 것과 같다고 말했던 것을 기억한다. 당신 생각에 그곳은 천국이 아니라 지옥 같았지만 어쩌면 하느님의 왕국은 우리가 짐작하는 것보다 더 크고 무시무시한 곳인지도 모른다. 어쩌면 우리는 천사와 악마의 엉터리 말을 너무 오래 지껄이다보니, 그게 우리이고 우리가 말하는 것임을 알 수 없게 됐는지도 모른다. 어쩌면 우리는 영원히 죽지 않고 변할 뿐이며, 우리가 거기 있다는 것도 모르는 채 늘 '그 상태'에 있는지도 모른다.

콜리시엄역에서 내리고, 육교를 건너는데 당신의 가슴이 울렁거린다. 당신은 거기 가고 싶은 동시에 가고 싶지 않다. 북을 치고 싶기도 하고 당신의 북소리를 들려주고 싶기도 하다. 당신 자신으로서가 아니라 북으로서 내는 소리를. 춤꾼들이 춤을 추게 하는 큰북소리. 당신은 직장 사람들 눈에 띄고 싶지 않다. 술을 마시고 술냄새를 풍기며 출근한 것에 대한 수치심이 너무 크다. 박쥐의 공격을 받고 사람들 앞에서 박쥐를 으스러뜨린 것도 그렇다.

콜리시엄 앞의 금속 탐지기를 통과하는데 허리띠 때문에 탐지기에 걸린다. 다시 통과하는데 이번엔 주머니에 든 잔돈 때문에 탐지기가 삐 소리를 낸다. 경비원은 나이 지긋한 흑인으로 탐지기가 울리지 않도록 하는 일 외에는 별 관심이 없는 듯하다.

"주머니에 든 거, 뭐든 다 꺼내요, 꺼내." 그가 말한다.

"그게 다예요." 당신이 말한다. 하지만 탐지기를 통과하자 또 소리가 난다.

"수술 같은 거 받았어요?" 경비원이 묻는다.

"무슨?"

"그야 모르지. 혹시 머리나 어디 금속판을 넣었으면……"

"아뇨, 그런 거 없어요."

"흠, 그럼 몸수색을 해야겠는데요." 경비원은 마치 그게 당신 탓이라는 듯 말한다.

"그러세요." 당신은 두 팔을 올리며 말한다.

경비원은 당신 몸을 손으로 두드리며 훑은 후 다시 탐지기를 통과하라는 몸짓을 한다. 이번에도 삐 소리가 나자 그냥 가라고 손짓한다.

10피트쯤 가다가 무심코 아래를 내려다본 당신은 무엇 때문에 소리가 났는지 깨닫는다. 부츠 때문이다. 금속 앞코. 당신은 직장에 취직하면서 그걸 신기 시작했다. 짐의 권유로. 당신은 경비원에게 돌아가서 말해줄까 하다가 이제 와서 그게 무슨 상관일까 싶어서 그만둔다.

당신은 천막 아래에 있는 보비 빅메디신을 발견한다. 그는 당신을 향해 고개를 끄덕이고는 북 주위의 빈자리를 고갯짓으로 가리킨다. 잡담은 없다.

"입장식 노래." 보비가 당신을 향해 말하는데 그건 다른 사람들은 이미 다 알고 있기 때문이다. 당신은 북채를 집어들고 다른 사람들을 기다린다. 파우와우 진행자 목소리가 들리지만 당신은 그가 하는 말을 듣지 않고 보비의 북채가 올라가는지 지켜본다. 이윽고 그의 북채가 올라가자 심장이 멎는 듯하다. 당신은 북의 첫 울림을 기다린다. 당신은 머릿속으로 특별한 대상도, 특별한 내용도 없는 기도를 올린다. 아무 생각도 하지 않음으로써 기도로 향하는 길을 닦는다. 당신의 기도는 북의 울림, 노래, 그리고 박자가 될 것이다. 당신의 기도는 노래와 함께 시작되고 끝날 것이다. 보비의 북채가 올라가는 걸 보고 그들이, 춤꾼들이 나오리라는 것을, 때가 되었음을 알게 되는 순간, 당신은 숨이 막혀 심장이 아프기 시작한다.

4부

# 파우와우

사람이 위엄 있게 행동하려면 오랜 시간 꿈꾸어야 하며,

꿈은 어둠 속에서 자란다.

—장 주네

## 오빌 레드페더

콜리시엄 안 경기장은 이미 사람들로, 춤꾼들과 테이블과 천막으로 가득하다. 관중석 있는 데까지 빽빽하게 차 있다. 사람이 앉아 있거나 비어 있는 접이식 의자들이 경기장 전체에 흩어져 있다—자리를 맡아놓은 것이다. 테이블 위, 천막 옆면과 뒷면에 진열된 파우와우 모자와 티셔츠들에는 대문자 고딕체로 쓰인 원주민의 자부심 같은 슬로건과 그 글자들을 발톱으로 감싸쥔 독수리 그림 따위가 프린트되어 있다. 드림캐처, 피리, 인디언 도끼, 활과 화살도 판다. 온갖 종류의 인디언 장신구들이 여기저기 펼쳐져 있거나 걸려 있는데, 터키석과 은으로 된 장신구가 어마어마하게 많다. 오빌과 형제들은 구슬 장식이 달린 애슬레틱스와 레이더스 비니 모자 판매대에서 잠시 걸음을 멈추지만, 그들의 관심은 외야에 늘어선 음식 판매대에 쏠려 있다.

그들은 분수대에서 수거한 돈으로 산 음식을 먹으려고 이층 관중석에 올라간다. 프라이 브레드는 넓적하고 고기도 기름지고 맛이 진하다.

"야, 맛 조오타." 오빌이 말한다.

"아씨, 인디언처럼 말하지 좀 마." 루서가 말한다.

"닥쳐. 그럼 내가 누구처럼 말해야겠냐? 백인 애?" 오빌이 말한다.

"가끔 형은 멕시코인이 되고 싶어하는 것 같아. 학교에 있거나 그럴 때 보면." 로니가 말한다.

"닥쳐." 오빌이 말한다.

루서가 로니를 팔꿈치로 밀치고 그들 둘 다 오빌을 보며 웃어댄다. 오빌이 모자를 벗어 그걸로 동생들의 뒤통수를 때린다. 그런 다음 타코를 들고 좌석을 넘어가서 그들 뒷줄에 앉는다. 그는 잠시 조용히 앉아 있다가 로니에게 타코를 건넨다.

"우승하면 얼마를 탈 수 있다는 거야?" 루서가 오빌에게 묻는다.

"그건 말하고 싶지 않아. 부정 타거든." 오빌이 말한다.

"그렇지만 그때 형이 오천……" 루서가 말한다.

"내가 말하고 싶지 않다고 그랬지." 오빌이 말한다.

"징크스 때문에, 응?"

"루서, 아가리 닥쳐라."

"알았어." 루서가 말한다.

"됐어 그럼." 오빌이 말한다.

"하지만 그 돈이면 멋진 물건들을 얼마나 많이 살 수 있을지 생각해봐." 루서가 말한다.

"맞아." 로니가 말한다. "플레이스테이션 4도 사고 큰 TV도 사고 조던 운동화도……"

"할머니 다 줄 거야." 오빌이 말한다.

"에이, 그건 좀 아니지." 루서가 말한다.

"할머니가 일하는 거 좋아하는 거 형도 알잖아." 로니가 마지막 남은 타코를 씹으며 말한다.

"일을 안 해도 된다면 할머니도 하고 싶은 게 따로 있을 거야." 오빌이 말한다.

"그래, 하지만 일부는 우리가 가져도 되잖아." 루서가 말한다.

"젠장." 오빌이 휴대전화로 시간을 보며 말한다. "나 로커룸에 내려가야 해!"

"우린 뭘 하면 돼?" 루서가 묻는다.

"여기 있어. 내가 끝나고 데리러 올 테니까." 오빌이 말한다.

"뭐? 그런 게 어딨어." 로니가 말한다.

"끝나고 데리러 올게. 그렇게 오래 안 걸려." 오빌이 말한다.

"그렇지만 이 위에서는 거의 보이지도 않는단 말이야." 루서가 말한다.

"맞아." 로니가 맞장구친다.

오빌은 자리를 뜬다. 말씨름이 길어질수록 동생들이 더 반발하리란 걸 알기 때문이다.

남자 로커룸은 웃음소리로 시끄럽다. 오빌은 처음엔 그들이 자신을 보고 웃는 줄 알았는데, 그가 들어오기 직전에 누군가가 농담을 했다는 걸 곧 알아차린다. 그가 자리에 앉을 때 농담이 더 나왔기 때문이다. 대부분 나이든 남자들이지만 젊은 사람도 몇 명 있다. 오빌은 천천히, 조심스럽게 전통 의상을 입은 후 귀에 이어폰을 꽂는다. 하지만 그가 노래를 틀려고 하는데 맞은편에 있는 어떤 남자가 이어폰을 빼라는 몸짓을 해 보인다. 덩치 큰 인디언 남자다. 전통 의상을 완벽하게 갖춰 입은 그 남자가 일어나서 발을 하나씩 들어올리자 깃털들이 움직이고, 오빌은 그 모습에 살짝 겁을 먹는다. 남자가 목청을 가다듬는다.

"여기 있는 젊은이들, 잘 들어. 나가서 너무 흥분하면 안 돼. 춤은 기도니까. 그러니까 급하게 서두르지 말고, 연습하듯이 추지도 마. 인디언 남자가 자신을 표현하는 방법은 하나밖에 없어. 그건 저 먼 과거에서 온 춤이지. 저기 저 먼 곳에서. 자네들은 그걸 지키고 활용하기 위해서 배우는 거야. 지금 자네들 삶에서 일어나고 있는 일이 무엇이건 간에, 선수들이 경기장에 나갈 때처럼 그걸 여기 두고 나가지 말고, 경기장으로 가지고 나가. 그걸 춤으로 춰. 다른 방법으로 진심을 말하려 하다보면 울게 될 거야. 울지 않는 척하지 마. 우린 다 우니까. 인디언 남자들. 우린 울보들이야. 자네들도 알 거야. 하지만 저 밖에서는 울지 마." 그가 로커룸 문을 가리키며 말한다.

나이든 남자들 두어 명이 낮게 허*라고 하자, 다른 두어 명이 입을 모아 아호**라고 말한다. 오빌은 주위를 둘러본다. 자신처럼 전통 의상을 차려입은 남자들을 본다. 그들 역시 인디언으로 보이기 위해 전통 의상을 입어야 했다. 그의 심장과 위장 사이의 어딘

* huh. 아메리카 원주민들 사이에서 'yes'의 의미로 사용된다.

** aho. 아메리카 원주민들 사이에서 기도 후의 '아멘'이나 한 사람의 발언에 호응하는 '옳소'의 의미로 사용된다.

가에서 깃털의 떨림과도 같은 감정이 느껴진다. 그는 남자가 한 말이 진실임을 안다. 우는 건 감정을 낭비하는 것이다. 그 감정으로 춤을 추어야 한다. 우는 건 달리 아무것도 할 수 없을 때 하는 일이다. 오늘은 좋은 날이고, 그가 느끼는 감정도 좋은 것이다. 상금을 탈 수 있도록 춤을 추기 위해 필요한 것이다. 아니, 돈을 위해서가 아니다. 그가 화면을 통해 배우고 연습을 통해 익힌 춤을 처음으로 추게 된 것이다. 춤으로부터 춤이 왔다.

그의 앞에 수백 명의 춤꾼들이 있다. 뒤에도. 왼쪽과 오른쪽에도. 그는 인디언 특유의 다양한 색깔과 무늬에 둘러싸여 있다. 하나의 색깔에서 다른 색깔로의 점진적인 변화, 반짝이는 가죽에 기하학적으로 배치된 스팽글 장식, 깃대, 구슬, 리본, 깃털 장식, 까치와 매와 까마귀와 독수리 깃털. 머리에 쓰는 관, 호리병박, 종, 북채, 금속 원뿔, 막대기와 화살로 만든 딱따구리 깃털 장식, 털 발찌, 헤어파이프*를 탄띠 모양으로 엮은 장식, 머리핀, 팔찌, 완벽한 동그라미를 이루며 펼쳐지는 등허리 장식. 그는 사람들이 서로의 의상을 가리키는 걸 지켜본다. 그는 자동차 쇼의 구닥다리 스테이션왜건이다. 그는 가짜다. 그는 가짜가 된 듯한 기분을 떨쳐내려고 애쓴다. 스스로 가짜라고 느끼면 그렇게 행동하게 될 터라 그런 기분을 용납할 수 없다. 아까 그 감정에, 그 기도에 이르려면 생각에서 완전히 벗어나도록 스스로를 속여야 한다. 행동에서도 벗어나야 한다. 모든 것에서 벗어나야 한다. 시간이 오로지 박자를 맞추기 위해 존재하는 것처럼 느껴지는 그런 춤을 추기 위해서는. 뛰

* 아메리카 원주민들이 즐겨 사용하는 길쭉한 막대 모양의 비즈 장식품.

어오를 때, 공중에서 바로 그 공기 자체를 피하려는 듯 어깨를 살짝 구부릴 때, 깃털들이 수백 년 묵은 메아리의 떨림이 되고 존재 전체가 하나의 날아오름이 될 때, 그 순간에 당신 발아래에서 시간 자체가 중단되고, 사라지고, 무無로 느껴지는 그런 춤을 추기 위해서는. 우승하기 위해서는 진짜 춤을 추어야만 한다. 하지만 이건 그냥 입장식일 뿐이다. 심사위원이 없다. 오빌은 가볍게 뛰어오르며 두 팔을 아래로 내려뜨린다. 두 팔을 아래로 뻗은 채 날렵하게 움직이려고 애쓴다. 당혹감이 들기 시작하자 눈을 감는다. 아무 생각도 하지 말라고 스스로에게 말한다. 생각하지 말자, 라는 생각을 자꾸자꾸 한다. 눈을 뜨고 주위 사람들을 본다. 온통 깃털과 움직임의 물결이다. 그들 모두 하나의 춤을 추고 있다.

입장식이 끝난 후 춤꾼들은 해산하여 잡담과 종소리의 물결을 이루며 사방으로 뿔뿔이 흩어진다. 매대로 가거나, 가족들을 찾으러 가거나, 주변을 돌아다니며 찬사를 주고받는다. 자신들이 인디언처럼 차려입은 인디언으로 보이지 않는다는 듯이, 평상시처럼 행동한다.

오빌은 배에서 꼬르륵 소리가 나고 몸이 떨린다. 그는 동생들을 찾아 시선을 든다.

## 토니 론맨

토니 론맨은 파우와우에 가기 위해 지하철을 탄다. 그는 아예 집에서 전통 의상을 입고 나와 행사장까지 간다. 사람들 시선을 받는 것에는 익숙하지만 이번엔 다르다. 그는 자신을 쳐다보는 사람들을 비웃어주고 싶다. 이건 그가 자신에게 하는, 그들에 대한 농담이다. 그는 평생 사람들의 시선을 받아왔다. 다른 이유는 없고 오로지 증후군 때문에. 다른 이유는 없고 오로지 그의 얼굴이 그에게 나쁜 일이 일어났음을 말해주기 때문에—그건 교통사고 현장에서 눈을 떼지 못하는 것과 같다.

열차 안의 사람들은 아무도 파우와우에 대해 알지 못한다. 토니는 명백한 이유 없이 인디언 복장으로 지하철을 탄 인디언일 뿐이다. 하지만 사람들은 그 예쁜 역사를 보는 걸 좋아한다.

토니의 전통 의상은 파랑, 빨강, 주황, 노랑, 검정으로 이루어져 있다. 밤의 불의 색. 사람들이 상상하고 싶어하는 또하나의 이미지. 불을 둘러싼 인디언들. 하지만 그게 아니다. 토니는 불이고 춤이고 밤이다.

그는 지하철 노선도 앞에 서 있다. 그의 건너편에 앉은 나이 지긋한 백인 여자가 노선도를 가리키며 공항에 가려면 어디서 내려야 하는지 묻는다. 그녀는 그 질문의 답을 안다. 이미 휴대전화로 검색해 재차 확인까지 했을 것이다. 그녀는 이 인디언이 말을 할 수 있나 확인해보고 싶은 것이다. 그녀가 진짜 하고 싶은 질문은 다음에 나올 것이다. 그녀의 얼굴 뒤에 있는 얼굴이 그 모든 걸 말해준다. 토니는 공항에 대한 질문에 바로 대답하지 않는다. 그녀를 쳐다보며 그녀가 다음에 할 말을 기다린다.

"그러니까 넌…… 아메리카 원주민이니?"

"우린 같은 역에서 내립니다." 토니가 말한다. "콜리시엄. 거기서 파우와우가 열리거든요. 같이 가시죠." 토니는 창밖을 내다보려고 문 쪽으로 걸어간다.

"그러고 싶지만……"

그녀의 대답이 들리지만 토니는 귀담아듣지 않는다. 사람들은 집에 돌아가 저녁 식탁에서 가족들과 친구들에게 들려줄 작은 이야깃거리 이상은 원치 않는다. 지하철에서 진짜 아메리카 원주민 애를 봤다고, 그들이 아직도 존재한다고 떠들어댈 수 있다면, 그것으로 족하다.

토니는 선로가 빠르게 스쳐지나가는 걸 내려다본다. 열차가 속도를 늦추자 뒤로 끌어당겨지는 기분을 느낀다. 금속 손잡이를 잡은 그는 왼쪽으로 몸이 쏠렸다가 열차가 완전히 멈출 때 오른쪽으로 다시 돌아온다. 여자가 뒤에서 뭐라고 말하지만 그는 아무 관심도 없다. 열차에서 내려 계단에 이르자 그는 계단 맨 아래까지 한 걸음에 두 단씩 뛰어내려간다.

# 블루

블루는 에드윈을 태우러 차를 몰고 가고 있다. 하늘은 기이한 밤과 아침의 색, 짙은 파란색과 주황색과 흰색이다. 그녀가 일 년 가까이 고대해오던 날이 이제 막 시작되고 있다.

오클랜드에 돌아와서 좋다. 그동안 쭉 그랬다. 돌아온 지 일 년이다. 이제 안정적으로 봉급을 받고, 자신의 원룸 아파트에 살고 있으며, 오 년 만에 다시 자기 소유의 차도 몬다. 블루는 백미러를 아래로 꺾어 자신을 본다. 그녀는 오래전에 사라졌다고 생각했던, 인디언 보호구역에서 진짜 인디언으로 살아가기 위해 스스로 버렸던 과거의 자신을 본다. 크리스털. 오클랜드 출신의. 그녀는 사라지지 않았다. 백미러 속 블루의 눈 뒤 어딘가에 있다.

블루가 가장 좋아하는 흡연 장소는 차 안이다. 창문을 모두 내리고 연기가 빠져나가는 걸 보는 게 좋다. 그녀는 담배에 불을 붙인다. 그녀는 담배를 피울 때마다 짧은 기도라도 올리려고 노력한다.

그러면 담배를 피우는 것에 대한 죄책감이 줄어든다. 블루는 담배를 깊이 한 모금 빨아들인 다음 머금은 채로 잠시 멈춘다. 그리고 연기를 뿜어내며 감사합니다, 라고 말한다.

블루는 자신의 뿌리를 찾기 위해 오클라호마까지 갔었고, 거기서 얻은 건 색깔 이름뿐이었다. 레드페더 가족에 대해 들어본 사람은 아무도 없었다. 여기저기 열심히 수소문을 해보았다. 그녀는 생모가 그 이름을 지어낸 건 아닐까 생각했다—생모 역시 자신의 부족에 대해 몰랐을지 모른다. 어쩌면 그녀 역시 입양되었을 수도 있고. 어쩌면 블루 자신도 결국 이름과 부족을 지어내 혹시 생길지도 모르는 자식들에게 전해주게 될지도 모를 일이다.

블루는 그랜드 레이크 극장을 지나며 창밖으로 담배를 던진다. 지난 수년간 그녀에게 많은 의미가 있었던 극장이다. 그녀는 최근에 에드윈과 데이트가 아님을 분명히 선언한 어색한 데이트를 했던 기억을 떠올린다. 에드윈은 그녀 밑에 있는 인턴으로, 지난 일년 동안 파우와우 행사 준비를 도왔다. 극장표가 매진이라 그들은 호숫가를 걸었다. 걷는 내내 어색한 침묵이 무겁게 깔렸다. 둘 다 무슨 말을 시작했다가 짧게 끊으며 "아니에요"라고 얼버무리기를 반복했다. 블루는 에드윈이 좋았다. 지금도 좋아한다. 그는 어쩐지 가족 같은 느낌이 든다. 어쩌면 그녀와 비슷한 배경을 갖고 있기 때문인지도 모른다. 에드윈의 경우, 아버지가 누군지 모르고 자랐는데, 그 원주민 아버지가 알고 보니 파우와우 진행자다. 그들은 그런 일종의 공통점을 지닌 것이다. 하지만 다른 공통점은 많지 않다. 그녀는 에드윈을 직장 동료이자 장차 친구로 발전할 가능성이 있는 사람 이상으로 좋아하진 않는다. 그 이상의 관계는 절대 안 된다는 걸 그에게 눈으로 천 번은 말했다—눈빛으로 말한 게 아니라, 에드윈이 눈을 맞추려고 할 때마다 시선을 돌려버리는 것으로 말했다.

블루는 에드윈의 집 앞에 차를 세우고 차 안에서 그에게 전화를 건다. 전화를 받지 않는다. 그녀는 차에서 내려 그의 집 문을 두드린다. 아까 집에서 나오면서 그에게 바로 문자를 보냈어야 했다. 길이 안 막혀서 웨스트오클랜드로 오는 데 십오 분쯤 걸렸다. 어째서 그에게 지하철을 타고 오라고 말하지 않은 걸까? 그래, 너무 이른 시각이기 때문이다. 하지만 버스는? 안 된다, 에드윈은 버스에서 나쁜 일을 겪은 적이 있다. 그는 그 일에 대해서는 말하려 하지 않는다. 그녀가 그를 어린애 취급하고 있는 걸까? 가여운 에드윈. 그는 정말로 노력하고 있다. 에드윈은 사람들과 어울리는 법을 정말로 모른다. 자신의 신체 사이즈를 뼈저리게 의식한다. 자신에 대해, 자신의 몸무게에 대해 너무 많이 말한다. 그래서 대개는 그것이 그의 외모만큼이나 사람들을 불편하게 만든다.

블루는 다시 문을 두드린다. 두 사람이 여러 달 동안 계획을 세우고 열심히 준비해온 이날에 에드윈이 그녀를 자기 집 문밖에서 기다리게 하고 있다는 점을 감안하지 않는다면 무례하다 싶을 정도로 세게 두드린다.

블루는 휴대전화로 시간을 보고 이메일과 문자를 확인한다. 흥미를 끄는 게 없어서 이번에는 페이스북을 확인한다. 어젯밤 잠자리에 들기 전에 읽은 그대로다. 새로운 활동이 없다. 이미 본 게시물과 댓글들이다. 그녀는 홈 버튼을 누르고 잠시, 아주 짧은 순간, 다른 페이스북 피드를 열어야겠다고 생각한다. 그 다른 페이스북에서는 그녀가 원하는 정보와 매체를 발견하게 되리라. 그 다른 페이스북 피드에서는 진정한 연결이 이루어지리라. 그곳이 그녀가 늘 있고 싶었던 곳이다. 페이스북이 그런 곳이기를 늘 바랐었다. 하지만 더이상 확인할 것이 없어서, 다른 페이스북 같은 건 존재하지 않아서, 화면을 끄고 휴대전화를 주머니에 도로 넣는다. 그녀가 다시 문을 두드리려는데 에드윈의 커다란 얼굴이 앞에 나타난다. 그는 머그잔 두 개를 들고 있다.

"커피?" 그가 말한다.

# 딘 옥센딘

딘은 이야기를 녹화하기 위해 임시로 만든 스토리텔링 부스 안에 있다. 그는 카메라의 초점을 자신의 얼굴에 맞추고 레코드 버튼을 누른다. 그는 미소를 짓지도, 말을 하지도 않는다. 딘은 자신의 얼굴을 녹화하고 있다. 그 이미지가, 거기 배열된 빛과 어둠의 패턴이 렌즈 반대편에서 모종의 의미를 지닐 수 있다는 듯이. 그는 삼촌이 죽기 전에 준 카메라를 사용하고 있다. 볼렉스. 딘이 좋아하는 영화감독 대런 애러노프스키도 〈파이〉와 〈레퀴엠〉을 찍을 때 볼렉스를 사용했다—〈레퀴엠〉은 딘이 가장 좋아하는 영화 중 하나이지만, 그런 미친 영화를 좋아한다고 말하는 건 어려운 일이다. 하지만 딘은 그런 점 때문에 그 영화가 좋다. 미학적 요소들이 풍부해서 영화를 보는 체험 자체를 즐길 수 있는 것이다. 보고 나서 딱히 끝맛이 개운한 영화라고 할 수는 없지만 다른 식으로는 얻을 수 없는 즐거움을 준다. 딘은 삼촌이라면 그런 종류의 사실성이 지닌 가치를 알아주리라 믿는다. 중독과 타락의 공허함을 들여다보는 단호한 시선, 오직 카메라만이 눈을 크게 뜨고 그걸 지켜볼 수 있다.

딘은 카메라를 끄고 삼각대 위에 설치한 다음, 이야기하는 사람들을 위해 구석에 마련해둔 의자를 향해 카메라를 돌린다. 은은한 빛이 의자 뒤를 비추도록 싸구려 조명 장비 스위치 하나를 올리고, 자신의 뒤를 비추는 더 강한 조명 스위치도 올린다. 그는 부스에 들어오는 모든 사람들에게 왜 파우와우에 왔는지, 그들에게 파우와우가 어떤 의미인지 물을 것이다. 그들이 어디 사는지. 인디언이라는 것이 그들에게 어떤 의미인지. 그의 프로젝트를 위해 이야기가 더 필요한 건 아니다. 보조금을 받는 조건으로 연말에 성과물을 내야 하는 것도 아니다. 이건 파우와우, 위원회를 위한 일이다. 기록을 위한 일이다. 후세에 남길 기록. 이 기록은 그가 최종적으로 만들어낼 작품에 들어갈 수도 있지만, 그게 어떤 작품이 될지는 그 자신도 아직 모른다. 그는 여전히 내용을 통해 비전을 제시하고자 한다. 그렇다고 아무런 계획 없이 그때그때 되는대로 대처하겠다는 말은 아니다. 딘은 검은 커튼을 젖히고 파우와우 행사장으로 나간다.

## 오팔 비올라 빅토리아 베어실드

오팔은 내야 쪽 이층 관람석에 홀로 앉아 있다. 손자들 눈에 띄지 않으려고 위에서 보고 있다. 특히 오빌. 그녀가 온 걸 보면 방해를 받을 테니까.

그녀는 애슬레틱스 경기를 보러 오지 않은 지 여러 해가 되었다. 어째서 그들은 경기를 보러 오지 않게 되었을까? 시간이 훌쩍 건너뛰어버린 것 같기도 하고, 그녀가 한눈을 파는 사이에 저 혼자 빠르게 지나가버린 것 같기도 하다. 오팔은 그렇게 살아왔다. 자신이 눈을 감고 귀를 닫는 것에 눈을 감고 귀를 닫으면서.

로니가 겨우 걸음마를 떼었을 때 아이들을 데리고 왔던 게 마지막이었다. 오팔은 북소리에 귀를 기울인다. 어렸을 때 이후로 이런 큰북을 연주하는 소리를 들어본 적이 없다. 그녀는 아이들을 찾아 경기장을 훑어본다. 시야가 뿌옇다. 아무래도 안경을 맞춰야 할 것 같다. 어쩌면 오래전에 맞췄어야 했는지도 모른다. 이런 얘기는 아무에게도 하지 않겠지만, 사실 오팔은 먼 곳이 뿌옇게 보이는 게 좋다. 그녀는 붐비는 경기장의 모습이 어떠한지 알 수 없다. 분명 야구 경기의 군중과 같은 사람들은 아닐 것이다.

오팔은 하늘을 올려다본 다음 텅 빈 삼층 관람석을 본다. 거기서 아이들과 경기를 관람하곤 했었다. 그녀는 경기장 테두리를 넘어서 날아오는 무언가를 발견한다. 새는 아니다. 움직임이 자연스럽지 않다. 그녀는 더 잘 보려고 눈을 가늘게 뜬다.

# 에드윈 블랙

에드윈은 블루에게 커피를 건넨다. 블루가 와서 문을 두드리기 몇 분 전에 그녀를 위해 내린 커피다. 프렌치프레스 유기농 다크로스트. 설탕과 우유는 짐작으로 적당히 넣었다. 함께 블루의 차를 향해 걸어가면서 에드윈은 미소를 짓거나 잡담을 하지 않는다. 오늘은 그들에게 너무도 중요한 날이다. 오늘을 위해 무수히 많은 시간을 바쳤다. 온갖 북 연주단들과 판매자들, 춤꾼들에게 연락해서 상금을 준다고, 돈을 벌 수 있으니 참가하라고 설득해야 했다. 에드윈은 올 한 해 동안 평생을 합친 것보다 더 많은 통화를 했다. 사람들은 그다지 새 파우와우 일을 하고 싶어하지 않았다. 특히 오클랜드에서는. 새 파우와우가 성공적으로 치러지지 못하면 다음해에는 사라지기 때문이다. 그럼 그들은 일자리를 잃는 것이다. 하지만 지금 에드윈에게 파우와우는 일자리 이상의 의미가 있다. 이것은 새로운 삶이다. 게다가 오늘 그곳에 그의 아버지가 올 것이다. 그 사실에 대해서는 생각하기조차 벅차다. 아니면 그저 오늘 아침에 커피를 너무 많이 마신 건지도 모른다.

콜리시엄까지 가는 길은 멀게만 느껴지고 긴장감이 가득하다. 에드윈은 무슨 말을 해야겠다는 생각이 들 때마다 대신 커피를 한 모금 마신다. 직장 밖에서 둘이 함께 시간을 보내는 건 이번이 겨우 두번째다. 블루가 NPR 방송을 너무 작게 틀어놔서 거의 알아들을 수가 없다.

"며칠 전부터 단편소설을 쓰기 시작했어요." 에드윈이 말한다.

"오, 그래요?" 블루가 대꾸한다.

"한 원주민 남자 이야긴데, 그를 빅터라고 부르기로……"

"빅터? 정말요?" 블루가 익살스럽게 눈을 반쯤 감으며 말한다.

"좋아요, 필로 하죠. 무슨 내용인지 듣고 싶어요?"

"그럼요."

"좋아요. 필은 오클랜드 도심의 좋은 아파트에 살고 있어요. 새 법이 발효되기 전에 입주한 덕분에 기득권을 인정받을 수 있고, 임대료가 고정된 큰 집이죠. 필은 홀 푸드 마켓에서 일해요. 어느 날 그와 함께 일하는 백인이, 이름은 존이라고 해두죠, 필에게 퇴근 후에 같이 놀지 않겠느냐고 해요. 그들은 술집에 가서 즐거운 시간을 갖고, 그러다 존이 필의 집에서 하룻밤을 묵게 돼요. 다음날 필이 퇴근해서 집에 돌아와보니 존이 아직 거기 있는 거예요. 게다가 친구도 두 명 데려왔는데, 다들 짐까지 싸들고 왔어요. 필이 이게 어떻게 된 일이냐고 묻자 존은 빈방이 많아서 그래도 되는 줄 알았다고 대답해요. 필은 내키지 않지만 대립을 싫어하는 성격이라 그냥 내버려둬요. 그렇게 몇 주, 몇 달이 지나면서 그 집은 무단 거주자, 힙스터, 기술 계통의 너드 등 상상 가능한 모든 종류의 백인 청년들로 가득차요. 그들은 필의 아파트에서 살거나 아니면 그냥 거기서 무한정 시간을 보내요. 필은 상황이 어쩌다 그렇게 수습이 불가능한 지경에 이르렀는지 이해할 수가 없어요. 마침내 그가 하고 싶은 말을 하고 모두를 내쫓을 용기를 내게 되었을 때, 그는 심한 병에 걸려요. 누군가가 필의 담요를 훔쳐간 적이 있는데, 그가 존에게 담요에 대해 묻자 존이 새 담요를 줬어요. 필은 그 담요 때문에 자신이 아픈 거라고 믿어요. 그는 일주일 동안 몸져누워요. 그리고 그가 침대에서 나왔을 때는 상황이 달라져 있어요. 발전이라는 표현을 쓸 수도 있겠죠. 일부 방들이 사무실로 바뀌었어요. 존은 필의 아파트에서 스타트업 같은 걸 운영하고 있어요. 필은 존에게 나가라고, 다들 나가라고, 자신은 여기서 벌어지고 있는 그 어떤 일에도 동의한 적이 없다고 말해요. 그때 존이 서류를 내밀어요. 필이 무언가에 서명을 했다는 거예요. 아마도 열에 들뜬 꿈속에서. 하지만 존은 그 서류를 보여주지는 않아요. 대신 이렇게 말해요. 나를 믿어, 형제. 이 문제는 더이상 거론하지 않는 게 좋아. 오, 그런데 말이야, 자네 계단 밑에 있는 거기 알지? 그래서 필이 대답해요. 거기? 그 방? 계단 밑 창고를 말하는 거죠. 필은 다음에 일어날 일을 알아요. 그러니까 자네는 나를 계단 밑 거기로 보낼 작정이군. 거기가 나의 새 방이군, 필이 말하죠. 맞았어, 존이 대답해요. 그러자 필이 말해요. 여긴 내 아파트야. 우리 할아버지가 여기서 살았고 내가 물려받아서 관리하고 있어. 여긴 내 가족을 위한 공간이고, 누구든 머물 곳이 필요한 가족들이 와서 살 수 있도록 마련된 공간이라고. 그러자 존이 총을 꺼내요. 그는 필의 얼굴을 향해 총을 겨누고 필을 계단 밑 창고로 몰아가요. 존이 말해요. 내가 말했잖아, 형제. 필이 물어요. 무슨 말을 했다는 거지? 존이 대답해요. 자넨 우리 대열에 합류했어야 했어. 자네 같은 사람이 우릴 위해 할 수 있는 일이 있었을 텐데 말이야. 필이 말해요. 자넨 내게 아무것도 묻지 않았어. 그냥 내 아파트로 와서 살다가 이곳을 차지했지. 존이 말해요. 어쨌거나, 형제, 나의 기록자들은 다르게 기록할 거야. 그는 아래층 거실 소파에서 맹렬히 애플 컴퓨터를 두드려대는 남자 두 명을 고갯짓으로 가리켜요. 필은 그들이 지금 벌어지고 있는 일을 다른 관점에서 기록하고 있을 거라고 짐작해요. 그는 갑자기 녹초가 된 기분을, 배고픔을 느끼며 자신의 계단 밑 창고 방으로 들어가요. 여기까지 썼어요."

"재밌네요." 블루가 말한다. 재미있다고 생각하지 않지만 그가 그 말을 듣고 싶어하는 것 같아서 그렇게 말해주는 듯하다.

"형편없죠. 머릿속에서는 훨씬 그럴듯했는데." 에드윈이 말한다.

"현실에서도 그런 일이 너무 많아요, 그렇죠?" 블루가 말한다. "내 친구에게 실제로 그런 일이 일어났던 것 같아요. 아주 똑같진 않지만, 그 친구가 삼촌한테 물려받은 웨스트오클랜드의 창고 건물을 무단 거주자들이 차지했거든요."

"정말요?"

"그게 그들 문화죠." 블루가 말한다.

"뭐가요?"

"빼앗는 거."

"모르겠어요. 우리 어머닌 백인인데……"

"내가 백인 문화에 대해 부정적으로 말했다고 해서, 그 문제와 관련이 없는 모든 백인을 옹호할 필요는 없어요." 블루가 말한다.
에드윈의 심장박동이 빨라진다. 그는 블루가 전화기에 대고, 혹은 다른 사람들에게 화내는 건 본 적이 있지만 그에겐 단 한 번도 그런 적이 없었다.

"미안해요." 에드윈이 말한다.

"사과하지 마요." 블루가 말한다.

"미안해요."

에드윈과 블루는 이른아침의 빛 속에서 테이블과 천막을 실지한다. 접이식 테이블과 의자를 풀어놓는다. 모든 준비가 끝나자 블루가 에드윈을 본다.

"금고는 차에 뒀다가 이따 가져올까요?" 그녀가 말한다.

그들이 월마트에서 산 소형 금고다. 상금 수령자들에게 현금화할 수 있는 수표를 써주겠다고 설득하는 건 쉽지 않은 일이었다. 비영리단체들은 보조금을 처리할 때 현금 지급을 꺼렸다. 하지만 전화 통화와 이메일을 통해 파우와우 경연 참가자들이 현금으로 받는 걸 선호하고 가끔 은행 계좌가 없는 경우도 있으며 수표를 현금으로 바꿀 때 내는 삼 퍼센트의 수수료를 아까워한다는 설명과 증언들을 전달한 결과, 마침내 비자 기프트 카드를 지급하는 것으로 합의를 보았다. 상금 전액을.

"지금 안 가져올 이유가 없지요." 에드윈이 말한다. "이따가는 정신이 하나도 없을 거고, 상금을 나눠줄 시간이 되었을 때 주차장까지 갔다 오는 건 내키지 않는 일이 될 거예요."

"맞아요." 블루가 말한다.

그들은 자동차 트렁크에서 금고를 끌어내 함께 들고 걷는다. 무게 때문이 아니라 금고의 폭이 너무 넓어서다.

"이렇게 큰돈을 만져보기는 처음이네요." 블루가 말한다.

"그렇게 무겁지 않다는 걸 아는데도 엄청 무겁게 느껴지네요, 그렇죠?" 에드윈이 말한다.

"우편환으로 받았어야 했는지도 모르겠어요." 블루가 말한다.

"하지만 현금이라고 광고했잖아요. 그게 사람들을 끌어모으는 방법이고. 당신이 그렇게 말했잖아요."

"그런 것 같네요."

"아뇨, 당신이 정말로 그렇게 말했다고요. 당신 아이디어였어요."

"좀 과시적인 것 같아서요." 블루가 테이블로 다가가며 말한다.

"파우와우가 원래 과시적인 거잖아요, 안 그래요?"

## 캘빈 존슨

아침을 거의 다 먹을 때까지 그들 중 누구도 말을 하지 않는다. 그들은 콜리시엄 옆 데니스 식당에 있다. 캘빈은 노른자를 살짝만 익힌 계란프라이와 소시지, 토스트를 먹는다. 찰스와 갈로스는 둘 다 그랜드슬램*을 시켰다. 옥타비오는 오트밀을 시켰지만 거의 먹지 않고 커피만 마시고 있다. 날짜가 다가올수록 다들 심각해졌고, 심각해질수록 그것에 대해 말을 아끼게 되었다. 하지만 캘빈은 돈을 되도록 일찍 훔쳐야 하는데 그렇게 안 될까봐 더 걱정이다. 돈을 손에 넣는 것보다 들키지 않고 무사히 빠져나가는 것에 대한 걱정이 더 크다. 그는 이 엿같은 계획에 자신을 끌어들인 찰스에게 아직도 화가 나 있다. 찰스가 자기 마리화나를 몽땅 피워버린 것에 대해서도. 바로 그것 때문에 그들이 여기 있다는 사실에 대해서도.

* 팬케이크와 베이컨과 소시지와 계란이 함께 나오는 세트 메뉴.

그는 도무지 마음이 풀리지 않았다. 그렇다고 발을 뺄 수도 없었다.

캘빈은 토스트로 접시 위 노른자를 싹싹 긁어서 입에 넣은 뒤 마지막 남은 오렌지주스와 함께 음식을 삼킨다. 신맛, 단맛, 짠맛, 그리고 진한 노른자 맛이 한꺼번에 느껴진다.

"일을 되도록 일찍 해치워야 한다는 데 모두 동의하는 거지, 맞지?" 캘빈이 뜬금없이 말한다.

"저 종업원은 어떻게 이렇게 오랫동안 리필해주러 안 올 수가 있지?" 찰스가 빈 커피 머그잔을 들어올리며 말한다.

"팁 안 주면 돼. 그럼 커피는 공짜로 마시는 셈이지." 칼로스가 말한다.

"개소리 집어치워." 옥타비오가 말한다.

"원래 팁이라는 건 주는 의미가 있어야 한다고. 사람들이 말이야, 존나 책임감이 없어가지고." 찰스가 말한다.

"맞는 말이야." 칼로스가 맞장구친다.

"벌써 두 번이나 리필해줬잖아, 이 좆만아." 옥타비오가 말한다. "이제 팁 얘긴 집어치워. 그게 금고에 보관되어 있다고 했지?"

"응." 캘빈이 대답한다.

"덩치 큰 남자는 크니까 알아볼 수 있겠고." 옥타비오가 말한다. "그리고 긴 흑발의 사십대 여자, 꽤 예쁘장한데, 피부가 안 좋다고?"

"맞아." 캘빈이 말한다.

"일단 금고를 가져오고, 여는 건 나중에 생각하자." 찰스가 말한다.

"서두르면 안 돼." 옥타비오가 말한다.

"되도록 일찍 해치우는 게 낫겠지, 그렇지?" 캘빈이 말한다.

"휴대전화 가진 사람들이 많아서 뚱보가 금고 비밀번호를 말할 때까지 기다리면 그동안 사람들이 경찰에 신고할 거야. 찰스 말이 맞아." 칼로스가 말한다.

"서두를 필요가 없는 경우에는 서두르지 말아야지." 옥타비오가 말한다. "금고 비밀번호를 알아낼 수 있다면 거기서 꺼내 와야지, 그 빌어먹을 금고를 들고 나올 게 아니라."

"상금이 다 기프트 카드로 돼 있다고 내가 말했나? 비자 기프트 카드가 잔뜩 있을 거야." 캘빈이 말한다.

"현금이나 마찬가지지." 옥타비오가 말한다.

"대체 왜 다 빌어먹을 기프트 카드야?" 찰스가 말한다.

"그러게 말이야, 대체 왜……"

"좀 닥쳐줄래, 찰로스? 아가리 닥치고 생각 먼저 한 다음에 말해. 그건 존나 현금이랑 똑같은 거라고." 옥타비오가 말한다.

"영수증이 필요했거든, 보조금에 대한." 캘빈은 그렇게 말한 다음 마지막 한 입을 먹고, 방금 옥타비오가 한 말을 찰스가 어떻게 받아들였는지 살펴본다. 찰스는 창밖을 내다보고 있다. 열받은 거다.

# 대니얼 곤잘러스

대니얼은 가게 해달라고 조른다. 그 일이 일어나는 걸 보게 해달라고. 그는 절대로 조르는 성격이 아니다. 옥타비오는 안 된다고 말한다. 대니얼이 조를 때마다 안 된다고 한다. 전날 밤까지. 지하실에는 그들 둘뿐이다.

"가게 해줘야 한다는 거 형도 알잖아." 대니얼이 컴퓨터 앞에서 말한다. 옥타비오는 소파에서 테이블을 바라보고 있다.

"내가 할 일은 어떻게 해서든 이번 건을 성공시키는 거야. 그래야 우리가 그 돈을 갖지." 옥타비오는 그렇게 말하고 대니얼에게 다가간다.

"내가 가겠다는 것도 아니잖아. 난 여기 있을 거야. 여기서 콜리시엄으로 드론을 날릴 수 있어. 아니면 나를 가게 해주면……"

"아니, 넌 못 가." 옥타비오가 말한다.

"그럼 드론만 날리게 해줘."

“글쎄, 모르겠다.” 옥타비오가 말한다.

“그러지 말고. 나한테 신세 졌잖아.” 대니얼이 말한다.

“헛소리 말고……”

“헛소리 아냐.” 대니얼이 그렇게 말하고 옥타비오를 향해 고개를 돌린다. “사실을 얘기하는 거야. 형이 우리 가족 작살냈잖아.”

옥타비오는 소파로 돌아간다. “씨발!” 그러면서 테이블을 걷어찬다. 대니얼은 무심하게 컴퓨터 체스 게임을 이어간다. 그는 나이트를 잡기 위해 자신의 비숍을 희생해 상대의 대형을 망친다.

“넌 여기 있어야 해. 그 빌어먹을 걸 날리더라도 상황이 터졌을 때 휘말리면 안 돼. 그게 떨어지면 경찰이 추적할 수 있단 말이야.”

“알겠어. 난 여기 있을게. 그럼 우리 화해한 거지?” 대니얼이 말한다.

“화해한 건가?” 옥타비오가 말한다. 대니얼이 일어나서 그에게로 간다. 손을 내민다.

“악수를 하자는 거야?” 옥타비오가 픽 웃으며 말한다. 대니얼은 내민 손을 거두지 않는다.

“좋아.” 옥타비오가 말하며 대니얼의 손을 잡고 흔든다.

## 재키 레드페더

재키와 하비는 파우와우 전날 밤 오클랜드에 도착한다. 하비가 재키에게 자신의 방을 권하며 퀸 침대가 두 개 있다고 말한다.

"어떻게 하든 상관없긴 한데. 침대 하나가 비고, 공짜니까." 그가 말한다.

"나 가난하지 않아." 재키가 말한다.

"좋을 대로 해." 하비가 말한다. 그게 하비 같은 남자들의 문제다. 개과천선한 것처럼 보여도 결국에는 제 버릇 남 못 주는 법이다. 그가 자신의 생각대로 일이 흘러가지 않는다고 느낀다 해도 재키는 전혀 신경쓰지 않는다. 그건 그의 문제니까. 그녀는 그들의 아이를 가졌고, 낳았고, 버렸다. 그들의 아기를. 그러니까 그는 불편할 수 있다. 그래야 한다.

재키가 눈을 떴을 때는 너무 이른 시각 같지만 도로 잠을 잘 수가 없다. 커튼을 젖히자 해가 막 떠오르려 하고 있다. 바깥은 어둠과 옅은 푸른빛이 중간쯤에서 만난 색이다. 그녀는 늘 그 푸른색이 좋았다. 일출을 지켜봐야 한다는 생각이 든다. 마지막으로 일출을 본 게 얼마나 오래전이던가? 하지만 그녀는 커튼을 치고 TV를 튼다.

두 시간쯤 지나서 하비에게 아침 먹자는 문자가 온다.

"긴장돼?" 재키가 소시지를 포크로 찍어서 시럽을 묻히며 묻는다.

"긴장하지 않은 지 오래됐어." 하비는 그렇게 말하고 커피를 한 모금 마신다. "내가 생각을 제일 잘할 수 있는 장소가 거기거든. 소리 내서 하는 생각. 난 그냥 눈앞에 보이는 대로 말해. 파우와우 진행을 하도 많이 해서 말이 술술 나오지. 스포츠 중계방송 아나운서들이 경기 내내 헛소리를 지껄여대는 것과 같아. 춤꾼들이 입장할 때 실황중계를 하다보면 가끔 기도를 올리는 것 같은 기분이 든다는 점을 제외하면 똑같지. 하지만 너무 진지해지면 안 돼. 파우와우 진행자는 불경한 데가 있어야 하니까. 파우와우는 많은 사람들이 상금을 타러 오는 큰 행사야. 경연이지. 그래서 스포츠 아나운서처럼 밝게 진행해야 해." 그는 접시 위의 모든 것—계란, 비스킷, 그레이비소스, 소시지—을 한데 섞는다. 그리고 섞은 것들을 포크로 잔뜩 찍는다. 음식을 다 먹어치운 다음엔 남은 것을 토스트 조각으로 닦는다. 재키는 커피를 홀짝이며 하비가 푹 젖은 토스트를 먹는 걸 지켜본다.

파우와우 행사장에서 재키는 캔버스 천막 아래 하비 옆에 앉는다. 천막 안에는 음향 장비와 믹싱 콘솔이 있고 거기서 뱀처럼 구불구불 뻗어나온 마이크 선도 보인다.

"춤꾼들 이름이랑 번호를 다 받아서 그 목록이 적힌 종이를 앞에 놓고 보는 거야, 아니면 외우는 거야?" 재키가 묻는다.

"외우냐고? 허. 여기." 하비는 그러면서 이름과 번호가 적힌 긴 명단을 끼워놓은 클립보드를 건넨다. 그녀는 별생각 없이 명단을 훑어 내려간다.

"우린 괜찮아, 하비." 재키가 말한다.

"알아." 하비가 말한다.

"아니, 당신이 그렇게 얘기하면 안 되지." 재키가 말한다.

"사십 년이 넘은 일이야." 하비가 말한다.

"사십이 년. 마흔두 살이야. 우리 딸." 재키가 말한다.

재키는 하비에게 클립보드를 돌려주려다가 명단에서 오빌의 이름을 발견한다. 그녀는 클립보드를 눈에 더 가까이 대고 확인한다. 그의 이름을 읽고 또 읽는다. 오빌 레드페더. 거기 있다. 재키는 휴대전화를 꺼내 동생에게 문자를 보낸다.

# 옥타비오 고메즈

총은 플라스틱이지만 그래도 옥타비오는 금속 탐지기를 통과할 때 진땀이 난다. 하지만 아무 일도 일어나지 않는다. 금속 탐지기를 통과한 옥타비오는 혹시 누가 사신들에게 관심을 기울이는지 확인하려고 주위를 둘러본다. 경비원은 금속 탐지기 옆에서 신문을 보고 있다. 덤불 있는 데로 걸어간 옥타비오는 검은색 양말 한 켤레를 발견한다. 손을 뻗어 양말을 집는다.

화장실에서 옥타비오는 양말 한 짝에 손을 넣어 총알을 한 움큼 꺼낸 다음, 양말 두 짝을 칸막이 밑으로 옆 칸의 찰스에게 전달하고, 찰스도 똑같이 한 후 역시 칸막이 밑으로 칼로스에게 전달하고, 칼로스는 맨 마지막 칸에 있는 캘빈에게 전달한다. 옥타비오는 총에 총알을 넣으며 두려움이 발끝에서부터 머리끝까지 올라오는 걸 느낀다. 두려움은 계속 나아가 그에게서 빠져나가고, 그는 두려움이 말해주는 것을 들을 기회가 왔으나 놓쳐버린 듯한 기분을 느낀다. 두려움이 관통하는 걸 느낀 순간 총알 하나가 바닥에 떨어져 그의 앞에서 데굴데굴 굴러 칸막이 밖으로 나가버린 것이다. 신발 삐걱거리는 소리가 들린다. 토니가 자기 총알을 가지러 온 게 분명하다. 총알 굴러가는 소리에 모두가 조용해진다.

## 에드윈 블랙

블루와 에드윈은 아까 설치한 천막 아래 테이블에 앉아 있다. 그들은 춤꾼들이 입장식을 위해 나오는 걸 본다. 블루는 그들을 향해 고개를 든다.

"저기 아는 사람 있어요?" 블루가 묻는다.

"아뇨. 하지만 들어봐요." 에드윈이 그러면서 파우와우 진행자의 목소리가 들려오는 곳을 가리킨다.

"당신 아버지군요." 블루가 그렇게 말하고 잠시 귀를 기울인다.

"기묘해요, 그렇죠?" 에드윈이 말한다.

"정말 기묘하죠. 그런데 잠깐만요, 그 사실을 인턴…… 아니 일을 시작하기 전에 알게 된 거예요, 아니면 후에……"

"전에 알았어요. 그러니까, 이 일을 하게 된 데는 그가 어떤 사람인지 알아내려는 목적도 있었어요."

그들은 춤꾼들이 입장하는 걸 지켜본다. 노장들이 선두에서 깃발과 지팡이를 들고 걷는다. 그 뒤로 활기찬 춤꾼의 대열이 길게 이어진다. 에드윈은 이 순간을 간직하기 위해 파우와우 영상을 보는 걸 피해왔다. 블루가 유튜브로 파우와우 영상들을 보고 미리 행사에 대한 감을 잡으라고 강권했지만, 그는 이 자리에서 처음으로 보고 싶었다.

"저기 아는 사람 있어요?" 에드윈이 묻는다.

"전에 여기서 일할 때 알던 많은 아이들이 이제 다 자랐을 텐데, 아는 얼굴은 안 보이네요." 블루가 말한다. 그녀는 막 자리에서 일어난 에드윈을 바라본다.

"어디 가요?"

"타코 사오려고요." 에드윈이 말한다. "하나 사다 줘요?"

"또 당신 아버지 앞을 지나가야겠군요, 안 그래요?"

"그래요, 하지만 이번엔 진짜로 타코 사러 가는 거예요."

"좀전에도 사왔잖아요."

"내가요?" 에드윈이 묻는다.

"그냥 가서 말 걸어요."

"그렇게 쉬운 일이 아니에요." 에드윈이 말하며 미소를 짓는다.

"그럼 나랑 같이 가요." 블루가 말한다. "하지만 가서 정말로 말을 걸어야 해요."

"좋아요."

"좋아요." 블루는 그렇게 말하고 일어선다. "어쨌든 둘이 여기서 만날 계획이었던 거 아녜요?"

"그렇긴 하지만 그후로 대화한 적이 없어요." 에드윈이 말한다.

"그렇단 말이죠." 블루가 말한다.

"그건 내 탓이 아니에요. 생각해봐요. 당신 아들이 연락을 해왔어요. 존재하는 줄도 몰랐던 아들이. 그런데…… 그냥 연락을 끊어버린다고요? 그래, 어이, 만나자, 그렇게만 말하고 계획도 안 세우고 말이에요."

"어쩌면 직접 만날 때까지 기다려보기로 한 건지도 모르죠." 블루가 말한다.

"우리 벌써 저기로 가고 있는 거죠, 그렇죠? 그럼 이제 그 얘긴 그만해요. 다른 얘기 하는 척해요." 에드윈이 말한다.

"다른 얘기 하는 척하지 말고 진짜로 다른 얘기를 하죠." 블루가 말한다. 하지만 그렇게 말하고 나니 다른 얘깃거리가 도저히 떠오르지 않는다.

그들은 말없이 테이블과 천막들을 지난다. 에드윈 아버지의 천막에 가까워지자 에드윈이 블루에게 고개를 돌린다. "그러니까 우승한 춤꾼들은 현금을 받는 거죠? 세금이나 다른 숨겨진 수수료 없이." 그는 한창 그 얘기를 나누고 있었던 것처럼 말한다.

"좋아요, 우리가 대화를 나누고 있었던 것처럼 꾸며내고 있군요." 블루가 말한다. "그러니까 내가 무슨 말을 하든 상관없는 거고요. 바로 여기서 내가 말하고 있다는 것만으로도 충분한 거네요, 그렇죠?" 그녀는 에드윈을 보지도 않고 말한다.

"그래요, 완벽해요. 하지만 이제 됐어요. 좋아요, 당신은 여기서 기다려요." 에드윈이 말한다.

"알았어요." 블루가 로봇 같은 순종적인 목소리로 말한다.

에드윈은 마이크를 막 내려놓은 하비에게 다가간다. 하비는 에드윈을 향해 고개를 돌리더니 즉시 그를 알아본다. 모자를 벗는 동작으로 그렇다는 걸 보여준다. 에드윈이 악수하려고 손을 내밀지만 하비는 에드윈의 뒤통수를 잡고 자신의 품으로 끌어당긴다. 에드윈에겐 좀 불편할 만큼 포옹이 길어지지만, 그렇다고 억지로 포옹을 풀지는 않는다. 그의 아버지에게서 가죽과 베이컨 냄새가 난다.

"언제 왔어?" 하비가 묻는다.

"제일 먼저 왔어요. 여기 제일 먼저 온 두 사람 중 하나예요." 에드윈이 말한다.

"파우와우에 관심이 아주 많은가보군?" 하비가 말한다.

"제가 행사 주최를 도왔다고 말씀드렸는데. 기억하세요?"

"그래 맞아. 미안. 오, 이쪽은 재키 레드페더." 하비는 에드윈을 포옹하려고 일어서기 전에 앉아 있던 자리 옆에 앉은 여자를 가리키며 말한다.

"에드윈이에요." 에드윈이 말하며 그 여자에게 손을 내민다.

"재키예요." 여자가 말한다.

"블루." 에드윈은 블루가 멀리 있어서 큰 소리로 외쳐 부르는 것처럼, 입가에 한 손으로 손나팔을 만들어 대고서 말한다.

블루가 걸어온다. 그녀는 긴장한 것처럼 보인다.

"블루, 우리 아버지 하비예요. 그리고 이쪽은 아버지의, 아버지의 친구 재키, 뭐라고 하셨죠?"

"레드페더." 재키가 말한다.

"맞아요, 그리고 이쪽은 블루예요." 에드윈이 말한다.

블루의 얼굴이 하얗게 질린다. 그녀는 손을 내밀며 미소를 지으려 하지만, 그보다는 토하지 않으려고 애쓰는 사람처럼 보인다.

"두 분 만나뵙게 되어 정말 반갑습니다. 그런데 에드윈, 우리 이제 가봐야……"

"에이, 우리 지금 막 왔잖아요." 에드윈은 그러면서 맞죠? 하고 묻듯 아버지를 본다.

"알아요, 하지만 다시 오면 되잖아요. 오늘 하루종일 시간이 있고, 우린 바로 저기 있을 거니까요." 블루가 그들의 자리를 가리키며 말한다.

"알겠어요." 에드윈은 그렇게 말하고 아버지와 악수하기 위해 다시 손을 내민다. 그런 다음 그들은 손을 흔들고 그 자리를 떠난다.

"오케이, 두 가지 일이 일어났어요." 블루가 그들의 테이블을 향해 걸어가며 말한다.

"정말 대박이었어요." 에드윈이 말한다. 그는 미소를 억누르지 못한다.

"저 여자 우리 엄마 같아요." 블루가 말한다.

"뭐라고요?"

"재키."

"누구요?"

"지금 당신 아버지와 함께 있는 여자요."

"오. 잠깐, 뭐라고요?"

"난 알 수 있어요. 아니 모르겠어요. 지금 도대체 무슨 일이 일어나고 있는 건지 모르겠어요, 에드."

두 사람은 테이블로 돌아간다. 에드윈은 블루를 보며 미소 지으려 애쓰지만, 블루는 유령처럼 창백하다.

# 토머스 프랭크

“괜찮나?” 노래가 끝난 후 보비 빅메디신이 묻는다. 토머스가 계속 한눈을 팔고 있었던 것이다. 아니, 한눈을 팔았다기보다는 땅밑을 꿰뚫어볼 수 있는 것처럼, 거기서 뭐가 보이는 것처럼 땅을 내려다보고 있었다.

“그런 것 같네. 잘되어가는 것 같아.” 토머스가 말한다.

“여전히 술 마시나?” 보비가 묻는다.

“나아지고 있지.” 토머스가 말한다.

“북을 위해 그런 쓸데없는 건 다 끊어버려야지.” 보비는 그러면서 북채를 빙글빙글 돌린다.

“기분은 좋아.” 토머스가 말한다.

“기분이 좋은 걸로는 부족하네. 저 사람들을 위해 북을 잘 쳐야지.” 보비가 그렇게 말하고 북채로 경기장을 가리킨다.

“오늘 우리가 부를 노래들은 내가 다 아는 것들인가?”

"대부분. 잘 따라올 수 있을 거야." 보비가 말한다.

"고맙네, 형제." 토머스가 말한다.

"고마움은 여기에 담으라고." 보비가 북 한가운데를 가리키며 말한다.

"여기 나오라고 해줘서 고맙다는 뜻이네." 토머스가 그렇게 말하지만 보비는 듣지 않는다. 이미 다른 연주자와 이야기하는 중이다. 보비는 그런 식이다. 함께 있어주다가 돌연 가버린다. 보비는 토머스에게 해준 일을 개인적인 호의로 여기지 않는다. 그는 북꾼을 원했던 것이다. 그는 토머스의 북 연주와 노래를 좋아한다. 토머스는 몸을 풀기 위해 일어선다. 그는 진짜로 기분이 좋다. 노래와 북이 그렇게 만들어주었다. 지금 이 순간 자신이 있어야 할 바로 그곳—노래 속의 그곳, 노래가 노래하는 그곳—에 있는 듯한 충만함과 완전함을 느끼도록 이끌어주었다.

토머스는 장신구와 담요를 파는 여러 매대들을 둘러본다. 그러면서 인디언 센터 사람이 있는지 계속 찾아본다. 블루를 만나 사과해야 한다. 그러면 오늘 남은 시간 동안 북을 더 잘 칠 수 있으리라. 더 훌륭하고 참된 소리를 낼 수 있으리라. 그는 그녀를 본다. 그런데 누가 소리를 지른다. 토머스는 그 소리가 어디서 나는지 알 수가 없다.

## 루서와 로니

관중석에 있는 루서와 로니에게 햇볕이 뜨겁게 내리쬔다. 그들은 서로 불평할 거리가 동이 났고, 둘 사이에서 천천히 커져가는 침묵에 대한 인내심도 잃었다. 그들은 굳이 그러자고 말할 필요 없이 일어나서 오빌을 찾으러 내려간다. 조금 전 로니는 북에 더 가까이 가보고 싶다고, 가까이에서 소리가 어떻게 들리는지 알고 싶다고 말했었다.

"그냥 존나 시끄러운 소리야." 루서가 말했다.

"그래도 보고 싶어."

"듣고 싶은 거겠지." 루서가 말했다.

"내 말뜻 알잖아."

그들은 북을 향해 다가간다—루서의 고개가 오빌을 찾아 이쪽저쪽으로 돌아간다. 루서는 먼저 레모네이드를 사 먹는다는 조건으로 로니와 북소리를 들으러 가기로 했다. 지금까지 로니는 오빌을 사로잡은 파우와우의 그 어떤 것에 대해서도 관심을 보인 적이 없었다. 저 북 말인데, 로니가 말했다. 그는 북소리가 그렇게 클 줄 몰랐고, 노래꾼들이 실제로 그런 소리를 낼 줄도 몰랐다고 했다.

"노래 말이야, 저 소리 들려?" 관중석에서 내려가기 전에 로니는 루서에게 그렇게 말했다.

"그래, 들려. 오빌 이어폰에서 골백번 들었던 거랑 똑같은데." 루서가 말했다.

그들은 춤꾼들 곁을 지나다가 위를 올려다보고 움찔한다. 사람들이 그들을 미처 발견하지 못해서, 두 사람은 다가오는 춤꾼들을 피하며 걸어가야 한다. 로니는 자꾸만 북이 있는 쪽으로 움직인다. 그리고 루서는 계속해서 그의 셔츠를 잡고 레모네이드 쪽으로 끌어당긴다. 레모네이드 매대에 거의 도착했을 때 그들은 사람들의 비명 같은 걸 듣고 돌아본다.

## 대니얼 곤잘러스

대니얼은 VR 고글을 쓰고 있다. 고글 무게 때문에 고개가 약간 숙여진다. 하지만 드론 역시 같은 각도로 날아간다—드론은 위쪽이 무겁기 때문이다. 그래서 콜리시엄을 향해 드론을 날리면서 그는 자신이 날아가고 있는 듯한 기분을 느낀다.

대니얼은 콜리시엄 안쪽으로 드론을 날리기 전에 기다린다. 배터리 수명 때문에 기다린다. 아무것도 놓치고 싶지 않다. 그는 일이 잘되기를 바란다. 그들이 성공하기를 바란다. 하지만 총이 사용되지 않기를 바라는 마음이 더 크다. 파우와우가 열리는 주가 되자 그는 밤마다 한밤중에 잠에서 깨곤 했다. 거리에서 사람들이 달리고 사방에서 총성이 울리는 꿈을 꾸었다. 평소에 자주 꾸던 좀비와 세상의 종말에 관한 꿈과 비슷한 것이려니 했지만, 어느 순간 그 사람들이 인디언이라는 것을 깨달았다. 인디언 복장을 한 건 아니었지만, 꿈에서는 어떤 것들을 그냥 알 수 있으므로, 그것 역시 그냥 알았다. 꿈들은 전부 똑같이 끝났다. 땅에 즐비한 시체들. 죽음의 정적, 시체에 박힌 모든 총알들의 뜨거운 정지.

날씨는 화창하고, 대니얼은 콜리시엄 꼭대기를 넘어가며 엄마가 계단을 내려오는 소리를 듣는다. 엄마는 매니가 죽은 후로 지하실 계단을 내려온 적이 없었기에 이해할 수 없는 일이다.

"지금은 안 돼요, 엄마." 그가 말한다. 그랬다가 미안해서 덧붙인다. "잠깐만요." 대니얼은 갈매기들을 제외하면 텅 비어 있는 위쪽 관람석에 드론을 착륙시킨다. 엄마가 고글을 보면 비싸 보인다고 생각할 것 같아서 엄마에게 고글을 보이고 싶지 않다.

"괜찮아요?" 대니얼이 계단 밑에서 엄마에게 묻는다. 엄마는 계단 중간쯤에 있다.

"지하실에서 뭐하는 거니?"

"늘 하는 거죠, 엄마, 아무것도 안 해요." 대니얼이 대답한다.

"올라와서 같이 아침 먹자. 내가 뭐 좀 만들어줄 테니까."

"조금 기다려주실 수 있어요?" 대니얼은 자신의 목소리에 조바심이 어려 있음을 의식하며 그렇게 말한다. 지금 콜리시엄 삼층 관람석에서 배터리를 낭비하며 앉아 있는 드론에게로 어서 돌아가고 싶은 것이다.

"알았다, 대니얼." 엄마가 말한다. 그 목소리가 너무 슬퍼서 대니얼은 드론을 거기 그냥 내버려두고 엄마와 아침을 먹고 싶어질 정도다.

"금방 올라갈게요, 엄마. 아셨죠?"

엄마는 대답이 없다.

# 블루

블루는 자신이 왜 그토록 금고를 의식하게 되었는지 알 수가 없었다. 아니면 그 이유를 알지만, 자신이 왜 금고에 대해 생각하기 시작했는지 알고 싶지 않았던 것인지도 모른다. 금고의 돈. 오전 내내 그 생각은 떠오르지도 않았었다. 파우와우가 시작될 때까지도 그건 문젯거리가 되지 않았다. 기프트 카드들이 무거운 금고 안에 들어 있지만, 누가 파우와우를 털겠는가? 그녀에겐 다른 생각할 거리들이 있었다. 그녀는 방금 엄마를 만났다. 어쩌면. 깡패들처럼 보이는 남자 몇 명이 근처에 서 있다. 블루는 그들의 존재가 신경 쓰이는 게 신경쓰인다.

에드윈이 블루 옆에서 해바라기씨를 씹어 삼킨다. 그게 다른 무엇보다 그녀의 신경을 건드리는데, 왜냐하면 해바라기씨는 껍질을 까서 먹어야 하는데 그는 몇 줌씩 입에 밀어넣고 씹다가 껍질까지 다 삼켜버리고 있기 때문이다.

남자들이 테이블로 점점 더 가까이 접근한다. 슬금슬금 다가온다. 그녀는 다시 스스로에게 묻는다. 누가 파우와우를 털겠어? 누가 파우와우를 터는 법을 알겠어? 블루는 그런 생각 자체를 떨쳐 내면서도 테이블 아래로 시선을 던져 금고가 여전히 빨간색, 노란색, 청록색으로 이루어진 작은 펜들턴 담요에 잘 덮여 있는지 확인한다. 에드윈이 그녀를 보며 그가 여간해서는 보이지 않는, 치아를 당당히 드러낸 미소를 짓는다. 치아에 해바라기씨가 잔뜩 끼어 있다. 블루는 그런 그가 싫으면서도 좋다.

# 딘 옥센딘

딘은 자신의 부스 안에서 첫 총성을 듣는다. 총알 하나가 핑 소리와 함께 부스를 뚫고 들어온다. 그는 구석으로 가 그곳의 나무 기둥에 등을 댄다. 무언가가 그의 등을 때리는가 싶더니 주위에서 부스의 검은 커튼 벽이 무너진다.

딘은 조잡하게 만든 부스의 잔해에 깔려 있다. 그는 움직이지 않는다. 움직일 수 있을까? 시도하지 않는다. 자신이 무엇에 맞았건 그것 때문에 죽지는 않을 것임을 안다. 안다고 생각한다. 뒤로 손을 뻗어 나무를 만진다. 부스를 지지하는 네 개의 굵은 기둥 중 하나다. 나무를 밀어내다가 거기 뭔가 뜨거운 게 박혀 있는 걸 느낀다. 총알이다. 총알이 거의 기둥을 뚫고 나와 그에게 박힐 뻔했다. 하지만 기둥 속에서 멈췄다. 기둥이 그를 구했다. 그와 총알 사이엔 그가 설치한 부스뿐이다. 총알이 계속 날아온다. 그는 검은 커튼을 헤치고 살금살금 기어나간다. 잠시 눈부신 햇살에 눈이 먼다.

그는 눈을 비비고 여러 이유로 도무지 이해가 되지 않는 건너편의 광경을 바라본다. 파우와우 위원회의 캘빈 존슨이 땅에 쓰러진 남자에게 흰색 총을 쏘는 와중에, 그의 양옆에서 다른 남자 두 명이 총을 쏘고 있다. 그중 하나는 전통 의상 차림이다. 딘은 배를 깔고 엎드린다. 무너진 부스 밑에 그냥 있을 걸 그랬다.

## 오빌 레드페더

오빌은 경기장으로 도로 걸어나가다가 총성을 듣는다. 그는 동생들 생각을 한다. 동생들을 잃고 혼자만 살아 돌아가면 할머니가 그를 가만두지 않을 것이다. 오빌은 달리기 시작하다가 자신의 몸을 가득 채우는 탕 소리를 듣는다. 너무도 낮은 그 소리가 그를 땅바닥으로 끌어당긴다. 그는 코앞의 풀냄새를 맡으며 알게 된다. 자신이 아는 걸 알고 싶지 않지만 그래도 안다. 손이 배에 닿자 손가락에 피의 따뜻함과 축축함이 느껴진다. 움직일 수가 없다. 기침을 하는데 입에서 나오는 것이 피인지 침인지 알 수가 없다. 그는 북소리를 한번 더 듣고 싶다. 일어나서 피투성이 깃털로 날아가고 싶다. 그가 한 모든 일들을 되돌리고 싶다. 그는 자신이 춤으로 기도하는 법을, 새로운 세상을 위해 기도하는 법을 안다고 믿고 싶다. 계속 숨을 쉬고 싶다. 계속 숨을 쉬어야 한다. 그는 계속 숨을 쉬어야만 한다는 걸 기억해야 한다.

# 캘빈 존슨

캘빈은 서서 휴대전화를 향해 고개를 숙이고 있지만, 계속 시선을 들어 위쪽을 본다. 그는 모자를 푹 눌러쓴 채 블루와 에드윈의 눈에 띄지 않도록 그들 뒤쪽에 서 있다. 그는 토니를 건너다본다. 토니는 제자리에서 가볍게 뛰어오른다—춤을 출 준비가 된 것처럼 동작이 날렵하다. 돈을 빼앗는 건 토니가 하기로 되어 있다. 나머지 사람들은 일이 잘못될 경우에 대비해 거기 있는 것이다. 옥타비오는 토니에게 전통 의상을 입히고 돈 빼앗는 일을 시킨 이유를 설명해주지 않았다. 전통 의상을 입으면 신원 확인이 어렵고 결국 조사하기도 어렵기 때문이리라 캘빈은 짐작한다.

옥타비오, 찰스, 칼로스는 불안한 모습으로 테이블 가까이에 있다. 캘빈은 옥타비오가 보낸 단체 문자를 받는다. 우리 아무 문제 없는 거지 토니? 캘빈은 토니가 테이블을 향해 걸어가는 걸 보자 자신도 그렇게 할 수밖에 없다. 하지만 토니가 걸음을 멈춘다. 옥타비오, 찰스, 칼로스는 토니가 걸음을 멈추는 것을, 제자리에서 가볍게 뛰어오르는 것을 지켜본다. 캘빈은 속이 뒤틀린다. 토니가 그들을 마주본 채로 뒷걸음질치더니 돌아서서 반대 방향으로 걷는다.

옥타비오가 다음 행동에 들어가는 데는 오랜 시간이 걸리지 않는다. 캘빈은 지금까지 총을 들어본 적이 없었다. 거기엔 중력이 작용한다. 에드윈과 블루에게 총을 겨누고 있는 옥타비오에게로 그를 끌어당긴다. 옥타비오는 총으로 금고를 가리킨다. 차분한 동작이다. 캘빈은 셔츠 아래에 있는 총에 손을 얹는다. 에드윈이 쭈그리고 앉아 금고를 연다.

옥타비오는 기프트 카드 자루를 손에 들고 오른쪽을 보았다가 왼쪽을 본다. 그때 멍청이 칼로스가 옥타비오에게 총을 겨눈다. 캘빈이 옥타비오보다 먼저 그걸 본다. 찰스도 옥타비오에게 총을 겨눈다. 찰스가 옥타비오에게 총 내려놓고 카드 자루를 넘기라고 소리친다. 칼로스도 그의 뒤에서 똑같이 소리친다. 염병할 찰로스.

옥타비오가 카드 자루를 찰스에게 던지며 총을 몇 발 쏜다. 찰스는 비틀비틀 뒤로 물러나며 총을 쏘기 시작한다. 옥타비오가 총을 맞고 찰스에게 몇 발 더 쏜다. 캘빈은 찰스 뒤쪽으로 10피트쯤 되는 지점에서 전통 의상을 입은 아이가 쓰러지는 걸 본다. 좆같은 상황이다. 하지만 캘빈이 그런 생각을 할 겨를도 없이 칼로스가 옥타비오의 등에 총알 서너 발을 박아넣는다. 칼로스는 더 쏘려고 하지만 대니얼의 드론이 그의 머리를 들이받는 바람에 쓰러지고 만다. 캘빈은 아무도 겨누지 않고서 손가락을 방아쇠에 대고 쏠 준비를 하지만 그때 첫번째 총알이 엉덩이에, 뼈에 박히는 걸 느낀다. 한쪽 무릎을 꿇고 앉은 캘빈은 배에 한 발을 더 맞는다. 너무 많은 물을 한꺼번에 들이켠 것처럼 뱃속이 메스껍고 무지근하다. 어떻게 배에 구멍이 났는데 더 가득찬 느낌이 드는 걸까? 캘빈은 쓰러지면서 칼로스가 토니 쪽에서 날아온 총알에 맞는 걸 본다.

캘빈은 땅에 쓰러진 채 형이 토니에게 총을 쏘는 걸 본다. 작고 뾰족한 풀잎들이 얼굴을 누르는 게 느껴진다. 그 풀잎들이 그가 느낄 수 있는 전부다. 그러고는 더이상 총성이 들리지 않는다. 아무것도 들리지 않는다.

# 토머스 프랭크

그는 총성이 울릴 때 그게 총성이라고 생각하지 않는다. 그게 다른 것으로 밝혀지기를 기다린다. 하지만 이내 사람들이 달리고 비틀거리고 쓰러지고 비명을 지르고 혼비백산한 모습이 보인다. 그가 처음에 분명 총성이 아닌 다른 무언가라고 생각했던 것이 곧, 금세, 그의 마음속에서, 그리고 눈앞에서 확실한 총성이 된 것이다. 토머스는 이해하지 못한 채로 몸을 숙인다. 쭈그려앉아서 멍하니 쳐다본다. 그는 총 쏘는 사람, 혹은 사람들을 발견하지 못한다. 그래서 멍청하게도 무슨 일인지 더 잘 살피려고 자리에서 일어선다. 근처에서 날카로운 핑 소리가 들리고, 그게 총알이 자신을 스쳐가는 소리임을 깨닫자마자 목에 한 발을 맞는다. 최대한 몸을 낮췄어야 했는데, 땅에 쓰러져 죽은 척했어야 했는데 그는 그렇게 하지 않았고, 이제 총 맞은 목을 잡고 정말로 땅에 쓰러져 있다. 총알이 어디서 날아왔는지는 알 수 없지만, 파열된 목을 잡고 있는 손으로 피가 심하게 쏟아지는 마당에 그런 건 아무래도 상관없다.

그가 아는 건 아직도 총알들이 날아오고, 사람들이 비명을 지르고, 누군가가 그의 뒤에 있고, 자신의 머리가 누군가의 무릎에 놓여 있다는 사실뿐이다. 하지만 그는 눈을 뜰 수가 없고 총알이 뚫고 지나간 자리가, 혹은 그렇다고 느껴지는 곳이 타는 듯 뜨겁다. 그를 무릎에 안은 사람이 무언가를 그의 목에 감아서 묶는 듯하다. 아마도 셔츠나 숄인 것 같다. 지혈을 하려는 것이다. 그는 자신의 눈이 감겨 있는 건지 아니면 갑자기 눈이 먼 건지 알 수가 없다. 그는 자신이 아무것도 볼 수 없다는 걸 알고, 잠을 자는 것이 떠올릴 수 있는 가장 최선의 행동처럼 느껴진다. 그 잠이 무엇을 의미하건, 이제부터 오직 잠만을, 꿈 없는 잠만을 자게 된다고 해도 말이다. 하지만 어떤 손이 그의 얼굴을 때리고 그는 눈을 뜬다. 지금 이 순간까지 신을 믿은 적이 없던 그가 얼굴을 맞는 그 느낌에서 신을 느낀다. 누군가가 혹은 무언가가 그를 붙잡아두려고 한다. 토머스는 몸 전체를 들어올리고 싶지만 그럴 수가 없다. 아래쪽 어딘가에서 떠다니던 잠이 피부 속으로 스며들고, 그는 호흡의 리듬을 잃어가고 있다. 호흡의 횟수가 적어지고, 지금까지 늘, 평생, 애쓰지 않아도 그를 위해 뛰어주던 심장이 멎으려 하지만 이제 그는 아무것도 할 수가 없고 오로지 다음 호흡이 오기를 기다릴 뿐이다—다음 호흡이 올 거라고 희망할 뿐이다. 평생 이토록 몸이 무겁게 느껴졌던 적이 없었고, 목덜미의 타는 듯한 뜨거움도 전혀 경험하지 못했던 것이다. 어릴 적 영원한 지옥에 대한 두려움이 돌아와 목에 난 구멍의 뜨거움과 서늘함에 머문다. 하지만 그 두려움은 오자마자 가버리고, 그는 도달한다. '그 상태'에. 어떻게 여기 도달했는지는 상관없다. 왜 여기 있는지도. 얼마나 오래 여기 머무는지도. '그 상태'는 완벽하고 그가 염원하는 모든 것이다. 일 초 동안이건, 일 분 동안이건, 한순간이건, 이곳에 속한다는 건 죽어서 영생을 누리는 것이다. 그리하여 그는 위로 올라가지도, 아래로 내려가지도 않고 다음에 올 것에 대해 걱정하지도 않는다. 그는 여기에 있고, 죽어가고 있으며, 괜찮다.

# 빌 데이비스

빌은 외부인들과 콜리시엄 직원들 사이를 가르는 두꺼운 콘크리트 벽 너머에서 둔중한 총성을 듣는다. 그는 그 둔중한 탕탕 소리가 무엇인지 깨닫기도 전에 에드윈을 떠올린다. 빌은 그 즉시 일어나서 소리를 향해 움직인다. 구내매점으로 통하는 문을 달려나간다. 화약과 풀, 흙 냄새가 난다. 위험을 마주하자, 두려움과 긴 휴면에 들어갔던 용기가 뒤섞인 감정이 그의 피부 위로 진땀처럼 솟아난다. 빌은 뛰기 시작한다. 관자놀이가 고동친다. 경기장을 향해 계단을 몇 칸씩 뛰어내려간다. 내야 담장 가까이에 이르렀을 때 주머니 속 전화기가 진동한다. 그는 걸음을 늦춘다. 캐런일 수도 있다. 어쩌면 에드윈이 그녀에게 연락했는지도 모른다. 어쩌면 에드윈의 전화일 수도 있다. 빌은 무릎을 꿇고 1열과 2열 사이로 기어간다. 그는 전화기를 확인한다. 캐런이다.

"캐런."

"자기, 나 지금 거기로 가는 중이야." 캐런이 말한다.

"안 돼. 캐런. 멈춰. 돌아가." 빌이 말한다.

"왜? 무슨……"

"총격이 일어났어. 경찰 불러. 차 세워. 경찰에 전화해." 빌이 말한다.

빌은 전화기를 배에 대고 고개를 들어 경기장을 살핀다. 그 순간 머리 오른쪽이 찌르는 듯 아프고 화끈거린다. 그는 귀에 손을 갖다 댄다. 평평하다. 축축하다. 뜨겁다. 그는 전화기를 다른 귀에 댈 생각을 못하고 오른쪽 귀가 있던 자리에 댄다.

"캐러……" 빌은 말을 맺지 못한다. 한 발 더 맞았다. 이번엔 오른쪽 눈 위다—거기 구멍이 뻥 뚫린다. 세상이 뒤집힌다.

빌의 머리가 콘크리트에 쾅 부딪힌다. 전화기가 그의 앞에 떨어져 있다. 그는 숫자가 올라가는 걸 본다—통화 시간이다. 빌의 머리가 고동친다. 통증은 없고, 그저 크게 한 번 고동치며 한껏 부풀어오른다. 그의 머리는 부풀어오르는 풍선이다. 펑크라는 단어가 떠오른다. 모든 게 울려댄다. 그의 아래쪽 어딘가에서 깊은 쉬익 소리가 들려오고, 물결인지 백색소음인지가 밀려온다—이가 진동하는 게 느껴진다. 그는 자신의 머리 밑에서 피가 반원을 그리며 새어 나오는 걸 본다. 움직일 수가 없다. 그는 사람들이 그걸 무엇으로 닦아낼지 궁금해진다. 콘크리트에 묻은 얼룩에는 과산화나트륨 분말이 최고다. 제발 이건 안 돼, 하고 그는 생각한다. 캐런이 아직 전화를 끊지 않았다. 아직도 초 단위로 숫자가 올라간다. 그는 눈을 감는다. 녹색이 보인다. 녹색의 흐릿한 형체, 그는 자신이 다시 경기장을 내다보고 있다고 생각한다. 하지만 그의 눈은 감겨 있다. 예전에 이런 녹색의 흐릿한 형체를 보았던 기억이 떠오른다. 근처에 수류탄이 떨어졌었다. 누군가가 그에게 피하라고 외쳤지만 그는 발이 얼어붙고 말았다. 그때도 이렇게 땅에 쓰러졌다. 그때도 머리가 울렸다. 이가 진동하는 것도 똑같다. 그는 자신이 정말로 거기서 빠져나왔었는지 궁금하다. 상관없다. 의식이 희미해져간다. 그는 떠나간다. 빌은 간다.

# 오팔 비올라 빅토리아 베어실드

스타디움 전체에 총성이 울린다. 비명소리가 허공을 채운다. 오팔은 이미 일층 관람석으로 부리나케 달려 내려가고 있다. 뒤에서 사람들이 밀어댄다. 그녀는 인파에 떠밀려 나아간다. 오팔은 왜 진즉 그 생각을 못했는지 이해가 안 되지만, 생각이 나자마자 전화기를 꺼낸다. 먼저 오빌에게 전화를 걸지만 신호음만 계속 울린다. 다음엔 루서에게 전화한다. 루서는 전화를 받지만 연결 상태가 좋지 않다. 말이 들렸다 안 들렸다 한다. 깨진 소리. 루서가 할머니, 라고 말하는 소리가 들린다. 오팔은 손으로 입과 코를 막고 흐느낀다. 소리가 잘 들리는지 계속 귀를 기울인다. 이런 의문이, 이런 생각이 떠오른다. 누가 정말 여기로 우리를 데리러 온 걸까? 지금? 그녀는 그게 무슨 의미인지도 알지 못한다.

오팔은 앞문 밖으로 나가자마자 아이들을 발견한다. 하지만 루서와 로니뿐이다. 그녀는 그들에게 달려간다. 루서는 아직 휴대전화를 들고 있다. 루서가 자기 전화기를 가리킨다. 목소리는 안 들리지만 입 모양으로 이렇게 말하는 게 보인다. 형한테 계속 전화하고 있어요.

# 재키 레드페더

하비의 손이 재키의 어깨를 내리누른다. 그는 재키를 자신과 함께 엎드리게 하려고 애쓴다. 재키는 그를 바라본다. 미간을 잔뜩 찌푸린 모습이 그가 얼마나 신시하게 그녀를 내리누르고 있는지 보여준다. 재키는 소리가 나는 곳을 향해 걸어가고 하비의 손이 그녀의 어깨에서 미끄러진다.

"재키." 그녀는 그의 비명 같은 속삭임을 듣는다. 그녀는 탕탕거리고 핑핑 울리는 총소리를 듣는다. 가까이에서. 그녀는 살짝 웅크리지만 계속 걷는다. 굉장히 많은 사람들이 땅에 쓰러져 있다. 죽은 것처럼 보인다. 그녀는 오빌 생각을 한다. 아까 입장식을 위해 지나가는 그애를 보았다.

잠시 재키는 이게 행위 예술 같은 것일지도 모른다고 생각한다. 전통 의상을 입은 사람들이 땅에 쓰러져 있는 건 대학살을 연상시킨다. 어머니가 그녀와 오팔에게 들려준 앨커트래즈 이야기가 떠오른다. 인디언들이 실제로 그곳을 점거하기 오 년 전에 대여섯 명의 인디언들이 먼저 행위 예술 형식으로 그곳을 점거했었다고 했다. 그것이 늘 그녀를 매료시켰다. 그 일이 그런 식으로 시작되었다는 사실이.

그녀는 총 쏘는 사람들을 발견한 다음, 오빌의 전통 의상 색깔을 찾으려고 몸뚱이들이 즐비한 경기장을 훑어본다. 오빌의 전통 의상은 밝은 주황색이 섞여 있어서 눈에 띈다. 전통 의상에서 찾아보기 힘든 분홍에 가까운 주황색이다. 그녀는 찾아내기 쉬운 그 색깔이 마음에 들지 않는다.

재키는 그게 오빌임을 스스로 인정하기도 전에, 무언가를 느끼거나 생각하거나 결정하기도 전에, 이미 손자를 향해 움직이고 있다. 그녀는 거기로 걸어가는 게 얼마나 위험한 일인지 안다. 총알을 향해 걸어가는 것이니까. 하지만 상관없다. 그녀는 고른 보폭을 유지한다. 오빌에게서 시선을 떼지 않는다.

그녀가 오빌에게 이르렀을 때 아이의 눈은 감겨 있다. 재키는 손가락 두 개를 그의 목에 대본다. 맥이 있다. 그녀는 도와달라고 외친다. 그녀가 내는 소리는 말이 아니다. 그녀가 내는 소리는 발아래에서, 땅에서 올라온다. 재키는 그 소리와 함께 오빌의 몸을 안아 든다. 인파를 헤치고 손자의 몸을 출구로 옮기는 그녀의 뒤에서 총성이 들린다. "실례합니다." 그녀는 사람들을 헤치고 나아가며 말한다. "제발."

"누가 좀!" 그녀는 출입구를 나오며 자신이 외치는 소리를 듣는다. 그리고 거기에서 그들을 본다. 출입구 바로 앞. 루서와 로니.

"오팔은 어딨어?" 그녀가 아이들에게 말한다. 로니는 울고 있다. 그가 주차장을 가리킨다. 재키는 오빌을 내려다본다. 그녀의 팔이 부들부들 떨린다. 루서가 다가와 재키에게 팔을 두르고 형을 내려다본다.

"얼굴이 하얘." 루서가 말한다.

오팔이 와서 차를 세울 때, 재키는 그들을 향해 달려오는 하비를 본다. 그녀는 왜 그가 와야 하는지, 왜 자신이 그의 이름을 부르며 오라고 손짓하는지 알지 못한다. 그들 모두 오팔의 포드 브롱코 뒷좌석에 타고, 오팔이 가속페달을 밟는다.

# 블루

블루와 에드윈은 가까스로 도중에 멈추지 않고 블루의 차까지 간다. 에드윈은 숨을 헐떡이고 이제 몹시 창백해 보인다. 블루는 에드윈에게 안전벨트를 채운 다음 시동을 걸고 병원으로 향한다. 그녀가 자기 차로 출발한 건 아직 사이렌소리조차 들리지 않기 때문이다. 에드윈이 눈이 반쯤 감긴 채 좌석에 늘어져 있기 때문이다. 그녀는 병원 가는 길을 알고, 아직 이곳에 오지도 않은 구조대보다 더 빨리 병원에 도착할 수 있기 때문이다.

총격전이 끝난 후, 블루는 땅에 쓰러진 에드윈이 그녀에게 외치는 소리를 겨우 알아들을 수 있었다.

"가야겠어요." 에드윈이 말했다. 병원 얘기였다. 그는 그녀가 병원에 데려가주기를 원했다. 그가 옳았다. 제시간에 달려올 수 있는 구급차는 충분치 않을 것이다. 얼마나 많은 사람들이 총에 맞았는지 누가 알겠는가. 에드윈은 딱 한 발을 맞았다—배에.

"알았어요." 블루가 말했다. 그녀는 에드윈의 팔을 자신의 어깨에 두르고 그를 끌어당겨 일으키려 했다. 그는 조금 움찔했지만 대체로 꽤 의연했다.

"피를 너무 많이 흘리지 않게 꽉 누르고 있어요." 블루가 말했다. 그는 빅 오클랜드 파우와우 티셔츠 서너 장을 배에 대고 있었다. 손을 등으로 가져가는 그의 얼굴에서 핏기가 가셨다.

"관통했어요." 에드윈이 말했다. "등을 뚫고."

"젠장." 블루가 말했다. "아니 잘된 건가요? 빌어먹을. 모르겠어요." 블루는 한 팔로 에드윈의 몸을 감싸안고 그가 한 팔을 그녀에게 의지하게 했다. 그들은 그렇게 절뚝거리며 콜리시엄을 걸어나가 블루의 차까지 갔다.

블루가 하일랜드병원에 차를 냈을 때 에드윈은 실신한 상태다. 블루는 병원으로 오는 내내 그에게 정신 차리라고 말하고, 외치고, 비명을 질러댔다. 아마 더 가까운 병원이 있겠지만 그녀는 하일랜드병원을 알았다. 그녀는 에드윈을 깨우고 도와줄 사람을 부르기 위해 계속 경적을 울린다. 그리고 에드윈에게 손을 뻗어 그의 뺨을 몇 번 때린다. 에드윈이 고개를 조금 흔든다.

"정신 차려요, 에드. 도착했어요." 블루가 말한다.

그는 대답이 없다.

블루는 들것을 든 사람을 부르기 위해 안으로 달려들어간다.

그녀는 양쪽으로 열리는 응급실 자동문을 나서며 포드 브롱코가 달려와 서는 걸 본다. 즉시 차의 모든 문이 열린다. 하비가 보인다. 그리고 재키도. 재키는 전통 의상을 입은 십대 소년을 안고 있다. 재키가 블루 옆을 지날 때, 간호사 둘이 에드윈을 태울 들것을 갖고 나온다. 블루는 혼선이 빚어질 것임을 즉시 예감한다. 에드윈 대신 재키와 아이가 먼저 들어가도록 내버려두어야 할까? 블루의 결정은 의미가 없다. 그녀는 간호사들이 아이를 들것에 싣고 안으로 들어가는 걸 지켜본다. 하비가 블루에게 다가오더니 차 안의 에드윈을 본다. 그리고 에드윈을 함께 들어올립시다, 라고 말하듯 에드윈을 향해 고개를 옆으로 까딱한다.

하비가 에드윈의 뺨을 몇 번 때리자 에드윈은 조금 꿈틀거리지만 고개를 들지 못한다. 하비는 누가 와서 좀 도와달라는 뜻으로 알아들을 수 없는 소리를 외친 다음, 에드윈을 차 밖으로 반쯤 꺼내고서 에드윈의 팔 하나를 자신의 몸에 두른다. 블루는 차와 에드윈 사이에 낀 채로 그의 남은 팔을 자신의 어깨에 두른다.

잡역부 둘이 에드윈을 바퀴 달린 들것에 싣는다. 블루와 하비는 들것 옆에서 복도를 따라 달리고, 이윽고 에드윈은 반회전문 안으로 들어간다.

블루는 재키 옆에 앉아 있고, 재키는 팔꿈치를 무릎에 올린 채 바닥을 내려다보며 앉아 있다. 죽음이 건물에서 떠나기를 기다리는 시선의 각도다. 사랑하는 사람이 일그러진 미소를 지으며 휠체어를 타고 나오기를 기다리는, 의사가 좋은 소식을 전하기 위해 당당하게 걸어나오기를 기다리는 그런 시선의 각도다. 블루는 재키에게 무슨 말인가를 하고 싶다. 하지만 무슨 말? 블루는 하비를 바라본다. 정말로 에드윈과 닮았다. 만일 하비와 재키가 함께하는 사이라면, 그렇다면 혹시……? 아니. 블루는 그 생각을 중단한다. 그녀는 건너편을 본다. 어린 소년 둘과 재키를 좀 닮은, 하지만 덩치가 더 큰 여자가 있다. 그 여자가 블루를 보자 블루는 시선을 피한다. 블루는 그 여자에게 왜 여기 있는지 묻고 싶다. 파우와우와, 총격전과 관련이 있으리라. 하지만 할말이 없다. 그저 기다리는 것 말고는 할일이 없다.

## 오팔 비올라 빅토리아 베어실드

오팔은 오빌이 살아나리란 걸 안다. 그녀는 머릿속으로 스스로에게 그렇게 말하고 있다. 생각을 외치는 게 가능하다면 그렇게 했을 것이다. 어쩌면 그럴 수 있는지도 모른다. 그녀는 희망을 가질 이유가 없는데도 희망을 가질 이유가 있다고 믿기 위해 그러고 있는지도 모른다. 오팔은 재키와 아이들도 그녀의 얼굴에서 그것을, 믿음을 보기를 바란다. 그 모든 것에도 불구하고 믿음을 잃지 않는 것, 어쩌면 그게 신앙인지도 모른다. 재키는 괜찮아 보이지 않는다. 오빌이 잘못되면 그녀 역시 그렇게 될 것 같다. 오팔은 그게 옳다고 생각한다. 만일 오빌이 회복되지 못한다면 그들 모두가 회복되지 못할 것이다. 어떤 것도 괜찮지 않을 것이다.

오팔은 대기실 안에 있는 모든 사람을 둘러본다. 전부 고개를 숙이고 있다. 루서와 로니마저도 전화기를 들여다보지 않고 있다. 그것이 오팔을 슬프게 한다. 차라리 그들이 전화기를 들여다보고 있었으면 좋겠다는 생각이 든다.

하지만 오팔은 믿고 기도하고 도움을 청할 때라는 게 있다면 지금이 바로 그때라고 생각한다. 이미 열한 살에 교도소 섬에서 외부의 도움에 대한 모든 희망을 버렸던 그녀이지만 말이다. 오팔은 애써 침묵을 지키며 눈을 감는다. 그녀가 오래전에 영원히 폐쇄해버렸다고 생각했던 곳으로부터 무슨 소리가 들려온다. 그녀의 옛 곰인형 '두 신발'이 이야기하던 곳. 그녀가 너무 어려서 그래선 안 된다는 걸 모를 때 생각하고 상상하던 곳. 그 목소리는 그녀의 것이면서 그녀의 것이 아니었다. 하지만 결국에는 그녀의 것이다. 다른 데서 올 수는 없으니까. 거기엔 오팔뿐이다. 오팔이 호소해야 한다. 그녀는 기도할 생각을 하기도 전에 자신이 믿을 수 있다는 걸 믿어야만 한다. 그 목소리는 그녀가 내는 것일 뿐만 아니라 저절로 나오는 것이기도 하다. 목소리가 밀려나오고, 그녀는 생각한다. 제발. 일어나. 이번엔 소리 내어 말한다. 그녀는 오빌에게 말하고 있다. 자신의 생각들을, 목소리를 오빌이 있는 방으로 보내려 애쓰고 있다. 정신 차려, 그녀는 말한다. 제발. 그렇게 소리 내어 말한다. 정신 차려. 오팔은 소리 내어 하는 기도에 힘이 있음을 깨닫는다. 그녀는 눈을 질끈 감고 운다. 떠나지 마, 그녀가 말한다. 가면 안 돼.

의사가 나온다. 한 명뿐이다. 오팔은 그게 좋은 징조일지도 모른다고 생각한다. 죽음을 알릴 때는 정신적 지지를 얻기 위해 두 명씩 나올 것이다. 하지만 그녀는 의사의 얼굴을 올려다보고 싶지 않다. 알고 싶으면서도 알고 싶지 않다. 시간을 멈추고 싶다. 기도하고 준비할 시간을 더 갖고 싶다. 하지만 시간이 하는 일은 언제나 계속 흘러가는 것뿐이다. 무슨 일이 있어도. 오팔은 자신도 모르게 반회전문의 흔들림을 세고 있다. 한 번 흔들릴 때마다 하나씩 센다. 의사가 무슨 말인가를 하고 있다. 하지만 오팔은 아직 시선을 들거나 그의 말을 들을 수가 없다. 그녀는 문이 몇 번 흔들리는지 확인해야 한다. 문이 여덟 번 흔들리고 멈추자 오팔은 숨을 깊게 들이쉰 다음, 한숨을 내쉬고서 시선을 들어 말하고 있는 의사를 본다.

## 토니 론맨

토니는 총소리를 듣고 그들이 자신을 쏘는 것인지도 모른다고 생각하며 돌아선다. 찰스 뒤에 있는 전통 의상 차림의 아이가 총에 맞고 쓰러지는 게 보인다. 토니는 총을 들고 그들에게 다가간다—누구를 겨냥해야 할지 모르는 채로. 토니는 칼로스가 옥타비오의 등을 쏘고 드론이 칼로스의 머리에 내려앉는 걸 지켜본다. 토니의 총은 칼로스를 두세 발 쏠 때까지는 무리 없이 작동하고, 그 정도면 그의 움직임을 막기에 충분하다. 토니는 찰스가 자신에게 총을 쏘고 있다는 걸 알지만 아직은 아무 느낌도 없다. 방아쇠가 말을 듣지 않는다. 총이 들고 있지 못할 정도로 뜨거워져서 토니는 총을 떨어뜨린다. 그때 첫 총알을 맞는다. 그 총알이 더이상 움직일 수 없다는 걸 아는데도, 다리에 박힌 총알은 빠르고 뜨겁게 느껴진다. 찰스는 계속 그에게 총을 쏘지만 빗나간다. 그렇다면 그의 뒤에 있는 사람들이 맞고 있을 수도 있다고 토니는 생각한다. 얼굴이 뜨거워진다. 그의 몸 전체가 단단해지고 있다. 토니는 그 느낌을 안다. 시야 주변부가 검게 보인다. 그의 일부가 떠나려 한다. 검은 구름 속으로 들어가려 한다. 그 속으로 들어가면 나중이 되어서야 벗어날 수 있을 것이다. 하지만 토니는 버틸 생각이고 그렇게 한다. 그의 시야가 밝아진다. 그는 달리기 시작한다. 찰스는 30피트쯤 떨어져 있다. 토니는 전통 의상에 달린 술 장식과 매듭들이 뒤에서 펄럭이는 걸 느낀다. 그는 자신이 무엇을 향해 뛰어가는지 안다. 그에게 총은 없지만, 그는 자신에게 덤벼드는 그 어떤 것보다도, 속도, 열기, 금속, 거리, 심지어 시간보다도 스스로가 단단하다고 느낀다.

다리에 두번째 총알을 맞았을 때 그는 비틀거리지만 속도를 늦추진 않는다. 20피트, 이제 10피트 남았다. 팔에 한 발을 더 맞는다. 배에 두 발을 맞는다. 그는 그것들을 느끼면서도 느끼지 않는다. 토니는 고개를 숙이고 달린다. 총알들의 뜨겁고 육중한 무게와 속도가 기를 쓰고 그를 뒤로 끌어당기고 아래로 끌어내리지만, 그는 멈출 수가 없다. 지금은.

찰스와의 거리가 불과 몇 피트 정도밖에 남지 않았을 때 토니는 자신 안에 있는 너무도 조용하고 고요한 것이 세상으로 뿜어져 나와 모든 것을 무의 정적에 빠뜨리는 걸 느낀다—모든 것이 녹아든 정적. 토니는 자신을 가로막는 건 무엇이든 뚫고 나아갈 작정이다. 그는 소리를 내고 있다. 뱃속에서 시작된 소리가 그의 코와 입을 통해 나온다. 피의 으르렁거림. 토니는 찰스 바로 앞에서 몸을 살짝 숙이고 그에게 덤벼든다.

토니는 사력을 다해 찰스를 덮쳐 그의 위로 쓰러진다. 찰스가 토니의 목을 향해 손을 뻗는다. 목을 잡는다. 토니는 다시 시야 주변으로 어둠이 밀려드는 걸 본다. 그는 찰스의 얼굴을 누르며 목을 쳐든다. 찰스의 눈에 엄지손가락을 박고 찍어 누른다. 토니는 찰스의 머리 옆에 떨어진 찰스의 총을 본다. 그는 남은 힘을 모두 끌어내, 몸의 무게중심을 옮겨 옆으로 구르며 그 총을 잡는다. 찰스가 그걸 보거나 다시 손을 뻗어 토니의 목을 잡을 겨를도 없이 토니는 그의 옆머리에 총을 쏘고, 찰스의 머리가 꺾이며 몸이 생명을 잃어 가는 걸 지켜본다.

토니는 몸을 굴려 땅에 등을 대고 눕고, 즉시 가라앉기 시작한다. 모래 수렁에 빠지듯 천천히. 하늘이 어두워진다, 아니면 그의 시야가 어두워지거나, 아니면 그저 깊이, 더 깊이 가라앉고 있는 것인지도 모른다. 지구의 중심을 향해. 거기서 그를 멈추게 할, 그를 받쳐줄, 그를 영원히 그곳에 머물게 할 마그마나 물이나 금속이나 그 어떤 것을 만나게 될 것이다.

하지만 가라앉음이 멈춘다. 앞을 볼 수가 없다. 물결소리 같은 게 들리다가, 뒤이어 맥신의 목소리가 멀리서 들려온다. 할머니가 부엌에 있고 그가 근처의 식탁 밑에 들어가 있거나 냉장고에 자석을 붙이고 있을 때처럼, 그녀의 목소리가 메아리친다. 토니는 자신이 죽은 걸까 생각한다. 결국 죽어서 맥신의 부엌에 오게 된 걸까. 하지만 맥신은 죽지 않았다. 분명 이건 그녀의 목소리다. 그녀는 설거지할 때 부르곤 하던 옛 샤이엔 찬송가를 부르고 있다.

토니는 다시 눈을 뜰 수 있다는 걸 깨닫지만 그냥 감고 있는다. 그는 자신이 구멍투성이라는 걸 안다. 그 구멍 하나하나가 그를 아래로 끌어당기려고 하는 걸 느낄 수 있다. 그는 자신이 몸에서 빠져나와 위로 떠오르는 것을 본다. 그리고 위에서 자신의 몸을 내려다보며 그 몸이 진짜로 실제 자신이었던 적이 없었음을 상기한다. 그는 증후군이었던 적이 없었던 것처럼 토니였던 적이 없었다. 둘 다 가면이었다.

토니는 다시 부엌에서 맥신이 노래하는 소리를 듣는다. 그는 거기에 있다. 거기 있는 그는 네 살이고, 유치원에 들어가기 전 여름이다. 그는 맥신과 함께 부엌에 있다. 그는 네 살 때의 자신에 대해 생각하는—회상하는—스물한 살의 토니가 아니다. 다시 네 살로 거슬러올라가 거기 존재하는 토니다. 그는 의자 위에 서서 할머니의 설거지를 돕고 있다. 그는 개수대에 손을 담갔다가 손바닥에 묻은 거품을 맥신에게 후후 분다. 맥신은 그걸 재미있어하진 않지만 못하게 하지도 않는다. 그녀는 토니의 머리 위에 앉은 거품들을 연신 닦아낸다. 그가 맥신에게 자꾸 묻는다. 우린 뭐야? 할머니, 우린 뭐야? 맥신은 대답하지 않는다.

토니는 거품과 접시들이 있는 개수대에 다시 손을 담갔다가 그녀에게 또 거품을 분다. 그녀 옆얼굴에 거품이 묻지만 맥신은 닦아내지 않고 무표정한 얼굴로 계속 설거지를 한다. 토니는 평생 그렇게 우스운 광경은 처음 본다고 생각한다. 그는 맥신이 그런 일이 일어나고 있다는 걸 아는지, 아니면 그들은 진짜로 거기 있는 게 아닌지 알지 못한다. 그는 바로 그 순간, 바로 거기에 있기 때문에 자신이 거기 있지 않다는 걸 알지 못한다. 그 일이 지금 자신에게 일어나고 있기 때문에, 그게 예전에 일어났던 일이고 그는 그 기억을 떠올리는 것이라는 생각은 하지 못한다. 그는 거기 부엌에서 거품을 불어 날리며 그녀와 함께 있다.

이윽고 토니는 숨을 고른 후 웃음을 억누르며 말한다. "할머니, 알잖아. 그게 거기 있는 거 알잖아."

"그게 뭔데?" 맥신이 말한다.

"할머니, 지금 장난하는 거지." 토니가 말한다.

"무슨 장난?" 맥신이 말한다.

"그게 바로 거기 있잖아, 할머니. 내 눈에 보이는데."

"조용히 설거지 좀 끝내게 가서 놀아라." 맥신은 그렇게 말하고는 자신도 거품에 대해 안다는 의미의 미소를 보낸다.

토니는 그의 방 바닥에서 트랜스포머 로봇을 가지고 논다. 로봇들이 느린 동작으로 싸우게 한다. 그는 자신이 만든 이야기에 푹 빠졌다. 이야기는 늘 똑같다. 싸움이 벌어지고 그다음엔 배신이, 그다음엔 희생이 뒤따른다. 결국 착한 편이 이기지만 그들 중 하나는 죽는다. 영화 〈트랜스포머〉에서 옵티머스 프라임이 죽는 것처럼. 맥신은 토니가 그 영화를 보기엔 너무 어리다고 밀하면시도 낡은 VHS 비디오 플레이어로 그걸 보게 해줬다. 그들은 그 영화를 함께 보았는데, 옵티머스가 죽었다는 걸 깨달은 순간 서로를 쳐다보고 둘 다 울고 있다는 걸 알았다. 그래서 그들은 몇 초 동안 웃었다. 그 특별한 순간, 그들은 맥신의 어두운 침실에서 웃으면서 동시에 울고 있었다.

토니가 로봇들을 싸움터에서 떠나게 할 때, 그들은 일이 그렇게 되지 않았더라면 좋았을 거라고 말한다. 모두 함께 살아남았더라면 얼마나 좋았겠냐고. 토니는 옵티머스 프라임의 목소리로 이렇게 말한다. "우린 이런 일을 해낼 수 있도록 금속으로 단단하게 만들어졌어. 우린 변신할 수 있게 만들어졌어. 그러니까 누군가를 구하기 위해 죽을 기회가 있다면, 그 기회를 잡아야 해. 언제나. 그게 바로 오토봇들이 여기 존재하게 된 이유야."

토니는 경기장으로 돌아와 있다. 모든 구멍이 불타오르며 그를 끌어당긴다. 이제 그는 위로 떠오르지 못하고 대신 밑에 있는 무언가의 안쪽으로 떨어지는 듯하다. 지금까지 내내 그를 고정해온 닻이 있고, 그의 몸에 난 구멍마다 줄 달린 갈고리가 들어 있어서 그를 아래로 끌어당기는 듯하다. 만에서 불어온 바람이 스타디움을 휩쓸고 지나가며 그를 통과한다. 토니는 새소리를 듣는다. 밖에서가 아니다. 그가 닻을 내린 곳, 바닥의 바닥, 그의 중심의 중심. 한가운데의 한가운데. 그의 몸에 난 구멍마다 새가 한 마리씩 있다. 노래를 부른다. 그를 깨어 있게 한다. 떠나지 못하게 한다. 토니는 할머니가 춤을 가르쳐주며 해준 말을 떠올린다. "아침에 새가 노래하는 것처럼 춤을 춰야 한다." 그러면서 할머니는 자신의 발놀림이 얼마나 가벼울 수 있는지 보여주었다. 그녀는 폴짝 뛰어오르며 발끝을 멋지게 뻗었다. 춤꾼의 발. 춤꾼의 중력. 토니는 지금 가벼워야 한다. 그는 바람이 그의 구멍들을 지나며 노래하게 한다. 새들의 노래를 듣는다. 토니는 어디로도 가지 않는다. 그리고 안쪽 어딘가, 그의 안, 지금 그가 있고 앞으로 늘 있을 곳, 그곳에서는 심지어 지금도 아침이고, 새들이, 새들이 노래하고 있다.

## 감사의 말

맨 처음부터 나와 이 책을 믿어준 나의 첫 (최고의) 독자이자 경청자인 아내 카테리, 그리고 늘 내가 더 나은 인간, 더 나은 작가가 될 수 있도록 도와주고 영감을 주는 아들 펠릭스, 나는 두 사람에게 심장의 피라도 내줄 수 있다. 그들이 없었다면 해내지 못했을 것이다.

그리고 이 책이 세상에 나오도록 도와준 많은 사람들과 단체들이 있었다. 그들에게 가슴속 가장 깊은 곳으로부터 감사를 보낸다. 나의 작품이 지금의 모습이 되기 훨씬 전부터 지원을 아끼지 않은 맥다웰 콜로니. 허구 속에서만—다시 말해, 이 소설의 한 챕터에서만—결실을 맺을 수 있었던 나의 스토리텔링 프로젝트에 보조금을 지원해준 오클랜드 문화예술기금의 데니즈 페이트. 나에게 가르침을 베풀고, 이 작품을 제일 먼저 믿어주고 몸소 여러 곳에 소개해준 팸 휴스턴. 내가 2016년에 아메리칸인디언예술대학 석

사과정을 마칠 수 있도록 도와주고, 교열을 도와주고, 처음부터 나를 믿어준 존 데이비스. 이 작품이 더 나은 소설이 될 수 있도록 도와주고 책이 팔린 후에는 믿기 힘들 정도로 엄청난 지원을 해준 셔먼 알렉시. 작가로서 우리의 삶이 서로 평행을 이루도록 해주고 늘 나에게 힘과 용기를 보내준, 믿을 수 없을 만큼 경이로운 작가 테리스 마이엇. 작품을 마무리할 시간과 공간을 제공해준 야도 코퍼레이션. 2016년에 내게 지원금을 준 라이팅 바이 라이터스Writing By Writers. 내 낭독을 듣고 이 작품을 자신의 에이전트에게 보내준 클레어 베이 왓킨스. 원고 작업을 지도해주고 대학원 과정에서 조언과 지원을 아끼지 않은 데릭 펄래시오. 내게 어마어마하게 많은 것을 가르쳐준 IAIA의 많은 작가들과 선생님들. 내가 타운에 갈 때마다 소파에서 잘 수 있게 해주고 사랑과 지지를 아끼지 않은 나의 형제 마리오와 그의 아내 제니. 내가 무슨 일을 하려고 하든 언제나 나를 믿어주시는 어머니와 아버지. 나와 늘 서로 도와가며 함께 많은 일을 헤쳐온 캐리와 라도나, 크리스티나. 우리 가족을 지금의 자리에 있게 도와준 메이미와 루, 테리사, 벨라, 세쿼이아. 그들은 나에게 글을 쓰는 데 필요한 시간을 주었다. 내가 글을 쓰기 위해 떠나 있는 동안 내 아들을 다정하게 보살펴주고 사랑을 주었다. 나의 삼촌 톰과 숙모 바브에게도 우리 가족 모두를 도와주고 사랑해준 것에 대해 감사를 보낸다. 수브와 케이시. 나의 삼촌 조너선. 마사와 제리, 제프리, 우리가 그들을 가장 필요로 할 때 우리 가족 곁에 있어준 사람들이다. 이 책을 믿고 사랑해주었으며 내가 최선의 결과를 내놓을 수 있도록 도와준 편집자 조던. 너무 늦은 밤에, 혹은 너무 이른 새벽에, 세상이 무너지고 있는 것 같을 때에 내 원고를 읽어주고, 그후로 나와 이 책을 위해 다방면으로 애써준 나의 에이전트 니콜 어라기. 내게 끊임없는 지지를 보내주는 크노프 출판사의 모든 분들. 오클랜드 원주민 공동체. 생존해 있는 나의 샤이엔족 친척들, 또한 상상조차 할 수 없는 고난을 견뎌낸 나의 조상들, 지금 여기 있는 그들의 후세인 우리가 우리의 후세를 위해 최선을 다해 기도하고 노력할 수 있도록 간절히 기도해준 조상들에게 감사를 전한다.

# 옮긴이의 말

"There is no there there." 거기엔 그곳이 없다. 오클랜드 인디언들의 이야기를 쓰기 위해 자료 조사를 하던 작가 토미 오렌지는 거트루드 스타인의 『모두의 자서전』에서 이 문장을 발견하고 깊이 매료된다. 거트루드 스타인이 어린 시절을 보낸 오클랜드를 다시 찾아갔을 때 거기 자신의 추억 속 옛 모습이 남아 있지 않은 걸 보며 했던 이 말에서 인디언 조상들의 목소리를 들은 것이다. 인디언들의 땅이었던 미국은 1620년 필그림파더스가 메이플라워호를 타고 매사추세츠 플리머스항에 도착한 후 그들 손에 넘어간다. 그들은 이른바 위대한 개척 정신으로 신대륙을 점령해나가고 그때부터 원주민들의 수난이 시작된다. 미국인들에게 크리스마스 다음으로 중요한 명절인 추수감사절. 매년 11월 넷째 주 목요일에 온 가족이 모여 감사의 식사를 하는 이날은 1621년에 필그림파더스가 왐파노아그족과의 토지 거래 후 추장 매서소이트를 초대하여 잔치를 연 것에서 유래했다. 그건 신대륙 개척자들이 그곳에 살고 있던 친절한 인디언들과의 영원한 우정을 다짐하는 자리였지만, 이 년 후 같은 취지로 마련된 식사 자리에서 인디언 이백 명이 독살당한다. 신대륙에서의 삶에 적응하면서 원주민들의 도움이 필요치 않게 된 개척자들이 원주민들을 몰아낼 계획을 세우기 시작한 것이다. 이제 개척자들과 원주민들은 우정을 나누는 친구가 아닌 적이 되고, 조상들에게 물려받은 삶의 터전을 지키고자 했던 원주민들은 무참히 학살당한다. 콜럼버스가 아메리카대륙을 발견한 15세기 말에 천오백만 명에 이르던 북미 인디언은 1890년경 이십오만 명 정도로 줄어 거의 절멸 상태에 이른다. 오랜 세월 그 땅의 주인이었던 인디언들은 '원주민계 미국인'이라는 서글픈 명칭하에 인디언 보호구역이나 인디언 마을들에 모여 살기도 하고 뿔뿔이 흩어져 도시 인디언으로 살게 되었으니 그들의 조상들이 하늘에서 내려다본다면 '거기엔 그곳이 없다'고 탄식할 만하다.

『데어 데어』는 피로 얼룩진 슬픈 역사의 산물로 현대 미국의 한 도시, 오클랜드에서 사는 도시 인디언의 이야기들을 담은 소설이다. 2018년에 데뷔작 『데어 데어』를 발표, 2019년 퓰리처상 최종 후보에 오르고 2019년 미국도서상을 수상하며 신세대 미국 원주민 문학의 선봉에 선 토미 오렌지는 이제 칠십 퍼센트의 인디언이 도시에 살고 있다며 전통적인 인디언의 이야기가 아닌 새 이야기가 필요하다고 말한다. 인디언 머리장식을 쓰고 먼 곳을 응시하는 정형화된 이미지가 아닌 지금 이곳에 존재하는 도시 인디언의 삶을 그려야 한다는 것이다. 사실 이 소설은 작가의 자전적 이야기라고 할 수 있을 만큼 토미 오렌지는 이 작품에 소개된 도시 인디언의 전형적인 모습을 하고 있다. 우선 그는 오클랜드에서 나고 자랐다. 아버지는 샤이엔족과 어래퍼호족으로 등록된 인디언이지만 어머니가 백인이라 인디언과 백인 둘 다인 동시에 백인 쪽에서 보면 충분히 백인이 아니고 인디언 쪽에서 보면 충분히 인디언이 아닌 "모호한 비非백인"이다. 그의 아버지는 인디언 보호구역 출신의 "천 퍼센트 인디언"이지만 자녀들에게 인디언의 언어나 전통, 문화에 대해 가르쳐주지 않았고, 토미 오렌지는 어릴 적 가끔 오클라호마의 친척들을 만난 걸 제외하면 인디언과의 교류가 거의 없었다. 그가 인디언으로의 자기 정체성을 갖고 살아가게 된 건 이십대 때 인디언 센터에서 활동하기 시작하면서부터였다. 토미 오렌지는 한 인터뷰에서 『데어 데어』의 열두 명의 인물 중 누구와 가장 가까운 것 같으냐는 질문에 오클랜드 인디언들의 이야기를 영상에 담는 스토리텔링 프로젝트를 진행하는 딘 옥센딘을 거론하며 자신도 그런 프로젝트를 기획하고 보조금까지 받은 적이 있다고 말한 후, 사실 모든 인물들에 자신의 이야기가 들어 있다고 덧붙인다. 그는 토머스 프랭크처럼 손가락으로 물건의 표면을 두드리는 버릇이 있으며, 오빌 레드페더와 오팔 베어실드처럼 다리에 난 혹에서 거미 다리가 나온 기이한 체험을 했다. 다른 인종과 결합되어 인디언의 피가 희석되고 인디언 전통과 동떨어진 환경에서 생활하면서 겉은 붉고 안은 흰 사과 같은 존재가 되었지만 자신의 뿌리에 대한 본능적 갈망을 지니고 살아가는 도시 인디언, 그것이 이 소설의 열두 인물들을 통해 확장된 토미 오렌지의 자화상인 것이다.

『데어 데어』에 등장하는 도시 인디언들은 백인들에게 패배해 스러져간 조상들처럼 험난한 인생을 산다. 술, 마약, 폭력, 가난, 범

죄가 그들의 삶을 지배하고 무너뜨린다. 엄마가 임신중에 술을 끊지 못하여 태아알코올증후군을 지니고 태어나 자신은 술을 안 마시는데도 평생 술의 저주에서 벗어날 수 없는 청년, 헤로인 중독 엄마에게서 "헤로인 아기들"로 태어나고 엄마가 자살하면서 여섯 살, 네 살, 두 살에 졸지에 고아가 된 아이들, 가정 폭력에 시달리는 여자들, 파괴된 가정에서 범죄의 유혹에 굴복하는 청소년들. 그들은 꺼진 TV나 컴퓨터의 검은 화면, 옷장 거울, 자동차 룸미러에 비친 자신의 얼굴에서 진정한 자아와 삶의 의미를 찾아보려 애쓰지만 가혹한 현실의 거친 파도에 휩쓸려 무의미의 바다를 떠돈다. 그들은 잃어버린 뿌리를 되찾아 용감한 인디언 전사로 굳건히 서고 싶어서 어색한 전통 의상을 차려입고 파우와우에 참가하지만, 그곳에서 그들을 기다리고 있는 건 학살의 비극이다. 이제 선량하고 무력한 인디언들에게 총질을 해대는 악당은 같은 인디언이니 "현대적이고 유의미한, 살아 있는 현재 시제의 민족으로 인정받기 위해 수십 년간 싸워왔지만 결국 깃털을 걸친 채 풀밭에서 죽음을 맞이"하는 현대 인디언들의 운명은 비극 그 자체이다.

하지만 이 소설은 절망의 비가인 동시에 희망의 송가이기도 하다. 알코올중독으로 소중한 가족, 건강, 일자리를 잃었던 경험을 가진 이들이 약물 남용 상담사가 되어 중독의 수렁에 빠진 사람들에게 따뜻한 손길을 내민다. 할머니들은 부모 잃은 손자들에게 소중한 가족애를 느낄 수 있는 가정을 제공해준다. 한 청년은 술 때문에 일찍 세상을 마감한 삼촌을 대신해 인디언들의 스토리텔링 프로젝트를 실행에 옮기고, 무기력과 우울 속에서 인터넷 세상을 헤매던 작가 지망생은 현실세계로 나서고, 인디언에 대해 전혀 알지 못했던 소년은 유튜브에서 인디언 춤을 보고 본능적으로 이끌려 춤꾼이 된다. 술을 통해서만 삶의 굴레에서 해방된 기분을 느낄 수 있었던 이가 북을 치면서 진정한 자유를 얻는다. 그들에겐 참된 자아를 찾고 바르게 살아가고자 하는 생존 본능과도 같은 의지가 있고 그것이 도시 인디언의 결코 어둡지만은 않은 미래를 약속한다. 이 소설의 열두 인물 중 맨 처음과 마지막을 장식한 토니 론맨의 이야기는 특히 의미심장하다. 태아알코올증후군으로 인해 얼굴에 기형을 갖고 태어난 토니 론맨은 남들과 생김새가 다르다는 이유로 '론맨Loneman'이라는 이름이 암시하는 고독한 삶을 살 수밖에 없다. 일찌감치 학교를 떠난 그는 할머니를 부양하며 살기 위해 마약 거래를 하고 종내는 범죄에 연루된다. 하지만 그런 처지에서도 그의 자아관은 놀랍도록 긍정적이다. 영화 〈트랜스포머〉를 좋아하는 그는 금속으로 단단하게 만들어졌으며 변신이 가능하고 누군가를 구하기 위해 기꺼이 죽는 옵티머스 프라임처럼 영웅적인 선택을 한다.

소설 속에서 인디언들의 스토리텔링 프로젝트를 진행하는 딘 옥센딘은 슬픈 모습으로 박제된 인디언이 아니라 애처롭지도, 약하지도 않으며 동정이 필요하지도 않은, 진짜 열정과 열망을 지닌 인디언의 이야기들을 소개하고 싶다고 말한다. 그러면서 그는 이야기들이 비전을 제시하게 하고 싶다는 뜻을 밝힌다. 우리와 동시대를 살아가는 도시 인디언들의 이야기를 쓴 토미 오렌지의 작가적 사명과 의도가 바로 그것이 아니었을까 한다. 그는 아름답고 강렬한 데뷔작으로 그 사명을 멋지게 이루어냈으며, 이 작품 속의 깊고 기이한 울림을 지닌 인디언들의 목소리는 모진 세월을 견뎌낸 그들의 경이로운 생명력이 결국 그들에게 승리를 가져다주리라는 비전을 제시한다.

민승남

옮긴이 **민승남**

서울대학교 영어영문학과를 졸업하고 현재 전문 번역가로 활동중이다. 옮긴 책으로 『지복의 성자』 『켈리 갱의 진짜 이야기』 『시핑 뉴스』 『스위트 투스』 『솔라』 『넛셸』 『사실들』 『빌리 린의 전쟁 같은 휴가』 『상승』 『사이더 하우스』 『한낮의 우울』 『완벽한 날들』 『빨강의 자서전』 『밤으로의 긴 여로』 『멀베이니 가족』 『아웃 오브 아프리카』 등이 있다.

문학동네 세계문학

데어 데어

초판 인쇄 2021년 9월 3일 | 초판 발행 2021년 9월 13일

지은이 토미 오렌지 | 옮긴이 민승남
책임편집 이봄이랑 | 편집 윤정민 홍유진 이희연
디자인 엄자영 이원경 | 저작권 김지영 이영은 김하림
마케팅 정민호 정진아 김혜연 정유선
홍보 김희숙 함유지 김현지 이소정 이미희 박지원
제작 강신은 김동욱 임현식 | 제작처 영신사

펴낸곳 (주)문학동네 | 펴낸이 염현숙
출판등록 1993년 10월 22일 제406-2003-000045호
주소 10881 경기도 파주시 회동길 210
전자우편 editor@munhak.com | 대표전화 031) 955-8888 | 팩스 031) 955-8855
문의전화 031) 955-3579(마케팅) 031) 955-1929(편집)
문학동네카페 http://cafe.naver.com/mhdn | 트위터 @munhakdongne
북클럽문학동네 http://bookclubmunhak.com

ISBN 978-89-546-8171-1 03840

잘못된 책은 구입하신 서점에서 교환해드립니다.
기타 교환 문의 031) 955-2661, 3580

www.munhak.com

## 주요 등장인물

**토니 론맨**: 오클랜드에서 나고 자란 스물한 살 샤이엔족 청년. 태아알코올증후군을 가지고 태어났다. 할머니 맥신과 단둘이 살고 있다. 자신을 평생 보살펴준 노쇠한 할머니를 위해 마약상인 옥타비오와 일하게 된다.

**딘 옥센딘**: 샤이엔족과 어래퍼호족으로 등록된 젊은 다큐멘터리 제작자. 병으로 사망한 삼촌을 기리며 그가 생전에 구상했던 다큐멘터리 프로젝트를 준비하고 있다. 오클랜드에 사는 다양한 원주민의 이야기를 수집해 대중에게 알리는 것이 목표다.

**오팔 비올라 빅토리아 베어실드**: 샤이엔족 혈통인 오십대 여성. 어린 시절 엄마를 따라 이부자매인 재키 레드페더와 함께 앨커트래즈섬 점거에 참여했다. 현재 재키의 손자 셋을 대신 키우며 살고 있다.

**에드윈 블랙**: 백인 어머니, 그리고 한 번도 만난 적 없는 원주민 아버지 사이에서 태어났다. 한때는 작가가 되고 싶었으나 이제는 요원한 꿈이라 느낀다. 괴로운 현실을 잊을 수 있는 인터넷 세상에 사로잡혀 있으며, 원주민의 축제인 빅 오클랜드 파우와우 위원회에서 인턴으로 일하게 된다.

**빌 데이비스**: 라코타족 혈통으로 에드윈의 어머니인 캐런과 연인이다. 과거 베트남전에 참전했다가 불명예제대를 했고, 귀국한 뒤에는 싸움에 휘말려 오 년 동안 교도소에서 복역한 전과도 있다. 이후 오클랜드 콜리시엄 경기장에서 오랜 세월 관리인으로 일해왔다.

**캘빈 존슨**: 원주민 청년으로 현재 파우와우 위원회의 일원이다. 형 찰스와 함께 마약상인 옥타비오 밑에서 일했었다. 그쪽 일에서 손을 떼려 했으나 옥타비오가 공급하는 대마초를 도둑맞으면서 그에게 빚을 지게 되었고, 그로 인해 옥타비오와 찰스의 무모한 계획에 강제로 동참하게 된다.

**재키 레드페더**: 오팔의 이부자매. 약물 남용 상담사로 일하고 있지만 자신 역시 오랫동안 알코올중독에 시달려왔다. 십대 시절에 딸을 낳자마자 입양 보낸 경험이 있고, 그뒤에 낳은 딸 제이미는 자살로 세상을 떠났다. 현재 제이미의 세 아들을 오팔에게 맡겨놓고 자신은 다른 지역에서 살고 있다.

**오빌 레드페더**: 열네 살 소년으로 재키의 손자 중 맏이다. 할머니 오팔이 말해주지 않는 원주민의 문화와 전통에 깊은 관심을 가지고 있으며, 그중에서도 춤을 사랑하게 되었다. 할머니 몰래 오클랜드에서 열리는 파우와우 춤 경연에 참가하기로 결심한다.

**옥타비오 고메즈**: 토니, 그리고 캘빈의 형인 찰스와 함께 마약상으로 일한다. 돈을 벌기 위해 파우와우의 상금을 털겠다는 계획을 세운다.

**대니얼 곤잘러스**: 옥타비오의 사촌. 최근에 형 매니의 죽음으로 상처를 입었다. 코딩에 관심이 많고 3D 프린터로 총을 만들 줄 안다.

**블루**: 인디언 센터에서 파우와우 위원회의 장으로 일한다. 태어나자마자 백인에게 입양되어 자랐고 생모에 대해 아는 것이라곤 이름뿐이다.

**토머스 프랭크**: 샤이엔족 혈통. 인디언 센터의 수위로 일하며 '남쪽 달'이라는 북 연주단에 속해 있다. 북을 칠 때 가장 자유롭다고 느낀다.